WEZWANIE

JOHN GRISHAM

WEZWANIE

Przekład
Jan Kraśko

AMBER

Tytuł oryginału
THE SUMMONS

Redaktorzy serii
MAŁGORZATA CEBO-FONIOK
ZBIGNIEW FONIOK

Konsultacja prawnicza
mec. PIOTR BODYCH

Redakcja techniczna
ANDRZEJ WITKOWSKI

Korekta
EDYTA DOMAŃSKA
EWA LUBEREK

Ilustracja na okładce
CATHERINE KARNOW

Opracowanie graficzne okładki
STUDIO GRAFICZNE WYDAWNICTWA AMBER

Skład
WYDAWNICTWO AMBER

KSIĘGARNIA INTERNETOWA WYDAWNICTWA AMBER
Tu znajdziesz informacje o nowościach i wszystkich naszych książkach!
Tu kupisz wszystkie nasze książki!
http://www.amber.sm.pl

ISBN 83-241-0070-9

Rozdział 1

Przyszedł pocztą, zwyczajnie i po staroświecku, ponieważ Sędzia miał prawie osiemdziesiąt lat i nie ufał nowoczesnym gadżetom. Ani e-mailom, ani nawet faksom. Nie używał automatycznej sekretarki i nigdy nie przepadał za telefonem. Mocno pochylony nad rozklekotanym underwoodem, który stał na żaluzjowym biurku pod portretem Nathana Bedforda Forresta, wystukiwał listy dwoma palcami, literka po literce. Pod rozkazami Forresta walczył jego dziadek, pod Shiloh i na głębokim Południu, dlatego w historii Stanów nie było postaci, którą Sędzia czciłby bardziej niż jego. Od trzydziestu dwóch lat dyskretnie, acz kategorycznie odmawiał prowadzenia rozpraw trzynastego lipca, w dniu urodzin generała.

Przyszedł wraz z jeszcze jednym listem, czasopismem i dwoma rachunkami i trafił do szkolnej skrzynki na listy profesora Raya Atlee. Profesor rozpoznał go natychmiast; odkąd tylko pamiętał, koperty takie jak ta stanowiły nieodłączną część jego życia. List był od ojca, człowieka, którego on też nazywał Sędzią.

Przyglądał się kopercie, nie wiedząc, czy otworzyć list już teraz, czy chwilę odczekać. Dobre nowiny, nowiny złe – z Sędzią mogło być różnie, chociaż z drugiej strony starzec od kilku lat umierał na raka i dobre nowiny należały do rzadkości. Koperta była cienka i wyglądało na to, że zawiera pojedynczą kartkę papieru; nie było w tym nic niezwykłego. Sędzia pisał bardzo oszczędnie, chociaż kiedyś słynął z kwiecistych pouczeń, których udzielał stronom podczas rozpraw.

Tak, to był list urzędowy, profesor nie miał co do tego żadnych wątpliwości. Sędzia nie lubił próżnej gadaniny, nie znosił też plotek i wodolejstwa, zarówno w mowie, jak i w piśmie. Jeśli już zapraszał kogoś na taras i proponował mu szklaneczkę mrożonej herbaty, było oczywiste, że robi to tylko po to, żeby znowu rozprawiać o wojnie domowej, najpewniej o bitwie pod Shiloh, i żeby winą za klęskę konfederatów ponownie obarczyć lśniące, nieskalane błotem buty generała Pierre'a G.T. Beauregarda – człowieka, którego nienawidziłby nawet w niebie, gdyby przypadkiem się tam spotkali. Jego dni były policzone. Miał siedemdziesiąt dziewięć lat, cukrzycę i raka żołądka. Był gruby, nałogowo palił fajkę, przeżył trzy zawały i chorował na szereg mniej groźnych chorób, które dręczyły go przez dwadzieścia lat, by w końcu zadać mu cios ostateczny. Trawił go nieustanny ból. Podczas ostatniej rozmowy telefonicznej przed trzema tygodniami – dzwonił oczywiście Ray, ponieważ Sędzia uważał, że rozmowy zamiejscowe to czyste zdzierstwo – głos miał słaby i spięty. Rozmawiali niecałe dwie minuty.

Adres zwrotny wytłoczono złotymi literami: Przewodniczący Sądu Słuszności Reuben V. Atlee, 25. Wydział Sądu Słuszności hrabstwa Ford, Clanton, Missisipi. Ray wsunął list do czasopisma i ruszył przed siebie. Sędzia nie był już przewodniczącym. Wyborcy posłali go na emeryturę przed dziewięcioma laty i z tej gorzkiej porażki Sędzia nigdy się nie otrząsnął. Trzydzieści dwa lata wiernej służby, a oni dali mu kopa, woląc kogoś młodszego, kogoś, kto reklamował się w radiu i telewizji. Sędzia reklamować się nie chciał. Twierdził, że ma za dużo pracy, że – co ważniejsze – ludzie dobrze go znają i jeśli zechcą ponownie go wybrać, to na pewno wybiorą. Wielu uznało, że przemawia przez niego pycha. Wygrał w hrabstwie Ford, ale w pięciu pozostałych hrabstwach doznał sromotnej porażki.

Z sądu wyrzucali go przez trzy lata. Miał gabinet na pierwszym piętrze, pomieszczenie, które przetrwało pożar i oparło się dwóm remontom. Nie wpuszczał tam nikogo z farbą i młotkiem. Gdy władze hrabstwa, grożąc eksmisją, przekonały go w końcu, że musi je opuścić, spakował trzydzieści lat pracy do pudeł – bezużyteczne akta, notatki i zakurzone księgi – zawiózł to do domu i poustawiał w gabinecie. Kiedy w gabinecie zabrakło miejsca, zaczął ustawiać akta w korytarzach prowadzących do jadalni oraz w holu.

Ray skinął głową znajomemu studentowi. Przed gabinetem zamienił kilka słów z kolegą. Potem zamknął za sobą drzwi, przekręcił klucz i położył korespondencję na środku biurka. Zdjął marynarkę, powiesił ją na drzwiach, przestąpił nad stertą grubych prawniczych ksiąg, nad którą przestępował już od pół roku, i jak co dzień poprzysiągł sobie, że musi tu wreszcie posprzątać.

W gabinecie – trzy sześćdziesiąt na cztery i pół metra – stało małe biurko i mała sofa, zawalone papierami na tyle, żeby Ray mógł uchodzić za człowieka bardzo zapracowanego. A zapracowany nie był. W semestrze wiosennym prowadził zajęcia tylko z jednego działu prawa antytrustowego. Pisał książkę – nudne, bezbarwne tomiszcze o monopolach, którego nikt nie przeczyta, lecz które stać się miało piękną ozdobą jego dorobku naukowego. Był pracownikiem etatowym, ale tak samo jak wszyscy poważni profesorowie ulegał dyktatowi starej akademickiej zasady: „Publikuj lub giń".

Usiadł za biurkiem i odsunął na bok papiery.

List zaadresowano do N. Raya Atlee, profesora wydziału prawa w Charlottesville w stanie Wirginia. Litery „e" i „o" były rozmazane. Taśma do maszyny miała z dziesięć lat. Sędzia nie uznawał też kodów pocztowych.

N to skrót od Nathan – na cześć generała – chociaż mało kto o tym wiedział. Kiedy Ray postanowił zrezygnować z pierwszego imienia i iść przez życie jako zwykły Ray, doszło między nimi do koszmarnej kłótni.

Sędzia zawsze pisał do niego na adres wydziału, nigdy na adres domowy. Uwielbiał tytuły i ważne adresy i chciał, żeby mieszkańcy Clanton, a nawet pracownicy pocztowi wiedzieli, że jego syn jest profesorem prawa. Zupełnie niepotrzebnie. Ray wykładał (i pisał) od trzynastu lat; ci, którzy w hrabstwie cokolwiek znaczyli, wiedzieli o tym od dawna.

Otworzył kopertę i rozłożył pojedynczą kartkę papieru. Była ozdobiona wspaniałym nagłówkiem z imieniem i nazwiskiem Sędziego, jego nieaktualnym już tytułem i adresem, bez kodu pocztowego, rzecz jasna. Ojciec miał nieskończony zapas firmowej papeterii.

List był zaadresowany zarówno do Raya, jak i do jego brata Forresta, jedynych dzieci z nieudanego małżeństwa, które skończyło się wraz ze śmiercią ich matki. I był jak zawsze krótki:

Proszę wygospodarować sobie czas, żebyście mogli stawić się u mnie w niedzielę siódmego maja o godzinie 17.00 w celu omówienia spraw majątkowych.

Z poważaniem,
Reuben V. Atlee

Wyrazisty podpis skurczył się i skoślawiał. Przez dziesiątki lat zdobił nakazy i zarządzenia, które odmieniły życie rzeszom ludzi. Orzeczenia rozwodowe, orzeczenia przyznające opiekę nad dziećmi, orzeczenia odbierające prawa rodzicielskie, orzeczenia adopcyjne. Orzeczenia rozstrzygające spory testamentowe, spory wyborcze, spory ziemskie, spory o bezprawne zajęcie mienia. Władczy podpis Sędziego dobrze kiedyś znano; teraz był jedynie trudno rozpoznawalnym bazgrołem schorowanego starca.

Schorowanego czy zdrowego, Ray wiedział, że w wyznaczonym czasie stawi się w jego gabinecie. Właśnie otrzymał wezwanie i chociaż świadomość ta bardzo go irytowała, nie miał najmniejszych wątpliwości, że on i jego brat zawloką się do Clanton, żeby stanąć przed Wysokim Sądem i wysłuchać kolejnego pouczenia. Ojciec jak zwykle się z nimi nie skonsultował i wybrał dzień najdogodniejszy dla siebie. Typowe.

W jego naturze, a może w naturze wszystkich sędziów, leżało to, że ustalał daty przesłuchań i rozpraw, nie zważając na innych. Rządził twardą ręką. Przepełniona wokanda, opieszałe strony procesowe, zagonieni adwokaci, adwokaci leniwi – musiał się tego nauczyć, inaczej nie dałby sobie rady. Rodziną rządził w ten sam sposób i właśnie dlatego Ray Atlee wykładał prawo w Wirginii, zamiast praktykować je w Missisipi.

Przeczytał wezwanie jeszcze raz, po czym położył je na stercie dokumentów do pilnego załatwienia. Podszedł do okna i wyjrzał na tonący w kwiatach dziedziniec. Nie był ani zły, ani rozgoryczony, jedynie sfrustrowany tym, że ojciec znowu mu rozkazuje. On umiera, myślał, daj mu spokój. To jedna z twoich ostatnich podróży do domu.

Majątek Sędziego otaczała tajemnica. Jego głównym przedmiotem był dom, dworek sprzed wojny domowej, który zapisał mu w spadku ten sam Atlee, który walczył u boku generała Forresta. Na zacienionej ulicy w starej Atlancie dworek byłby wart ponad milion dolarów – w Atlancie, ale nie w Clanton. Stał na dwóch hektarach zaniedbanej ziemi, trzy ulice od miejskiego skweru. Zapadające się podłogi, przeciekający dach i ściany, których za życia Raya nie tknęła ani odrobina farby – mogliby go sprzedać najwyżej za sto tysięcy, z tym że nabywca musiałby mieć dwa razy tyle na kapitalny remont. Nie chcieli tam mieszkać, ani on, ani Forrest; Forrest nie postawił tam nogi od wielu lat.

Dom Pod Klonami. Tak go nazwali, jakby to była wspaniała rezydencja z kamerdynerami i zapełnionym kalendarzem życia towarzyskiego. Ostatnią osobą, która tam pracowała, była pokojówka Irena. Zmarła przed czterema laty i od tamtego czasu nikt nie odkurzał podłóg ani nie czyścił pastą mebli. Sędzia zatrudniał miejscowego kryminalistę. Płacił mu dwadzieścia dolarów tygodniowo za strzyżenie trawnika, na co ten przystał bardzo niechętnie. Osiemdziesiąt dolarów miesięcznie było, w jego uczonej opinii, rozbojem na równej drodze.

Pod Klonami: tak mawiała o domu matka, kiedy Ray był jeszcze dzieckiem. Nigdy nie jadali kolacji u siebie, tylko Pod Klonami. Listy nie przychodziły do państwa Atlee przy Czwartej ulicy, tylko do domu Pod Klonami przy Czwartej ulicy. Niewielu mieszkańców Clanton miało dom z nazwą.

Matkę zabił tętniak i kiedy umarła, położyli ją na stole w salonie od frontu. Przez dwa dni nawiedzało ich całe miasto. Ludzie paradowali przez taras, przez hol, wchodzili do salonu, żeby złożyć ostatni hołd zmarłej, a potem szli do jadalni na poncz i ciasteczka. Ray i Forrest schowali się na strychu, przeklinając ojca za to, że toleruje tę maskaradę. Przecież tam, w otwartej trumnie, leżała ich matka – piękna, młoda kobieta, teraz blada i sztywna.

Dom Pod Klonami – Forrest też go tak nazywał, i to od zawsze. Czerwone i żółte klony, którymi niegdyś wysadzono ulicę, zachorowały na jakąś nieznaną chorobę i uschły. Ich przegniłych pniaków nigdy nie wykarczowano. Trawnik, ten od frontu, ocieniały cztery wielkie dęby. Liście gubiły tonami, tak że nie sposób ich było ani zagrabić, ani tym bardziej wywieźć. Co najmniej dwa razy do roku któryś z dębów tracił gałąź, która łamała się i spadała z trzaskiem na dach, skąd czasem, choć nie zawsze, udawało się ją zdjąć. Dom stał tam i stał, od dziesiątków lat przyjmując wszystkie ciosy.

Mimo to był bardzo ładny. Georgiański, taki z kolumnami; niegdyś mógłby upamiętniać tych, którzy go zbudowali, lecz teraz był jedynie smutnym pomnikiem upadającej rodziny. Ray nie chciał mieć z nim nic wspólnego. W domu Pod Klonami było pełno nieprzyjemnych wspomnień, dlatego każda wyprawa do Clanton wpędzała go w depresję. Wiedział, że nigdy tam nie zamieszka, a utrzymywanie ruiny, na którą powinno się nasłać buldożery, było finansową czarną dziurą. Forrest najchętniej by go spalił, i to jeszcze przed objęciem spadku.

Sędzia jednak chciał, żeby Ray przejął dom i zatrzymał go dla rodziny. Od kilku lat mgliście o tym dyskutowali. Ray nigdy nie zebrał się na odwagę, żeby spytać: Dla jakiej rodziny? Nie miał dzieci. Miał byłą żonę i żadnych perspektyw na nową. Tak samo Forrest, z tym że on miał dwie byłe żony, oszałamiającą kolekcję eksnarzeczonych, no i Ellie, z którą obecnie mieszkał, stutrzydziestosześciokilogramową malarkę i garncarkę, kobietę dwanaście lat starszą od niego.

To, że nie spłodził nikomu dziecka, graniczyło z biologicznym cudem i chyba cudem było, bo jak dotąd żadnego dziecka nigdzie nie odkryto.

Krew rodu Atlee powoli rzedła i groziło im wymarcie, czym Ray wcale się nie przejmował. Żył swoim życiem. Żył dla siebie, nie dla ojca ani dla wspaniałej rodzinnej przeszłości. Wracał do Clanton tylko na pogrzeby.

O reszcie majątku Sędziego nigdy nie rozmawiali. Kiedyś, na długo przed narodzinami Raya, rodzina Atlee była bogata. Miała ziemię, bawełnę, niewolników, linie kolejowe, banki i polityków w kieszeni, dysponowała więc klasycznymi dla konfederatów zasobami, które pod koniec dwudziestego wieku nie znaczyły nic, przynajmniej w przeliczeniu na gotówkę. Ale z gotówką czy bez, zasoby te nakładały na nich status rodziny z „rodzinną fortuną".

Już jako dziesięcioletnie dziecko Ray wiedział, że mają pieniądze. Ojciec był sędzią, ich dom miał nazwę, a w rolniczym Missisipi oznaczało to, że jest bogatym chłopcem. Przed śmiercią matka zrobiła wszystko, co mogła, żeby przekonać jego i Forresta, że są lepsi od innych. Mieszkali w rezydencji. Byli prezbiterianami. Co trzy lata wyjeżdżali na wakacje na Florydę. Od czasu do czasu jeździli na kolację do hotelu Peabody w Memphis. Mieli ładniejsze ubrania.

A potem Raya przyjęto do Stanfordu. Jego nadzieje i złudzenia prysły, gdy Sędzia wypalił:

– Nie stać mnie na to.

– Jak to? – spytał Ray.

– Tak to. Po prostu mnie nie stać.

– Nie rozumiem.

– W takim razie powiem jaśniej. Idź do jakiego college'u chcesz. Ale jeśli pójdziesz do Sewanee, zapłacę za twoje studia.

Ray poszedł do Sewanee bez bagażu rodzinnej fortuny i ojciec go utrzymywał, asygnując na ten cel fundusze, które ledwo starczały na czesne, książki, akademik i studenckie opłaty korporacyjne. Szkoła prawnicza była w Tulane, gdzie przeżył, pracując jako kelner w barze ostrygowym w Dzielnicy Francuskiej.

Przez trzydzieści dwa lata Sędzia pobierał pensję przewodniczącego Sądu Słuszności, jedną z najniższych w kraju. Będąc na studiach, Ray przeczytał raport o wynagrodzeniach sędziowskich i ze smutkiem stwierdził, że sędziowie z Missisipi zarabiają pięćdziesiąt dwa tysiące dolarów rocznie, podczas gdy średnia krajowa wynosiła dziewięćdziesiąt pięć.

Sędzia mieszkał sam, niewiele wydawał na dom i nie miał żadnych nałogów; palił jedynie fajkę i zawsze wybierał tani, lichy tytoń. Jeździł starym lincolnem, jadł niezdrowo, za to bardzo dużo i od lat pięćdziesiątych nosił te same czarne garnitury. Jego nałogiem była dobroczynność. Oszczędzał pieniądze, po czym je rozdawał.

Nikt nie wiedział, ile rozdawał rocznie. Dziesięć procent dochodów automatycznie szło na kościół. Dwa tysiące dolarów na college, tyle samo na Synów Weteranów Południa. Te trzy datki były datkami na cele ze wszech miar szlachetne i należałoby je upamiętnić w granicie. W przeciwieństwie do pozostałych.

Sędzia dawał pieniądze każdemu, kto o nie poprosił. Kalekiemu dziecku, które nie miało na kule. Drużynie baseballowych gwiazd, która jechała na stanowe tournée. Członkom Klubu Rotariańskiego, którzy chcieli szczepić dzieci w Kongo. Na schronisko dla bezdomnych psów i kotów w hrabstwie Ford. Na nowy dach jedynego w Clanton muzeum.

Lista datków nie miała końca: żeby otrzymać czek, wystarczyło napisać krótki list. Sędzia Atlee zawsze przesyłał pieniądze i robił to, odkąd synowie opuścili dom.

Nawet teraz oczyma wyobraźni Ray widział, jak siedząc za zagraconym, zakurzonym biurkiem, wystukuje na maszynie krótkie listy, po czym wkłada je do kopert wraz z ledwo czytelnymi czekami First National Bank w Clanton: pięćdziesiąt dolarów tu, sto tam, trochę dla każdego, aż wszystko się rozejdzie.

Oszacowanie wartości spadku nie powinno nastręczyć żadnych trudności, ponieważ w domu nie było nic do oszacowania. Stare księgi prawnicze, do cna zniszczone meble, bolesne zdjęcia i rodzinne pamiątki, dawno zapomniane akta i papiery, sterty śmieci, z których można by zrobić imponujące ognisko. On i Forrest zamierzali sprzedać dom za jakąkolwiek cenę: byliby szczęśliwi, gdyby udało im się odzyskać choć część pieniędzy rodzinnych.

Powinien zadzwonić do Forresta, ale zawsze z tym zwlekał. Forrest to zupełnie inny zestaw kłopotów i problemów, o wiele bardziej skomplikowanych niż stary umierający samotnik, który uparł się, żeby rozdać całą forsę. Forrest był żywą, chodzącą katastrofą, trzydziestosześcioletnim chłopcem, którego umysł otępiły wszystkie legalne tudzież nielegalne substancje, znane amerykańskiej kulturze.

– Co za rodzina – mruknął Ray.

O jedenastej miał zajęcia, ale odwołał je i pojechał na terapię.

Rozdział 2

Wiosna w Piedmont. Czyste, spokojne niebo, z dnia na dzień zieleńsze wzgórza, dolina Shenandoah zmieniająca się w miarę jak farmerzy przecinali ją idealnie prostymi rzędami sadzonek. Na jutro zapowiadano deszcz, chociaż w środkowej Wirginii nie można było ufać żadnym prognozom. Mając na koncie trzysta wylatanych godzin, Ray rozpoczynał każdy dzień od zerknięcia w niebo i od ośmiokilometrowej przebieżki. Biegać mógł w każdą pogodę, w słońce i w deszcz – biegać, ale nie latać. Przyrzekł sobie (i swemu towarzystwu ubezpieczeniowemu), że będzie latał tylko w dzień, unikając chmur. Przyczyną dziewięćdziesięciu pięciu procent katastrof małych samolotów pasażerskich była albo zła pogoda, albo ciemność i chociaż Ray latał prawie od trzech lat, wciąż wolał być tchórzem. „Są piloci starzy i piloci odważni – mówiło lotnicze powiedzenie – ale nie ma pilotów starych, którzy byliby odważni". Ray głęboko w to wierzył.

Poza tym środkowa Wirginia była zbyt piękna, żeby latać nad nią nad chmurami. Czekał na idealną pogodę, taką bez wiatru, który miotałby maszyną i utrudniał lądowanie, bez przesłaniającej horyzont mgły, w której łatwo się zgubić, bez burzy i opadów. Od czystego nieba podczas porannej przebieżki zależał cały rozkład dnia. Mógł przesunąć lunch, mógł odwołać zajęcia, mógł przełożyć badania na deszczowy dzień albo nawet na deszczowy tydzień. Dobra prognoza i natychmiast pędził na lotnisko.

Leżało na północ od miasta, piętnaście minut jazdy od wydziału. W szkole lotniczej Dockera witali go – jak zwykle arogancko – Dick Docker, Charlie Yates i Fog Newton, trzej emerytowani piloci piechoty morskiej, właściciele tego przybytku, którzy wyszkolili większość mieszkających w okolicy pilotów. Codziennie królowali w Kokpicie, czyli w biurze, gdzie stał rząd starych teatralnych krzeseł: pili hektolitry kawy, łgali i snuli lotnicze opowieści, których przybywało z godziny na godzinę. Każdego klienta i ucznia obrzucali stekiem wyzwisk – podobało mu się to czy nie. Jak nie, to nie, droga wolna. Mogli sobie na to pozwolić, mieli całkiem niezłe emerytury.

Widok Raya sprowokował ich do serii najnowszych dowcipów o prawnikach: żaden z nich nie był szczególnie zabawny, lecz każdy wywoływał salwy niepohamowanego śmiechu.

– Nic dziwnego, że nie macie uczniów – powiedział Ray, wypełniając formularze.

– Dokąd się wybierasz? – spytał Docker.
– Donikąd. Chcę zrobić kilka dziur w niebie.
– Zawiadomimy tych z kontroli powietrznej.
– Jesteście na to za bardzo zajęci.

Dziesięć minut obrzucania błotem i papierkowej roboty, i wreszcie koniec. Za osiemdziesiąt dolarów za godzinę wynajmował cessnę, którą mógł wzbić się prawie dwa kilometry nad ziemię, pozostawiając w dole ludzi, telefony, ruch uliczny, studentów i badania naukowe, uciekając od umierającego ojca, od zwariowanego brata i wiecznego bałaganu, który czekał na niego w domu.

Na rampie stało trzydzieści samolotów, w większości małych awionetek typu Cessna, górnopłatów o stałym podwoziu, najbezpieczniejszych maszyn, jakie kiedykolwiek zbudowano. Jednak były tam również prawdziwe cacka. Tuż obok jego cessny stała beech bonanza, jednosilnikowe cudo o mocy dwustu koni, samolot, który Ray mógłby pilotować już po miesięcznym przeszkoleniu. O siedemdziesiąt węzłów szybszy niż cessna, miał w kabinie tyle przyrządów i gadżetów, że każdemu pilotowi ciekła na ich widok ślinka. Na domiar złego był na sprzedaż za czterysta pięćdziesiąt tysięcy dolarów; kwota poza zasięgiem, rzecz jasna, ale całkiem wyobrażalna. Jego właściciel budował wielkie centra handlowe i według najświeższych analiz z Kokpitu, chciał kupić King Aira.

Ray odwrócił się, skupił na swojej cessnie i jak każdy nowicjusz, obejrzał ją z listą startową w ręku. Fog Newton, jego instruktor, rozpoczynał każdą lekcję od posępnych opowieści o leniwych lub zbyt niecierpliwych pilotach, którzy zginęli w pożarze maszyny tylko dlatego, że niedokładnie ją sprawdzili.

Upewniwszy się, że wszystkie części są tam, gdzie być powinny i że poszycie jest idealnie gładkie, wsiadł do kabiny i zapiął pasy. Zaskoczył silnik, ożyło radio. Zakończył sprawdzanie listy i wywołał wieżę. Tuż przed nim kołował mały samolot komunikacji lokalnej i dziesięć minut po zamknięciu drzwi Ray otrzymał pozwolenie na start. Gładko oderwał się od ziemi i skręcił na zachód, w kierunku doliny Shenandoah.

Osiągnąwszy pułap tysiąca dwustu metrów, przeleciał tuż nad szczytem Afton Mountain. Samolot wpadł w lekką turbulencję, lecz nie było w tym niczego niezwykłego. Gdy znalazł się nad polami, wokoło zapadła cisza i bezruch. Według komunikatów widzialność sięgała trzydziestu dwóch kilometrów, lecz z tej wysokości widział znacznie dalej. Pułap chmur? Na niebie nie było ani jednego obłoczka. Tysiąc pięćset metrów: na horyzoncie zamajaczyły szczyty gór Wirginii Zachodniej. Zakończył sprawdzanie listy przelotowej, ustawił skład mieszanki i odprężył się po raz pierwszy od chwili, gdy pokołował na start.

Radio umilkło i miało ożyć dopiero sześćdziesiąt cztery kilometry dalej, gdy samolot znajdzie się w zasięgu wieży Roanoke. Postanowił zmienić kurs i pozostać w przestrzeni niekontrolowanej.

Z własnego doświadczenia wiedział, że psychiatrzy z Charlottesville biorą dwieście dolarów za godzinę. W porównaniu z tym latanie było tanie jak pieprz i o wiele skuteczniejsze: lekarz, który kazał mu znaleźć dla siebie nowe hobby, i to szybko, miał łeb jak sklep. Ray chodził do niego, bo musiał kogoś widywać. Dokładnie miesiąc po tym, gdy jego żona wniosła pozew o rozwód, rzuciła pracę i wyszła z domu, zabierając jedynie ubrania i biżuterię – zrobiła to wszystko z bezwzględną wydajnością i sprawnością, w ciągu zaledwie sześciu godzin – odwiedził psychiatrę ostatni raz, pojechał na lotnisko, wszedł nieśmiało do Kokpitu i dostał pierwszy ochrzan od Dicka Dockera czy Foga Newtona, nie pamiętał już od kogo.

Od razu poczuł się lepiej: komuś na nim zależało. Tamci klęli, obrzucali go błotem, a on, zraniony i skonsternowany, szybko zrozumiał, że znalazł sobie nowy dom. Już niemal od trzech lat przemierzał czyste, samotne niebo nad Blue Mountains i nad doliną Shenandoah, kojąc gniew, roniąc łzy i dzieląc się kłopotami z pustym fotelem pasażera. Zostawiła cię, powtarzał fotel.

Niektóre kobiety odchodzą, ale w końcu wracają. Inne odchodzą, żeby oddawać się bolesnym rozważaniom nad słusznością swojej decyzji. Jeszcze inne odchodzą stanowczo i odważnie, ani razu nie oglądając się za siebie. Odejście Vicki było tak starannie zaplanowane i przeprowadzone z tak zimnym wyrachowaniem, że pierwszą uwagą, jaką wygłosił adwokat Raya, było: „Odpuść to sobie, stary".

Znalazła sobie lepszy układ niczym sprinterka, która w ostatniej chwili przechodzi do drużyny rywalek. Nowy strój, uśmiech do kamery i zapomnij o starym stadionie. Pewnego ranka, kiedy Ray był w pracy, odjechała limuzyną. Za limuzyną sunęła półciężarówka z jej rzeczami. Dwadzieścia minut później weszła do nowego domu, pięknego dworku na końskiej farmie na wschód od miasta, gdzie z otwartymi ramionami i intercyzą w ręku powitał ją Lew Likwidator. Lew Rodowski był finansistą, padlinożernym sępem: według obliczeń Raya zgarnął pół miliarda zielonych, w wieku sześćdziesięciu czterech lat zrezygnował z gry na Wall Street i nie wiedzieć czemu, na swoją nową siedzibę wybrał właśnie Charlottesville.

Gdzieś po drodze wpadł na Vicki: zaproponował jej dobry układ, zrobił dwoje dzieci, których nie zrobił jej Ray, i teraz, ze zdobyczną żoną i nową rodziną chciał uchodzić za wielkiego pana.

– Dość tego – powiedział na głos Ray. Gadał do siebie na wysokości tysiąca pięciuset metrów i nikt mu nie odpowiadał.

Zakładał – taką miał też nadzieję – że Forrest jest czysty i trzeźwy, chociaż tego rodzaju założenia często bywały mylne, a nadzieje złudne. Po dwudziestu latach odwyku, ćpania i chlania bardzo wątpił, czy brat kiedykolwiek wyjdzie z nałogu. Poza tym był na pewno kompletnie spłukany, gdyż uzależnienie i spłukanie zawsze idzie w parze. A nie mając grosza przy duszy, na pewno będzie szukał pieniędzy, choćby w spadku zmarłego ojca.

Pieniądze, których Sędzia nie rozdał na cele dobroczynne, zniknęły w czarnej dziurze detoksykacji Forresta. Pochłonęła ich tyle i tyle pochłonęła lat, że ojciec niemal się go wyrzekł. Przez trzydzieści dwa lata rozwiązywał małżeństwa, odbierał dzieci rodzicom, przekazywał je rodzinom zastępczym, zamykał w zakładach chorych umysłowo i skazywał na więzienie ojców, którzy popełnili przestępstwo: wszystko to za pomocą drastycznych, brzemiennych w następstwa orzeczeń, którym nadawał moc prawną jednym, jedynym podpisem. Gdy rozpoczynał karierę, pełnię sędziowskiej władzy gwarantował mu stan Missisipi, lecz później rozkazy przyjmował już tylko od Boga.

Jeśli ktoś mógł wygnać syna z domu, był nim na pewno Reuben V. Atlee.

Forrest udawał, że ma tę banicję gdzieś. Uważał się za wolnego ducha i twierdził, że jego noga nie postała w rodzinnym domu już od dziewięciu lat. Raz odwiedził ojca w szpitalu, zaraz po tym, gdy stary miał atak serca i lekarze zawiadomili o tym rodzinę. Co dziwne, był wtedy trzeźwy. „Już pięćdziesiąt dwa dni, bracie" – szepnął z dumą, gdy czekali na OIOM-ie. W trakcie rehabilitacji był chodzącą tablicą wyników.

Gdyby ojciec uwzględnił go w planach spadkowych, nikt nie byłby bardziej zdziwiony niż on sam. Ale gdyby istniał choć cień szansy, że pieniądze lub spadek otrzyma ktoś inny, Forrest na pewno kręciłby się w pobliżu, czyhając na okruszki i resztki z pańskiego stołu.

Nad New River George koło Berkeley w Wirginii Zachodniej Ray zawrócił. Wprawdzie latanie kosztowało mniej niż terapia psychiatryczna, lecz nie było bynajmniej tanie. Zegar tykał. Gdyby wygrał na loterii, kupiłby bonanzę i latał, gdzie dusza zapragnie. Za dwa lata miał dostać urlop naukowy, chwilę wytchnienia wolną od rygorów akademickiego życia. Władze uczelni oczekiwały, że skończy swoją ośmiusetstronicową cegłę o monopolach i kto wie, może nawet ją skończy. Ale jego marzeniem było wynająć bonanzę i zniknąć w przestworzach.

Dziewiętnaście kilometrów na zachód od lotniska wywołał wieżę i kontrolerzy skierowali go na odpowiedni kurs. Wiał lekki, zmienny wiatr, więc lądowanie nie nastręczało żadnych trudności. Podczas idealnego podejścia, gdy leciał na wysokości czterystu pięćdziesięciu metrów i znajdował się niecałe dwa kilometry od początku pasa startowego, usłyszał przez radio głos innego pilota. Zgłaszał się challenger-dwa--cztery-cztery-delta-mike; nadlatywał z północy i od lotniska dzieliły go dwadzieścia cztery kilometry. Ci z wieży pozwolili mu lądować za cessną.

Ray wziął się w garść i wylądował wzorowo: usiadł, zjechał z pasa i pokołował w stronę rampy.

Challenger to kanadyjski samolot odrzutowy, ośmio- lub piętnastoosobowy, zależnie od konfiguracji. Mógł dolecieć z Nowego Jorku do Paryża, szykownie, z klasą, z pokładowym stewardem serwującym posiłki i drinki. Nowy kosztował około dwudziestu pięciu milionów dolarów, w zależności od niezliczonych opcji.

Dwa-cztery-cztery-delta-mike należał do Likwidatora: Lew wydębił go od jednej z pechowych firm, które najechał i doszczętnie złupił. Ray obserwował, jak maszyna podchodzi do lądowania i przez chwilę miał nadzieję, że ku jego radości challenger roztrzaska się i spłonie na pasie. Niestety, nie spłonął i gdy pokołował w kierunku prywatnego terminalu, Ray znalazł się nagle w dość niezręcznej sytuacji.

W ciągu trzech lat, które minęły od ich rozwodu, widział Vicki dwa razy i nie chciał widzieć jej teraz, jak wysiądzie ze swego pozłacanego challengera i dostrzeże go w tym dwudziestoletnim rzęchu. Może nie było jej na pokładzie. Może Lew był sam. Może złupił kolejną firmę i właśnie wracał do domu.

Odciął dopływ mieszanki; silnik zgasł i gdy odrzutowiec podkołował bliżej, Ray zsunął się w fotelu najniżej, jak tylko mógł.

Zanim challenger zdążył znieruchomieć trzydzieści metrów od jego kryjówki, na pas wjechała lśniąca czarna limuzyna. Wjechała odrobinę za szybko, z włączonymi światłami, jakby do Charlottesville zawitała królewska rodzina. Wyskoczyło z niej dwóch młodych mężczyzn w zielonych koszulach i szortach koloru khaki, gotowych powitać Likwidatora i osoby mu towarzyszące. Otworzyły się drzwiczki, rozłożyły schodki i, wyjrzawszy zza tablicy rozdzielczej, zafascynowany Ray ujrzał, jak zbiega nimi jeden z pilotów z dwiema wielkimi torbami sklepowymi w rękach.

A potem zobaczył Vicki z bliźniakami. Simmons i Ripley. Biedacy. Tylko dlatego, że ich matka była idiotką, a ojciec – spłodziwszy dziewięcioro innych bachorów – miał gdzieś, jak zostaną ochrzczeni, przypadły im w udziale i bezpłciowe imiona, i równie bezpłciowe nazwisko. Byli chłopcami i mieli prawie trzy lata: tyle Ray wiedział na pewno, gdyż uważnie śledził najważniejsze doniesienia miejscowej gazety, zwłaszcza te dotyczące narodzin, zgonów i włamań. Urodzili się w Szpitalu imienia Marthy Jefferson dokładnie siedem tygodni i trzy dni po uprawomocnieniu się ich rozwodu – bez orzekania o winie, rzecz jasna – i siedem tygodni i dwa dni po tym, jak brzuchata Vicki poślubiła na końskiej farmie Lew Rodowskiego, który do ołtarza – jeśli mieli tam jakiś ołtarz – szedł już po raz czwarty w życiu.

Trzymając chłopców za ręce, ostrożnie zeszła schodkami na płytę lotniska. Pół miliarda zielonych i od razu wyładniała: modne obcisłe dżinsy, długie nogi... Nogi, które, odkąd dołączyła do śmietanki towarzyskiej odrzutowych milionerów, bardzo zeszczuplały. Szczerze powiedziawszy, zeszczuplały jej nie tylko nogi. Wyglądała tak, jakby przymierała głodem: miała chude ręce, mały, płaski tyłek i głęboko zapadnięte policzki. Jej oczu nie widział, gdyż przesłaniało je coś w rodzaju czarnego turbanu prosto z Hollywood albo z Paryża.

Za to Likwidator najwyraźniej nie głodował. Niecierpliwie czekał za swoją aktualną żoną i aktualnymi dziećmi. Twierdził, że uprawia maraton, ale większość tego, co mówił w wywiadach dla prasy, zwykle okazywała się bujdą. Był krępy i miał wielki brzuch. Stracił połowę włosów na głowie, a druga połowa zdążyła już posiwieć. Vicki miała czterdzieści jeden lat i mogła uchodzić za trzydziestkę. On miał lat sześćdziesiąt cztery i wyglądał na siedemdziesiąt, a przynajmniej tak się Rayowi – ku jego wielkiej uciesze – wydawało.

W końcu wsiedli do limuzyny, którą dwaj piloci i kierowcy załadowali bagażami i wielkimi torbami od Saksa i Bergdorfa. Ot, krótki wypad na Manhattan, na zakupy. Własnym challengerem to zaledwie czterdzieści pięć minut lotu.

Limuzyna odjechała, przedstawienie się skończyło i Ray mógł się wreszcie wyprostować.

Gdyby jej tak bardzo nie nienawidził, siedziałby tam jeszcze dwie godziny, wspominając małżeńskie czasy.

Nie było żadnego ostrzeżenia, żadnych kłótni, najmniejszego ochłodzenia stosunków. Facet zaoferował jej po prostu lepszy układ.

Otworzył drzwiczki, żeby odetchnąć świeżym powietrzem, i zdał sobie sprawę, że kołnierzyk ma mokry od potu. Otarł czoło i wysiadł.

Po raz pierwszy, odkąd tylko sięgał pamięcią, żałował, że przyjechał na lotnisko.

Rozdział 3

Wydział prawa sąsiadował z wydziałem zarządzania na północnym krańcu kampusu, który z biegiem lat wchłonął urocze zabytkowe miasteczko akademickie, zaprojektowane i zbudowane przez Thomasa Jeffersona. Dla uniwersytetu, który tak bardzo czcił styl architektoniczny swego założyciela, był jedynie kolejnym nowoczesnym gmachem z cegły i szkła, równie płaskim, pudełkowatym, nijakim i prozaicznym jak milion innych gmachów zbudowanych w latach siedemdziesiątych. Jednak dzięki ostatniemu zastrzykowi gotówki wiele budynków odnowiono, a teren kampusu pięknie ukształtowano. Wszyscy studenci i pracownicy doskonale wiedzieli, że ich uczelnia należy do dziesięciu najlepszych uczelni w kraju. Wyprzedzało ją kilka uniwersytetów z Ivy League, lecz nie było wśród nich ani jednej szkoły publicznej. Przyciągała setki najlepszych studentów i najlepszą kadrę.

Ray wykładał prawo kapitałowe w Bostonie i był z tego całkowicie zadowolony. Jego prace zwróciły uwagę komitetu poszukiwawczego z Charlottesville: od rzemyczka do kamyczka i przeprowadzka na Południe, do lepszej uczelni, stała się wielce kuszącą perspektywą. Vicki pochodziła z Florydy i chociaż w Bostonie kwitła, nie znosiła tamtejszych zim. Szybko przywykli do powolnego rytmu życia w małym mieście. On dostał etat, ona zrobiła doktorat na romanistyce. Właśnie chcieli zafundować sobie dziecko, gdy na arenę wydarzeń wkroczył Lew Likwidator.

Kiedy facet robi bachora twojej żonie, a potem ci ją odbiera, chcesz mu zadać parę pytań. No i parę pytań jej. Ray miał ich tyle, że przez pierwsze dni po odejściu Vicki nie mógł spać, lecz z czasem uświadomił sobie, że nie potrafi stawić jej czoła. Nigdy. Pytania wyblakły, lecz gdy zobaczył ją na lotnisku, natychmiast odzyskały dawną świeżość, dlatego parkując przed gmachem wydziału prawa i wchodząc do gabinetu, ponownie ją w duchu przesłuchiwał.

Studentów przyjmował późnym popołudniem i nie musieli się z nim wcześniej umawiać. Drzwi gabinetu zawsze stały otworem i każdy mógł do niego zajrzeć. Ale był już koniec kwietnia, z każdym dniem robiło się coraz cieplej, a studenci rzadko go odwiedzali. Jeszcze raz przeczytał list od ojca i ponownie zirytował go jego ciężki, władczy styl.

O piątej zamknął drzwi na klucz, wyszedł na dwór i zajrzał na stadion, gdzie studenci trzeciego roku rozgrywali turniej softballa z wykładowcami. Podczas pierwszego meczu zrobili profesorom jatkę. Mecz drugi i trzeci mogli sobie odpuścić, bo wynik był przesądzony.

Czując zapach krwi, studenci pierwszego i drugiego roku wypełnili ławki w dolnym sektorze i skupili się przy płocie wzdłuż linii pierwszej bazy, gdzie profesorstwo odbywało bezsensowną naradę bojową. Na lewym przedpolu, wokół dwóch wielkich baniaków z piwem, zgromadzili się najbardziej szemrani przedstawiciele pierwszoroczniaków.

Wiosną nie ma lepszego miejsca niż miasteczko uniwersyteckie, pomyślał Ray, wchodząc na boisko i szukając miłego miejsca, skąd mógłby obserwować grę. Dziewczęta w szortach, baniak z piwem w zasięgu ręki, wesoły nastrój, spontaniczne imprezy, nadchodzące lato. Miał czterdzieści trzy lata, od prawie trzech lat był wolny i chciałby być znowu studentem. Powiadają, że nauczanie pozwala zachować młodość, że dodaje sił i wyostrza umysł, lecz on pragnąłby po prostu podejść do rozrabiaków przy baniaku z piwem i zapolować na dziewczyny.

Za ogrodzeniem stała grupka znajomych z wydziału, uśmiechając się dzielnie na widok wychodzących na boisko kolegów. Ci ostatni wyglądali dość żałośnie. Kilku kulało. Połowa miała elastyczne opaski na kolanach. Ray zauważył Carla Mirka, zastępcę dziekana i swego bliskiego przyjaciela, który stał oparty o płot w rozwiązanym krawacie i z marynarką na ramieniu.

– Smutny widok.

– To jeszcze nic – odrzekł Carl. – Zobaczysz, jak grają.

Mirk pochodził z małego miasteczka w Ohio. Jego ojciec był sędzią, miejscowym świętym i dziadkiem wszystkich tamtejszych mieszkańców. On też zwiał z domu i poprzysiągł sobie, że nigdy tam nie wróci.

– Nie widziałem pierwszego.

– Wygwizdali nas. Przerżnęliśmy siedemnaście do zera.

Pałkarz studentów posłał piłkę na lewe zapole. Uderzenie było typowe, klasyczne, ale zanim podbiegli do niej lewo- i środkowozapolowy, zanim ją dwa razy kopnęli, złapali, zanim jeden wyszarpnął ją drugiemu i rzucił na pole wewnętrzne, pałkarz spokojnie doszedł do mety domowej i zdobył punkt. Ci przy baniaku dostali histerii. Ci w dolnym sektorze wyli, domagając się dalszych błędów.

– Będzie jeszcze gorzej – mruknął Mirk.

I rzeczywiście było. Po paru kolejnych wpadkach na zapolu Ray miał dość.

– Na początku przyszłego tygodnia mnie nie będzie – powiedział, gdy zmienili się pałkarze. – Wezwano mnie do domu.

– Widzę, że aż piszczysz z radości – odrzekł Mirk. – Znowu pogrzeb?

– Jeszcze nie. Ojciec zwołuje rodzinny szczyt, żeby omówić sprawy spadkowe.

– Przepraszam.

– Za co? Nie ma o czym gadać, nie ma czego dzielić, więc na pewno będzie paskudnie.

– Brat?

– Albo brat, albo ojciec. Nie wiem, który bardziej narozrabia.

– Będę o tobie myślał.

– Dzięki. Zawiadomię studentów i coś im zadam. Wszystkiego dopilnuję.

– Kiedy wyjeżdżasz?

– W sobotę. Powinienem być z powrotem we wtorek albo w środę, ale kto to wie.

– Na pewno nas tu zastaniesz – odrzekł Mirk. – Mam nadzieję, że do tego czasu turniej się wreszcie skończy.

Miękko rzucona piłka przetoczyła się spokojnie między nogami miotacza.

– Chyba już się skończył – mruknął Ray.

Nic nie przybijało go bardziej niż myśl o wyjeździe do domu. Nie był tam od ponad roku, ale nawet gdyby miał odwiedzić Clanton dopiero za sto lat, uznałby, że to stanowczo za wcześnie.

Kupił sobie burrito i zjadł je w kawiarnianym ogródku przy lodowisku, gdzie banda czarnowłosych Gotów jak zwykle straszyła przechodniów. Stara Main Street była właściwie deptakiem, bardzo ładnym deptakiem, pełnym kawiarenek, antykwariatów i sklepów z antykami; kiedy dopisywała pogoda, a zwykle dopisywała, restauracyjne stoły rozstawiano na chodnikach, żeby goście mogli spożyć miłą długą kolację.

Kiedy nagle został sam, Ray zabrał rzeczy ze swego uroczego domu na przedmieściach i przeprowadził się do centrum, gdzie większość starych gmachów odnowiono i zmodernizowano. Jego sześciopokojowe mieszkanie mieściło się nad sklepem z perskimi dywanami. Miało mały balkon wychodzący na deptak i co najmniej raz w miesiącu Ray zapraszał do siebie studentów na wino i lasagne.

Zapadała już ciemność, gdy otworzył frontowe drzwi i skrzypiącymi schodami wszedł na górę. Był bardzo samotny: nie miał ani kochanki, ani psa, ani kota, ani nawet złotej rybki. Przez te trzy lata poznał dwie atrakcyjne kobiety i z żadną z nich nie umówił się na randkę. Za bardzo się bał, żeby wdawać się w romans. Uporczywie podrywała go Kaley, apetyczna studentka trzeciego roku, lecz on miał się na baczności. Jego popęd seksualny osłabł do tego stopnia, że zastanawiał się nawet, czy nie pójść z tym do specjalisty albo nie kupić sobie jakiegoś cudownego leku. Zapalił światło i odsłuchał wiadomości z automatycznej sekretarki.

Dzwonił brat: wydarzenie to nader rzadkie, choć nie zaskakujące. Spytał, jak leci, poprosił o telefon i odłożył słuchawkę, nie zostawiając numeru – cały Forrest. Ray zaparzył herbatę, puścił jazz i długo krążył wokół telefonu, zbierając siły. To dziwne, że pogawędka z jedynym bratem kosztowała go tyle wysiłku, ale rozmowy te naprawdę go przygnębiały. Nie mieli żon, nie mieli dzieci, nie mieli ze sobą nic wspólnego oprócz nazwiska i ojca.

Wystukał numer Ellie w Memphis. Długo nie odbierała.

– Halo? – zaczął uprzejmie. – Ellie? Mówi Ray Atlee.

– A, to ty – mruknęła, jakby dzwonił już po raz ósmy. – Nie ma go.

U mnie wszystko dobrze, a u ciebie? Świetnie, dzięki, że pytasz. Miło cię słyszeć. Jaka u was pogoda?

– Miałem oddzwonić – powiedział.

– Przecież mówię, że go nie ma.

– Wiem, słyszałem. Zostawił jakieś namiary?

– Jakie namiary?

– Na siebie. Często u ciebie bywa?

– Siedzi tu prawie cały czas.

– Powiedz mu, że dzwoniłem.

Poznali się na detoksie: ona była alkoholiczką, on ćpunem, który łykał wszystkie zakazane prawem prochy. Ważyła wtedy czterdzieści pięć kilo i twierdziła, że przez większość dorosłego życia odżywiała się tylko wódką. Rzuciła picie, wyszła z detoksu czysta jak niemowlę, potroiła swoją wagę i jakimś cudem weszła w układ z Forrestem. Była dla niego bardziej matką niż dziewczyną; mieszkali teraz w suterenie starego, upiornego, wiktoriańskiego domu, który odziedziczyła.

Telefon zaterkotał, zanim Ray zdążył go odłożyć.

– Sie ma, bracie. – Forrest. – Dzwoniłeś?
– Prosiłeś, to zadzwoniłem. Co słychać?
– Wszystko było dobrze, dopóki nie dostałem listu od starego. Ty też dostałeś?
– Tak, dzisiaj.
– On wciąż uważa się za sędziego i ma nas za dwóch zwyrodniałych synów. Nie odnosisz takiego wrażenia?
– Forrest, on zawsze będzie sędzią. Gadałeś z nim?
Forrest prychnął, pomilczał chwilę i odparł:
– Nie gadałem z nim przez telefon od dwóch lat, a w domu nie byłem od… Nie pamiętam już, od kiedy. I nie wiem, czy będę tam w niedzielę.
– Będziesz.
– Rozmawiałeś z nim?
– Trzy tygodnie temu. Ale to ja zadzwoniłem, nie on. Jest bardzo chory, myślę, że długo już nie pociągnie. Musisz się poważnie zastanowić, czy…
– Przestań, Ray, nie zaczynaj. Nie zamierzam wysłuchiwać kolejnego wykładu.
Zapadła kłopotliwa cisza; obaj wzięli głęboki oddech. Forrest był alkoholikiem i ćpunem ze starej, znanej rodziny, dlatego pouczano go i zarzucano spontanicznymi radami, odkąd tylko pamiętał.
– Przepraszam – powiedział Ray. – Ja pojadę. A ty?
– Chyba też.
– Jesteś czysty? – Pytanie było bardzo osobiste, choć rutynowe; równie dobrze mógłby spytać go o pogodę. Forrest zawsze odpowiadał szczerze i bez owijania w bawełnę.
– Od stu trzydziestu dziewięciu dni.
– Świetnie.
Z jednej strony świetnie, z drugiej nie. Każdy dzień trzeźwości był prawdziwą ulgą, ale liczyć dni przez dwadzieścia lat? To zniechęcające.
– I pracuję.
– Cudownie. Gdzie?
– Robię dla paru hien, tych wrednych sukinsynów, którzy uganiają się za wypadkowiczami, ogłaszają w kablówce i czyhają przed szpitalami. Nagrywam dla nich klientów i mam z tego działkę.
Prawdziwa ohyda, ale to, że Forrest w ogóle pracuje, zawsze było dobrą nowiną. Robił już za poręczyciela, za doręczyciela, strażnika i inkasenta: w ciągu tych dwudziestu lat chwytał się dosłownie wszystkich prac, w mniejszym lub większym stopniu związanych z prawniczą profesją.

22

– Nieźle.

Forrest zaczął opowiadać o przepychance w szpitalnej izbie przyjęć i Ray odpłynął myślami w przeszłość. Brat pracował również jako wykidajło w barze ze striptizem, lecz kiedy pobito go dwukrotnie tej samej nocy, doszedł do wniosku, że było to bardzo krótkotrwałe powołanie. Przez rok jeździł po Meksyku harleyem-davidsonem; skąd wziął na to pieniądze, tego nigdy do końca nie ustalono. Próbował też łamać ludziom nogi jako egzekutor długów pewnego lichwiarza z Memphis, lecz szybko się okazało, że przemoc i on to jedna wielka sprzeczność.

Uczciwa praca nigdy go nie kusiła, choć trzeba przyznać, że potencjalnych pracodawców zniechęcała jego kryminalna przeszłość. Miał na koncie dwa przestępstwa związane z narkotykami: popełnił je dawno, zanim skończył dwadzieścia lat, mimo to były jak plamy, których nie da się wywabić.

– Będziesz do niego dzwonił?

– Nie – odrzekł Ray. – Pogadam z nim w niedzielę.

– O której będziesz w Clanton?

– Nie wiem. Gdzieś koło piątej. A ty?

– Bóg kazał przyjechać o piątej, no nie?

– Ano kazał.

– Będę między piątą a szóstą. Na razie.

Przez następną godzinę Ray krążył wokół telefonu. Najpierw postanowił, że do niego zadzwoni, ot tak, tylko po to, żeby powiedzieć „cześć", ale zaraz potem doszedł do wniosku, że wszystko to, co powiedziałby teraz, może powiedzieć mu później, w dodatku osobiście. Sędzia nie znosił telefonów, zwłaszcza wieczornych, które zakłócały jego samotność. Najczęściej po prostu ich nie odbierał. A jeśli już podniósł słuchawkę, był tak ordynarny i burkliwy, że dzwoniący żałował, iż w ogóle wykręcił jego numer.

Na pewno będzie w czarnych spodniach i białej koszuli, tej z maleńkimi dziurkami od gorącego popiołu z fajki, koszuli mocno wykrochmalonej, bo innych nie nosił. Biała bawełniana koszula wystarczała mu na dziesięć lat, bez względu na ilość plam i dziurek; co tydzień prał ją i krochmalił w pralni Mabe na rynku. I na pewno włoży ten sam krawat, równie stary jak koszula, ten w brązowawy wzorek, wyblakły już i zatarty. Do tego granatowe szelki. Obowiązkowo.

Zamiast czekać na synów na tarasie, będzie siedział za biurkiem, pod portretem generała Forresta. Niech widzą, że ma mnóstwo pracy nawet w niedzielę po południu, i niech nie myślą, że ich przyjazd jest ważnym wydarzeniem.

Rozdział 4

Jeśli lawirowało się między ciężarówkami ruchliwą czteropasmówką i przeciskało wąskimi objazdami wokół miast, podróż do Clanton trwała mniej więcej piętnaście godzin i jeżeli się komuś spieszyło, można ją było zaliczyć jednego dnia. Rayowi się nie spieszyło.

Zapakował kilka rzeczy do bagażnika swego audi TT, dwuosobowego kabrioletu, którego właścicielem był od niecałego tygodnia, i z nikim się nie pożegnawszy – kogo obchodziło, kiedy wyjeżdża czy wraca do Charlottesville? – wyjechał z miasta. Postanowił nie przekraczać dozwolonej prędkości i w miarę możliwości unikać czteropasmówek. Takie postawił sobie wyzwanie: wygodna podróż bez żadnego pośpiechu. Na skórzanym fotelu pasażera miał mapy, termos mocnej kawy, trzy kubańskie cygara i butelkę wody.

Po kilku minutach jazdy na zachód dotarł do autostrady Blue Ridge, skręcił w lewo i meandrując między szczytami wzgórz, ruszył na południe. Audi – model 2000 – zeszło z tablic kreślarskich przed rokiem, najdalej przed dwoma laty. Dealerzy ogłaszali się już na półtora roku przed rozpoczęciem sprzedaży i Ray czym prędzej popędził do salonu, żeby mieć pierwsze TT w mieście. Drugiego, jak dotąd, nigdzie nie widział, chociaż sprzedawca zapewniał, że wóz zyska wielką popularność.

Na szczycie kolejnego wzniesienia opuścił dach, zapalił hawanę, wypił łyk kawy i nie przekraczając siedemdziesiątki, pojechał dalej. Perspektywa rychłego przyjazdu do Clanton była przerażająca nawet przy tej prędkości.

Cztery godziny później, szukając benzyny, przystanął na czerwonym świetle w małym miasteczku w Karolinie Północnej. Przed samochodem przechodziło trzech adwokatów. Wszyscy trzej mówili naraz, wszyscy trzej nieśli stare aktówki, sfatygowane już i wytarte niemal tak samo jak ich buty. Ray spojrzał w lewo i zobaczył gmach sądu. Spojrzał w prawo i odprowadził ich wzrokiem do jadłodajni. Nagle zgłodniał i zatęsknił za ludzkimi głosami.

Adwokaci siedzieli w niszy przy oknie, wciąż rozmawiając i mieszając kawę. On usiadł przy sąsiednim stoliku i zamówił kanapkę z kurczakiem u podstarzałej kelnerki, która obsługiwała ich pewnie od dziesiątków lat. Jedna szklanka mrożonej herbaty, jedna kanapka: kelnerka zapisała to wszystko dokładnie i w skupieniu. Kucharz jest pewnie jeszcze starszy, pomyślał Ray.

24

Adwokaci spędzili w sądzie cały ranek, wykłócając się o kawałek ziemi w górach. Ziemię sprzedano, ktoś wniósł pozew, i tak dalej, i tak dalej, no i teraz mieli proces. Wzywali świadków, powoływali się na przeróżne precedensy, podważali zeznania świadków strony przeciwnej, wreszcie rozgrzali się do tego stopnia, że zażądali przerwy.

Oto czego pragnął dla mnie mój własny ojciec – niewiele brakowało i Ray powiedziałby to na głos. Zasłonił się miejscową gazetą, udając, że czyta i podsłuchując tamtych.

Marzeniem sędziego Atlee było to, żeby jego synowie skończyli prawo i wrócili do Clanton. Przeszedłby wtedy na emeryturę i otworzyliby razem kancelarię na rynku. Oni poszliby za głosem szlachetnego powołania, a on nauczyłby ich, jak być dobrym adwokatem. Adwokatem dżentelmenem, adwokatem z Południa.

I adwokatem bez grosza przy duszy. Podobnie jak we wszystkich tamtejszych miasteczkach, w Clanton aż roiło się od prawników. Tłoczyli się w biurach naprzeciwko sądu. Bawili się w polityków i bankierów, zasiadali w zarządzie miejskich klubów i szkół, w zarządzie Małej Ligi, a nawet w radzie parafialnej. W domach przy rynku brakowało już lokali. A oni? A ich kancelaria? Niby gdzie mieliby się pomieścić?

W wakacje Ray praktykował u ojca. Oczywiście za darmo. Znał wszystkich tamtejszych adwokatów i prawników. W sumie nie byli złymi ludźmi. Po prostu było ich za dużo.

Forrest szybko się stoczył, dlatego ojciec zaczął wywierać na Raya coraz większy nacisk, żeby ten poszedł w jego ślady i obrał drogę szlachetnego ubóstwa. Ray sprzeciwił mu się i już po pierwszym roku studiów poprzysiągł sobie, że nigdy w Clanton nie osiądzie. Przez kolejny rok zbierał się na odwagę, żeby powiedzieć o tym staremu, a gdy mu wreszcie powiedział, ten nie odzywał się do niego przez osiem miesięcy. Kiedy Ray kończył studia, Forrest siedział w więzieniu. Sędzia Atlee przyjechał na rozdanie dyplomów, przycupnął na krześle w ostatnim rzędzie i ani razu nie odezwawszy się do syna, wyszedł z sali przed końcem uroczystości. Pogodził ich dopiero pierwszy atak serca.

Ale pieniądze nie były głównym powodem, dla którego Ray uciekł z Clanton. Kancelaria adwokacka Atlee & Atlee nie otworzyła swoich podwoi dlatego, że młodszy wspólnik nie chciał żyć w cieniu wspólnika starszego.

Sędzia był olbrzymem w małym mieście.

Ray zatankował na stacji na skraju miasta i wkrótce znalazł się między wzgórzami, na autostradzie. Jechał z prędkością siedemdziesięciu kilometrów na godzinę. Czasami zwalniał do sześćdziesięciu pięciu. Robił postoje w zatoczkach i podziwiał krajobrazy. Unikał dużych miast i uważnie studiował mapę. Wiedział, że prędzej czy później każda droga doprowadzi go do Missisipi.

Pod Black Rock w Karolinie Północnej znalazł stary motel, który wabił gości klimatyzacją, kablówką i czystymi pokojami za jedyne dwadzieścia dziewięć dolarów i dziewięćdziesiąt dziewięć centów; szyld był nieco przekrzywiony i zardzewiały na brzegach, ale cóż. Wraz z kablówką musiała tam dotrzeć inflacja, gdyż okazało się, że cena pokoju podskoczyła do czterdziestu dolarów za dobę. Tuż obok była całodobowa kawiarnia, gdzie zjadł nocny specjał, czyli kilka pączków. Po kolacji usiadł na ławce przed motelem i patrząc na przejeżdżające samochody, wypalił drugie cygaro.

Po drugiej stronie drogi, jakieś sto metrów dalej, było zapuszczone kino samochodowe. Brezentowy dach już dawno runął na ziemię, porósł chwastami i powojami. Wielki ekran i płot niszczały od wielu lat.

W Clanton też było kiedyś takie kino, niedaleko, tuż za miastem. Należało do sieci kin potentatów z Północy i wyświetlało typowy chłam, głównie horrory i przygodówki z kung-fu, słowem filmy, które przyciągały młodzież i wkurzały miejscowych kaznodziejów. W 1970 roku Północ zaatakowała Południe po raz drugi i zalała je pornosami.

Jak większość innych rzeczy, tych dobrych i złych, pornografia pojawiła się w Missisipi dość późno. Kiedy na brezentowym dachu kina pojawił się afisz z tytułem *Wesołe pomponetki*, prawie nikt go nie zauważył. Ale gdy nazajutrz dopisano do tytułu trzy litery X, na drodze przed kinem zaczęły robić się korki, a w kawiarniach przy rynku rozgorzały namiętne dyskusje. Na pierwszy seans w poniedziałek wieczorem przybył tłumek zaciekawionych i entuzjastycznie nastawionych widzów. W szkole mówiono, że film jest super, więc we wtorek w sąsiadującym z kinem lesie zaroiło się od wyrostków, w większości z lornetkami, którzy oglądali go z niedowierzaniem w oczach. Podczas środowego spotkania parafialnego miejscowi kaznodzieje zorganizowali się i przypuścili kontratak, który polegał bardziej na zastraszaniu niż na zmyślnej taktyce działania.

Biorąc przykład z obrońców praw obywatelskich – grupy, do której nie pałali najmniejszą sympatią, wyprowadzili swoje stadko na drogę przed kinem, gdzie wymachując transparentami, modląc się i śpiewając hymny, pospiesznie spisywali numery rejestracyjne wjeżdżających pod dach samochodów.

I nagle jakby ktoś zakręcił kran: frekwencja drastycznie spadła. Ci z Północy szybko wnieśli do sądu pozew, żądając odszkodowania za poniesione straty finansowe. Kaznodzieje natychmiast wnieśli swój i nikt się zbytnio nie zdziwił, gdy oba pozwy wylądowały na biurku Reubena V. Atlee, dożywotniego członka Pierwszego Prezbiteriańskiego Kościoła, potomka rodu Atlee – ród ten zbudował pierwszą w tym mieście świątynię – i nauczyciela szkółki niedzielnej, mieszczącej się w podziemnej kuchni kościoła, który od trzydziestu lat nauczał tam stado starych, obleśnych kozłów.

Przesłuchania trwały trzy dni. Ponieważ żaden z miejscowych prawników nie chciał bronić *Wesołych pomponetek*, reprezentowała je wielka kancelaria z Jackson. W imieniu Kościoła przeciwko filmowi wypowiedziało się kilkunastu mieszkańców miasta.

Dziesięć lat później, już na studiach w Tulane, Ray przeczytał orzeczenie wydane przez ojca w tej właśnie sprawie. Idąc za przykładem większości ówczesnych sędziów federalnych, Reuben Atlee postanowił chronić prawa demonstrantów, choć z pewnymi zastrzeżeniami. I, powołując się na sprawę przeciwko producentom pornografii, rozpatrywaną wówczas przez Sąd Najwyższy, zezwolił na dalsze wyświetlanie filmu.

Z prawnego punktu widzenia orzeczenie nie mogło być lepsze. Z politycznego zaś gorsze. Nikt nie był zadowolony. Nocą telefonowano do Sędziego z pogróżkami. W kościele wyzywano go od zdrajców. „Zaczekaj tylko do następnych wyborów" – krzyczano.

Redakcję „Clanton Chronicle" i „Ford County Times" zasypały listy karcące go za skalanie ich nieskalanego dotąd hrabstwa. Gdy Sędzia miał tego dość, postanowił przemówić. Na dzień przemowy wybrał niedzielę, na miejsce zaś kościół: wieść ta, podobnie jak wszystkie inne wieści, rozniosła się po Clanton lotem błyskawicy. W wypełnionym po brzegi kościele Reuben Atlee ruszył dumnie przejściem między ławami, wyłożonymi dywanem schodami wszedł na podest i stanął za pulpitem. Miał ponad metr osiemdziesiąt wzrostu, był potężnie zbudowany, a czarny garnitur dodawał mu powagi i władczości.

– Sędzia, który liczy głosy przed procesem – zaczął surowo – powinien spalić swoją togę i uciec, gdzie pieprz rośnie.

Ray i Forrest siedzieli na balkonie, w najdalszym zakątku kościoła, i obaj mieli łzy w oczach. Błagali ojca, żeby pozwolił im nie przyjść, lecz nieobecność na nabożeństwie nie wchodziła w rachubę.

Mniej wtajemniczonym Reuben Atlee wyjaśnił, że prawnych precedensów trzeba przestrzegać bez względu na poglądy osobiste, i dodał, że dobrzy sędziowie zawsze szanują prawo. Że tylko sędziowie słabi spełniają żądania tłumu. Że grają pod publiczkę i podnoszą wielki krzyk, gdy ich tchórzliwe orzeczenia są podważane przez sąd apelacyjny.

– Nazywajcie mnie, jak chcecie – mówił do milczącego tłumu – ale ja tchórzem nie jestem.

Słowa te pobrzmiewały Rayowi w uszach nawet teraz, nawet teraz widział go w oddali: ojciec stał tam jak samotny olbrzym.

Mniej więcej po tygodniu demonstranci się zmęczyli i pornograficzne *Pomponetki* powróciły na ekran. Powróciło również kung-fu i wszyscy byli szczęśliwi. Dwa lata później mieszkańcy hrabstwa Ford oddali na Sędziego osiemdziesiąt procent głosów. Tyle samo co zwykle.

Ray rzucił niedopałek cygara w krzaki i poszedł do pokoju. Noc była chłodna, więc otworzył okno i długo wsłuchiwał się w warkot samochodów, które wyjeżdżały z miasta, by zniknąć za wzgórzami.

Rozdział 5

Każda ulica ma swoją historię, każdy budynek coś upamiętnia. Ci, których los pobłogosławił szczęśliwym dzieciństwem, jeżdżą ulicami swych rodzinnych miast, z radością wracając do wspomnień. Pozostali bywają w domu jedynie z obowiązku i czym prędzej wyjeżdżają. Po piętnastominutowym pobycie w Clanton Ray miał ochotę natychmiast stamtąd uciec.

Clanton zmieniło się i jednocześnie nie zmieniło. Na przedmieściach wciąż stały tanie metalowe budy i domy na kółkach, tłocząc się niemiłosiernie wzdłuż dróg; pewnie po to, żeby zapewnić kierowcom jak najlepszą widoczność. W hrabstwie Ford nie było żadnych stref restrykcyjnych. Właściciel kawałka ziemi mógł wybudować na niej, co chciał, nie uprzedzając o tym nawet sąsiada: nie obowiązywały żadne pozwolenia, nie było żadnych inspekcji, nie było dosłownie nic. Tylko właściciele hodowli świń i reaktorów nuklearnych musieli uzyskać zgodę odpowiednich władz. Rezultatem tej niczym nieskrępowanej wolności był budowlany miszmasz, który z roku na rok coraz bardziej koszmarniał.

Ale w starszej części miasta, w pobliżu rynku, prawie nic się nie zmieniło. Długie, cieniste ulice były równie czyste i zadbane jak wtedy, gdy Ray jeździł nimi rowerem. W większości domów wciąż mieszkali ludzie, których znał, a jeśli się nawet z nich wyprowadzili, nowi lokatorzy strzygli trawniki i malowali okiennice z taką samą pieczołowitością, jak ci starzy. Tylko kilka domów nosiło ślady zaniedbania. W kilku innych nie mieszkał nikt.

W tym bogobojnym zakątku kraju wciąż obowiązywała niepisana zasada, że w niedzielę nie robi się nic: chodzi się do kościoła, siedzi na ganku, odwiedza sąsiadów, słowem, odpoczywa się, tak jak nakazał Bóg.

Było pochmurno, dość chłodno jak na maj, i jeżdżąc po znajomych ulicach, żeby zabić czas, Ray próbował wskrzesić najlepsze wspomnienia z dzieciństwa. Oto park Dizzy'ego Deana, gdzie wraz z Piratami grał w Małej Lidze. Oto miejski basen, w którym pływał co rok, nie licząc lata roku sześćdziesiątego dziewiątego, kiedy to władze wolały go zamknąć, niż pozwolić, żeby kąpały się w nim murzyńskie dzieci. Oto kościoły – baptystów, metodystów i prezbiterianów – stojące naprzeciwko siebie na skrzyżowaniu Drugiej i Elm Street: rywalizując ze sobą o najwyższą w okolicy wieżę, wyglądały jak grupka czujnych strażników. Teraz nikogo w nich nie było, lecz już za godzinę, tuż przed wieczornym nabożeństwem, miały wypełnić się najwierniejszymi z wiernych.

Rynek był pusty, tak samo jak prowadzące do niego ulice. Clanton miało osiem tysięcy mieszkańców i było na tyle duże, żeby powstało w nim kilka wielkich marketów, które zrujnowały handel w wielu innych miasteczkach. Lecz tutejsi mieszkańcy pozostali wierni miejscowym sklepikarzom, dlatego wśród stojących na rynku budynków nie było ani jednego, który miałby zabite deskami okna. Prawdziwy cud. Sklepy, banki, kancelarie adwokackie, kawiarnie: wszystkie zamknięte, bo to przecież niedziela.

Powoli przejechał przez cmentarz, żeby zerknąć na groby rodu Atlee w jego starej części. Tam nagrobki były większe, okazalsze. Niektórzy z jego przodków wystawiali swym zmarłym prawdziwe pomniki. Ray zawsze uważał, że ich rodzinną fortunę, której nigdy zresztą nie widział, utopiono w tychże właśnie grobowcach. Zaparkował i pierwszy raz od wielu lat odwiedził grób matki. Leżała na samym skraju rodzinnej kwatery, gdyż właściwie do rodziny Atlee nie należała.

Już za niecałą godzinę miał zasiąść w gabinecie ojca i, sącząc podłą herbatę, wysłuchać szczegółowych poleceń dotyczących jego pochówku. Wiedział, że padnie wiele poleceń, wiele rozkazów i wskazówek: Sędzia był wielkim człowiekiem i bardzo mu zależało, żeby ludzie go takim zapamiętali.

Wsiadł do samochodu i pojechał dalej, mijając po drodze wieżę ciśnień, na którą dwa razy się wspiął; za drugim razem na dole czekała na niego policja. Skrzywił się na widok swego starego ogólniaka, którego od matury ani razu nie odwiedził. Za ogólniakiem było boisko, gdzie Forrest tratował przeciwników i gdzie zapewne zdobyłby sławę, gdyby nie wyrzucono go z drużyny. Niedziela, siódmy maja. Za dwadzieścia piąta. Pora na rodzinny zlot.

W domu Pod Klonami nie było widać ani śladu życia. Niedawno przystrzyżony trawnik, stary czarny lincoln Sędziego na podwórzu – nie licząc tych dwóch rzeczy, nic nie wskazywało na to, żeby ktoś mieszkał tu od z górą czterdziestu lat.

Fronton domu zdominowały cztery wielkie okrągłe kolumny pod portykiem; kiedy Ray tu mieszkał, zawsze malowano je na biało. Teraz pozieleniały od pnączy i bluszczu. Między ich szczytami wiła się dzika wistaria, która wpełzła aż na dach. Wszędzie pleniły się chwasty: na klombach, między krzewami i na ścieżkach.

Powoli wjechał na podjazd i pokręcił głową, widząc ruinę, w jaką popadł ten niegdyś wspaniały dom. Ożyły wspomnienia, jak zawsze. I jak zawsze ogarnęły go wyrzuty sumienia. Powinien był zostać. Powinien był posłuchać ojca, otworzyć kancelarię, ożenić się z miejscową dziewczyną, spłodzić tuzin dzieci, które zamieszkałyby w domu Pod Klonami, uwielbiałyby dziadka i uszczęśliwiłyby go na starość.

Trzasnął drzwiczkami samochodu najgłośniej, jak umiał, z nadzieją, że usłyszy go ktoś, kto jeszcze go nie usłyszał, ale tu, na podjeździe rodzinnego domu, trzask zabrzmiał dziwnie cicho. W sąsiednim domu, tym od wschodu, mieszkała rodzina starych panien, które od dziesięcioleci stopniowo wymierały. Tamten dom też pochodził sprzed wojny secesyjnej, lecz nie szpeciły go ani chwasty, ani dzikie pnącza, poza tym tonął w cieniu pięciu największych dębów w Clanton.

Schody i taras były zamiecione. Przy lekko uchylonych drzwiach stała szczotka. Sędzia nigdy tych drzwi nie zamykał, a ponieważ nie uznawał klimatyzacji, nigdy nie zamykał i okien.

Ray wziął głęboki oddech i mocno je pchnął. Gdy trzasnęły o próg, wszedł do środka i znieruchomiał, czekając, aż powali go znajomy, a może nieznajomy odór. Przez wiele lat ojciec miał starego, straszliwie nieporządnego kota i cały dom przesiąkł jego smrodem. Ale kot już zdechł i zapach wcale nie był nieprzyjemny. W środku było ciepło, pachniało kurzem, a wszędzie unosił się silny zapach fajkowego tytoniu.

– Jest tu kto? – rzucił niezbyt głośno Ray. Nikt mu nie odpowiedział. W holu, podobnie jak niemal w całym domu, stały pudła ze starymi aktami i papierzyskami, które ojciec przechowywał jak najcenniejszy skarb. Stały tam, odkąd wyeksmitowano go z sądu. Ray zerknął w prawo, na drzwi do jadalni, gdzie nic się nie zmieniło od czterdziestu lat, i wszedł do zawalonego pudłami korytarza. Kilka cichych kroków i zajrzał do gabinetu ojca.

Sędzia drzemał na sofie.

Ray wycofał się szybko do kuchni i ze zdziwieniem stwierdził, że w zlewie nie ma ani jednego brudnego naczynia, a wszystkie blaty są czyste. W kuchni zawsze panował bałagan – zawsze, ale nie tego dnia. Wyjął z lodówki butelkę dietetycznej coli i usiadł za stołem, zastanawiając się, czy iść obudzić ojca, czy chociaż na chwilę odwlec coś, co nieuchronnie musiało nadejść. Starzec był chory i potrzebował odpoczynku, dlatego Ray siedział tam i pijąc colę, obserwował wskazówki zegara nad kuchenną płytą, które powoli zmierzały ku godzinie piątej.

Forrest przyjedzie, nie miał co do tego żadnych wątpliwości. Spotkanie było zbyt ważne, żeby je sobie odpuścić. Nigdy w życiu nie zrobił niczego na czas. Nie nosił zegarka, twierdząc, że nie wie nawet, jaki dziś dzień, i większość ludzi mu wierzyła.

Punktualnie o piątej doszedł do wniosku, że ma dość czekania. Przejechał kawał drogi i chciał przejść do interesów. Ponownie zajrzał do gabinetu, stwierdził, że ojciec leży tak, jak leżał i na długą chwilę zastygł bez ruchu, nie chcąc go budzić. Czuł się jak intruz.

Sędzia miał na sobie te same czarne spodnie i tę samą białą, mocno wykrochmaloną koszulę, którą nosił, odkąd Ray tylko sięgał pamięcią. Do tego granatowe szelki, czarne skarpetki i czarne klapki. Był bez krawata. Zeszczuplał i ubranie na nim wisiało. Policzki miał blade i zapadnięte, włosy rzadkie i gładko zaczesane do tyłu. Skrzyżowane na brzuchu ręce były niemal tak białe jak koszula.

Z paska od spodni zwisał mu mały plastikowy pojemnik. Ray cichutko podszedł bliżej, żeby mu się przyjrzeć. Zasobnik z morfiną.

Zamknął oczy, otworzył je i rozejrzał się po gabinecie. Żaluzjowe biurko pod portretem generała Forresta było dokładnie takie, jakim je zawsze pamiętał. Stała na nim stara maszyna do pisania, a tuż obok niej leżał stos papierów. Krok dalej stało wielkie biurko mahoniowe, spadek po tym Atlee, który walczył pod rozkazami generała, a więc po dziadku kolejnego dziadka.

Stojąc pośrodku tego ponadczasowego pokoju, pod surowym wzrokiem Nathana Bedforda Forresta, Ray zdał sobie sprawę, że ojciec nie oddycha. Rozważał to, niespiesznie i tylko przez chwilę. Odkaszlnął, lecz starzec ani drgnął. Ray nachylił się i dotknął jego lewego nadgarstka. Nie wyczuł pulsu.

Sędzia Reuben V. Atlee nie żył.

Rozdział 6

Z tyłu stał stary wiklinowy fotel, na którym leżała rozdarta poduszka i wystrzępiona narzuta. Korzystał z niego tylko kot. Ray usiadł tam tylko dlatego, że fotel był najbliżej i siedział tak naprzeciwko sofy, czekając, aż ojciec obudzi się, usiądzie, weźmie sprawy w swoje ręce i warknie: Gdzie Forrest?

Ale on wciąż leżał bez ruchu. W domu Pod Klonami słychać było jedynie ciężki oddech Raya, który próbował wziąć się w garść. Wszędzie panowała cisza, powietrze jeszcze bardziej zgęstniało. Ray patrzył na blade dłonie ojca i czekał, aż leciutko drgną. Aż podniosą się powoli i powoli opadną, gdy zacznie krążyć w nich krew, gdy płuca wypełnią się powietrzem i gdy powietrze to wypchną. Ale nic takiego się nie stało. Ojciec leżał sztywno ze skrzyżowanymi rękami, złączonymi nogami i mocno pochyloną do przodu głową, jakby kładąc się, wiedział, że tym razem zaśnie na wieki. Na jego zaciśniętych ustach błąkał się cień uśmiechu. Potężny narkotyk uśmierzył wszelki ból.

Szok powoli mijał i pojawiły się pytania. Kiedy umarł? Czy zabił go rak, czy starzec po prostu przedawkował? Czy to jakaś różnica? Czy stary to wyreżyserował? Dla nich? I gdzie, do diabła, jest Forrest? Nie, żeby mógł tu w czymś pomóc.

Siedząc po raz ostatni sam na sam z ojcem, Ray z trudem powstrzymywał łzy i próbował odpędzić od siebie pytania, które dręczyłyby każdego marnotrawnego syna: dlaczego nie przyjechałem wcześniej, dlaczego nie przyjeżdżałem częściej, dlaczego nie pisałem i nie dzwoniłem? Gdyby zaczął na nie odpowiadać, lista nie miałaby końca.

W końcu się poruszył. Ukląkł przy sofie, złożył głowę na piersi ojca i szepnął:

– Kocham cię, tato.

Potem odmówił krótką modlitwę. Kiedy wstał, miał łzy w oczach, czego bardzo nie chciał. Lada chwila miał przyjechać młodszy brat, a on postanowił załatwić to na spokojnie, bez emocji.

Na mahoniowym biurku stała popielniczka, a w niej leżały dwie fajki. Jedna była pusta. Druga świeżo wypalona. Ta druga była jeszcze ciepła, a przynajmniej tak mu się wydawało. Oczyma wyobraźni zobaczył, jak Sędzia pali ją, porządkując papiery na biurku – chłopcy nie powinni oglądać takiego bałaganu – zobaczył, jak pod wpływem nagłego bólu kładzie się na sofie, jak bierze dawkę morfiny, żeby odczuć chociaż lekką ulgę, i jak powoli odpływa w niebyt.

Obok maszyny leżała jedna z jego urzędowych kopert, a na kopercie widniał napis: *Ostatnia wola i testament Reubena V. Atlee*. Pod napisem data: *6 maja 2000*. Ray wziął ją, zajrzał do kuchni, wyjął z lodówki kolejną butelkę coli, wyszedł na taras i czekając na Forresta, usiadł na huśtanej ławce.

A może zadzwonić do zakładu pogrzebowego już teraz, przed jego przyjazdem? Przez chwilę gorączkowo o tym myślał, a potem otworzył kopertę. Testament był krótki, zaledwie jednostronicowy, i nie zawierał żadnych niespodzianek.

Postanowił zaczekać dokładnie do szóstej i – gdyby Forrest do tego czasu nie przyjechał – zadzwonić do zakładu.

Gdy wrócił do gabinetu, Sędzia był wciąż martwy, co raczej go nie zaskoczyło. Położył testament obok maszyny, przejrzał jakieś papiery. Początkowo czuł się przy tym dziwnie niezręcznie, ale wkrótce, jako wykonawca testamentu, miał babrać się w papierach przez wiele dni: musiał sporządzić listę aktywów, uregulować rachunki, przeprowadzić resztkę rodzinnej fortuny przez postępowanie spadkowe i wreszcie złożyć ją do grobu. Ojciec rozdzielił wszystko między synów, dlatego wiedział, że sprawa będzie czysta i względnie prosta.

Zerkając na zegarek i czekając na brata, myszkował po gabinecie pod czujnym wzrokiem generała Forresta. Zachowywał się cicho; nie chciał przeszkadzać ojcu. Szuflady żaluzjowego biurka były wypełnione papeterią. Na biurku mahoniowym leżał stos korespondencji.

Przy ścianie za sofą stał rząd półek wypchanych traktatami prawnymi, których nie otwierano od dziesięcioleci. Półki były z orzechowego drewna: według rodzinnej legendy, którą podważył dopiero Forrest, zrobił je w prezencie pewien morderca, którego w minionym stuleciu zwolnił z więzienia dziadek Sędziego. Stały na orzechowej szafce, wysokiej na osiemdziesiąt, może dziewięćdziesiąt centymetrów. Miała sześć drzwiczek i ojciec trzymał w niej jakieś dokumenty. Ray nigdy tam nie zaglądał. Sofa niemal całkowicie ją zasłaniała.

Ale teraz jedne drzwiczki były otwarte i Ray dostrzegł w środku równiutki rząd ciemnozielonych pudełek firmy Blake & Son, takich samych pudełek na koperty, jakie widywał w domu od urodzenia. Blake & Son to stara drukarnia w Memphis. Zaopatrywali się w niej dosłownie wszyscy prawnicy i sędziowie z Missisipi, i to od zawsze. Ray przykucnął za sofą, żeby się im przyjrzeć.

Jedno z nich utkwiło między drzwiczkami, zaledwie kilka centymetrów nad podłogą. Z tym, że nie zawierało kopert. Było wypchane pieniędzmi, studolarówkami. Miało trzydzieści centymetrów szerokości, czterdzieści dziewięć długości, dwanaście głębokości i dosłownie pękało w szwach od banknotów. Ray podniósł je i zważył w rękach. Było ciężkie. W szafce stało kilkanaście identycznych.

Wyjął jeszcze jedno. Ono też było wypełnione studolarówkami. Tak samo trzecie. Banknoty w czwartym były owinięte żółtymi banderolami z napisem: $2000. Szybko je przeliczył.

Pięćdziesiąt trzy banderole.

Sto sześć tysięcy dolarów.

Sunąc na czworakach – ostrożnie, żeby broń Boże nie potrącić sofy i nie zakłócić komuś spokoju – otworzył pozostałe drzwiczki. W szafce stało co najmniej dwadzieścia ciemnozielonych pudełek z drukarni Blake & Son.

Wstał, wyszedł z gabinetu i przeciąwszy hol, wypadł na taras, żeby zaczerpnąć świeżego powietrza. Kręciło mu się w głowie i kiedy usiadł na schodkach, na spodnie spadła mu kropla potu z nosa.

Chociaż racjonalne myślenie przychodziło mu z trudem, zdołał wykonać kilka szybkich działań arytmetycznych. Zakładając, że w szafce stało dwadzieścia pudełek i że każde pudełko zawierało sto tysięcy dolarów, wartość ukrytego majątku była znacznie większa od tego, co Sędzia zarobił w ciągu trzydziestu dwóch lat pracy. Miał pełen etat, nie dorabiał na boku, a od klęski wyborczej przed dziewięcioma laty też nie zarobił zbyt dużo.

Nie uprawiał hazardu i – o ile Ray wiedział – nigdy w życiu nie kupił na giełdzie ani jednej akcji.

Ulicą przejeżdżał jakiś samochód. Ray zamarł, przerażony, że to Forrest. Gdy samochód pojechał dalej, zerwał się na równe nogi, popędził do gabinetu, dźwignął koniec sofy i odsunął go trzydzieści centymetrów od szafki. Odsunąwszy od szafki drugi koniec, ukląkł i zaczął wyjmować z niej ciemnozielone pudełka. Kiedy wyjął pięć, zaniósł je przez kuchnię do małej pakamery za spiżarnią, gdzie pokojówka Irena trzymała szczotki i mopy; szczotki i mopy wciąż tam stały, najwyraźniej nie tknięto ich od jej śmierci. Odgarnął pajęczyny i postawił pudełka na podłodze.

Pakamera nie miała okien, a z kuchni nie można było do niej zajrzeć.

Wpadł do jadalni, wyjrzał na podjazd – nic tam nie zobaczył – pobiegł z powrotem do gabinetu, wyjął siedem pudełek, ustawił je jedno na drugim i zaniósł do pakamery. Ponownie okno w jadalni – nikogo – i ponownie gabinet, gdzie Sędzia z każdą sekundą robił się zimniejszy. Jeszcze tylko dwie wyprawy i będzie po robocie. Dwadzieścia siedem pudełek spocznie bezpiecznie w pakamerze, gdzie nikt ich na pewno nie znajdzie.

Dochodziła szósta, gdy poszedł do samochodu po torbę. Musiał zmienić przepoconą koszulę i spodnie. W domu było pełno kurzu i wszystko, czego tylko dotknął, pozostawiało na ubraniu brudny ślad. Umył się i wytarł w jedynej łazience w domu, tej na dole. Potem ogarnął gabinet, przesunął sofę i zaczął myszkować po pokojach w poszukiwaniu kolejnych skrytek.

Był na piętrze, w sypialni ojca, i właśnie zaglądał do szafy, gdy przez otwarte okna usłyszał warkot samochodu. Zbiegł na dół i zdążył usiąść na huśtanej ławce tuż przed tym, jak za jego audi zaparkował wóz Forresta. Wziął głęboki oddech i spróbował się uspokoić.

Wstrząs, jaki przeżył na widok martwego ojca, wystarczyłby mu na cały dzień. Wstrząs na widok pieniędzy wprawił go w gwałtowne drżenie.

Forrest powoli wszedł na schody: ręce w kieszeniach białych luźnych spodni, błyszczące wojskowe buty z jaskrawozielonymi sznurówkami – za każdym razem wyglądał inaczej.

– Cześć – powiedział cicho Ray i Forrest odwrócił głowę.

– Sie masz, bracie.

– Ojciec nie żyje.

Forrest przystanął, popatrzył na niego, a potem spojrzał na ulicę. Był w starej brązowej kurtce i czerwonym podkoszulku, w stroju, który mógłby skompletować jedynie on. I w którym tylko jego tolerowano. Jako pierwszy samozwańczy wolny duch Clanton, zawsze starał się wyglądać cudacznie, ekscentrycznie i ekstrawagancko.

Trochę przytył, ale z nadwagą było mu do twarzy. Jego długie rudawe włosy siwiały szybciej niż włosy Raya. Był w sfatygowanej baseballowej czapce Cubsów.

– Gdzie jest? – spytał.

– U siebie.

Forrest otworzył siatkowe drzwi i wszedł do domu. W drzwiach gabinetu przystanął, jakby nie wiedział, co zrobić. Patrząc na ojca, lekko przekrzywił głowę na bok i przez kilka sekund wyglądał tak, jakby miał zaraz zemdleć. Udawał twardziela, ale zawsze zdradzały go emocje.

– O Boże – wymamrotał i usiadł niezdarnie w kocim fotelu, gapiąc się z niedowierzaniem na Sędziego. – On naprawdę nie żyje? – wykrztusił przez zaciśnięte zęby.

– Naprawdę.

Forrest głośno przełknął ślinę, zamrugał, żeby się nie rozpłakać i w końcu spytał:

– Kiedy przyjechałeś?

Ray usiadł na taborecie przodem do brata.

– Chyba koło piątej. Wszedłem i pomyślałem, że śpi, ale on już nie żył.

– Przykro mi, że musiałeś go znaleźć. – Forrest otarł kąciki oczu.

– Ktoś musiał.

– Co teraz?

– Zadzwonimy do zakładu pogrzebowego.

Forrest kiwnął głową, jakby wiedział, że tak właśnie trzeba. Powoli wstał i chwiejnie podszedł do sofy. Dotknął rąk ojca.

– Kiedy umarł? – Głos miał chrapliwy i spięty.

– Nie wiem. Ze dwie godziny temu.

– Co to?

– Pojemnik na morfinę.

– Myślisz, że przedawkował?

– Mam nadzieję.

– Nie powinniśmy byli zostawiać go samego.

– Daj spokój, nie zaczynajmy.

Forrest rozejrzał się po gabinecie, jakby był tu pierwszy raz. Podszedł do żaluzjowego biurka i popatrzył na maszynę.

– Nowa taśma nie będzie mu już potrzebna – powiedział.

– Chyba nie. – Ray zerknął na szafkę za sofą. – Masz tam testament, jak chcesz, to przeczytaj. Wczoraj podpisał.

– No i?

– Dzielimy się wszystkim po połowie. Jestem wykonawcą.

– No jasne. – Forrest stanął za mahoniowym biurkiem i popatrzył na zaścielające je papiery. – Nie byłem tu od dziewięciu lat. Trudno w to uwierzyć, co?

– Fakt.

– Wpadłem na chwilę po wyborach, kiedy go wyrzucili. Powiedziałem, że mi przykro i poprosiłem o trochę szmalu. Pokłóciliśmy się...

– Przestań, nie teraz.

Opowieści o kłótniach między nim i ojcem było tyle, że można by je snuć w nieskończoność.

– Szmalu nie dostałem – wymamrotał i otworzył szufladę. – Trzeba będzie to wszystko przejrzeć, co?

– Tak, ale nie w tej chwili.

– Ty to zrób, Ray. Jesteś wykonawcą testamentu. Brudna robota to twoja działka.

– Trzeba zadzwonić do zakładu pogrzebowego.

– Muszę się napić.

– Nie, Forrest, proszę...

– Odwal się. Piję, kiedy chcę.

– Udowodniłeś to tysiąc razy. Przestań. Zadzwonię i zaczekamy na tarasie.

Jako pierwszy przyjechał policjant, młody facet z wygoloną głową, który wyglądał tak, jakby rozkaz wyjazdu przerwał mu niedzielną drzemkę. Zadał im kilka pytań na tarasie, a potem poszedł obejrzeć zwłoki. Musieli odwalić papierkową robotę i kiedy ją odwalali, Ray zaparzył dzbanek mocno osłodzonej herbaty.

– Przyczyna śmierci? – spytał policjant.

– Rak, choroba serca, cukrzyca, starość – odrzekł Ray. On i Forrest powoli huśtali się na ławce.

– Wystarczy? – rzucił Forrest jak przemądrzały dupek. Już od dawna nie miał ani krzty szacunku dla policji.

– Zażądacie sekcji zwłok?

– Nie – odrzekli chórem.

Policjant skończył wypełniać formularze i kazał im je podpisać. Kiedy odjechał, Ray mruknął:

– Wiadomość rozniesie się lotem błyskawicy.

– Coś ty. W tym małym uroczym miasteczku?

– Aż trudno w to uwierzyć, co? Miejscowi naprawdę plotkują.

– Dzięki mnie, przez dwadzieścia lat mieli o czym.

– To prawda.

Siedzieli ramię przy ramieniu, z pustymi szklankami w ręku.

– Więc co jest w tym spadku? – spytał w końcu Forrest.

– Chcesz przeczytać testament?

– Nie, powiedz.

– Ojciec wymienia w nim poszczególne składniki: dom, meble, samochód, książki i sześć tysięcy dolarów na koncie.

– To wszystko?

– Wymienił tylko to – odparł Ray, unikając kłamstwa.

– Sześć tysięcy? Musiał mieć dużo więcej. – Forrest powiedział to tak, jakby chciał przeszukać dom.

– Pewnie wszystko rozdał – odrzekł spokojnie Ray.

– A emerytura?

– Po wyborach odebrał całość. Głupi błąd. Potrącili mu kilkadziesiąt tysięcy dolarów. Przypuszczam, że resztę rozdał.

– Ray, czy ty nie chcesz mnie przypadkiem wykiwać?

– Przestań, nie ma się o co kłócić.

– Miał jakieś długi?

– Mówił, że nie.

– I nie zostawił nic więcej?

– Przeczytaj testament.

– Nie teraz.

– Podpisał go wczoraj.

– Myślisz, że to sobie zaplanował?

– Na to wygląda.

Przed domem Pod Klonami zatrzymał się czarny karawan z zakładu pogrzebowego Magargela, a potem powoli wjechał na podjazd.

Forrest pochylił się, oparł łokcie na kolanach, ukrył twarz w dłoniach i się rozpłakał.

Rozdział 7

Za karawanem przystanął samochód koronera Thurbera Foremana, ten sam czerwony dodge pickup, którym Foreman jeździł, odkąd Ray poszedł do college'u, a za pickupem samochód wielebnego Silasa Palmera z Pierwszego Kościoła Prezbiteriańskiego, małego, wiecznie młodego Szkota, który chrzcił obu synów Sędziego. Forrest czmychnął ukradkiem na podwórze, a Ray powitał przybyłych na tarasie. Ci złożyli mu kondolencje. B.J. Magargel, właściciel zakładu pogrzebowego, i wielebny Palmer mieli łzy w oczach. Thurber widział w życiu setki zwłok, ale te nie interesowały go finansowo, dlatego sprawiał wrażenie obojętnego, przynajmniej chwilowo.

Ray zaprowadził ich do gabinetu, gdzie z szacunkiem patrzyli na Sędziego wystarczająco długo, by Thurber mógł oficjalnie stwierdzić, że ten rzeczywiście nie żyje. Zrobił to bez słów, po prostu zerknął na Magargela i skinął twierdząco głową; krótko, poważnie i biurokratycznie, jakby chciał powiedzieć: To trup. Możecie go zabrać. Magargel też skinął głową, dopełniając rytuału, którego musieli dopełniać wiele razy.

Thurber wyjął kartkę papieru i zadał Rayowi kilka podstawowych pytań. Imię i nazwisko Sędziego, data i miejsce urodzenia, najbliżsi krewni, przyczyna i przybliżona godzina śmierci; Ray po raz drugi oświadczył, że nie życzy sobie sekcji zwłok.

On i wielebny Palmer wyszli z gabinetu i usiedli przy stole w jadalni. Wielebny był bardziej wzruszony niż syn nieboszczyka. Uwielbiał Sędziego i uważał go za swego bliskiego przyjaciela.

Nabożeństwo żałobne za duszę człowieka tej miary co Reuben Atlee na pewno przyciągnie wielu przyjaciół i wielbicieli, dlatego musiało być dobrze zaplanowane.

– Rozmawialiśmy o tym – dodał wielebny głosem tak cichym i chrapliwym, jakby miał się zaraz zadławić. – Niedawno.

– To dobrze – odrzekł Ray.

– Reuben sam wybrał hymny, fragment Pisma Świętego i zrobił listę tych, którzy poniosą trumnę.

Ray nawet nie pomyślał o takich szczegółach. Może by i pomyślał, gdyby nie natknął się na parę milionów dolarów. Jego przeciążony mózg rejestrował większość słów Palmera, ale zaraz potem wędrował myślą do pakamery ze szczotkami i kompletnie głupiał. Thurber i Magargel byli sami w gabinecie ojca i Ray nagle się zdenerwował. Spokojnie, powtarzał sobie w duchu, tylko spokojnie.

– Dziękuję – powiedział, szczerze wdzięczny, że wielebny o wszystko zadbał. Pomocnik Magargela przyprowadził wózek. Frontowe drzwi, hol, korytarz i trudny skręt do gabinetu ojca.

– Pragnął też, żeby wystawiono jego trumnę na widok publiczny – dodał Palmer. Tutejsi mieszkańcy, zwłaszcza ci starsi, uważali, że czuwanie przy zwłokach jest tradycyjnym i niezbędnym wstępem do właściwego pogrzebu.

Ray kiwnął głową.

– Tutaj, w domu.

– Nie – odparł zdecydowanie Ray. – Tutaj nie.

Po ich odjeździe chciał przeczesać każdy centymetr kwadratowy domu w poszukiwaniu pieniędzy. Poza tym z niepokojem myślał o tych w pakamerze. Ile ich było? Ile potrwa ich przeliczenie? Co z nimi zrobić? Dokąd zabrać? Komu powiedzieć? Potrzebował czasu, musiał przemyśleć to w samotności. Przemyśleć, przeanalizować i opracować jakiś plan.

– Twój ojciec wyraźnie to zaznaczył – powiedział wielebny.

– Przykro mi. Trumnę wystawimy, ale nie tutaj.

– Mogę spytać dlaczego?

– Moja matka…

Wielebny uśmiechnął się i skinął głową.

– Pamiętam twoją mamę.

– Położyli ją na stole w salonie i przez dwa dni paradowało przed nią całe miasto. Schowałem się z bratem na strychu i przeklinałem ojca, że zrobił z tego przedstawienie. – Głos miał stanowczy, oczy błyszczące. – W tym domu czuwania przy zwłokach nie będzie.

Mówił szczerze. Nie chciał też ryzykować. Przed czuwaniem musieliby wynająć ekipę sprzątaczek, które wywróciłyby do góry nogami cały dom, tych od gastronomii, którzy przygotowywaliby jedzenie, no i tych z kwiaciarni, którzy ustawialiby kwiaty. A cały ten bałagan zacząłby się już nazajutrz rano.

– Rozumiem – powiedział wielebny.

Pomocnik karawaniarza szedł tyłem, ciągnąc wózek, delikatnie popychany przez Magargela. Sędzia leżał pod bielutkim, wykrochmalonym, zgrabnie podwiniętym prześcieradłem, które przykrywało go od stóp po głowę. Taras, schody: wraz z towarzyszącym im Thurberem powieźli do karawanu ostatniego z rodu Atlee, który mieszkał w domu Pod Klonami.

Pół godziny później zmaterializował się Forrest. Wyszedł z domu ze szklanką wypełnioną podejrzanie wyglądającą brązowawą cieczą, która na pewno nie była herbatą.

– Pojechali? – spytał, patrząc na podjazd.

– Pojechali – odrzekł Ray. Siedział na schodach i palił cygaro. Gdy brat usiadł obok, doszedł go kwaśny zapach alkoholu.

– Gdzie to znalazłeś?

– Miał skrytkę w łazience. Chcesz?

– Nie. Od dawna o niej wiesz?

– Od trzydziestu lat.

Ray zacisnął zęby. Na usta cisnęły mu się same połajanki, ale jakoś się powstrzymał. Brata łajano i pouczano wiele razy, najwyraźniej bezskutecznie, bo oto siedział przed nim i po stu czterdziestu jeden dniach trzeźwości sączył bourbona.

– Jak tam Ellie? – Ray wypuścił długą smugę dymu.

– Jak zwykle szajbnięta.

– Przyjedzie na pogrzeb?

– Nie, znowu przytyła. Waży sto trzydzieści sześć kilo. Jej limit to sześćdziesiąt osiem. Waży mniej, to wychodzi z domu. Waży więcej, to zamyka się na klucz.

– Kiedy ważyła mniej?

– Trzy, cztery lata temu. Znalazła jakieś walniętego lekarza, który przepisał jej te prochy. Schudła po nich do czterdziestu pięciu kilo. Lekarz poszedł do pierdla, a ona przytyła dziewięćdziesiąt kilo. Ale stu trzydziestu sześciu nie przekracza. Codziennie się waży i dostaje histerii, jeśli wskazówka pójdzie dalej.

– Powiedziałem wielebnemu, że czuwanie się odbędzie, ale nie tutaj, nie w domu.

– Ty tu rządzisz.

– Zgadzasz się?

– Jasne.

Kolejny łyk bourbona, kolejna smuga dymu.

– A co z tą zdzirą, która cię rzuciła? Jak jej tam…

– Vicki.

– Właśnie, Vicki. Nie znosiłem tej dziwki od dnia waszego ślubu.

– I teraz mi to mówisz?

– Ciągle tam mieszka?

– Tak. W zeszłym tygodniu widziałem, jak wysiadała ze swego prywatnego odrzutowca.

– Wyszła za tego starego pierdołę, tak? Za tego kanciarza z Wall Street?

– Tak. Zmieńmy temat.

– To ty zacząłeś gadać o babach.

– Mój błąd. Jak zwykle.

Forrest pociągnął ze szklanki.

– Pogadajmy o forsie. Gdzie się podziała?

Ray lekko drgnął i zamarło mu serce, ale brat patrzył na trawnik i niczego nie zauważył. O jakiej forsie mówisz, kochany braciszku?

– Ojciec ją rozdał.

– Ale dlaczego?

– To była jego forsa, nie nasza.

– Ale czemu nie zostawił trochę dla nas?

Nie tak dawno, bo przed kilkoma laty, Sędzia zwierzył się Rayowi, że w ciągu piętnastu lat wydał ponad dziewięćdziesiąt tysięcy dolarów na grzywny, opłaty sądowe i rehabilitację Forresta. Mógł te pieniądze zostawić synowi, żeby dalej chlał i ćpał, albo przeznaczyć je na cele dobroczynne i rozdać za życia rodzinom w potrzebie. Ray miał stałą pracę i mógł o siebie zadbać.

– Zostawił nam dom.

– Co z nim zrobimy?

– Jak chcesz, możemy go sprzedać. Pieniądze pójdą do wspólnego worka, z całą resztą. Pięćdziesiąt procent zeżrą podatki. Postępowanie spadkowe potrwa rok.

– Dobra, do czego się to sprowadza?

– Do tego, że będziemy mieli szczęście, jeśli za rok zostanie nam pięćdziesiąt tysięcy dolarów.

Oczywiście były jeszcze inne aktywa. W pakamerze ze szczotkami stały niewinnie pudełka firmy Blake & Son, ale Ray potrzebował czasu na ocenę sytuacji. Czy były to brudne pieniądze? Czy powinien zaliczyć je do majątku ojca? Gdyby to zrobił, zaczęłyby się straszliwe problemy. Po pierwsze, trzeba by wyjaśnić, skąd pochodzą. Po drugie, połowę zabrałby urząd skarbowy. Po trzecie, Forrest wypchałby forsą kieszenie i forsa ta by go zabiła.

– A więc za rok dostanę dwadzieścia pięć kawałków?

Ray nie wiedział, czy brat jest zdenerwowany, czy zdegustowany.

– Coś koło tego.

– Chcesz zatrzymać dom?

– Nie, a ty?

– Zwariowałeś. Moja noga tu nie postanie.

– Przestań.

– Wykopał mnie, powiedział, że od lat przynoszę hańbę rodzinie. Zabronił mi tu przyjeżdżać.

– I cię przeprosił.

Szybki łyk bourbona.

– Tak, przeprosił. Ale to miejsce mnie przygnębia. Jesteś wykonawcą testamentu, więc się tym zajmij. Wystarczy, jak po zakończeniu postępowania wyślesz mi czek.

– Powinniśmy chociaż przejrzeć jego rzeczy.

– Ja ich nie tknę. – Forrest wstał. – Mam ochotę na piwo. Minęło pięć miesięcy i mam ochotę na piwo. – Szedł do samochodu i gadał. – Przywieźć ci?

– Nie.

– Przejedziesz się ze mną?

Ray chciał go przypilnować, lecz jeszcze większy, jeszcze silniejszy przymus nakazywał mu pozostać na miejscu i pilnować rodzinnego spadku. Sędzia nigdy nie zamykał domu na klucz. Właśnie: gdzie był klucz?

– Zaczekam tutaj.

– Jak chcesz.

Wizyta kolejnego gościa go nie zaskoczyła. Właśnie grzebał w kuchennych szafkach, szukając kluczy, gdy od drzwi doszedł go znajomy ryk. Nie słyszał go od lat, lecz nie miał wątpliwości, że ryczeć tak może tylko Harry Rex Vonner.

Harry Rex objął go jak niezdarny niedźwiedź; Ray odwzajemnił mu się pełnym rezerwy uściskiem.

– Tak mi przykro – powtórzył kilka razy Vonner. Wielki, wysoki, szeroki w barach i brzuchaty, wielbił Sędziego i gotów był zrobić wszystko dla jego synów. Był błyskotliwym adwokatem, który utkwił w potrzasku małego miasta, i to właśnie do niego Reuben Atlee zwracał się o radę, ilekroć Forrest popadał w konflikt z prawem.

– Kiedy przyjechałeś? – spytał.

– Koło piątej. Znalazłem go w gabinecie.

– Od dwóch tygodni mam proces, nie zdążyłem z nim nawet pogadać. Gdzie Forrest?

– Pojechał po piwo.

Przez chwilę trawili powagę sytuacji. Siedzieli na huśtanej ławce.

– Miło cię widzieć, Ray.

– Ciebie też, Harry Rex.

– Nie mogę uwierzyć, że on nie żyje.

– Ani ja. Myślałem, że jest wieczny.

Harry Rex otarł rękawem oczy.

– Tak mi przykro – wymamrotał. – Po prostu nie mogę w to uwierzyć. Widziałem go chyba dwa tygodnie temu. Chodził, jeździł, bolało go, ale nie narzekał. Umysł miał świeży jak nigdy.

– Mniej więcej rok temu dawali mu rok życia. Ale myślałem, że pociągnie dłużej.

– Ja też. Twardy był z niego staruszek.

– Napijesz się herbaty?

– Chętnie.

Ray poszedł do kuchni, nalał dwie szklanki mrożonej herbaty i wrócił na taras.

– Rozpuszczalna, niezbyt dobra.

Harry Rex wypił łyk i się z nim zgodził.

– Przynajmniej zimna.

– Musimy wystawić trumnę na widok publiczny, ale nie chcę robić tego tutaj. Masz jakiś pomysł?

Harry Rex zastanawiał się tylko przez sekundę, po czym rozciągnął usta w szerokim uśmiechu.

– Zróbmy to w sądzie, na parterze, w rotundzie. Będzie tam leżał jak król.

– Mówisz poważnie?

– Czemu nie? Reuben by się ucieszył. Całe miasto mogłoby złożyć mu ostatni hołd.

– To jest myśl.

– Genialna, wierz mi. Pogadam z szeryfem i załatwię zezwolenie. Wszystkim się to spodoba. Kiedy pogrzeb?

– We wtorek.

– W takim razie wystawimy trumnę jutro po południu. Powiesz kilka słów?

– Jasne. Dobra. Zorganizujesz to?

– Nie ma sprawy. Wybraliście już trumnę?

– Wybierzemy rano.

– Weźcie dębową. Dajcie sobie spokój z miedzią, brązem i całą resztą. W zeszłym roku pochowałem w dębowej mamę i mówię ci, piękniejszej trumny w życiu nie widziałem. Magargel sprowadzi ją wam w dwie godziny z Tupelo. I odpuście sobie murowany grób. To zdzierstwo, strata pieniędzy. Z prochu powstałeś, w proch się obrócisz: pogrzebcie ich i niechaj zgniją w ziemi, to jedyny sposób. Ci z episkopalnego mają rację.

Ray był trochę oszołomiony tym zalewem dobrych rad, ale i wdzięczny Harry'emu Reksowi za troskę. Sędzia nie wspominał w testamencie o trumnie, wspominał za to o murowanym grobie. I o ładnym kamiennym nagrobku. Ostatecznie nazywał się Atlee i miano go pogrzebać pośród innych wielkich tego rodu.

Harry Rex był jedynym człowiekiem, który mógł wiedzieć coś o jego poczynaniach. Dlatego gdy siedzieli tak, obserwując długie cienie kładące się na trawniku przed domem Pod Klonami, Ray rzucił:

– Wygląda na to, że rozdał wszystkie pieniądze. – Powiedział to z największą nonszalancją, na jaką było go stać.

– Mnie to nie dziwi. Ciebie dziwi?

– A skąd.

– Na pogrzeb przyjdą setki ludzi, którym pomógł. Kalekie dzieci, chorzy bez polis ubezpieczeniowych, czarnoskóre dzieciaki, które wysłał do college'u, strażacy z ochotniczej straży pożarnej, ci z miejskiego klubu, z drużyny softballowej, stypendyści, którzy chcą jechać na studia do Europy. Nasz kościół wysłał kilku lekarzy na Haiti i Sędzia dał im tysiąc dolarów.

– Kiedy zacząłeś chodzić do kościoła?

– Dwa lata temu.

– Dlaczego?

– Mam nową żonę.

– Która to już?

– Czwarta, ale ta jest naprawdę super.

– Szczęściara z niej.

– I to jaka.

– Podoba mi się twój pomysł. Wszyscy ci ludzie, o których przed chwilą mówiłeś, będą mogli złożyć mu publiczny hołd. Wielki parking, nie trzeba martwić się o krzesła…

– Genialne, co?

Na podjazd wjechał samochód Forresta i gwałtownie zahamował tuż za cadillakiem Harry'ego Reksa. Forrest wysiadł i poczłapał ku nim w półmroku, dźwigając całą skrzynkę piwa.

Rozdział 8

Kiedy został sam, Ray usiadł w kocim fotelu naprzeciwko pustej już sofy, próbując wmówić sobie, że życie bez ojca nie będzie się zbytnio różniło od życia z nim na odległość. Długo to trwało, lecz dzień ten w końcu nadszedł i po prostu musiał stawić mu czoło z marszu i z odrobiną żałoby. Opanuj się, powtarzał sobie, zachowuj pozory, pozałatwiaj sprawy w Missisipi i zmykaj do Wirginii.

Gabinet oświetlała słaba, pojedyncza żarówka, przesłonięta zakurzonym abażurem lampki na żaluzjowym biurku, dlatego cienie były długie i mroczne. Nazajutrz Ray miał przy tym biurku zasiąść i pogrążyć się w papierkowej robocie. Nazajutrz, ale nie dzisiaj.

Dzisiaj musiał pomyśleć.

Forresta nie było. Odholował go Harry Rex, równie pijany jak on. Brat – co dla niego typowe – sposępniał i chciał wracać do Memphis. Ray zaproponował mu, żeby został.

– Prześpij się na tarasie, jak nie chcesz w domu. – Nie nalegał, to znaczy, nie za bardzo. Gdyby się uparł, doszłoby do awantury. Harry Rex powiedział, że w normalnych okolicznościach zaprosiłby go do siebie, ale nowa żona, okropna hetera, nie zniosłaby w domu dwóch pijaków.

– Zostań tutaj – namawiał, ale Forrest się zawziął. Był wystarczająco uparty po trzeźwemu, a po kilku głębszych krnąbrniał jeszcze bardziej. Ray widział go takim tyle razy, że sam nie wiedział już nawet ile, dlatego siedział sam cicho, przysłuchując się ich rozmowie.

Kwestia została ostatecznie rozstrzygnięta, gdy brat postanowił wynająć pokój w motelu Deep Rock na północ od miasta.

– Jeździłem tam piętnaście lat temu – wyznał – kiedy spotykałem się z żoną burmistrza.

– To zapchlona nora – zauważył Harry Rex.

– Bardzo mi jej brakowało.

– Z żoną burmistrza? – wtrącił Ray.

– Lepiej nie pytaj – mruknął Harry Rex.

Wyjechali kilka minut po jedenastej i w domu z minuty na minutę robiło się coraz ciszej.

Drzwi frontowe miały zatrzask, drzwi na patio zasuwę. Drzwi kuchenne, jedyne, którymi można było wyjść na podwórze, miały zdezelowaną klamkę z zepsutym zamkiem. Sędzia nie umiał posługiwać się nawet śrubokrętem, a Ray odziedziczył po nim całkowity brak zdolności do majsterkowania. Pozamykawszy wszystkie okna, stwierdził, że dom Pod Klonami nie był tak dobrze zabezpieczony od wielu dziesięcioleci. W razie konieczności mógłby przespać się w kuchni, skąd łatwiej by było pilnować pakamery ze szczotkami.

Próbował nie myśleć o pieniądzach. Siedząc w azylu ojca, opracowywał jego nieoficjalny nekrolog.

Sędzia Atlee został przewodniczącym 25. Wydziału Sądu Słuszności hrabstwa Ford w roku 1959 i aż do roku 1991 wybierano go co cztery lata olbrzymią większością głosów. Miał za sobą trzydzieści dwa lata przykładnej służby i nienaganną karierę prawniczą. Sąd apelacyjny bardzo rzadko unieważniał wydane przez niego orzeczenia. Koledzy po fachu często prosili go, żeby prowadził najbardziej zawikłane sprawy w ich obwodach. Często zapraszano go też na wykłady do uniwersytetu stanowego. Napisał setki artykułów na temat praktyki, procedur i aktualnych trendów sądowniczych. Dwa razy odrzucił propozycję awansu na sędziego Sądu Najwyższego stanu Missisipi; po prostu nie chciał rezygnować z uczestnictwa w rozprawach.

Jako zwykły obywatel trzymał rękę na pulsie wszystkich miejscowych spraw. Zrzuciwszy sędziowską togę, ingerował w politykę władz, w działalność społeczną, w działalność szkół i kościołów. Niewiele projektów w hrabstwie zatwierdzono bez jego zgody, niewiele projektów, którym się sprzeciwiał, próbowano zrealizować. Był członkiem chyba wszystkich miejscowych zarządów, rad, konferencji i doraźnie powoływanych komitetów. Dyskretnie promował kandydatów na stanowiska w miejscowych urzędach i dyskretnie pomagał usunąć tych, którzy nie otrzymali jego błogosławieństwa.

W wolnym czasie, którego miał bardzo mało, studiował historię i Biblię i pisał artykuły. Ani razu nie zagrał w baseball z synami, ani razu nie zabrał ich na ryby.

Jego żona Margaret zmarła nagle na tętniaka w 1969 roku. Osierocił dwóch synów.

I gdzieś po drodze zdołał zgromadzić olbrzymią fortunę w gotówce.

Może klucz do tajemnicy pochodzenia pieniędzy leżał tam, na biurku, pod stertami dokumentów albo ukryty w którejś z szuflad. Ojciec na pewno coś zostawił, jeśli nie szczegółowe wyjaśnienie, to choćby drobną wskazówkę. Przecież musiał istnieć jakiś ślad. W hrabstwie Ford nie mieszkał nikt, kogo majątek wyceniono by na dwa miliony dolarów, a posiadanie dwóch milionów dolarów w gotówce było czymś niewyobrażalnym.

Musiał te pieniądze przeliczyć. Wieczorem dwa razy zaglądał do pakamery. Ekscytowało go i niepokoiło już samo przeliczanie dwudziestu siedmiu ciemnozielonych pudełek. Postanowił zaczekać do świtu, kiedy będzie jasno i kiedy mieszkańcy Clanton będą jeszcze spali. Pozasłania okna w kuchni i załatwi to metodycznie, pudełko po pudełku.

Tuż przed północą znalazł mały materac w sypialni na dole i zawlókł go do jadalni, do miejsca oddalonego o sześć metrów od pakamery ze szczotkami, z którego mógł obserwować i podjazd, i sąsiedni dom. W sypialni na górze, w szufladzie stolika nocnego znalazł trzydziestkę ósemkę ojca. Z głową na zalatującej pleśnią poduszce, przykryty wełnianym kocem, który cuchnął zgnilizną, na próżno próbował zasnąć.

Stukot dochodził z drugiej strony domu. Coś stukało w okno, chociaż zanim Ray się obudził, otrzeźwiał i zdał sobie sprawę, gdzie jest i co tak naprawdę słyszy, upłynęło kilka minut. Stukot, potem głośny łoskot, jakby ktoś czymś gwałtownie potrząsał, wreszcie długa cisza. Spięty Ray usiadł na materacu i zacisnął palce na rękojeści rewolweru. W domu było bardzo ciemno, znacznie ciemniej, niż by chciał, ponieważ przepaliły się niemal wszystkie żarówki, a Sędzia był zbyt skąpy, żeby je wymienić.

Zbyt skąpy. Chryste. Dwadzieścia siedem wypchanych szmalem pudeł.

Kupić żarówki. Trzeba to wpisać na listę, i to z samego rana.

Stukotanie rozległo się ponownie i było zbyt głośne, zbyt gwałtowne jak na odgłos poruszanej wiatrem gałęzi. Stu-stuk, stuk-stuk, a potem mocne pchnięcie, jakby ktoś próbował wyważyć okno.

Na podjeździe stały dwa samochody, jego i Forresta. Każdy głupiec widział, że w domu ktoś jest, a więc kimkolwiek ten głupiec był, miał to gdzieś. Prawdopodobnie miał też broń i umiał się nią posługiwać lepiej niż Ray.

Na brzuchu, zarzucając nogami jak krab i dysząc jak sprinter, przeczołgał się przez hol. W ciemnym korytarzu wstał i wsłuchał się w ciszę. Była upojna. Odejdź, idź stąd, powtarzał sobie w duchu. Proszę.

Stuk-stuk, stuk-stuk, i z wyciągniętym przed siebie rewolwerem ostrożnie ruszył w stronę sypialni od podwórza. Rewolwer. Jest nabity? – spytał siebie poniewczasie. Skoro Sędzia trzymał go przy łóżku, musiał być nabity. Hałas był coraz głośniejszy: dochodził z małej sypialni, niegdyś sypialni gościnnej, w której od dziesiątków lat przechowywano pudła ze starymi rzeczami. Powoli uchylił drzwi głową i nie zobaczył nic poza kartonami. Drzwi otworzyły się szerzej i potrąciły stojącą lampę, która z trzaskiem runęła na ścianę tuż koło pierwszego z trzech ciemnych okien.

Ray omal nie pociągnął za spust, ale jakimś cudem zdołał wstrzymać i ogień, i oddech. Leżał na zapadającej się drewnianej podłodze chyba godzinę, pocąc się, nasłuchując, odpędzając pająki i nic nie słysząc. Cienie majaczyły i znikały. Lekki wiatr poruszał gałęziami drzewa i jedna z nich, pewnie ta przy samym dachu, delikatnie ocierała się o ścianę.

A więc jednak to tylko wiatr. Wiatr i stare duchy domu Pod Klonami, od których – według matki – aż się tu roiło, ponieważ dom był stary i zmarło w nim wielu ludzi. Matka mówiła również, że w piwnicy grzebano niewolników i że ich niespokojne duchy ciągle się tam tułają.

Sędzia nie znosił tych opowieści i uważał, że są bzdurne.

Zanim Ray wreszcie usiadł, zdrętwiały mu łokcie i kolana. Po chwili wstał i oparłszy się o futrynę drzwi, z rewolwerem w ręku długo obserwował trzy okna. Jeśli ktoś tam naprawdę był, najwyraźniej wystraszył go hałas. Ale nie. Im dłużej o tym myślał, tym większego nabierał przekonania, że to tylko wiatr.

Forrest wpadł na lepszy pomysł. Motel Deep Rock nie należał do najświetniejszych, ale na pewno było tam spokojniej niż tutaj.

Stuk-stuk, stuk-stuk, i Ray ponownie runął na podłogę, ponownie porażony strachem jeszcze większym niż przedtem, gdyż stukot dochodził teraz z kuchni. Zamiast się czołgać, postanowił iść na czworakach – nie ma to jak taktyka – i zanim doszedł do holu, koszmarnie rozbolały go kolana. Przystanął w drzwiach do jadalni i chwilę odczekał. Podłoga była ciemna, ale przez okienne żaluzje sączyło się słabe światło z tarasu, padając na górną część ścian i na sufit.

Nie pierwszy raz zadawał sobie pytanie, co on, profesor prawa prestiżowego uniwersytetu, robi po ciemku w domu swego dzieciństwa, odchodząc od zmysłów z przerażenia, z rewolwerem w ręku, gotów wyskoczyć ze skóry i zwiać, gdzie pieprz rośnie, a wszystko dlatego, że rozpaczliwie próbował bronić stosu tajemniczych pieniędzy, na które się przypadkiem natknął.

– I kto mi na to odpowie – wymamrotał.

Kuchenne drzwi wychodziły na mały drewniany podest. Ktoś się tam kręcił, tuż za drzwiami, ktoś szurał nogami po deskach. Nagle zagrzechotała klamka, ta zdezelowana, z zepsutym zamkiem. Wyglądało na to, że intruz postanowił wejść do domu odważnie, drzwiami, zamiast wślizgiwać się do środka oknem.

Ray pochodził z rodu Atlee i był na swoim terenie. Poza tym był w Missisipi, gdzie do obrony własnej powszechnie używano broni palnej. Gdyby w tej sytuacji wykonał jakiś drastyczny krok, nie skazałby go za to żaden stanowy sąd. Przykucnął za kuchennym stołem, wycelował w okno nad zlewem i zaczął naciskać spust. Jeden głośny wystrzał w ciemności, roztrzaskane okno, brzęk szkła, i każdy włamywacz weźmie nogi za pas.

Gdy drzwi ponownie załoskotały, pociągnął za spust. Kliknął kurek i nie zdarzyło się nic. W lufie nie było naboju. Ray pociągnął za spust jeszcze raz: bębenek wykonał obrót, ale wystrzał nie padł. Ogarnięty paniką Ray chwycił ze stołu pusty dzbanek do herbaty i cisnął nim w drzwi. Ku swojej wielkiej uldze stwierdził, że narobił więcej hałasu, niż narobiłaby go kula. Śmiertelnie przerażony, zapalił światło i popędził przez kuchnię, wymachując rewolwerem.

– Precz! – wrzeszczał. – Wynocha!

Gdy szarpnąwszy za klamkę i otworzywszy drzwi, nikogo tam nie zobaczył, z głuchym świstem wypuścił powietrze i zaczął ponownie oddychać.

Przez pół godziny zamiatał szkło, robiąc jak najwięcej hałasu.

Policjant miał na imię Andy i był siostrzeńcem chłopaka, z którym Ray kończył ogólniak. Ustalili to już podczas pierwszych trzydziestu sekund znajomości, a ustaliwszy, zaczęli rozmawiać o futbolu, sprawdzając podwórze i oglądając zewnętrzne ściany domu. Żadne okno nie nosiło śladów włamania. Za kuchennymi drzwiami znaleźli jedynie rozbite szkło. Podczas gdy Andy przeczesywał pokój za pokojem, Ray poszedł na górę, żeby poszukać nabojów do rewolweru. Przeszukiwanie nie przyniosło żadnych rezultatów. Ray zaparzył kawę i wypili ją na tarasie, gawędząc po cichu w mroku nocy. Clanton strzegł w niedzielę tylko jeden policjant, właśnie Andy, który twierdził, że tak naprawdę to nawet on nie jest tu wtedy potrzebny.

– W niedzielę w nocy nic się nigdy nie dzieje – mówił. – Ludzie śpią, szykują się do roboty.

Ray nie musiał go długo podpytywać, żeby poznać skalę przestępczości w hrabstwie Ford: kradzieże półciężarówek, bijatyki w knajpach z muzyką, handel prochami w Lowtown, gdzie mieszkało najwięcej kolorowych. Od czterech lat nie mieli w Ford ani jednego morderstwa, podkreślił z dumą Andy. Dwa lata temu obrabowano filię jednego z banków. Nie przestając gadać, zaczął pić drugą filiżankę kawy. Ray gotów był jej dolewać, a w razie konieczności zaparzać nawet do świtu. Świadomość, że na podjeździe stoi dobrze oznakowany radiowóz podnosiła go na duchu.

Andy odjechał o wpół do czwartej nad ranem. Ray przez godzinę leżał na materacu, wiercąc wzrokiem dziury w suficie, ściskając w ręku bezużyteczny rewolwer i opracowując strategię obrony pieniędzy. Zainwestować? Nie, inwestowanie mogło poczekać. O wiele bardziej palącym problemem był brak planu wyniesienia pieniędzy najpierw z pakamery, potem z domu i ukrycia ich w bezpiecznym miejscu. Będzie musiał przewieźć je aż do Wirginii? Na pewno nie mógł zostawić ich w Clanton, to oczywiste. I kiedy je wreszcie przeliczy?

W końcu, nie wiadomo kiedy, zmogło go zmęczenie i całodzienne napięcie: zapadł w sen. Stukotanie powróciło, lecz go nie słyszał. Kuchenne drzwi, teraz podparte krzesłem i obwiązane sznurem, trzeszczały i łoskotały, ale on to wszystko przespał.

Rozdział 9

O wpół do ósmej obudziło go słońce. Pieniądze wciąż leżały w pakamerze. Nietknięte. I okna, i drzwi wciąż były zamknięte i chyba ich nie otwierano. Zaparzył kawę i pijąc w kuchni pierwszą filiżankę, podjął ważną decyzję. Jeśli ktoś dybał na pieniądze z pakamery, wyjazd nie wchodził w grę, przynajmniej na razie.

Dwadzieścia siedem pudełek firmy Blake & Son nie zmieściłoby się do małego bagażnika audi. Telefon zadzwonił o ósmej: Harry Rex poinformował go, że odholował Forresta do motelu i że władze hrabstwa wyraziły zgodę na wystawienie trumny w rotundzie o godzinie szesnastej trzydzieści; załatwił już murzyński chór, harcerski poczet sztandarowy i właśnie pracował nad mową pogrzebową.

– Co z trumną?

– O dziesiątej jadę do Magargela – odrzekł Ray.

– Dobra. Pamiętaj, weź dębową. Sędzia by się ucieszył.

Przez kilka minut rozmawiali o Forreście; odbyli takich rozmów bardzo wiele. Odłożywszy słuchawkę, Ray szybko wziął się do roboty. Pootwierał okna i okiennice, żeby widzieć i słyszeć ewentualnych gości. W kawiarniach przy rynku mówiono pewnie tylko o śmierci Sędziego i w każdej chwili mógł go ktoś odwiedzić.

W domu było zbyt dużo okien i drzwi, żeby mógł ich pilnować dwadzieścia cztery godziny na dobę. Jeśli ktoś dybał na pieniądze z pakamery, na pewno je w jakiś sposób zdobędzie. Kilka milionów dolarów za jedną kulkę w łeb? To bardzo dobra inwestycja.

Musiał te pieniądze wywieźć.

Stanąwszy przed otwartymi drzwiami do pakamery, wziął pierwsze pudełko i przesypał jego zawartość do czarnego worka na śmieci. Dodał do tego zawartość ośmiu kolejnych pudełek i mając w worku około miliona dolarów, zaniósł go do kuchni i ostrożnie wyjrzał na podjazd. Puste pudełka poustawiał w szafce pod półkami w gabinecie. Napełnił jeszcze dwa worki. Podjechał samochodem jak najbliżej kuchennych drzwi i zlustrował wzrokiem okolicę w poszukiwaniu ewentualnych podglądaczy. Nikogo nie zauważył. Jedynymi sąsiadami były stare panny z domu obok, ślepe do tego stopnia, że nie widziały nawet telewizora w swoim salonie. Biegając od drzwi do samochodu i z powrotem, załadował worki do bagażnika, poupychał je, i chociaż wyglądało na to, że klapa się nie zamknie, w końcu ją zatrzasnął. Klik! Zamek zaskoczył i Ray Atlee wreszcie odetchnął.

Nie bardzo wiedział, jak wyładuje worki w Wirginii, jak przeniesie je ruchliwym deptakiem z parkingu do mieszkania. Postanowił, że tym będzie martwił się później.

W motelu Deep Rock była jadłodajnia, ciasna, duszna, cuchnąca tłuszczem speluna. Ray nigdy tam dotąd nie zaglądał, lecz tego ranka, w dzień po śmierci Sędziego, uznał, że to doskonałe miejsce na śniadanie. W trzech kawiarniach przy rynku gadano i plotkowano wyłącznie o ojcu, dlatego wolał trzymać się od nich z daleka.

Forrest wyglądał porządnie; Ray widywał go już w znacznie gorszym stanie. Nie przebrał się i nie wziął prysznica, ale nie było w tym nic niezwykłego. Oczy miał zaczerwienione, lecz nie podpuchnięte. Powiedział, że spał dobrze, że musi tylko zjeść coś tłustego. Zamówili jajecznicę na boczku.

– Wyglądasz na zmęczonego – rzucił, przełknąwszy łyk czarnej kawy.

Ray był zmęczony.

– Nic mi nie jest – odrzekł. – Dwie godziny odpoczynku i będę jak nowo narodzony. – Zerknął przez okno na samochód, który zaparkował jak najbliżej jadłodajni; gdyby zaszła taka konieczność, gotów był w tej puszce spać.

– To dziwne – powiedział Forrest. – Kiedy jestem czysty, śpię jak dziecko. Osiem, dziewięć godzin twardego snu. Ale kiedy piję, mam szczęście, jeśli uda mi się przespać pięć. I często się budzę.

– Tak z ciekawości: kiedy nie pijesz, myślisz o piciu?

– Cały czas. To jest jak z seksem. Przez jakiś czas można się bez tego obejść, ale coraz bardziej cię pili i wreszcie musisz sobie ulżyć. Wóda, seks, prochy... W końcu mnie to dopada.

– Nie piłeś przez sto czterdzieści dni.

– Przez sto czterdzieści dwa.

– Jaki jest twój rekord?

– Rok i dwa miesiące. Kilka lat temu, po tym, jak wyszedłem z tego superośrodka odwykowego, za który zapłacił nasz stary. Trzymałem się długo, wreszcie pękłem.

– Dlaczego? Dlaczego pękłeś?

– Z tego samego powodu co zawsze. Kiedy jesteś nałogowcem, możesz pęknąć w każdej chwili, w każdym miejscu i z każdego powodu. Nie wymyślili jeszcze kuracji, która by na mnie podziałała. Jestem nałogowcem, brachu, to proste.

– Wciąż ćpasz?

– Jasne. Wczoraj była wóda i piwsko; dzisiaj wieczorem i jutro też będzie. Ale pod koniec tygodnia przejdę na coś paskudniejszego.

– A chcesz?

– Nie, ale nie wiem, co mi wyskoczy.

Kelnerka przyniosła jedzenie. Forrest szybko posmarował grzankę masłem i łapczywie się w nią wgryzł.

– Stary nie żyje – skonstatował, gdy ponownie mógł mówić. – Niewiarygodne, co?

Ray też chciał zmienić temat. Gdyby dalej gadali o nałogach brata, wkrótce wybuchłaby kłótnia.

– Fakt. Myślałem, że jestem na to przygotowany, ale nie byłem.

– Kiedy widziałeś go ostatni raz?

– W listopadzie, kiedy miał operację prostaty. A ty?

Forrest polał jajecznicę sosem Tabasco i zmarszczył czoło.

– Kiedy miał atak serca?

Sędzia przeszedł tyle chorób i zabiegów, że trudno je było spamiętać.

– Miał trzy.

– Ten w Memphis.

– To był drugi. Cztery lata temu.

– No to chyba wtedy. Posiedziałem przy nim w szpitalu. Blisko miałem, parę ulic. Pomyślałem, że przynajmniej tyle mogę dla niego zrobić.

– O czym rozmawialiście?

– O wojnie domowej. Myślał, że zwyciężyliśmy.

Uśmiechnęli się i przez chwilę jedli w milczeniu. Milczenie się skończyło, gdy do jadłodajni wszedł Harry Rex. Referując im szczegóły wspaniałej ceremonii, którą zaplanował dla Sędziego, jadł grzankę.

– Wszyscy chcą przyjść do domu – wymlaskał.

– Dom odpada – odrzekł Ray.

– Tak im powiedziałem. A wieczorem? Przyjmiecie gości?

– Nie – mruknął Forrest.

– A powinniśmy? – spytał Ray.

– Tak wypada, albo w domu, albo w zakładzie pogrzebowym. Ale jak nie chcecie, nie ma sprawy. Ludzie ani się nie wkurzą, ani nie przestaną się do was odzywać.

– Będzie wystawienie trumny na widok publiczny i pogrzeb. To chyba wystarczy.

– Chyba tak.

– Nie będę siedział w zakładzie pogrzebowym przez całą noc, obejmując staruszki, które od dwudziestu lat nic, tylko o mnie plotkują – oświadczył Forrest. – Ty możesz, ale na mnie nie licz.

– Darujmy to sobie – powiedział Ray.

– Tako rzecze wykonawca – rzucił szyderczo Forrest.

– Wykonawca? – powtórzył Harry Rex. – Testamentu?

– Tak, na biurku znalazłem testament, z sobotnią datą. Prosty, własnoręcznie sporządzony, jednostronicowy. Ojciec wymienia w nim składniki masy spadkowej, wyznacza mnie wykonawcą i każe podzielić się wszystkim po połowie. Chce, żebyś przeprowadził postępowanie.

Harry Rex przestał jeść. Potarł nasadę nosa swoim grubym paluchem i popatrzył w dal.

– To dziwne – wymamrotał, wyraźnie zaskoczony.

– Co jest dziwne?

– Miesiąc temu spisałem dla niego bardzo długi testament.

Forrest i Ray też przestali jeść. Wymienili spojrzenia, z których nic nie wynikało, ponieważ Forrest nie wiedział, o czym myśli Ray, a Ray, o czym myśli Forrest.

– Pewnie zmienił zdanie – dodał Harry Rex.

– Co było w tamtym? – spytał Ray.

– Nie mogę powiedzieć. Sędzia był moim klientem, to poufne.

– Nic z tego nie rozumiem, panowie – mruknął Forrest. – Przepraszam, że nie jestem prawnikiem.

– Liczy się tylko ten ostatni – wyjaśnił Harry Rex. – Wszystkie poprzednie automatycznie tracą ważność, dlatego to, co Sędzia w nim napisał, jest nieistotne.

– To dlaczego nie możesz powiedzieć, co w nim jest? – spytał Forrest.

– Bo jestem prawnikiem i muszę dochować tajemnicy.

– Ale ten, który spisywałeś, jest już nieważny…

– Nieważny, ale i tak nie mogę o tym mówić.

– Do dupy niepodobne – mruknął Forrest, przeszywając go wzrokiem. Wszyscy trzej wzięli głęboki oddech, a potem odgryźli po wielkim kawałku grzanki.

Ray natychmiast zdał sobie sprawę, że musi zobaczyć poprzedni testament, i to jak najszybciej. Jeśli ojciec wspomniał w nim o pieniądzach z szafki pod półkami, będzie musiał szybko wyjąć je z bagażnika, powkładać do pudełek, a pudełka poustawiać na dawnym miejscu. Zostaną zaliczone do masy spadkowej, a masa spadkowa to dokument publicznie dostępny.

- I nie miał w domu ani jednej kopii? – rzucił Forrest do Harry'ego Reksa.
- Nie.
- Na pewno?
- Na pewno – odparł Harry Rex. – Kiedy sporządza się nowy testament, stary się niszczy, bo ktoś mógłby go znaleźć i zażądać wszczęcia postępowania spadkowego. Niektórzy zmieniają testament co roku, a my, prawnicy, dobrze wiemy, że ten stary lepiej wtedy spalić. Wasz ojciec też tak uważał, bo przez trzydzieści lat rozsądzał spory spadkowe.

Ich bliski przyjaciel wiedział o testamencie Sędziego coś, czym nie chciał się z nimi podzielić – rozmowa przestała się kleić. Ray postanowił zaczekać, aż zostanie z nim sam na sam i dokładnie go o wszystko wypytać.
- Magargel czeka – rzucił do Forresta.
- Już się cieszę.

Trumnę wwieziono przez wschodnie skrzydło sądu, elegancką dębową trumnę na karawaniarskim wózku, udrapowanym szkarłatnym aksamitem. Magargel go ciągnął, pomocnik Magargela pchał. Za trumną szli Ray i Forrest, a za nimi harcerski poczet sztandarowy w świeżo odprasowanych brązowych mundurkach.

Ponieważ Reuben V. Atlee walczył za kraj, trumnę przykryto gwiaździstym sztandarem. Ponieważ walczył za kraj, oddział rezerwistów z miejscowego arsenału wyprężył się na baczność, gdy kapitan rezerwy Atlee spoczął pośrodku rotundy. Czekał tam już Harry Rex: w eleganckim czarnym garniturze stał przed długim rzędem kwietnych ozdób.

Przybyli wszyscy adwokaci z hrabstwa Ford, których – za radą Harry'ego Reksa – ustawiono w specjalnie wydzielonym sektorze najbliżej trumny. Przybyli też wszyscy miejscowi oficjałowie, urzędnicy sądowi, policjanci i zastępcy szeryfa, i gdy Harry Rex wystąpił naprzód, żeby rozpocząć ceremonię, tłum naparł na aksamitne sznury. Drugi tłum, ten na antresolach pierwszego i drugiego piętra, naparł na żelazną balustradę, ciekawie spoglądając w dół.

Ray był w nowiutkim granatowym garniturze, który dopiero co kupił u Pope'a, w jedynym sklepie z męską galanterią w mieście. Kosztował trzysta dziesięć dolarów i mimo dziesięcioprocentowej zniżki, na którą uparł się Pope, był najdroższym garniturem, jaki tam mieli. Nowy garnitur

Forresta był ciemnoszary. Kosztował dwieście osiemdziesiąt dolarów przed zniżką i też poszedł na rachunek Raya. Forrest nie nosił garnituru od dwudziestu lat i poprzysiągł sobie, że na pogrzeb ojca też przyjdzie ubrany po swojemu. Poszedł do Pope'a dopiero po tym, jak Harry Rex dał mu porządny ochrzan.

Synowie stali przy jednym końcu trumny, Harry Rex przy drugim, a pośrodku Billy Boone, wiecznie młody woźny sądowy, ostrożnie ustawił portret Sędziego. Przed dziesięcioma laty namalował go za darmo jeden z miejscowych artystów i wszyscy wiedzieli, że Reuben Atlee szczególnie za nim nie przepadał. Powiesił go w gabinecie za salą rozpraw, za drzwiami, tak żeby nikt go nie zobaczył. Po klęsce wyborczej ojcowie hrabstwa przenieśli malowidło do największej sali i powiesili je nad stołem sędziowskim.

Wydrukowano program „Ostatniego pożegnania sędziego Reubena Atlee". Ray studiował go intensywnie, nie chcąc się rozglądać. Spoczywał na nim wzrok wszystkich zebranych, na nim i na Forreście. Wielebny Palmer odmówił żarliwą modlitwę. Ray prosił, żeby ceremonia była krótka. Nazajutrz miał odbyć się pogrzeb.

Najpierw wystąpili harcerze i zebrani ślubowali wraz z nimi na wierność sztandarowi, następnie siostra Oleda Shumpert z Kościoła Świętego Ducha i Boga w Chrystusie odśpiewała żałobną wersję pieśni *Stańmy razem nad rzeką*; śpiewała a cappella, lecz z pewnością nie potrzebowała żadnego akompaniamentu. Słowa i melodia wycisnęły łzy z oczy wielu zebranym, w tym Forrestowi, który z nisko spuszczoną głową stał tuż przy Rayu.

Bliskość trumny, dźwięczny głos szybujący wraz z echem pod sklepienie rotundy: Ray po raz pierwszy odczuł brzemię śmierci ojca. Pomyślał o wszystkich rzeczach, które mogli razem zrobić, gdy już dorośli. Pomyślał o rzeczach, których nie zrobili, gdy on i Forrest byli małymi chłopcami. Ale on żył swoim życiem, a Sędzia swoim, i obu im to odpowiadało.

Wracać do przeszłości tylko dlatego, że starzec umarł? To nie fair, wciąż to sobie powtarzał. To naturalne, że stojąc przy trumnie ojca, żałował, iż nie zrobił więcej, ale prawdę powiedziawszy, przez wiele lat po jego wyjeździe z Clanton to właśnie ojciec żywił urazę do syna. I, co smutne, po przejściu na emeryturę stał się odludkiem.

Chwila słabości i wyżej podniósł głowę. Nie zamierzał się zadręczać tylko dlatego, że obrał drogę, która nie odpowiadała ojcu.

Harry Rex rozpoczął mowę pogrzebową; miała być krótka, tak przynajmniej obiecał.

– Zebraliśmy się dzisiaj, żeby pożegnać starego przyjaciela – powiedział. – Wszyscy wiedzieliśmy, że dzień ten nadejdzie i wszyscy modliliśmy się, żeby nigdy nie nadszedł. – Wymienił jego największe zasługi, a potem opowiedział, jak to przed trzydziestu laty, jako młody absolwent wydziału prawa, po raz pierwszy w życiu stanął przed tym wielkim człowiekiem. Prowadził sprawę o zgodny rozwód, którą jakimś cudem zdołał przegrać.

Wszyscy adwokaci w mieście słyszeli tę historię setki razy, mimo to śmiali się w odpowiednich momentach. Ray zaczął się im przypatrywać. Jak to możliwe, żeby w tak małym mieście było aż tylu prawników? Znał mniej więcej połowę z nich. Wielu starszych, tych, których znał jako dziecko i jako student, już nie żyło albo przeszło na emeryturę. Wielu z tych młodszych widział pierwszy raz w życiu.

Ale oczywiście wszyscy znali jego. Był synem Sędziego.

Powoli zaczęło do niego docierać, że szybki wyjazd z Clanton będzie jedynie wyjazdem tymczasowym. Że wkrótce będzie musiał tu wrócić, żeby – wraz z Harrym Reksem – stanąć przed sądem i rozpocząć postępowanie spadkowe, żeby przygotować spis majątkowy i pozałatwiać sprawy, które musiał załatwić jako wykonawca testamentu. Rozpoczęcie postępowania spadkowego to rzecz prosta i rutynowa; potrwa tylko kilka dni. Ale rozwikłanie tajemnicy pieniędzy mogło potrwać wiele tygodni, a nawet miesięcy.

Czy któryś z tych adwokatów coś o nich wiedział? Musiały mieć związek z prawem. Sędzia prawem żył, poza prawem mało co go interesowało. Ale patrząc na nich, Ray nie potrafił sobie wyobrazić, żeby istniało źródło bogate na tyle, by trysnąć milionami dolarów, które przechowywał teraz w bagażniku audi. Ludzie ci byli ciapowatymi, małomiasteczkowymi adwokacinami, którzy z trudem płacili rachunki i robili wszystko, żeby przechytrzyć rywali. W Clanton nie było wielkich pieniędzy. Kancelaria Sullivana zatrudniała ośmiu czy dziewięciu adwokatów, reprezentujących banki i firmy ubezpieczeniowe, i tylko ich stać było na to, żeby bywać w wiejskim klubie wraz z lekarzami.

W hrabstwie Ford nie było ani jednego naprawdę bogatego prawnika. Irv Chamberlain, ten w grubych okularach i źle dopasowanym tupeciku, miał tysiące akrów ziemi odziedziczonej po przodkach, ale nie mógł jej sprzedać, bo nikt nie chciał jej kupić. Poza tym krążyły plotki, że dużo czasu spędzał w nowo otwartych kasynach w Tunice.

Podczas gdy Harry Rex kontynuował przemowę, Ray studiował twarze adwokatów. Ktoś znał jego sekret. Ktoś wiedział o pieniądzach. Czyżby tym kimś był wybitny członek palestry hrabstwa Ford?

Harry'emu Reksowi zaczął łamać się głos, więc nareszcie uznał, że pora kończyć. Podziękował wszystkim za przybycie i oznajmił, że trumna ze zwłokami Sędziego będzie wystawiona na widok publiczny do godziny dziesiątej wieczorem. Procesja miała kończyć się w miejscu, gdzie stali Ray i Forrest. Tłum przesunął się posłusznie do wschodniego skrzydła i uformował kolejkę, która kończyła się aż na dworze.

Przez godzinę Ray musiał się uśmiechać, ściskać ręce i wylewnie dziękować wszystkim za przyjście. Wysłuchał dziesiątków krótkich historyjek o ojcu i o tych, którym ten wielki człowiek odmienił życie. Udawał, że pamięta imiona i nazwiska ludzi, którzy go znali. Obejmował staruszki, których nigdy dotąd nie widział. Ludzie mijali powoli jego i Forresta, dochodzili do trumny, przy trumnie przystawali, spoglądali ze smutkiem na kiepski portret Sędziego, wreszcie szli do zachodniego skrzydła, gdzie czekały księgi pamiątkowe. Harry Rex kierował nimi jak wytrawny polityk.

W którymś momencie tego zamieszania Forrest zniknął. Mruknął do Harry'ego Reksa coś o powrocie do domu, do Memphis, i o tym, że ma dość śmierci.

– Kolejka wije się wokół sądu – szepnął Harry Rex do Raya. – Możesz tak stać całą noc.

– Wyciągnij mnie stąd – odszepnął Ray.

– Musisz do toalety? – spytał Harry Rex na tyle głośno, żeby usłyszeli go ci stojący najbliżej.

– Tak – odrzekł Ray, który zdążył już odejść od trumny. Wymieniając szeptem niby to ważne uwagi, przecięli salę i zniknęli w wąskim korytarzu. Kilka sekund później wyszli z sądu tylnym wyjściem.

Odjechali – samochodem Raya oczywiście – ale przedtem okrążyli skwer, żeby popatrzeć na to wszystko z zewnątrz. Flaga na dachu była opuszczona do połowy masztu. Olbrzymi tłum ludzi cierpliwie czekał, żeby złożyć Sędziemu ostatni hołd.

Rozdział 10

Wystarczyły dwadzieścia cztery godziny pobytu w Clanton i zdesperowany Ray gotów był zrobić wszystko, żeby stamtąd natychmiast wyjechać. Po ucieczce z rotundy zjadł z Harrym Reksem kolację u Claude'a, w murzyńskiej jadłodajni na południowym skraju skweru przed sądem, gdzie poniedziałkowym specjałem był kurczak z rożna, obsypany fasolą tak pikantną, że do dania serwowano ponad dwa litry mrożonej herbaty. Harry Rex rozkoszował się sukcesem ceremonii i po kolacji zamierzał wrócić do sądu, żeby dopilnować jej końcowego etapu.

Forrest najwyraźniej wyjechał na wieczór z miasta. Ray miał nadzieję, że jest w Memphis, w domu, z Ellie, i że się dobrze prowadzi, jednocześnie wiedział, że to tylko pobożne życzenia. Zastanawiał się, ile razy brat sięgnie dna, zanim wreszcie umrze. Harry Rex twierdził, że istnieje pięćdziesiąt procent szans na to, że Forrest dotrze nazajutrz na pogrzeb.

Zostawszy sam, pojechał na przejażdżkę, bez konkretnego celu, aby dalej od Clanton. Wzdłuż rzeki, sto dwanaście kilometrów na zachód od miasta, wyrosły kasyna i z każdą podróżą do Missisipi dochodziło go coraz więcej plotek na temat tego nowego w tych okolicach przemysłu. Zalegalizowany hazard dotarł do stanu o najniższym w kraju dochodzie na głowę.

Półtorej godziny jazdy za Clanton przystanął, żeby zatankować i nalewając benzynę, zobaczył nowy motel po drugiej stronie szosy. Tu wszystko było nowe; bawełniane pola po prostu zniknęły. W ich miejsce powstały nowe drogi, nowe motele, nowe bary szybkiej obsługi, stacje benzynowe, ustawiono nowe tablice reklamowe, a wszystko dlatego, że niecałe dwa kilometry dalej zaczynał się ciąg kasyn.

Motel był piętrowy i miał drzwi wychodzące na parking. Wyglądało na to, że tego wieczoru nie panuje tu zbyt duży ruch. Ray zapłacił trzydzieści dziewięć dolarów i dziewięćdziesiąt dziewięć centów za dwuosobowy pokój na parterze, od tyłu, gdzie nie parkowały żadne samochody ani ciężarówki. Podjechał jak najbliżej drzwi i kilkanaście sekund później trzy worki były już w środku.

Pieniądze zasłały całe łóżko. Nie mógł oderwać od nich wzroku, ponieważ czuł, że są brudne. I pewnie znaczone. A może i fałszywe. Bez względu na to, jakie naprawdę były, nie należały do niego.

Same studolarówki, jedne nowiuteńkie, nieużywane, inne trochę już zużyte. Ale wszystkie były dobre, całe, wszystkie pochodziły z lat 1986–1994. Połowa z nich była w plikach po dwa tysiące dolarów w każdym i te Ray przeliczył najpierw – sto tysięcy dolarów w banknotach studolarowych miało wysokość trzydziestu siedmiu i pół centymetra. Liczył pieniądze i układał je w równiutkich rzędach na drugim łóżku. Robił to bardzo powoli i starannie; miał dużo czasu. Dotykając banknotów, pocierał je palcami, a nawet wąchał, żeby sprawdzić, czy nie są podrobione. Ale nie, wyglądały na prawdziwe.

Trzydzieści jeden rzędów i garść banknotów luzem: w sumie trzy miliony sto osiemnaście tysięcy dolarów. Pieniądze wyniesione niczym skarb z rozpadającego się domu człowieka, który przez całe życie zarobił mniej niż połowa tego, co spoczywało na łóżku. Nie mógł ich nie podziwiać. Ile razy będzie mu dane popatrzeć na trzy miliony dolarów w gotówce? Ilu ludzi miało kiedyś taką okazję? Podparłszy się pod brodę, siedział na krześle, gapił się na równiutkie rzędy banknotów i oszołomiony myślał, skąd pochodzą i co ojciec chciał z nimi zrobić.

Z zadumy wyrwało go trzaśnięcie drzwiczek samochodowych. Motel to znakomite miejsce na rabunek. Gdy podróżuje się z trzema milionami w gotówce, każdy jest potencjalnym złodziejem.

Zapakował pieniądze do worków, worki upchnął w bagażniku i pojechał do najbliższego kasyna.

Jego styczność z hazardem ograniczała się do weekendowego wypadu do Atlantic City z dwoma profesorami prawa, którzy przeczytawszy książkę na temat gry w kości, byli przekonani, że zdołają rozbić bank. Niestety, nie rozbili. Ray rzadko grywał w karty. Wylądował przy stole do blackjacka – pięć dolarów za kolejkę – po dwóch dniach spędzonych w hałaśliwych lochach kasyna przerżnął sześćdziesiąt dolarów i poprzysiągł sobie, że nigdy tam nie powróci. Tego, ile przegrali jego koledzy, nigdy do końca nie ustalił, lecz dowiedział się, że hazardziści często swe sukcesy wyolbrzymiają.

Jak na poniedziałkowy wieczór w Santa Fe Club, pospiesznie wzniesionym pudle wielkości boiska do piłki nożnej, zebrał się spory tłum ludzi. W przyklejonej do pudła dziesięciopiętrowej wieży mieszkali goście, głównie emeryci z Północy, którzy nigdy w życiu nie przyjechaliby do Missisipi, gdyby nie zwabiły ich setki automatów i darmowy dżin dla najzagorzalszych graczy.

W kieszeni miał pięć banknotów wybranych z pięciu różnych kupek pieniędzy, które przeliczył w motelu. Podszedł do pustego stolika, zerknął na wpół śpiącą krupierkę i wyjął z kieszeni pierwszy banknot.

– Za sto – powiedział.

– Gramy za sto – rzuciła przez ramię krupierka, chociaż nie było tam nikogo, kto by ją usłyszał. Wzięła banknot, bez większego zainteresowania potarła go palcami i odłożyła.

Prawdziwy, pomyślał Ray i trochę się odprężył. Ta kobieta ma z nimi do czynienia przez cały dzień. Potasowała karty, rozdała je, dostała furę i wymieniła banknot na dwa czarne żetony. Ray – nerwy ze stali – zagrał od razu o dwa, czyli o dwieście dolarów. Krupierka ponownie rozdała karty i mając na stole piętnaście punktów, odsłoniła dziewiątkę. Ray zgarnął cztery czarne żetony. W ciągu niecałej minuty wygrał trzysta dolarów.

Grzechocząc żetonami w kieszeni, przeszedł się po kasynie, najpierw wzdłuż rzędu automatów, gdzie grający byli starsi, bardziej wyciszeni, niemal otępiali od siedzenia na stołkach, nieustannego pociągania za dźwignię i gapienia się w ekran. Przy stole do gry w kości, gdzie toczyła się ostra walka, grupa hałaśliwych mężczyzn o byczych karkach wykrzykiwała polecenia i wskazówki, których zupełnie nie rozumiał. Przypatrywał im się przez chwilę, kompletnie zdezorientowany zakładami, widokiem śmigających po stole kości oraz przechodzących z ręki do ręki żetonów.

Ponieważ miał już trochę doświadczenia, przy kolejnym pustym stole do blackjacka zagrał o drugą setkę. Krupier podniósł banknot, obejrzał go pod światło, potarł, następnie podszedł do kierownika stołu, który natychmiast zrobił nieufną minę: wyjął lupę, przytknął ją do lewego oka i obejrzał banknot jak chirurg. I gdy Ray miał już puścić się pędem przez tłum, usłyszał, jak jeden z nich mówi:

– Dobry.

Nie był pewien, czy powiedział to krupier czy kierownik, gdyż przez cały czas rozglądał się panicznie po sali, wypatrując uzbrojonych strażników. Krupier wrócił do stolika i położył podejrzany banknot tuż przed nim.

– Grajmy – rzucił Ray.

Kilka sekund później, spojrzawszy w oczy królowej kier i królowi pik, wygrał trzecią kolejkę z rzędu.

Ponieważ krupier był w miarę przytomny, a jego szef po wnikliwym badaniu orzekł, że banknot jest prawdziwy, Ray postanowił załatwić sprawę raz na zawsze. Wyjął z kieszeni pozostałe trzy banknoty i położył je na stole. Krupier obejrzał je dokładnie, wzruszył ramionami i spytał:

– Rozmienić?

– Nie, zagrajmy o wszystko.

– Trzysta dolarów w gotówce – powiedział głośno krupier i momentalnie wyrósł za nim kierownik stołu.

Ray spasował po dziesiątce i szóstce. Krupier odsłonił dziesiątkę, potem czwórkę i kiedy odsłonił waleta karo, Ray wygrał rozdanie. Zamiast banknotów, na stoliku pojawiło się sześć czarnych żetonów. Ray miał ich już dziesięć – równo tysiąc dolarów – zyskał też świadomość, że trzydzieści tysięcy banknotów tkwiących w bagażniku audi nie jest banknotami podrobionymi. Zostawiwszy jeden żeton dla krupiera, poszedł na piwo.

Bar sportowy zbudowano na podeście, tak więc można tam było pić i jednocześnie obserwować wszystko, co działo się w sali. Na kilkunastu ekranach telewizyjnych można też było obejrzeć transmisję lub retransmisję meczu koszykówki, wyścigi samochodowe NASCAR i rozgrywki kręglowe. Jednak obstawianie wyników było jeszcze zabronione.

Zdawał sobie sprawę z ryzyka, jakie niesie ze sobą wizyta w kasynie. Wiedział już, że pieniądze są prawdziwe, nie wiedział jednak, czy nie są w jakiś sposób znakowane. Podejrzenia drugiego krupiera i jego szefa były najpewniej wystarczającym powodem, żeby banknoty zostały zbadane przez tych czuwających na górze. Nie ulegało wątpliwości, że mają go na taśmie, tak samo jak wszystkich pozostałych graczy. Każde kasyno dysponowało szeroko rozbudowanym systemem nadzoru i monitoringu; wiedział to od kolegów, tych, którzy chcieli rozbić bank, grając w kości.

Gdyby stwierdzono, że z banknotami jest coś nie tak, łatwo by go namierzono. Prawda?

Ale gdzie jeszcze mógłby je sprawdzić? Wejść do First National w Clanton i spytać kasjera? Panie Dempsey, zechce pan na nie zerknąć, bo nie wiem, czy są dobre? Żaden z tamtejszych kasjerów nigdy w życiu nie widział podrobionych banknotów i do lunchu całe Clanton trąbiłoby o tym, że starszy syn Sędziego krąży cichcem po mieście z kieszeniami pełnymi podejrzanych pieniędzy.

Może by więc zaczekać do powrotu do Wirginii? Poszedłby do swego prawnika, a ten znalazłby eksperta, który elegancko i dyskretnie zbadałby próbkę pieniędzy. Sęk w tym, że nie mógł tak długo czekać. Postanowił, że jeśli banknoty są fałszywe, natychmiast je spali. Żadne inne postanowienie nie przychodziło mu do głowy.

Powoli pił piwo, dając tamtym czas, żeby nasłali na niego dwóch zbirów w ciemnych garniturach, którzy podejdą do stolika i rzucą: Masz pan chwilę? Wiedział, że tak szybko nie działają. Że jeśli pieniądze są znakowane, minie wiele dni, zanim władze ustalą ich pochodzenie.

Załóżmy, że przyłapano by go ze znakowanymi pieniędzmi. Czy popełnił jakieś przestępstwo? Zabrał je z domu zmarłego ojca, z domu, który nieboszczyk zapisał w spadku jemu i jego bratu. Był wykonawcą testamentu i wkrótce miał spocząć na nim obowiązek ochrony wszystkich składników majątku. Na zgłoszenie pieniędzy sądowi i urzędowi skarbowemu miał wiele miesięcy. Jeśli zaś ojciec wszedł w ich posiadanie nielegalną drogą, cóż, przykro mi, panowie, ale tatuś już nie żyje. Ray nie zrobił nic złego, przynajmniej jak dotąd.

Wrócił do pierwszego stolika i zagrał za pięćset dolarów. Krupier przywołał kierownika stołu, który ruszył ku nim; miał taką minę, jakby gra o pięć stów była tu czymś normalnym. Ray dostał asa i króla i krupier podsunął mu siedemset pięćdziesiąt dolarów.

– Podać coś do picia? – spytał kierownik, odsłaniając w uśmiechu zepsute zęby.

– Beckera – odrzekł Ray i jak spod ziemi wyrosła przed nim kelnerka.

Zagrał o kolejną setkę i przegrał. Potem rzucił na stół trzy żetony z pierwszej kolejki i wygrał. Wygrał też osiem z kolejnych dziesięciu rozdań, stawiając od stu do pięciuset dolarów, jakby dokładnie wiedział, co robi. Kierownik czuwał tuż za krupierem. Mieli przed sobą potencjalnego zawodowca, faceta, który liczy karty, a takiego trzeba uważnie obserwować, no i oczywiście filmować. A potem zaalarmować inne kasyna.

Gdyby tylko wiedzieli.

Przegrawszy dwie setki, ustawił na stole dziesięć żetonów, czyli tysiąc dolarów. Ot, tak dla jaj, żeby zaszaleć. W bagażniku miał ponad trzy miliony. Tysiąc dolarów to przy tym tyle co nic. Gdy obok żetonów wylądowały dwie królowe, miał twarz pokerzysty, jakby wygrywał tak od wielu lat.

– Czy zechce pan zjeść u nas kolację? – spytał kierownik stołu.

– Nie – odparł Ray.

– W takim razie czy możemy zaproponować panu coś innego?

– Chciałbym pokój.

– Zwykły czy apartament?

Każdy palant powiedziałby: Jasne, że apartament, ale on się powstrzymał.

– Wystarczy zwykły. – Nie zamierzał tam nocować, ale doszedł do wniosku, że po dwóch piwach lepiej nie prowadzić. Bo co by było, gdyby zatrzymał go miejscowy patrol drogowy? Jak zareagowałby zastępca szeryfa, przeszukawszy bagażnik?

– Oczywiście – odrzekł kierownik stołu. – Zaraz to załatwimy.

Przez godzinę to wygrywał, to przegrywał, wychodząc na zero. Co kilka minut przystawała przy nim kelnerka, podsuwając napoje, próbując go rozluźnić, lecz on powoli sączył swoje piwo. Podczas kolejnego tasowania przeliczył żetony. Miał ich trzydzieści dziewięć.

O północy zaczął ziewać i przypomniało mu się, że poprzedniej nocy prawie nie spał. Klucz do pokoju miał już w kieszeni. Przy stoliku obowiązywał tysiącdolarowy limit; gdyby nie to, zagrałby o wszystko, przerżnąłby i odszedł w sławie i chwale. Postawił dziesięć żetonów i na oczach tłumku kibiców dostał oczko. Postawił kolejnych dziesięć i krupier poległ z dwudziestoma dwoma punktami. Ray zebrał żetony, cztery zostawił jako napiwek i poszedł do kasy. Spędził w kasynie trzy godziny.

Z okna pokoju na czwartym piętrze widział parking, a ponieważ widział też swoje audi, czuł się w obowiązku go pilnować. Chociaż był zmęczony, nie mógł zasnąć. Przystawił krzesło do okna i próbował zdrzemnąć się na siedząco, lecz głowa pękała mu od myśli.

Kasyna: czyżby Sędzia odkrył, że istnieją? Czyżby źródłem jego fortuny był hazard, mała lukratywna przywara, o której nikt nic nie wiedział?

Im dłużej sobie wmawiał, że to mało prawdopodobne, tym większego nabierał przekonania, że znalazł źródło pieniędzy. O ile wiedział, ojciec nigdy w życiu nie grał na giełdzie, ale nawet gdyby grał, nawet gdyby był kolejnym Warrenem Buffettem, po co miałby trzymać zysk w gotówce i ukrywać go pod półką z książkami? Poza tym w gabinecie walałyby się wtedy giełdowe faktury i rachunki.

Gdyby żył podwójnym życiem przekupnego sędziego, w sądach wiejskiej części Missisipi nie znalazłby trzech milionów dolarów, które dałoby się ukraść, nie wspominając już o tym, że dawanie łapówek wymagałoby zaangażowania zbyt wielu ludzi.

Nie, to musiał być hazard. Hazard to czysta gotówka. On wygrał sześć tysięcy dolarów w jeden wieczór. Jasne, uśmiechnęło się do niego szczęście, ale czy bez szczęścia można w ogóle wygrywać? A jeśli stary miał dryg do kart albo do kości? A jeśli wygrał jedną z tych wielkich głównych wygranych z automatu? Żył samotnie, przed nikim nie odpowiadał.

Mogło mu się udać.

Ale trzy miliony dolarów w siedem lat?

Czy ten, kto wygrywał dużą kwotę, nie musiał wypełniać jakichś dokumentów? Formularzy podatkowych czy czegoś tam?

I dlaczego te pieniądze ukrywał? Dlaczego nie rozdał ich jak pozostałych?

Kilka minut po trzeciej machnął na to ręką i wyszedł z darmowego pokoju. Do świtu spał w samochodzie.

Rozdział 11

Ósma rano i lekko uchylone drzwi: bardzo zły znak, ponieważ w domu nikt nie mieszkał. Ray gapił się na nie przez dobrą minutę, nie wiedząc, czy na pewno chce tam wejść, lecz nie miał innego wyboru. Pchnął je, zacisnął pięści, jakby złodziej wciąż czyhał w środku, po czym wziął głęboki oddech. Drzwi otworzyły się z przeciągłym skrzypnięciem, a gdy światło padło na sterty kartonów w holu, zobaczył błotniste ślady na podłodze. Intruz musiał wejść od tyłu, od strony mokrego trawnika i z jakiegoś powodu postanowił wyjść frontowymi drzwiami.

Ray powoli wyjął rewolwer z kieszeni.

W gabinecie Sędziego walało się dwadzieścia siedem ciemnozielonych pudełek z drukarni Blake & Son. Sofa była przewrócona. Drzwiczki w szafkach otwarte. Żaluzjowe biurko wydawało się nietknięte, za to papiery z biurka mahoniowego zrzucono na podłogę.

Złodziej powyjmował pudełka, pootwierał je i stwierdziwszy, że są puste, najwyraźniej stratował je w napadzie szału. W stężałej ciszy Ray poczuł siłę tej furii i ugięły się pod nim kolana.

Mógł przez te pieniądze zginąć.

Odzyskawszy zdolność ruchu, dźwignął sofę, przesunął ją na miejsce i pozbierał rozrzucone papiery. Właśnie zbierał pudełka, gdy usłyszał, że ktoś wchodzi na taras. Wyjrzał przez okno i zobaczył starszą kobietę, która właśnie pukała do drzwi.

Claudia Gates znała Sędziego jak nikt inny. Była jego protokolantką, sekretarką i kierowcą, a według plotek, które krążyły po mieście, odkąd Ray skończył kilka lat, pełniła również inne funkcje. Przez niemal trzydzieści lat podróżowali razem do sześciu hrabstw dwudziestego piątego okręgu, często wyjeżdżając z Clanton o siódmej rano i wracając po zmierzchu. Gdy nie siedzieli w sali rozpraw, zawsze można było ich znaleźć w gabinecie; ona przepisywała na maszynie protokoły, a on wypełniał formularze.

Adwokat nazwiskiem Turley przyłapał ich kiedyś w kompromitującej pozycji podczas przerwy na lunch i popełnił straszliwy błąd, rozpowiadając o tym w mieście. Przez rok przegrywał każdą sprawę i nie mógł zdobyć ani jednego klienta. Dzięki staraniom Sędziego, cztery lata później usunięto go z palestry.

– Witaj, Ray – powiedziała przez siatkę. – Mogę wejść?

– Oczywiście – odrzekł, otwierając szerzej drzwi.

Nigdy za sobą nie przepadali. Ray zawsze uważał, że ojciec darzy Claudię atencją i uczuciem, którym powinien darzyć jego i Forresta, ona zaś widziała w nim zagrożenie dla siebie. Gdy chodziło o Sędziego, widziała zagrożenie we wszystkich.

Miała niewielu przyjaciół, jeszcze mniej wielbicieli. Była antypatyczna i bezduszna, ponieważ przez całe życie przysłuchiwała się temu, co mówiono w sali rozpraw. Jako zaufana powiernica wielkiego człowieka, była też arogancka.

– Tak mi przykro – powiedziała.

– Mnie również.

Gdy szli korytarzem, zamknął drzwi do gabinetu.

– Nie wchodź tam – rzucił. Nie zauważyła błotnistych śladów na podłodze.

– Bądź dla mnie miły, Ray.

– Niby dlaczego?

Weszli do kuchni. Nalał jej kawy i usiedli przy stole, naprzeciwko siebie.

– Mogę zapalić? – spytała.

– Chcesz, to pal. – Pal, aż się udusisz, stara purchawo. Czarne garnitury ojca zawsze zalatywały kwaśnym zapachem dymu z jej papierosów. Pozwalał jej kopcić w samochodzie, w gabinecie sędziowskim, w gabinecie domowym, pewnie nawet w łóżku. Wszędzie, tylko nie w sali rozpraw.

Chrapliwy oddech, chrapliwy głos, niezliczone zmarszczki wokół oczu – ach, nie ma to jak radość z papierosa.

Widać było, że płakała; rzecz to dość niezwykła jak na nią. Pewnego razu, kiedy jako student praktykował u ojca, miał nieszczęście przysłuchiwać się wstrząsającej rozprawie o molestowanie dziecka. Zeznania świadków były tak smutne i poruszające, że wszyscy, nawet Sędzia i adwokaci, mieli łzy w oczach. Nie płakała jedynie ona, stara kamiennolica Claudia.

– Nie mogę uwierzyć, że on nie żyje – powiedziała i wypuściła kłąb dymu w stronę sufitu.

– Umierał od pięciu lat, należało się tego spodziewać.

– Mimo to, to smutne.

– Bardzo, ale on cierpiał. Śmierć była dla niego błogosławieństwem.

– Nie pozwalał mi się odwiedzać.

– Nie wracajmy do tego, dobrze?

Ich historia, w zależności od wersji i źródła, była pożywką dla plotek prawie przez dwadzieścia lat. Kilka lat po śmierci matki Raya Claudia rozwiodła się z mężem z powodów, których nigdy do końca nie wyjaśniono. Część miasta uważała, że Sędzia obiecał się z nią ożenić.

Inni zaś twierdzili, że Sędzia, stuprocentowy Atlee, nigdy nie ożeniłby się z kobietą z pospólstwa, i że Claudia dostała rozwód, ponieważ mąż przyłapał ją in flagranti z gachem. Przez wiele lat korzystali z dobrodziejstw życia w małżeńskim stadle, które od prawdziwego stadła różniło się jedynie tym, że żyli ze sobą bez ślubu i że nie mieszkali pod jednym dachem. Ona nieustannie nalegała, żeby się z nią ożenił, on zaś nieustannie tę decyzję odwlekał. Najwyraźniej wystarczało mu to, co mu dawała.

W końcu wystąpiła z ultimatum, co okazało się bardzo złą strategią, gdyż ultimata nie robiły na Sędzim wrażenia. Na rok przed tym, gdy usunięto go z urzędu, Claudia wyszła za mężczyznę dziesięć lat młodszego. Sędzia natychmiast wyrzucił ją z pracy i we wszystkich kawiarniach i klubach robótek ręcznych przez długi czas nie mówiono o niczym innym. Po kilku burzliwych latach mąż Claudii zmarł. Była samotna, podobnie jak Sędzia. Ale wychodząc za mąż, dopuściła się zdrady i nigdy jej tego nie wybaczył.

– Gdzie Forrest? – spytała.

– Niedługo powinien być.

– Jak się miewa?

– Jak Forrest.

– Chcesz, żebym sobie poszła?

– Chcesz, to idź.

– Wolałabym porozmawiać, Ray. Muszę z kimś porozmawiać.

– Nie masz przyjaciół?

– Nie. Moim jedynym przyjacielem był Reuben.

Reuben. Mówiła o nim Reuben i Ray aż drgnął. Wetknęła papierosa między swoje lepkie wargi, na znak żałoby bladoróżowe, a nie krwistoczerwone, z których niegdyś słynęła. Miała co najmniej siedemdziesiąt lat, lecz wyglądała znakomicie. Wciąż szczupła i prosta jak świeca, była w obcisłej sukience, której żadna siedemdziesięciolatka z Clanton nie odważyłaby się włożyć. W uszach miała brylantowe kolczyki, na palcu brylantowy pierścionek, chociaż trudno było powiedzieć, czy brylanty są prawdziwe. Z jej szyi zwisał złoty wisiorek, na ręku pobrzękiwały dwie złote bransolety.

Podstarzała dziwka i wciąż aktywny wulkan. Ray postanowił spytać Harry'ego Reksa, z kim Claudia się ostatnio widuje.

Dolał jej kawy i spytał:

– O czym chcesz porozmawiać?

– O Reubenie.

– Ojciec nie żyje. Nie lubię historii.

– Ray, czy nie możemy zostać przyjaciółmi?
– Nie. Ty nie znosisz mnie, ja nie znoszę ciebie. Nie całowaliśmy się i nie obejmowaliśmy się przedtem, nie będziemy robić tego teraz, przy jego trumnie. Bo niby po co?
– Jestem starą kobietą...
– A ja mieszkam w Wirginii. Przeżyjemy jutrzejszy pogrzeb i już nigdy się nie spotkamy. Co ty na to?
Zapaliła kolejnego papierosa i ponownie się rozpłakała. Ray myślał o bałaganie w gabinecie i o tym, co powiedziałby Forrest, gdyby wpadł nagle do domu, zobaczył błotniste ślady na podłodze i porozrzucane pudełka. A gdyby jeszcze zobaczył tu Claudię, mógłby skoczyć jej do gardła.
Chociaż nie mieli na to żadnych dowodów, od dawna podejrzewali, że Sędzia płacił jej więcej niż zwykłej protokolantce. Że dostawała ekstra premię za swoje ekstra usługi. Nic dziwnego, że żywili do niej urazę.
– Chcę, żeby coś mi go przypominało, to wszystko.
– Coś? Na przykład ja?
– Jesteś jego synem, Ray. Ciągnie mnie do tego domu.
– Szukasz pieniędzy?
– Nie.
– Jesteś spłukana?
– Nie, pieniędzy starczy mi do końca życia.
– Tu nic nie znajdziesz.
– Zostawił testament?
– Tak, ale o tobie w nim nie wspomniał.
Rozpłakała się po raz trzeci i Ray zakipiał gniewem. Miała pieniądze przed dwudziestoma laty, kiedy on harował jako kelner i jadł masło z orzeszków ziemnych, próbując przeżyć kolejny miesiąc i uniknąć eksmisji z taniego mieszkania. Zawsze jeździła nowym cadillakiem, podczas gdy on i Forrest dożynali stare wraki. Oni żyli jak zubożała szlachta, tymczasem ona nosiła eleganckie suknie i biżuterię.
– Obiecywał, że się mną zaopiekuje.
– Złamał tę obietnicę dziesięć lat temu. Daj sobie spokój.
– Nie mogę. Za bardzo go kochałam.
– To był seks i pieniądze, nie miłość. Nie chce mi się o tym gadać.
– Co zostawił w spadku?
– Nic. Wszystko rozdał.
– Jak to?
– Tak to. Dobrze wiesz, jak bardzo lubił wypisywać czeki. Kiedy zeszłaś ze sceny, polubił to jeszcze bardziej.

– A emerytura? – Już nie płakała, mówiła jak kobieta interesu. Jej zielone oczy były suche i błyszczące.

– Odebrał całość rok po odejściu z urzędu. To był straszliwy błąd, ale decyzję podjął sam, bez mojej wiedzy. Odbiło mu, zwariował. Wziął pieniądze, część przejadł, a resztę rozdał harcerzom, harcerkom, Synom Konfederatów, tym z Lions Club, tym z Komitetu na rzecz Ochrony Historycznych Pól Bitewnych, komu tylko chcesz.

Gdyby ojciec był skorumpowanym sędzią – Ray wciąż nie chciał w to uwierzyć – Claudia na pewno wiedziałaby o pieniądzach. Tymczasem było oczywiste, że nie wie. Nie miał co do tego żadnych wątpliwości, bo gdyby wiedziała, w gabinecie nie znalazłby żadnych pieniędzy. Dorwałaby się do trzech milionów dolarów i wiedziałoby o tym całe hrabstwo. Kiedy miała choć trochę szmalu, wszyscy musieli go widzieć. Tak siedząc po drugiej stronie stołu, wyglądała bardzo żałośnie, lecz podejrzewał, że nie śmierdzi groszem.

– Myślałem, że twój drugi mąż miał pieniądze. – Zabrzmiało to dość okrutnie.

– Ja też – odrzekła z bladym uśmiechem. Ray zachichotał. Roześmiali się i lody błyskawicznie stajały. Claudia słynęła z bezpośredniości.

– Nie znalazłaś ich, co?

– Ani centa. Był przystojny, jedenaście lat młodszy, sam wiesz…

– O tak, doskonale go pamiętam. Wybuchł prawdziwy skandal.

– Miał pięćdziesiąt jeden lat i taki był z niego czaruś… Ciągle powtarzał, że zrobi fortunę na ropie naftowej. Wiercił jak szalony przez cztery lata, a teraz nic z tego nie mam.

Ray roześmiał się jeszcze głośniej. Nie pamiętał, przynajmniej nie w tej chwili, żeby kiedykolwiek w życiu rozmawiał o seksie z siedemdziesięcioletnią kobietą. Czuł, że mogłaby mu opowiedzieć wiele ciekawych historyjek. Swoich największych przebojów.

– Dobrze wyglądasz. Masz czas, na pewno kogoś znajdziesz.

– Jestem zmęczona, Ray. Stara i zmęczona. Musiałabym go wyszkolić, i tak dalej. Szkoda zachodu.

– Co się stało z tym drugim?

– Umarł na atak serca i zostawił mi siedem tysięcy dolarów.

– Sędzia zostawił sześć.

– I nic więcej? – spytała z niedowierzaniem.

– Nic. Ani akcji, ani papierów wartościowych, ani weksli, nic, tylko stary dom i sześć tysięcy dolarów na koncie.

Spuściła oczy i pokręciła głową, wierząc w każde jego słowo. Nie miała pojęcia o istnieniu pieniędzy.

– Co zrobicie z domem?

– Forrest chce go spalić i zgarnąć ubezpieczenie.

– Niezły pomysł.

– Sprzedamy go.

Na tarasie rozległy się kroki i ktoś zapukał do drzwi. Przyjechał wielebny Palmer, żeby porozmawiać o nabożeństwie, które miało rozpocząć się za dwie godziny. W drodze do samochodu Claudia objęła Raya na pożegnanie. Przy samochodzie objęła go po raz drugi i otwierając drzwiczki, szepnęła:

– Przepraszam, że nie byłam dla ciebie milsza.

– Do widzenia, Claudio. Zobaczymy się w kościele.

– On mi nigdy nie wybaczył.

– Ale ja ci wybaczam.

– Naprawdę?

– Tak. Już ci wybaczyłem. Od tej chwili jesteśmy przyjaciółmi.

– Bardzo ci dziękuję. – Objęła go po raz trzeci i się rozpłakała. Pomógł jej wsiąść do samochodu, oczywiście do cadillaca.

– A on? – spytała, zanim przekręciła kluczyk w stacyjce. – Wybaczył ci?

– Nie sądzę.

– Ja też nie.

– Ale teraz to nieważne. Pochowajmy go, i już.

– Potrafił być złośliwym sukinsynem, prawda? – spytała, uśmiechając się przez łzy.

Ray roześmiał się, po prostu musiał. Ojciec, ten Wielki Zmarły, a jego siedemdziesięcioletnia kochanka nazywa go sukinsynem.

– Owszem – odrzekł – potrafił.

Rozdział 12

Wtoczyli go głównym przejściem, w pięknej dębowej trumnie, i ustawili przed ołtarzem, gdzie czekał wielebny Palmer w czarnej sutannie. Trumna była zamknięta, ku rozczarowaniu tych, którzy wciąż hołdowali starej południowej tradycji, która nakazywała, żeby podczas nabożeństwa po raz ostatni ją otworzyć, by w ten dziwaczny sposób zmusić zebranych do jeszcze większego smutku. „Po cholerę?" – rzucił układnie

Ray, gdy Magargel spytał go, czy ma to zrobić. Gdy wszystko już poustawiano, Palmer powoli wyciągnął przed siebie ręce, opuścił je i tłum usiadł.

W pierwszym rzędzie ław po prawej stronie siedziała rodzina, czyli dwóch synów. Ray był w swoim nowym garniturze i sprawiał wrażenie zmęczonego. Forrest przyszedł w dżinsach i w czarnej, zamszowej marynarce i, co niezwykłe, był chyba trzeźwy. Za nimi siedzieli Harry Rex oraz ci, którzy mieli nieść trumnę, a za nimi smutna grupka starych sędziów, którzy też stali już nad grobem. W pierwszym rzędzie ław po lewej stronie zasiedli wszelkiego rodzaju dygnitarze: politycy, były gubernator, dwóch sędziów Sądu Najwyższego stanu Missisipi – Clanton nie widziało jeszcze tylu znakomitych gości.

Kościół był nabity; ludzie stali pod ścianami, pod okiennymi witrażami. Balkon był przepełniony, a na dole, w nawach tłoczyły się tłumy przyjaciół i wielbicieli.

Ray był pod wrażeniem. Forrest już zerkał na zegarek. Przyjechał dopiero co, ledwie przed kwadransem, i Harry Rex – nie Ray – dał mu ochrzan. Brat twierdził, że nowy garnitur zdążył się już zabrudzić, poza tym Ellie kupiła mu tę marynarkę przed wieloma laty i uważała, że czarny zamsz doskonale się na tę okazję nadaje.

Ellie ważyła sto trzydzieści sześć kilo i nie wychodziła z domu, za co Ray i Harry Rex byli jej wdzięczni. Jakimś cudem zdołała utrzymać Forresta w trzeźwości, lecz załamanie wisiało w powietrzu. Z tysiąca powodów Ray pragnął jak najszybciej wrócić do Wirginii.

Wielebny odmówił modlitwę, krótkie elokwentne podziękowanie za życie wielkiego człowieka. Następnie przedstawił zebranym chór młodzieżowy, który zdobył laury na konkursie w Nowym Jorku; nie omieszkał przy tym dodać, że sędzia Atlee podarował chórzystom trzy tysiące dolarów na podróż. Odśpiewali dwie pieśni, których Ray nigdy dotąd nie słyszał, lecz śpiewali naprawdę pięknie.

Pierwszą mowę – zgodnie z życzeniem Raya, miały być tylko dwie, w dodatku krótkie – wygłosił starzec, który choć ledwo doszedł do pulpitu, zaskoczył tłum potężnym, czystym głosem. Przed stu laty kończył z Reubenem prawo. Opowiedział dwie pozbawione humoru dykteryjki i jego donośny głos gwałtownie zmatowiał.

Wielebny odczytał fragment Pisma Świętego, następnie pocieszył zebranych po stracie człowieka bliskiego, to nic, że starego, takiego, który przeżył już całe życie.

Drugą mowę wygłosił młody Murzyn nazwiskiem Nakita Poole, który był w Clanton kimś w rodzaju żywej legendy. Pochodził z patologicznej rodziny – mieszkali na południe od miasta – i gdyby nie jego nauczyciel chemii, wyrzucono by go z ogólniaka i skazano na statystyczny niebyt. Sędzia Atlee poznał go w sądzie, po paskudnej awanturze rodzinnej, i się nim zainteresował. Poole miał zadziwiające zdolności do matematyki i nauk ścisłych. Skończył szkołę z pierwszą lokatą, złożył podanie do najlepszych college'ów i wszystkie go przyjęły; Sędzia napisał mnóstwo listów polecających i pociągnął za każdy sznurek, za jaki tylko mógł pociągnąć. Nakita wybrał Yale, lecz jego stypendium pokrywało wszelkie wydatki z wyjątkiem kieszonkowego. Przez cztery lata Reuben Atlee pisywał do niego co tydzień, a do każdego listu załączał czek na dwadzieścia pięć dolarów.

– Nie byłem jedynym, który dostawał listy lub czeki – mówił Poole do milczącego tłumu. – Było nas wielu.

Nakita zrobił doktorat i zamierzał wyjechać na dwa lata do Afryki jako wolontariusz.

– Będzie mi tych listów brakowało – zakończył i wszystkie zgromadzone w kościele panie otarły łzę.

Następnie wystąpił koroner Thurber Foreman. Od wielu lat był nieodłącznym elementem pogrzebów w hrabstwie Ford: na specjalną prośbę Sędziego zagrał na mandolinie i zaśpiewał *Bliski spacer z Panem*. Śpiewał pięknie i nawet przy tym szlochał.

Forrest zaczął w końcu ocierać oczy. Ray gapił się na trumnę i zastanawiał, skąd pochodzą pieniądze. Co ojciec zrobił? I co, jego zdaniem, miało stać się z nimi po jego śmierci?

Wielebny zakończył ceremonię króciutką przemową i trumnę wytoczono z kościoła. Magargel wyprowadził ich głównym przejściem na schody, u których stóp za karawanem czekała limuzyna. Ludzie wylegli na dwór i rozeszli się do samochodów, żeby pojechać na cmentarz.

Jak większość małych miast Clanton uwielbiało pogrzeby. Na ulicach zamierał ruch. Ci, którzy nie brali udziału w procesji, stali posępnie na chodnikach, śledząc wzrokiem niekończący się sznur samochodów. Wszyscy zastępcy szeryfa byli w mundurach i coś tam blokowali, ulicę, aleję albo parking.

Karawan objechał gmach sądu. Na dachu powiewała opuszczona do połowy masztu flaga, na chodniku zaś stali miejscy urzędnicy z pochylonymi głowami. Na skwer wyszli wszyscy sklepikarze, żeby pożegnać sędziego Atlee.

Złożono go do grobu w rodzinnej kwaterze, tuż obok dawno zapomnianej żony i przodków, których tak bardzo czcił. Miał być ostatnim z rodu Atlee pochowanym w ziemi hrabstwa Ford, chociaż nikt jeszcze o tym nie wiedział. I z pewnością o to nie dbał. Ray chciał, żeby go skremowano, a prochy rozrzucono nad Blue Ridge Mountains. Forrest utrzymywał, że umrze przed nim, lecz nie ustalił jeszcze szczegółów swojego pochówku. Wiedział tylko, że nie chce leżeć w Clanton. Ray namawiał go na kremację. Ellie optowała za mauzoleum. Forrest wolał o tym nie myśleć.

Żałobnicy stłoczyli się pod szkarłatnym namiotem z zakładu pogrzebowego Magargela. Namiot był za mały. Osłaniał jedynie grób i cztery rzędy składanych krzeseł. Krzeseł potrzeba było z tysiąc.

Słuchając wielebnego Palmera, który mówił i robił to, co mówić i robić był powinien, Ray i Forrest siedzieli tak blisko trumny, że prawie dotykali jej kolanami. Składane krzesło, otwarty grób ojca – Ray stwierdził, że to dziwne, iż myśli o tym, o czym właśnie myślał. Chciał wrócić do domu. Tęsknił za studentami i wykładami. Brakowało mu latania, widoku doliny Shenandoah z wysokości półtora tysiąca metrów. Był zmęczony, łatwo się irytował i nie chciał spędzać dwóch godzin na cmentarzu, gadając o niczym z ludźmi, którzy pamiętali dzień jego narodzin.

Ostatnie słowo należało do żony kaznodziei z Pentecostal. Zaśpiewała *Amazing Grace* i na pięć minut czas stanął w miejscu. Jej piękny sopran rozbrzmiewał echem wśród łagodnych wzgórz cmentarza, pocieszając zmarłych i dając nadzieję żywym. Nawet ptaki przestały latać.

Potem młody żołnierz zagrał na trąbce capstrzyk i wszyscy się popłakali. Złożoną flagę wręczono Forrestowi, który łkał i pocił się w tej przeklętej zamszowej marynarce. Gdy ostatnie dźwięki trąbki przebrzmiały w lesie, siedzący za nimi Harry Rex wybuchnął głośnym płaczem. Ray pochylił się do przodu i dotknął trumny. Pożegnał się po cichu z ojcem, podparł się łokciami i ukrył twarz w dłoniach.

Żałobnicy szybko się rozeszli. Była pora lunchu. Ray uznał, że jeśli będzie siedział tak, wbijając wzrok w trumnę, ludzie dadzą mu święty spokój. Forrest objął go ciężkim ramieniem i obaj znieruchomieli, jakby zamierzali tam siedzieć do zmroku. Harry Rex doszedł do siebie i na nowo podjął rolę rzecznika rodziny. Stanął przed namiotem, podziękował dygnitarzom za przybycie, pochwalił wielebnego Palmera za wzruszające nabożeństwo, żonę kaznodziei za piękne wykonanie pieśni, a Claudii powiedział, że nie, nie może posiedzieć z chłopcami. I tak dalej, i tak dalej. Pod pobliskim drzewem czekali grabarze z łopatami w ręku.

Kiedy wszyscy się wreszcie rozeszli, łącznie z Magargelem i jego pomocnikami, opadł na krzesło obok Forresta i przez długi czas siedzieli we trójkę, gapiąc się przed siebie i nie mając ochoty wstać. Jedynym odgłosem, który do nich dochodził, był warkot czekającej w oddali koparki. Ale oni mieli to gdzieś. W końcu, jak często grzebie się ojca? I czym jest dla grabarza czas?

– Wspaniały pogrzeb – powiedział w końcu Harry Rex; był ekspertem od tych spraw.

– Ojciec byłby dumny – rzucił Forrest.

– Uwielbiał ładne pogrzeby – dodał Ray. – Za to nie znosił ślubów.

– Ja lubię śluby – powiedział Harry Rex.

– Który to już? – mruknął Forrest. – Czwarty czy piąty?

– Czwarty, ale wszystko przede mną.

Podszedł do nich mężczyzna w kombinezonie roboczym i cicho spytał:

– Czy chcecie panowie, żebyśmy ją teraz opuścili?

Ani Ray, ani Forrest nie wiedzieli, co odpowiedzieć. Harry Rex nie wahał się ani sekundy.

– Tak, prosimy – odparł.

Mężczyzna wsunął rękę pod żałobne falbany i pokręcił korbą. Powoli, powolutku trumna zaczęła opuszczać się do gliniastego dołu. Patrzyli na nią, aż spoczęła na dnie.

Mężczyzna zabrał pasy, falbany i korbę i zniknął.

– To już chyba koniec – powiedział Forrest.

Na lunch zjedli tamale, pikantne paszteciki, gotowane na parze w kukurydzianych liściach, które zapili wodą sodową w barze na skraju miasta; nie chcieli jeść w zatłoczonej knajpie, gdzie ktoś na pewno przerwałby im posiłek kilkoma ciepłymi słowami o zmarłym ojcu. Siedzieli przy drewnianym stole pod wielkim parasolem i patrzyli na przejeżdżające samochody.

– Kiedy wyjeżdżasz? – spytał Harry Rex.

– Jutro z samego rana – odrzekł Ray.

– Mamy tu trochę roboty.

– Wiem. Odwalmy ją dzisiaj.

– Jakiej roboty? – wtrącił Forrest.

– Papierkowej – wyjaśnił Harry Rex. – Za dwa tygodnie, kiedy Ray wróci, trzeba będzie otworzyć postępowanie spadkowe. Musimy przejrzeć dokumenty i sprawdzić, ile czeka nas pracy.

– Taka jest rola wykonawcy testamentu, nie?

– Ale mógłbyś nam pomóc.

Ray jadł i myślał o swoim samochodzie, który parkował na ruchliwej ulicy przed prezbiteriańskim kościołem. Tam był na pewno bezpieczny.

– Byłem wczoraj w kasynie – wymlaskał z pełnymi ustami.

– W którym? – spytał Harry Rex.

– Santa Fe coś tam. W pierwszym z brzegu. Byłeś tam?

– Zaliczyłem wszystkie. – Harry Rex powiedział to tak, jakby odwiedził je tylko raz w życiu. Z wyjątkiem narkotyków, nieobcy mu był żaden nałóg.

– Ja też – dodał Forrest, człowiek nieuznający wyjątków. – Jak ci poszło?

– Wygrałem dwa tysiące w blackjacka. Zafundowali mi pokój.

– To ja ci go zafundowałem – mruknął Harry Rex. – Przerżnąłem tyle, że mogliby zafundować ci całe piętro.

– Uwielbiam ich darmowe drinki – dodał Forrest. – Dwie dychy za kielonek.

Ray przełknął to, co miał w ustach, i postanowił zarzucić przynętę.

– Na biurku ojca znalazłem zapałki z tego Santa Fe. Bywał tam?

– Jasne – odrzekł Harry Rex. – Jeździliśmy do kasyna raz w miesiącu. Uwielbiał kości.

– Nasz stary? – spytał Forrest. – Grał w kości?

– A jakże.

– No to już wiem, co zrobił z moim spadkiem. Część rozdał, część przerżnął.

– Nie, nie, był niezłym graczem.

Ray udał, że jest wstrząśnięty, tak samo jak Forrest, tymczasem z ulgą odnotował fakt, że wreszcie natrafił na pierwszy – co prawda nikły – ślad. Ale nie, to chyba niemożliwe: Sędzia nie zgromadziłby tak olbrzymiej fortuny nawet wówczas, gdyby grał w kości co tydzień.

Postanowił zbadać to później z Harrym Reksem.

Rozdział 13

Pod koniec życia ojciec organizował swoje sprawy z nadzwyczajną pedanterią. Najważniejsze dokumenty znajdowały się w gabinecie i łatwo je znaleźli. Najpierw przeszukali mahoniowe biurko. Jedna szuflada była wypełniona wyciągami bankowymi z ostatnich dziesięciu lat – wszystkie ułożono w porządku chronologicznym. W drugiej leżały zeznania podatkowe oraz księgi, w których Sędzia odnotowywał wszelkie darowizny. Największą szufladę wypełniały żółte koperty, dziesiątki kopert. Pokwitowania opłaty podatku od nieruchomości, rachunki lekarskie, stare akty prawne i tytuły własności, rachunki do zapłacenia, rozliczenia wyjazdów na konferencje prawnicze, listy od lekarzy, pokwitowanie odbioru emerytury. Ray przejrzał je pobieżnie, nie wyjmując niczego z kopert. Otworzył jedynie kopertę z rachunkami do zapłacenia. Zawierała tylko jeden, sprzed tygodnia: trzynaście dolarów osiemdziesiąt centów za naprawę kosiarki do trawy.

– Ilekroć przeglądam dokumenty człowieka, który właśnie umarł – wyznał Harry Rex – przechodzą mnie ciarki. Czuję się jak podglądacz.

– Raczej jak detektyw szukający śladów – odrzekł Ray. On siedział po jednej stronie biurka, Harry Rex po drugiej – obaj zdjęli krawaty i podwinęli rękawy – a między nimi piętrzyły się sterty papierów. Forrest był jak zwykle pomocny. Wypił na deser trzy butelki piwa i chrapał na tarasie.

Ale był tam, ani nie chlał, ani nigdzie nie hulał. W przeszłości tyle razy po prostu znikał. Gdyby nie dojechał na pogrzeb ojca, nikt w Clanton by się nie zdziwił. Ot, kolejny wyskok zwariowanego chłopaka, kolejna historyjka do opowiedzenia.

W ostatniej szufladzie znaleźli osobiste drobiazgi: długopisy, fajki, zdjęcia Sędziego i jego kolegów na zjeździe palestry, kilka starych zdjęć Raya i Forresta, świadectwo ślubu, świadectwo zgonu ich matki. W starej zaklejonej kopercie tkwił nekrolog wycięty z „Clanton Chronicle", ze zdjęciem i datą: dwunasty listopada 1969. Ray przeczytał go i podał Harry'emu Reksowi.

– Pamiętasz ją? – spytał.

– Tak, byłem na pogrzebie – odrzekł Harry Rex, spoglądając na zdjęcie. – Piękna kobieta, ale nie miała zbyt wielu przyjaciół.

– Dlaczego?

– Pochodziła z Delty, a większość mieszkańców Delty ma sporą domieszkę błękitnej krwi. Sędzia takiej żony szukał, ale marnie się między nimi ułożyło. Myślała, że jest bogaty, ale on kiepsko wtedy zarabiał, więc musiała ciężko pracować, żeby żyć lepiej niż inni.

– Nie lubiłeś jej.

– Nieszczególnie. Uważała, że brakuje mi ogłady.

– Coś takiego.

– Kochałem twojego ojca, ale na jej pogrzebie nie uroniono zbyt wielu łez.

– Dobra, zajmijmy się jednym pogrzebem naraz.

– Przepraszam.

– Co było w testamencie, który dla niego spisałeś? W tym poprzednim.

Harry Rex odłożył nekrolog i odchylił się na krześle. Spojrzał w okno za Rayem i zaczął cicho mówić:

– Sędzia chciał ustanowić fundusz powierniczy z pieniędzy ze sprzedaży domu. I mianować mnie zarządcą, a jako zarządca miałbym przyjemność wydzielania pieniędzy tobie i jemu. – Ruchem głowy wskazał drzwi na taras. – Ale pierwszych stu tysięcy Forrest miał nie dostać. Sędzia uważał, że tyle na niego wydał.

– Koszmar.

– Próbowałem mu to wyperswadować.

– Dzięki Bogu, że spalił testament.

– Fakt. Wiedział, że to zły pomysł, ale próbował chronić Forresta przed samym sobą.

– Chronimy go tak od dwudziestu lat.

– Pomyślał o każdym szczególe. Zamierzał zostawić wszystko tobie, kompletnie go odciąć, ale wiedział, że doprowadzi to tylko do tarć. Potem się wściekł, bo żaden z was nie chciał tu zamieszkać, więc prosił mnie, żebym zmienił testament i zapisał dom Kościołowi. Testamentu nie podpisał, a zaraz potem Palmer wkurzył go uwagami na temat kary śmierci, więc Sędzia porzucił ten pomysł i oświadczył, że dom zostanie sprzedany dopiero po jego śmierci, a pieniądze pójdą na cele dobroczynne. – Harry Rex przeciągnął się tak mocno, że strzeliło mu w kręgosłupie; przeszedł dwie operacje i rzadko kiedy siedziało mu się wygodnie. – Myślę, że wezwał was do siebie, żebyście we trójkę zdecydowali, co zrobić z majątkiem.

– W takim razie dlaczego w ostatniej chwili zmienił testament?

– Nigdy się tego nie dowiemy, bo i jak? Może miał dość bólu. Podejrzewam, że polubił morfinę, jak większość z nas pod koniec życia. Może wiedział, że wkrótce umrze.

Ray spojrzał w oczy generałowi Nathanowi Bedfordowi Forrestowi, który od prawie stu lat, wciąż z tego samego miejsca spoglądał surowo na gabinet Sędziego. Nie miał wątpliwości, że ojciec postanowił umrzeć na sofie, żeby generał mu w tym pomógł. Generał wiedział. Wiedział, jak i kiedy stary umarł. Wiedział, skąd pochodzą pieniądze. Wiedział, kto włamał się do domu i przetrząsnął gabinet.

– Czy w którymś testamencie wspomniał o Claudii?

– Nie, w żadnym. Sam wiesz, umiał chować urazę.

– Była tu rano.

– Czego chciała?

– Pewnie pieniędzy. Powiedziała, że Sędzia obiecał się nią zaopiekować i pytała, co jest w testamencie.

– Powiedziałeś?

– Z przyjemnością.

– Spokojna głowa, ta baba da sobie radę. Pamiętasz starego Waltera Sturgisa, tego starego sknerę, dostawcę ziemi z Karraway? – Harry Rex znał wszystkich mieszkańców hrabstwa, trzydzieści tysięcy dusz, białych, czarnych, a teraz nawet meksykańskich.

– Chyba nie.

– Krążą plotki, że facet ma pół melona w gotówce, a ona chce się do tej forsy dorwać. Każe mu nosić koszulki golfowe i jadać w wiejskich klubach. Mówił kumplom, że codziennie łyka viagrę.

– Zuch chłopak.

– Ona go wykończy.

Zaskrzypiał łańcuch: Forrest poruszył się na huśtanej ławce. Odczekali, aż znieruchomieje. Harry otworzył kartonową teczkę i powiedział:

– Tu masz wycenę. Zrobił ją w zeszłym roku facet z Tupelo, najlepszy rzeczoznawca na północ od Missisipi.

– Ile?

– Czterysta tysięcy.

– Sprzedaję, choćby zaraz.

– Moim zdaniem gość trochę przesadził. Oczywiście Sędzia uważał, że dom jest warty milion.

– No jasne.

– Ja powiedziałbym raczej, że trzysta tysięcy.

– Nie dostaniemy nawet stu pięćdziesięciu. Na czym opierał wycenę?

– Wszystko tu masz. Powierzchnia domu, powierzchnia działki, porównanie z cenami innych domów. Na tym co zwykle.

– Dobra, daj mi jakiś przykład.

Harry Rex przerzucił kilka kartek.

– Proszę. Holly Springs. Dom mniej więcej tej samej wielkości, ten sam rok budowy, do tego dwunastohektarowa działka. Dwa lata temu poszedł za osiemset tysięcy.

– Clanton to nie Holly Springs.

– Też prawda.

– To jest miasto secesyjne, pełno tu starych ruder.

– Chcesz, żebym pozwał rzeczoznawcę?

– Jasne, na pohybel z nim. Co byś dał za ten dom?

– Nic. Chcesz piwo?

– Nie.

Harry Rex poczłapał do kuchni i wrócił z dużą puszką pabst blue ribbon.

– Nie mam pojęcia, dlaczego on to kupuje – wymamrotał i jednym haustem opróżnił jedną czwartą puszki.

– To jego ulubione.

Harry Rex wyjrzał przez żaluzje, ale oprócz zwisających z ławki nóg Forresta, nie zobaczył nic więcej.

– On się chyba nie martwi o spadek.

– Forrest jest jak Claudia, czeka tylko na forsę.

– Forsa go zabije.

Harry Rex podzielał jego zdanie: Ray uznał, że to pocieszające. Odczekał, aż adwokat usiądzie za biurkiem, ponieważ chciał widzieć jego oczy.

– W zeszłym roku Sędzia zarobił niecałe dziewięć tysięcy – powiedział, spoglądając na zeznanie podatkowe.

– Chorował. – Harry Rex przeciągnął się, po czym usiadł. – Dwa lata temu przestał prowadzić rozprawy.

– A przedtem prowadził? Jakie?

– Różne. Kilka lat temu mieliśmy tu gubernatora nazistę...

– Tak, pamiętam.

– Podczas kampanii wyborczej cały czas modlił się i gadał o wartościach rodzinnych. Zwalczał wszystko oprócz broni palnej, ale okazało się, że lubi dziewczynki. Żona przyłapała go, poszedł smród, wybuchł wielki skandal. Sędziowie z Jackson z oczywistych powodów nie chcieli mieć z tym nic wspólnego, dlatego poprosili waszego ojca, żeby rozsądził sprawę.

– Trafiła do sądu?

– Jasne, mieli tam paskudny proces. Gubernator myślał, że go zastraszy, ale żoneczka postawiła na swoim. Dostała dom i większość pieniędzy.

Słyszałem, że facet mieszka teraz nad warsztatem brata, ze swoimi gorylami oczywiście.

– Słyszałeś, żeby ktoś go kiedyś zastraszył?

– Ojca? Nigdy, ani razu w ciągu tych trzydziestu lat.

Harry Rex wmuszał w siebie piwo, a Ray studiował kolejne zeznanie podatkowe. Zapadła cisza i gdy Forrest ponownie zachrapał, Ray rzucił:

– Znalazłem pieniądze.

Oczy Harry'ego Reksa nie zdradzały absolutnie niczego. Ani zaskoczenia, ani ulgi, ani tego, że o tych pieniądzach wie. Harry Rex nie wybałuszył ich, ani nie przeszył go wzrokiem. Odczekał chwilę, wzruszył ramionami i spytał:

– Ile?

– Całe pudło. – Ray wiedział, że zaraz padną kolejne pytania i starał się je przewidzieć.

Harry Rex odczekał ponownie i ponownie wzruszył ramionami.

– Gdzie?

– Tam, w szafce za sofą. Gotówkę, banknoty, ponad dziewięćdziesiąt tysięcy dolarów.

Jak dotąd nie skłamał. Całej prawdy nie powiedział, ale na pewno nie skłamał. Jeszcze nie.

– Dziewięćdziesiąt tysięcy dolarów? – powtórzył głośno Harry Rex i Ray ruchem głowy wskazał drzwi na taras.

– Tak, w studolarówkach – odrzekł przyciszonym głosem. – Domyślasz się, skąd ojciec je wziął?

Harry Rex wypił łyk piwa i mrużąc oczy, spojrzał na ścianę.

– Nie.

– Może z hazardu? Mówiłeś, że grał w kości.

Kolejny łyk piwa.

– Może. Kasyna otworzyli sześć, siedem lat temu. Jeździliśmy wtedy raz na tydzień, przynajmniej początkowo.

– Potem przestałeś?

– Akurat, chciałbym. Tak między nami, jeździłem tam cały czas. Opętało mnie. Nie chciałem, żeby Sędzia się dowiedział, więc kiedy jechaliśmy razem, grałem o niskie stawki. Nazajutrz wieczorem ukradkiem wracałem i przerzynałem wszystko co do centa.

– Ile przegrałeś?

– Lepiej pogadajmy o twoim ojcu.

– Dobra. Ojciec wygrywał?

– Zwykle wygrywał. Jak mu żarło, potrafił zgarnąć i dwa tysiące.

– A jak nie żarło?

– Wyznaczył sobie limit, pięć stów. Zawsze wiedział, kiedy przestać. Na tym polega cała tajemnica hazardu: trzeba wiedzieć, kiedy przestać i mieć odwagę wstać od stolika. On wiedział. Ja nie.

– Jeździł bez ciebie?

– Tak, raz go widziałem. Któregoś wieczoru wymknąłem się do nowego kasyna – kurczę, teraz jest ich piętnaście! – i kiedy grałem w blackjacka, przy stole do gry w kości wybuchło jakieś zamieszanie. W tłumie zobaczyłem Sędziego. Był w baseballowej czapce, żeby nikt go nie rozpoznał. Przebranie na nic się chyba nie zdało, bo po mieście zaczęły krążyć plotki. Do kasyn chodzi mnóstwo ludzi, wielu go widziało.

– Jak często tam bywał?

– Któż to wie? Przed nikim się nie spowiadał. Miałem klienta, jednego z synów Higginbothama, tego, co ma komis samochodowy. Powiedział mi, że widział Sędziego, jak o trzeciej nad ranem grał w kości w Wyspie Skarbów. Pewnie jeździł tam nocą, żeby uniknąć spotkania ze znajomymi.

Ray zrobił kilka szybkich obliczeń. Gdyby ojciec grał trzy razy tygodniowo przez pięć lat, za każdym razem wygrywając dwa tysiące dolarów, wygrałby w sumie mniej więcej półtora miliona dolarów.

– To możliwe, żeby odłożył dziewięćdziesiąt tysięcy? – Zabrzmiało to tak, jakby pytał o dziewięćdziesiąt dolarów.

– Wszystko jest możliwe, tylko po co tę forsę ukrywał?

– Mnie pytasz?

Myśleli o tym przez chwilę. Harry Rex dopił piwo i zapalił papierosa. Leniwy wiatrak pod sufitem zaczął mleć dym. Harry Rex wydmuchał w jego stronę sinawy kłąb i powiedział:

– Od wygranej płaci się podatek, a skoro nie chciał, żeby widywano go w kasynie, może postanowił siedzieć cicho.

– Ale słyszałem, że ci, którzy wygrają dużą kwotę, muszą wypełnić jakieś druczki.

– Ja tam nigdy niczego nie wypełniałem.

– A gdybyś wygrał?

– Tak, wtedy tak. Miałem klienta, który wydoił jedenaście tysięcy z pięciodolarowego automatu. Kazali mu wypełnić zawiadomienie do urzędu skarbowego.

– A jak jest z grą w kości?

– Jeśli zgarniesz poniżej dziesięciu patoli, nie grożą ci żadne papierki. Obyś tylko nie przekroczył dziesięciu tysięcy, wtedy wszystko jest cacy. Tak samo jak z transakcjami bankowymi.

– Wątpię, czy Sędzia chciał, żeby jego nazwisko figurowało w jakichś kartotekach.

– Też wątpię.

– A kiedy spisywałeś jego testamenty? Nigdy nie wspominał o żadnej gotówce?

– Nigdy. Nie wiem, skąd wziął te pieniądze. Nie potrafię tego wyjaśnić. Nie mam pojęcia, co knuł. Ale na pewno wiedział, że ktoś je znajdzie.

– Na pewno. No i mamy problem: co z nimi zrobić?

Harry Rex kiwnął głową i wetknął papierosa do ust. Ray odchylił się na krześle i zaczął obserwować wiatrak. Przez długi czas zastanawiali się, co zrobić z pieniędzmi. Ani jeden, ani drugi nie chciał zasugerować, żeby po prostu nikomu o nich nie mówić. Harry Rex postanowił pójść po kolejne piwo. Ray powiedział, że też się napije. W miarę upływu minut stało się oczywiste, że nie będą już o tym rozmawiać, przynajmniej nie tego dnia. Może wrócą do tematu za kilka tygodni, kiedy sporządzą spis majątkowy i otworzą postępowanie spadkowe. A może nie wrócą nigdy.

Przez całe dwa dni Ray deliberował nad tym, czy powiedzieć Harry'emu Reksowi o pieniądzach, nie o wszystkich, ale chociaż o tych dziewięćdziesięciu tysiącach. Kiedy to wreszcie zrobił, pojawiło się więcej pytań niż odpowiedzi.

Nadal krążył po omacku. Sędzia lubił grać w kości i często wygrywał, lecz było mało prawdopodobne, żeby w ciągu siedmiu lat zdołał skasować ponad trzy miliony dolarów. A skasowanie ich bez wypełniania formularzy, bez papierkowych śladów, zdawało się wprost niemożliwe.

Harry Rex zaczął przeglądać księgi z dotacjami na cele dobroczynne, a Ray ponownie zajął się kwitami podatkowymi.

– Skąd weźmiesz księgowego? – spytał po długiej chwili milczenia.

– Jest ich kilku.

– Nie chcę miejscowych.

– Nie, od miejscowych trzymam się z daleka. To małe miasto.

Ray zamknął szufladę.

– Kwity są chyba w porządku.

– Wszystko pójdzie jak z płatka. Tylko ten dom.

– Wystawmy go na sprzedaż, im szybciej, tym lepiej. To może potrwać.

– Cena?

– Zacznijmy od trzystu tysięcy.

– Wydajemy jakieś pieniądze na remont?
– Harry Rex, nie ma żadnych pieniędzy.

Tuż przed zapadnięciem zmroku Forrest oznajmił, że ma dość Clanton, dość śmierci, dość tego starego przygnębiającego domu, na którym nigdy mu zbytnio nie zależało, dość Harry'ego Reksa, dość Raya, i że wraca do Memphis, gdzie czekają na niego imprezy i rozpustne kobitki.
– Kiedy przyjedziesz? – spytał Raya.
– Za dwa, trzy tygodnie.
– Na rozpoczęcie postępowania?
– Tak – wtrącił Harry Rex. – Musimy stawić się w sądzie. Będziesz mile widziany, ale twoja obecność nie jest konieczna.
– Ja tam po sądach nie chodzę. Mam ich dość.
Bracia wyszli na podjazd.
– Dobrze się czujesz? – Ray zadał to pytanie tylko dlatego, że czuł się zmuszony okazać mu odrobinę troskliwego zainteresowania.
– Jasne. Na razie – odrzekł pospiesznie Forrest; chciał wyjechać, zanim brat wypali coś głupiego. – Zadzwoń do mnie, jak wrócisz. – Odpalił silnik, i już go nie było. Ray wiedział, że gdzieś między Clanton i Memphis brat zrobi sobie krótki postój, że wpadnie do knajpy z barem, do sali bilardowej, a może po prostu do sklepu z piwem, gdzie kupi kilka puszek, żeby wypić je po drodze. Pogrzeb ojca zniósł bardzo dzielnie, lecz ciśnienie narastało. Wybuch na pewno nie będzie piękny.
Jak zwykle głodny Harry Rex spytał, czy Ray ma ochotę na zębacza.
– Raczej nie – odrzekł Ray.
– Świetnie. Nad jeziorem otworzyli nową knajpę.
– Jak się nazywa?
– Pod Zębaczem.
– Coś ty.
– Nie, to naprawdę pyszna ryba.
Zjedli na pustym molo nad bagnem, w cichym zakątku jeziora. Harry Rex jadał zębacza dwa razy na tydzień, Ray raz na pięć lat. Ryba ociekała masłem i olejem z orzeszków ziemnych i Ray czuł, że z wielu powodów czeka go ciężka noc.
Spał z nabitym rewolwerem w swoim starym pokoju na górze, pozamykawszy przedtem wszystkie okna i drzwi i złożywszy u stóp łóżka trzy worki z pieniędzmi. W tej sytuacji trudno mu było rozglądać się po ciemku w poszukiwaniu miłych wspomnień z dzieciństwa, które

w normalnych okolicznościach drzemałyby w zasięgu ręki. Dom był wtedy zimny i mroczny, zwłaszcza po śmierci matki.

Zamiast wspominać, próbował zasnąć, licząc małe, okrągłe, studolarowe żetony, które Sędzia zgarniał ze stołu i nosił do kasy. Liczył ambitnie i z wyobraźnią, lecz nie doliczył się nawet ułamka fortuny, która spoczywała u stóp jego łóżka.

Rozdział 14

Na rynku były trzy knajpki, dwie dla białych, jedna dla czarnych. Klientela tak zwanej herbaciarni skłaniała się ku bankowości, prawu i kupiectwu, a więc ku branży urzędniczej, dlatego dominowały tam rozmowy dość ciężkawe: o giełdzie, polityce i o golfie. Murzyńska jadłodajnia U Claude'a miała już czterdzieści lat i serwowano tam najlepsze jedzenie w mieście.

Do kawiarni zaś przychodzili głównie farmerzy, policjanci i robotnicy fabryczni, którzy rozmawiali o futbolu i o polowaniu na ptaki. Harry Rex też tam często zaglądał, podobnie jak kilku innych adwokatów, którzy lubili jadać z klientami. Otwierano ją o piątej rano – we wszystkie dni tygodnia oprócz niedzieli – a już o szóstej był tam tłum. Ray zaparkował nieopodal i zamknął samochód na klucz. Słońce wisiało tuż nad wierzchołkami wzgórz na wschodnim skraju miasta. Czekała go piętnastogodzinna podróż i miał nadzieję, że o północy będzie już w domu.

Harry Rex siedział przy oknie; gazeta, którą czytał – dziennik z Jackson – była już tak zmiętoszona, że nadawała się tylko do wyrzucenia.

– Są jakieś wiadomości? – spytał Ray; w domu Pod Klonami nie było telewizora.

– Żadnych – mruknął Harry Rex, pochłaniając wzrokiem wstępniak. – Wyślę ci nekrologi. – Podsunął mu wygniecioną, złożoną na czworo gazetę. – Chcesz poczytać?

– Nie, muszę lecieć.

– Ale najpierw chyba zjesz?

– Zjem.

– Hej, Dell! – wrzasnął Harry Rex. Przy ladzie, za przepierzeniami i przy stolikach siedzieli mężczyźni, sami mężczyźni, jedząc i rozmawiając.

– Dell jeszcze tu pracuje? – spytał Ray.

Harry Rex machnął ręką.

– Ta kobieta się nie starzeje. Jej matka ma osiemdziesiąt lat, a babka sto. Będzie tu pracowała, kiedy nas już pochowają.

Dell nie lubiła, gdy się na nią krzyczało. Podeszła do nich napuszona z dzbankiem kawy, ale gdy tylko zobaczyła Raya, momentalnie złagodniała. Wyściskała go i powiedziała:

– Nie widziałam cię od dwudziestu lat. – Potem usiadła, chwyciła go za rękę i zaczęła zapewniać, że bardzo jej przykro z powodu śmierci Sędziego.

– Pogrzeb był wspaniały, prawda? – przerwał jej Harry Rex.

– Nie pamiętam piękniejszego.

Ray nie wiedział, czy chciała go tymi słowami pocieszyć, czy wbić w dumę.

– Dziękuję – powiedział z oczami załzawionymi bynajmniej nie ze wzruszenia, tylko od gryzącego zapachu mieszaniny tanich perfum, który wokoło roztaczała.

Dell zerwała się na równe nogi i spytała:

– Co jecie? Zamawiajcie, na koszt firmy.

Harry Rex wybrał placki i kiełbaski, dla siebie i dla Raya. Dell znikneła, ciągnąc za sobą pachnący obłok.

– Czeka cię długa jazda. Musisz nabrać sadełka.

Po trzech dniach w Clanton Ray nabrał go aż za dużo. Tęsknił za długimi przebieżkami po przedmieściach Charlottesville i za lżejszym jedzeniem.

Ku swojej wielkiej uldze stwierdził, że nikt go tu nie rozpoznaje. O tej godzinie w kawiarni nie było ani jednego adwokata, a pozostali nie znali Sędziego na tyle, żeby przyjść na jego pogrzeb. Policjanci i mechanicy byli zbyt zajęci opowiadaniem kawałów i plotkowaniem, żeby się rozglądać. To zdumiewające, ale Dell trzymała buzię na kłódkę. Po pierwszej filiżance kawy Ray rozluźnił się na tyle, że śmiech i głośne rozmowy zaczęły sprawiać mu przyjemność.

Dell wróciła z jedzeniem, którego wystarczyłoby dla ośmiu osób: z wysoką stertą placków dla Harry'ego Reksa, niską dla niego, z kiełbaskami – poszedł na nie chyba cały prosiak – tacą grubych grzanek z masłem i miseczką dżemu domowej roboty. Po co komu grzanki? Do placków? Poklepała Raya po ramieniu, powiedziała:

– Słodki był z niego facet – i odeszła.

– Twój ojciec był taki, siaki i owaki. – Harry Rex zalał placki obfitą porcją melasy, pewnie też domowej roboty. – Ale na pewno nie był słodki.

– Na pewno – zgodził się z nim Ray. – Przychodził tu?

– Nie pamiętam, ale chyba nie. Nie jadł śniadań, nie lubił tłumu, nie znosił gadania o niczym, wolał się porządnie wyspać. Nie przepadał za takimi miejscami. Przez ostatnich dziewięć lat prawie nie bywał na rynku.

– Gdzie Dell go poznała?

– W sądzie. Jej córka miała dziecko. A tatuś dzidziusia rodzinę. Słowem syf. – Jakimś cudem zdołał wepchnąć do ust kawał placka, który zadławiłby konia. Zakąsił to kiełbaską.

– A ty w ten syf wdepnąłeś.

– Oczywiście. Sędzia potraktował ją bardzo sprawiedliwie. – Mlask, mlask.

Ray też nabrał ochoty na wielki kawał placka: poczuł się do tego zmuszony. Nachylił się i nie zważając na kapiącą wszędzie melasę, podniósł do ust ciężki widelec.

– On był tu legendą, Ray, sam wiesz. Ludzie go kochali. Ani razu nie dostał mniej niż osiemdziesiąt procent głosów.

Ray kiwnął głową, żując jedzenie. Placki były gorące i tłuste od masła, ale niezbyt smaczne.

– Gdybyśmy wydali pięć tysięcy na dom – powiedział Harry Rex, nie pokazując tego, co miał w ustach – forsa zwróciłaby się nam z nawiązką. To dobra inwestycja.

– Pięć tysięcy? Na co?

Harry Rex wytarł usta jednym długim pociągnięciem ręki.

– Po pierwsze, trzeba by tam posprzątać. Wszystko wysprejować, wymyć, zdezynfekować, wyszorować podłogi, ściany i meble, żeby ładniej pachniało. Potem odmalować, od zewnątrz i cały parter. Naprawić dach, żeby z sufitu poznikały te plamy. Przystrzyc trawę, powyrywać chwasty, po prostu trochę to wszystko odpicować. Mógłbym nająć paru miejscowych. – Czekając na odpowiedź, ponownie zapchał usta jedzeniem.

– W banku jest tylko sześć tysięcy – zauważył Ray.

Przemknęła koło nich Dell, która nie zwalniając kroku, jakimś cudem zdołała napełnić filiżanki kawą i poklepać Raya po ramieniu.

– W pudle masz więcej – odparł Harry Rex, pożerając kolejną porcję placków.

– I mamy to wydać?

– Myślałem o tym. – Harry Rex przełknął łyk kawy. – Szczerze mówiąc, myślałem o tym całą noc.

– No i?

– Dwie sprawy, jedna ważna, druga nie. – Szybki, skromny jak na niego kęs i pomagając sobie sztućcami, dodał: – Po pierwsze, skąd tę forsę wziął? Dobrze by było wiedzieć, ale to nie takie ważne. Jeśli obrabował bank, to i tak już nie żyje. Jeśli grał w kości i nie płacił podatków, niech szukają go sobie na cmentarzu. Jeśli po prostu lubił zapach pieniędzy i latami oszczędzał, leży już w grobie. Rozumiesz?

Ray wzruszył ramionami, jakby czekał na coś bardziej skomplikowanego. Harry Rex przerwał swój monolog, żeby zjeść kiełbaskę, po czym znowu zaczął dźgać sztućcami powietrze.

– Po drugie, co zamierzasz z tą forsą zrobić? To najważniejsze. Zakładamy, że nikt o niej nie wie, tak?

Ray kiwnął głową.

– Nie wie, stary ją ukrył. – Słyszał trzask okien, które ktoś próbował wyważyć. Widział porozrzucane i stratowane pudełka.

Nie mógł się powstrzymać i zerknął przez okno na swój samochód, załadowany bagażami i gotowy do ucieczki.

– Jeśli zgłosisz pieniądze do masy spadkowej, połowę zabierze urząd skarbowy.

– Wiem. Co byś zrobił na moim miejscu?

– Mnie nie pytaj. Od osiemnastu lat prowadzę z nimi wojnę i zgadnij, kto ją wygrywa. Na pewno nie ja. Olej ich.

– To rada prawnika?

– Nie, przyjaciela. Gdybyś chciał rady prawnika, powiedziałbym, że wszystkie aktywa powinny zostać zebrane i spisane zgodnie z wymaganiami kodeksu prawnego stanu Missisipi wraz z jego odpowiednimi przypisami i poprawkami.

– Dziękuję.

– Na twoim miejscu wziąłbym ze dwadzieścia tysięcy, zgłosiłbym je do spadku, żeby mieć na pokrycie przyszłych wydatków, odczekałbym jakiś czas, bardzo długi czas, a potem oddał połowę Forrestowi.

– To rozumiem, to jest rada.

– Nie, to zdrowy rozsądek.

Tajemnica grzanek przestała być tajemnicą, gdy Harry Rex je zaatakował.

– Chcesz? – spytał, chociaż stały tuż przy ręce Raya.

– Nie, dziękuję.

Harry Rex rozkroił grzankę na pół, posmarował obie połówki masłem, grubą warstwą dżemu i w ostatnim momencie wsunął między nie cienką kiełbaskę.

– Na pewno?

– Na pewno. Czy te pieniądze mogą być znakowane?
– Tylko pod warunkiem, że pochodzą z okupu albo z narkotyków.
Nie przypuszczam, żeby Reuben Atlee się tym zajmował. A ty?
– Dobra, wydaj te pięć tysięcy.
– Nie pożałujesz.
Przy stoliku przystanął niski mężczyzna w brązowych spodniach i brązowej koszuli.
– Przepraszam – powiedział z ciepłym uśmiechem. – Nazywam się
Loyd Darling. – Mówiąc, wyciągnął do Raya rękę. – Mam farmę za miastem.
Ray na wpół wstał i uścisnął mu dłoń. Darling miał najwięcej ziemi
w hrabstwie. Kiedyś uczył Raya w szkółce niedzielnej.
– Cieszę się, że pana widzę.
– Siedź, nie wstawaj. – Darling pchnął go lekko na krzesło. – Chciałem tylko powiedzieć, że bardzo mi przykro z powodu śmierci twojego
ojca.
– Bardzo panu dziękuję.
– Nie znałem człowieka szlachetniejszego niż on. Moje kondolencje.
Ray tylko skinął głową. Harry Rex przestał jeść i wyglądał tak, jakby
miał się zaraz rozpłakać. Loyd odszedł i ponownie zajęli się śniadaniem.
Harry Rex zaczął opowiadać o jednej z bitew, którą stoczył z urzędem
skarbowym. Po kilku kęsach Ray poczuł, że zaraz pęknie i udając, że go
słucha, pomyślał o tych wszystkich porządnych ludziach, którzy tak bardzo podziwiali ojca, o tych wszystkich Darlingach, którzy tak bardzo go
czcili.
A jeśli Sędzia tych pieniędzy nie wygrał? Jeśli popełnił jakieś przestępstwo albo potajemnie wykręcił jakiś potworny numer? I wtedy, siedząc w tłumie gości, patrząc na Harry'ego Reksa, lecz go nie słuchając,
Ray Atlee podjął decyzję. Poprzysiągł sobie, że jeśli kiedykolwiek odkryje, iż ojciec zdobył te pieniądze w sposób nieetyczny, nikt się o tym
nigdy nie dowie. Nie zamierzał brukać nieposzlakowanej reputacji sędziego Reubena Atlee.
Zawarł ze sobą pakt, uścisnął sobie rękę, złożył przysięgę krwi, przysiągł Bogu. Nikt się o tym nie dowie. Nigdy.
Pożegnali się na chodniku przed jedną z licznych na rynku kancelarii
prawniczych. Harry Rex objął go jak niedźwiedź i chociaż Ray próbował objąć jego, uniemożliwiły mu to przygniecione do tułowia ramiona.
– Nie mogę uwierzyć, że już go nie ma – wychrypiał Harry Rex z wilgotnymi oczami.

– Wiem, wiem.

Odszedł, kręcąc głową i z trudem powstrzymując łzy. Ray wskoczył do samochodu i nie oglądając się za siebie, wyjechał z rynku. Kilka minut później był już na skraju miasta, za starym kinem, w którym wyświetlano pierwsze w Clanton porno, za fabryką butów, w której Sędzia zażegnał kiedyś strajk. Zostawił to wszystko za sobą, by znaleźć się na wiejskiej szosie, z dala od ruchu, z dala od legendy. Zerknął na licznik i stwierdził, że jedzie z prędkością prawie stu czterdziestu kilometrów na godzinę.

Musiał unikać policyjnych patroli i stłuczek od strony bagażnika. Czekała go długa droga, lecz najważniejsze było zgranie w czasie. Gdyby dojechał do Charlottesville zbyt wcześnie, na deptaku roiłoby się od ludzi. Gdyby dojechał zbyt późno, mógłby zatrzymać go nocny patrol.

Przekroczywszy granicę Tennessee, zatrzymał się, żeby zatankować i wpaść do toalety. Wypił za dużo kawy. I za dużo zjadł. Zadzwonił z komórki do Forresta, lecz Forrest nie podnosił słuchawki. Uznał, że nie jest to ani dobry, ani zły znak: brat był jak zwykle nieprzewidywalny.

Nie przekraczając dziewięćdziesiątki, jechał dalej i godzina zaczęła mijać za godziną. Hrabstwo Ford powoli wróciło na swoje miejsce, do drugiego życia. Wszyscy muszą skądś pochodzić i Clanton wcale nie było takie złe. Ale nie protestowałby, gdyby los już nigdy więcej go tam nie rzucił.

Za tydzień koniec egzaminów i początek wakacji. Ponieważ miał prowadzić badania i pisać, czekały go trzy miesiące laby. Postanowił, że zrobi wszystko, co Harry Rex mu każe. I spróbuje rozwiązać tajemnicę pieniędzy.

Rozdział 15

Ponieważ miał mnóstwo czasu, żeby zaplanować każdy ruch, nie zdziwił się zbytnio, gdy wszystko poszło nie tak. Dotarł na miejsce o odpowiedniej porze, o dwudziestej trzeciej dwadzieścia, w środę dziesiątego maja. Zamierzał zaparkować niezgodnie z przepisami, na chodniku, kilka kroków od drzwi domu, ale inni kierowcy wpadli na ten sam pomysł. Chodnik był zastawiony rzędem samochodów i z nerwową satysfakcją stwierdził, że pod wycieraczką każdego z nich tkwi policyjny mandat.

Gdyby zaparkował na ulicy i obrócił kilka razy, mógłby napytać sobie kłopotów. Mały parking za domem miał cztery miejsca, w tym jedno zarezerwowane dla niego, ale bramę zamykano o jedenastej.

Dlatego musiał pojechać na ciemny, niemal kompletnie opustoszały parking trzy ulice dalej, olbrzymie, wielopoziomowe gmaszysko, zatłoczone za dnia i upiornie wyludnione nocą. Myślał nad tym wiele godzin, jadąc na północ, potem na wschód i układając strategię działania, by w końcu uznać, że jest to wyjście najgorsze z możliwych. Plan D albo nawet E, w każdym razie najgorszy sposób przeniesienia pieniędzy z samochodu do domu. Zaparkował na pierwszym poziomie, wysiadł z podręczną torbą, zamknął samochód na klucz i z lękiem go tam zostawił. Od jazdy zesztywniały mu plecy i nogi, ale czekała go robota.

Mieszkanie wyglądało dokładnie tak jak przed wyjazdem i przyjął ten fakt z dziwną ulgą. Na automatycznej sekretarce czekały trzydzieści cztery wiadomości, najpewniej od kolegów, którzy dzwonili z kondolencjami. Zamierzał odsłuchać je później.

Na dnie maleńkiej szafy w holu, pod kocem, poncho i pod wieloma innymi rzeczami, które tam wrzucił, zamiast porządnie je poukładać lub schować gdzie indziej, znalazł czerwoną torbę tenisową. Nie używał jej co najmniej od dwóch lat i nie licząc podróżnego kufra – uznał, że kufer będzie wyglądał zbyt podejrzanie – była to największa torba, jaką dysponował.

Gdyby miał pistolet, schowałby go do kieszeni. Ale przestępczość w Charlottesville prawie nie istniała, dlatego wolał żyć bez broni palnej. Zresztą po niedzielnej przygodzie w Clanton pistolety i rewolwery zaczęły napawać go przerażeniem. Rewolwer Sędziego ukrył w szafie, w domu Pod Klonami.

Z torbą na ramieniu zamknął frontowe drzwi na klucz i siląc się na obojętność, ruszył deptakiem w stronę parkingu. Deptak był dobrze oświetlony, zawsze czuwało na nim kilku policjantów, a o tej porze spotykało się tam jedynie niesfornych, zielonowłosych wyrostków, czasami drobnych pijaczków i wracających do domu maruderów. Po północy w Charlottesville było spokojnie.

Tuż przed jego przyjazdem nad miastem przeszła burza. Ulice były mokre, wiał wiatr. Ray minął dziewczynę i chłopaka, którzy szli, trzymając się za ręce, lecz poza nimi nie dostrzegł nikogo.

Zastanawiał się przez chwilę, czy po prostu nie przenieść worków ot tak, zwyczajnie, czy nie zarzucić ich na ramię jak Święty Mikołaj – oczywiście po kolei, nie wszystkie naraz – i nie potruchtać spiesznie do domu. Obracałby tylko trzy razy, widziałoby go mniej ludzi. Powstrzymały go przed tym dwie rzeczy. Po pierwsze, co by się stało, gdyby któryś z worków pękł i gdyby milion dolarów w gotówce wylądowało na chodniku. Niczym rekiny zwabione zapachem krwi z zaułków wypełzłyby wszystkie bandziory i wszyscy włóczędzy w mieście. Po drugie, widok człowieka, który wnosi do domu wypchany worek na śmieci, zamiast go z niego wynosić, mógłby zwrócić uwagę stróżów prawa.

– Co jest w tym worku? – spytałby policjant.

– Nic. Śmieci. Milion dolarów. – Żadna odpowiedź nie była dobra.

Dlatego postanowił zachować cierpliwość, nie spieszyć się, przenosić pieniądze małymi częściami i nie przejmować się tym, ile razy będzie musiał obracać, ponieważ zmęczenie było w tym wszystkim najmniej istotne. Mógł odpocząć później.

Najwięcej strachu najadł się wówczas, gdy kucając przy bagażniku i próbując nie rzucać się w oczy, musiał przełożyć pieniądze z worka do torby. Na szczęście na parkingu nie było nikogo. Wypchał torbę tak mocno, że ledwo dała się zapiąć, po czym zamknął bagażnik, rozejrzał się ukradkiem, jakby właśnie kogoś zamordował, i odszedł.

Dźwigał jedną trzecią worka: trzysta tysięcy dolarów. To aż za dużo, żeby go aresztowano lub zadźgano. Nonszalancja – tego mu rozpaczliwie brakowało, bo w jego ruchach, a zwłaszcza w tym, jak stawiał nogi, nie było ani nic płynnego, ani nonszalanckiego. Patrzył prosto przed siebie, chociaż miał ochotę zerkać w lewo, w prawo i za siebie, żeby niczego nie przeoczyć. Natknął się na upiornego nastolatka z ćwiekami w nosie, zaćpanego i wypranego z mózgu. Jeszcze bardziej przyspieszył kroku, wątpiąc, czy wytrzyma nerwowo osiem czy dziewięć takich wypraw.

Siedzący na ciemnej ławce pijak wrzasnął coś niezrozumiałego. Ray puścił się biegiem, natychmiast zwolnił i podziękował Bogu, że nie ma przy sobie broni. Gotów był strzelać do wszystkiego, co się rusza. Wraz z każdym kolejnym skrzyżowaniem torba robiła się cięższa, ale dotarł do domu bez żadnych przygód. Wysypał pieniądze na łóżko, pozamykał drzwi i ponownie wyszedł na ulicę.

Podczas piątej wyprawy musiał stawić czoło staremu szajbusowi, który wyskoczył z mrocznego zaułka i wybełkotał:

– Co ty, do diabła, robisz? – W ręku trzymał coś czarnego. Ray założył, że to broń, którą ten chce go zaszlachtować.

– Zjeżdżaj – warknął najbardziej opryskliwie, jak tylko umiał. Zaschło mu w gardle.

– Łazisz tam i z powrotem! – wrzasnął staruch. Cuchnął, oczy błyszczały mu jak ślepia demona.

– Pilnuj własnego nosa. – Ray nie zwolnił kroku, więc staruch ciągle przed nim podrygiwał. Ot, miejscowy idiota.

– Co się tu dzieje? – Czysty, donośny głos. Ray przystanął. Niespiesznie podszedł do nich policjant z pałką w ręku.

– Dobry wieczór. – Ray był cały w uśmiechach. Oddychał jak po ciężkim biegu, miał spoconą twarz.

– Ten facet coś knuje! – wrzasnął szajbus. – Łazi tam i z powrotem, tam i z powrotem! Idzie tam, torbę ma pustą, wraca, torba jest pełna.

– Spokojnie, Gilly – powiedział policjant i Ray wziął głębszy oddech. Z przerażeniem odkrył, że ktoś go cały czas obserwował, jednocześnie ulżyło mu, że tym kimś jest sfiksowany włóczęga. Po deptaku krążyło wielu dziwaków, ale tego widział pierwszy raz.

– Co jest w tej torbie? – spytał policjant.

Pytanie było głupie, obraźliwe i przez ułamek sekundy Ray, profesor prawa, miał ochotę zrobić mu wykład na temat zatrzymań, rewizji osobistej, konfiskaty mienia i dopuszczalnych sposobów przesłuchiwania. Jednak natychmiast to sobie odpuścił i bez zająknienia wygłosił przygotowaną kwestię.

– Grałem dzisiaj w tenisa w Boar's Head. Nadwerężyłem sobie ścięgno udowe i chcę je trochę rozruszać. Mieszkam tam. – Wskazał dom dwie ulice dalej.

Policjant spojrzał na starucha.

– Gilly, mówiłem ci, że na ludzi się nie krzyczy, nie wolno. Czy Ted wie, że tu jesteś?

– On tam coś ma – powtórzył nieco ciszej Gilly. Policjant odprowadził go na bok.

– Tak, ma tam pieniądze – powiedział. – Obrabował bank, a ty go złapałeś. Dobra robota.

– Torba jest raz pełna, raz pusta…

– Dobranoc panu – rzucił przez ramię policjant.

– Dobranoc. – Z obawy, że w mroku mogą czaić się inne, równie dziwne typy, niedoszły tenisista Ray ruszył do domu, mocno utykając. Wysypawszy na łóżko piąty ładunek pieniędzy, wyjął z barku butelkę szkockiej i nalał sobie kielicha.

Odczekał dwie godziny, a więc dostatecznie długo, żeby Gilly zdążył wrócić do Teda, który – taką przynajmniej miał nadzieję – otumani go lekarstwami i nie wypuści z domu aż do świtu, i żeby policjanta na deptaku zastąpił inny policjant. Dwie długie godziny, podczas których wyobrażał sobie wszystko, co tylko najgorsze, czyli to, co mogło stać się z jego samochodem. Kradzież, wandalizm, pożar, omyłkowe odholowanie, dosłownie wszystko.

O trzeciej nad ranem wyszedł z domu w dżinsach, traperkach i w granatowej bluzie od dresu z napisem WIRGINIA na piersi. Zrezygnował z torby na rzecz sfatygowanej skórzanej dyplomatki, znacznie mniej pojemnej, lecz nierzucającej się w oczy. Był uzbrojony w duży nóż do krojenia mięsa, który wetknął za pasek pod bluzą, i którego mógł błyskawicznie dobyć, gdyby napotkał kogoś w rodzaju Gilly'ego czy innego napastnika. Wiedział, że to głupie, lecz wiedział też, że nie jest sobą. Padał ze zmęczenia, nie spał trzecią noc z rzędu, był lekko wstawiony – wypił trzy szklaneczki szkockiej – przerażony tym, że ktoś może go znowu zatrzymać i opętany myślą bezpiecznego ukrycia pieniędzy.

O trzeciej nad ranem spali nawet włóczędzy i drobni pijaczkowie. Ulice były opustoszałe. Ale wchodząc na parking, zobaczył coś, co go przeraziło. Pod latarnią na końcu deptaka przechodziła grupa pięciu czy sześciu ciemnoskórych nastolatków. Szli powoli w jego stronę, wrzeszcząc, głośno rozmawiając i szukając zaczepki.

Przeniesienie reszty pieniędzy, a więc sześć lub więcej kursów, było niemożliwe, bo prędzej czy później musiałby się na nich natknąć. Plan ostateczny powstał tam, na miejscu.

Ray odpalił silnik i wyjechał z garażu. Okrążył go i zatrzymał się na ulicy, obok samochodów parkujących na chodniku przed drzwiami jego domu. Wyłączył silnik, zgasił światła, otworzył bagażnik i chwycił worek. Pięć minut później cała fortuna spoczywała na górze, gdzie spoczywać powinna.

O dziewiątej rano obudził go telefon. Dzwonił Harry Rex.

– Tyłek z wyra, chłopie, pora wstawać – warknął. – Jak podróż?

Ray spuścił nogi na podłogę i spróbował otworzyć oczy.

– Cudownie – mruknął.

– Rozmawiałem wczoraj z Baxterem Reddem, pośrednikiem handlu nieruchomościami, jednym z najlepszych w mieście. Obszedł dom, popatrzył, postukał, popukał, no wiesz. Uważa, że powinniśmy trzymać się pierwotnej wyceny, tych czterystu tysięcy, i że uda mu się opchnąć to co najmniej za dwieście pięćdziesiąt. Bierze sześć procent. Jesteś tam?

– Jestem.

– To mów coś.

– Ty mów.

– On też uważa, że trzeba puścić trochę szmalu, trochę to odpicować, odmalować, wywoskować podłogi, i tak dalej. Przydałoby się porządne ognisko. Radzi wynająć sprzątaczki. Jesteś?

– Jestem. – Harry Rex był na nogach od wielu godzin i na pewno zdążył już pożreć kolejną porcję placków, grzanek i kiełbasek.

– Nająłem malarza i dekarza. Niedługo będziemy potrzebowali zastrzyku gotówki.

– Będę tam za dwa tygodnie. Nie możecie trochę zaczekać?

– Jasne. Masz kaca?

– Nie, jestem po prostu zmęczony.

– To bierz dupę w garść i wstawaj. U was już po dziewiątej.

– Dzięki.

– À propos kaca. – Głos mu nagle ścichł i złagodniał. – Wczoraj wieczorem dzwonił do mnie Forrest.

Ray wstał i się przeciągnął.

– Na pewno z czymś miłym.

– Bynajmniej. Jest zalany albo naćpany, a może i zalany, i naćpany. Nie wiem, chla czy ćpa, w każdym razie ma od groma towaru. Początkowo był łagodny jak baranek i mówił tak, jakby przysypiał, ale potem wybuchnął i obrzucił mnie wyzwiskami.

– Czego chciał?

– Pieniędzy. Nie, nie teraz, mówi, że jeszcze się nie spłukał, ale boi się o dom, o spadek, o to, żebyś go nie wykiwał.

– Żebym go nie wykiwał?

– Ray, on był nawalony jak stodoła, nie miej mu tego za złe. Ale fakt, powiedział dużo nieprzyjemnych rzeczy.

– Jakich?

– Mówię ci o tym, żebyś wiedział, ale proszę, nie denerwuj się. On pewnie już tego nie pamięta…

– Powiesz mi wreszcie czy nie?

– Powiedział, że Sędzia zawsze cię faworyzował, dlatego wyznaczył cię wykonawcą testamentu, że zawsze dawał ci więcej, że moim zadaniem jest mieć na ciebie oko i chronić jego część spadku, bo na pewno zechcesz go wykołować. I tak dalej, i tak dalej.

– Szybki jest. Ledwo co grób zasypali.

– Fakt.

– Wcale mnie to nie zaskoczyło.

– Uważaj, Ray. On jest w ciągu, może teraz zadzwonić do ciebie.
– Dzwonił nieraz. Ma problemy, ale to nie jego wina. Ktoś zawsze na niego czyha. Typowy alkoholik.
– Uważa, że dom jest warty milion dolarów i kazał mi tyle za niego wziąć, w przeciwnym razie wynajmie własnego prawnika. Ble-ble-ble, ble-ble-ble. Olałem go. Był ostro przymulony.
– Jest żałosny.
– Teraz tak, ale za tydzień, za dwa wyjdzie z tego i otrzeźwieje. Wtedy ja puszczę mu wiąchę. Wszystko będzie dobrze.
– Przykro mi, Harry Rex. Przepraszam.
– To część mojej pracy. Jedna z uciech tego zawodu.

Ray zaparzył dzbanek kawy, mocnej włoskiej kawy, którą pił od dawna, i której bardzo mu w Clanton brakowało. Mózg zaczął funkcjonować dopiero po pierwszej filiżance.

Kłopoty z Forrestem należało pozostawić własnemu biegowi. Mimo pozorów brat był zupełnie nieszkodliwy. Harry Rex przeprowadzi postępowanie spadkowe i wszystko podzielą po połowie. A za rok, może za dwa, Forrest dostanie czek na kwotę, jakiej w życiu nie widział.

Niepokoił go trochę obraz sprzątaczek grasujących w domu Pod Klonami. Oczyma wyobraźni widział kilkanaście kobiet kręcących się po nim jak mrówki, szczęśliwych, że mają tyle do sprzątania. A jeśli natkną się na kolejny skarb, perfidnie ukryty przez Sędziego? Na wypchane pieniędzmi materace? Na wyładowaną banknotami szafę? Nie, to niemożliwe. Przeszukał każdy centymetr kwadratowy domu. Znajdujesz trzy miliony dolców, dostajesz kopa i zaglądasz w każdy zakamarek. Przedarł się nawet przez pajęczyny w piwnicy, w lochu, do którego żadna sprzątaczka nigdy nie wejdzie.

Dolał sobie kawy, wrócił do sypialni, usiadł na krześle i spojrzał na górę pieniędzy. I co teraz?

W zamieszaniu ostatnich czterech dni skupił się jedynie na przewiezieniu ich do miejsca, gdzie obecnie spoczywały. Teraz musiał zaplanować następny krok i nie miał żadnego konkretnego pomysłu. Pieniądze trzeba było ukryć i zabezpieczyć, tyle wiedział na pewno.

Rozdział 16

Pośrodku biurka stał wielki kosz kwiatów z kartami kondolencyjnymi od czternastu studentów z jego grupy. Każdy z nich napisał parę zdań i Ray wszystko dokładnie przeczytał. Obok kosza leżał plik kart od kolegów z wydziału.

Rozeszła się wieść, że już wrócił i przez cały ranek wpadali do niego, żeby się przywitać i wyrazić mu współczucie. Tworzyli dość zgraną grupę. Mogli kłócić się ze sobą o błahe szczegóły polityki wydziałowej, ale w razie potrzeby zwierali szyki. Ray z radością ich powitał. Żona Aleksa Duffmana przysłała tacę swoich słynnych – a raczej niesławnych – czekoladowych ciasteczek, z których każde ważyło pół kilo, i po którym ważyło się półtora kilo więcej. Naomi Kraig przyniosła bukiet róż ze swego ogródka.

Przed południem wpadł Carl Mirk. Był jego najbliższym przyjacielem z wydziału i choć to niezwykłe, trafił na uniwersytet w taki sam sposób jak Ray. Byli w tym samym wieku i obaj mieli ojców sędziów, którzy od dziesięcioleci trzęśli swymi prowincjonalnymi hrabstwami. Ojciec Carla wciąż pracował i wciąż chował do syna urazę za to, że ten nie wrócił do rodzinnego miasta, żeby praktykować tam prawo. Jednak jego uraza z biegiem lat malała, podczas gdy ojciec Raya zabrał swoją do grobu.

– Opowiadaj – rzucił Carl. Wiedział, że wkrótce czeka go podobna podróż do północnego Ontario.

Ray zaczął od opisu cichego, spokojnego domu, domu aż zbyt spokojnego, co uświadomił sobie dopiero teraz. I od tego, jak znalazł w gabinecie ojca.

– Już nie żył? – spytał Carl. Ray dokończył opis. – Myślisz, że on to jakoś przyspieszył?

– Mam nadzieję. Bardzo cierpiał.

– Rany boskie.

Opowieść była bardzo szczegółowa, ponieważ Ray przypomniał sobie rzeczy, o których nie myślał od ostatniej niedzieli. Płynęły słowa, płynęły zdania, mówienie było terapią. Carl umiał słuchać.

Potem był barwny opis Forresta i Harry'ego Reksa.

– W Ontario takich typów nie ma – powiedział Carl. Gdy snuli te opowieści, zwykle w gronie kolegów pochodzących z dużych miast, trochę naciągali fakty, wyolbrzymiając tym samym miejscowych bohaterów. Ale Forresta i Harry'ego Reksa nie wyolbrzymiali. W ich przypadku prawda była wystarczająco barwna.

Procesja w rotundzie sądu, nabożeństwo, pogrzeb. Gdy doszedł do capstrzyku i chwili, gdy opuszczono trumnę do grobu, obaj mieli wilgotne oczy. Carl zerwał się na równe nogi i powiedział:

– Piękny pogrzeb. Bardzo ci współczuję.

– Cieszę się, że już po wszystkim.

– Witaj w domu. Zjedzmy jutro lunch.

– Co jest jutro?

– Piątek.

– To idziemy na lunch.

Na południowe zajęcia zamówił pizzę dla studentów i zjedli ją razem na dziedzińcu. Z czternastoosobowej grupy przyszło trzynastu. Za dwa tygodnie ośmioro z nich miało bronić dyplomu, ale teraz bardziej martwili się śmiercią jego ojca niż egzaminami. Ray wiedział, że szybko przestaną.

Gdy zjedli, zwolnił ich i się rozeszli. Kaley została; zostawała tak od miesięcy. Między studentami i wykładowcami istniała strefa całkowitego zakazu lotów i Ray Atlee nie miał zamiaru jej naruszać. Za bardzo lubił swoją pracę, żeby ryzykować i kręcić ze studentkami. Ale za dwa tygodnie Kaley miała być już absolwentką, a absolwentów zakaz lotów nie obejmował. Flirtowanie przybrało ostatnio na sile: poważne pytania po zajęciach, wizyty w gabinecie – zwykle wpadała po temat zaległej pracy domowej – i zawsze te znacząco uśmiechnięte oczy, te odrobinę za długie spojrzenia.

Była przeciętną studentką o uroczej twarzy i pupie, na widok której zamierał ruch uliczny. Grała w hokeja na trawie, i w lacrosse, choć to też hokej, tyle że kanadyjski. Szczupła, świetnie zbudowana, była dwudziestoośmioletnią, bezdzietną wdową i miała mnóstwo pieniędzy, które dostała od zakładów lotniczych po tym, jak jej mąż roztrzaskał się kilka kilometrów od Cape Cod na wyprodukowanym w tychże zakładach szybowcu. Znaleźli go na głębokości osiemnastu metrów, wciąż przypiętego pasami do fotela – skrzydła szybowca pękły na pół. Ray przeczytał o tym w Internecie. Odnalazł również akta sprawy, którą wniosła do sądu na Rhode Island. Zgodnie z zawartą ugodą Kaley dostała cztery miliony dolarów z góry, a przez następne dwadzieścia lat zakłady lotnicze miały wypłacać jej pięćset tysięcy rocznie. Zatrzymał tę informację dla siebie.

Przez pierwsze dwa lata studiów Kaley uganiała się za chłopakami, teraz wzięła na celownik mężczyzn. Ray wiedział co najmniej o dwóch innych profesorach prawa, których obdarzała identycznymi spojrzeniami i uśmiechami. Tak się przypadkiem złożyło, że jeden z nich był żonaty. Najwyraźniej wszyscy mieli się na baczności, tak samo jak on sam.

Szli niespiesznie w stronę głównego wejścia, gawędząc o egzaminach. Z każdym atakiem Kaley poczynała sobie coraz śmielej, coraz bardziej zbliżała się do zakazanej strefy i tylko ona wiedziała, dokąd tak naprawdę zmierza.

– Chciałabym polatać – oznajmiła.

Wszystko, byle nie to. Ray pomyślał o jej młodym mężu, jego potwornej śmierci i przez chwilę nie przychodziła mu do głowy żadna odpowiedź.

– Kup sobie bilet – odrzekł w końcu z uśmiechem.

– Nie, nie, z tobą, małym samolotem. Polećmy gdzieś.

– Masz na myśli jakieś konkretne miejsce?

– Nie, po prostu polatajmy. Ja też chcę się nauczyć.

– Myślałem o czymś bardziej tradycyjnym, może o lunchu albo o kolacji, oczywiście po egzaminach. – Podeszła krok bliżej i wszyscy ci, którzy by ich teraz zobaczyli, nie mieliby żadnych wątpliwości, że studentka i profesor knują coś niezgodnego z prawem.

– Bronię się za siedemnaście dni. – Powiedziała to tak, jakby chciała zaciągnąć go do łóżka znacznie wcześniej.

– W takim razie za osiemnaście dni pójdziemy na kolację.

– Nie, złammy tę zasadę. Pójdźmy na kolację już teraz, przed obroną. Omal się nie zgodził.

– Boję się, że to niemożliwe. Prawo to prawo. Jesteśmy tu, gdzie jesteśmy, ponieważ go przestrzegamy.

– Tak łatwo o tym zapomnieć. Ale jesteśmy umówieni, prawda?

– Nie, dopiero będziemy.

Posłała mu kolejny uśmiech i odeszła. Robił wszystko, żeby za nią nie patrzeć, ale jakoś nie mógł.

Ciężarówkę wynajął w firmie zajmującej się przeprowadzkami. Mieli biuro na północnym skraju miasta i zażądali sześćdziesięciu dolarów za dzień. Próbował się targować, bo potrzebował jej tylko na kilka godzin, ale się uparli. Przejechawszy dokładnie sześćset czterdzieści metrów, zaparkował przed bramą samoobsługowego magazynu Chaneya, grupą rozrzuconych pudełkowatych schowków z bloków żużlowych, otoczonych siatkowym płotem i błyszczącym nowością drutem kolczastym. Gdy parkował i szedł do biura, każdy jego ruch śledziły zamontowane na słupach kamery.

Było mnóstwo miejsca. Wynajęcie magazynu trzy metry na trzy – brak ogrzewania, brak klimatyzacji, za to dobre oświetlenie – kosztowało czterdzieści osiem dolarów miesięcznie.

– Jest ognioodporny?

– Absolutnie – odrzekła pani Chaney, wypełniając formularze i krzywiąc się od dymu z papierosa tkwiącego w kąciku ust. – Czysty beton. – Dodała, że wszystko u nich jest bezpieczne. Pełny nadzór elektroniczny, wyjaśniła, machnąwszy ręką w stronę czterech monitorów na półce po lewej stronie. Na półce po stronie prawej stał mały telewizor, na którego ekranie wrzeszczeli na siebie jacyś ludzie; było to coś w rodzaju modnego ostatnio Springer Show i Ray natychmiast się domyślił, której półce pani Chaney poświęca najwięcej uwagi.

– Dwudziestoczterogodzinna ochrona – dodała, nie przestając pisać. – Brama cały czas zamknięta. Nigdy nie mieliśmy tu włamania, a jeśli do jakiegoś dojdzie, jest masa różnych ubezpieczeń. Proszę tu podpisać. Czternaście B.

Ubezpieczenie od trzech milionów dolarów, pomyślał Ray, składając podpis. Zapłacił gotówką za pół roku z góry i wziął klucze.

Dwie godziny później wrócił z sześcioma nowymi pudłami, stertą starych ubrań i paroma zdezelowanymi krzesłami, które dla niepoznaki kupił na pchlim targu. Zaparkował przed drzwiami schowka numer 14B i szybko wszystko wyładował.

Banknoty powtykał do torebek na mrożonki. Każda mieściła ponad kilogram produktów, każdą szczelnie zapiął, żeby nie dostało się do niej ani powietrze, ani woda. W sumie zużył pięćdziesiąt trzy torebki. Ułożył je na dnie sześciu kartonowych pudeł, a potem starannie przykrył dokumentami, teczkami i naukowymi notatkami, bez których jeszcze do niedawna nie mógł się obejść. Teraz jego skrupulatne zapiski służyły wyższemu celowi. Na wierzch rzucił kilka starych książek w miękkiej oprawie, tak na wszelki wypadek.

Gdyby do schowka numer 14B zdołał zakraść się jakiś złodziej, zajrzawszy do pudeł, najpewniej szybko dałby sobie spokój. Pieniądze były dobrze ukryte i w miarę dobrze strzeżone. Nie licząc bankowego skarbca, Rayowi nie przychodziła do głowy żadna bezpieczniejsza skrytka.

To, co miało się z nimi stać, wciąż było tajemnicą, z dnia na dzień coraz większą. Wbrew oczekiwaniom, fakt, że zdołał ukryć je bezpiecznie w Wirginii, nie stanowił żadnego pocieszenia.

Przez długą chwilę patrzył na pudła i na stare graty, nie mając ochoty wyjść. Poprzysiągł sobie, że nie będzie tu codziennie zaglądał, ale gdy tylko skończył składać przysięgę, zaczął mieć wątpliwości, czy zdoła jej dotrzymać.

Metalową roletę zamknął na nową kłódkę. Gdy odjeżdżał, strażnik czuwał, kamery wideo lustrowały teren i natychmiast zamknięto za nim bramę.

Fog Newton martwił się o pogodę. Jego uczeń był właśnie w powietrzu: leciał krosem do Lynchburga i z powrotem, tymczasem radar wskazywał, że szybko nadciąga burza. Rano nie przewidywano najmniejszego zachmurzenia, więc na odprawie nikt nie wspomniał o burzy.

– Ile ma godzin? – spytał Ray.

– Trzydzieści jeden – mruknął posępnie Fog. Trzydzieści jeden godzin to za mało, żeby poradzić sobie z burzą. Między Charlottesville i Lynchburgiem nie było ani jednego lotniska, nic, tylko góry.

– Chyba nie zamierzasz teraz lecieć, co? – rzucił Fog.

– Chciałbym.

– Odpada. Idzie burza. Chodźmy popatrzeć.

Nic nie przerażało instruktora bardziej niż uczeń, którego dopadła burza. Każdy lot musiał być starannie zaplanowany: trasa, czas lotu, paliwo, pogoda, awaryjne lotniska, awaryjne procedury. I każdy musiał być pisemnie zatwierdzony przez instruktora. Fog uziemił kiedyś Raya w pogodny, słoneczny dzień tylko dlatego, że na wysokości półtora tysiąca metrów istniała groźba oblodzenia skrzydeł.

Wyszli na rampę, gdzie jakiś lear właśnie wyłączał silniki. Za wzgórzami na zachodzie miasta pojawiły się pierwsze obłoczki. Wyraźnie wzmógł się wiatr.

– Dziesięć do piętnastu węzłów – powiedział Fog. – Porywisty. Boczny. – Ray nie chciałby lądować w takich warunkach.

Za learem kołowała bonanza i gdy znalazła się bliżej, stwierdził, że jest to ta sama maszyna, której od dwóch miesięcy tak bardzo pożądał.

– W sam raz dla ciebie – rzucił Fog.

– Marzenia – odrzekł Ray.

Bonanza znieruchomiała, wyłączyła silnik i gdy przed hangarem ponownie zapadła cisza, Fog dodał:

– Słyszałem, że facet opuścił.

– Do ilu?

– Do czterystu dwudziestu pięciu. Czterysta pięćdziesiąt to trochę za dużo.

Podróżujący samotnie właściciel samolotu wysiadł z kabiny i wyjął bagaż z tylnego luku. Fog to patrzył w niebo, to zerkał na zegarek. Ray nie odrywał wzroku od bonanzy. Właściciel zamknął drzwi na klucz. Maszyna odpoczywała.

– Przelećmy się nią – powiedział Ray.

– Bonanzą?

– Jasne. Ile by to kosztowało?

– Wynajęcie? Można by się potargować, dobrze znam faceta.

– Polećmy na cały dzień, do Atlantic City i z powrotem.

Fog zapomniał o nadciągających chmurach i o początkującym uczniu. Spojrzał na Raya.

– Ty poważnie?

– Czemu nie? Zabawimy się.

Oprócz latania i pokera Fog miał niewiele innych zainteresowań.

– Kiedy?

– W sobotę. Pojutrze. Odlot rano, powrót późnym wieczorem.

Fog pogrążył się w zadumie. Zerknął na zegarek, popatrzył na zachód, potem na południe.

– Yankee Tango jest szesnaście kilometrów stąd! – krzyknął przez okno Dick Docker.

– I dzięki Bogu – mruknął do siebie Fog; wyraźnie mu ulżyło. Podeszli do bonanzy, żeby się jej przyjrzeć. – W sobotę, hę?

– Tak, na cały dzień.

– Spytam właściciela. Na pewno się dogadamy.

Wiatr na chwilę zdechł i Yankee Tango wylądował bez większego trudu. Fog odprężył się jeszcze bardziej i zdołał się nawet uśmiechnąć.

– Nie wiedziałem, że lubisz zaszaleć – powiedział, gdy wracali do hangaru.

– Jakie tam szaleństwo – odparł Ray. – Chcę pograć trochę w blackjacka.

Rozdział 17

Samotność piątkowego poranka przerwał dzwonek u drzwi. Ray spał do późna, wciąż walcząc ze zmęczeniem po wyprawie do domu. Trzy gazety i cztery filiżanki kawy później prawie się obudził.

Nadeszła przesyłka ekspresowa od Harry'ego Reksa, pełna listów od wielbicieli i wycinków prasowych. Rozłożył je na stole i zaczął od artykułów. Środowa „Clanton Chronicle" poświęciła pogrzebowi całą pierwszą stronę, na której zamieszczono dostojne zdjęcie Reubena Atlee w czarnej todze i z sędziowskim młotkiem w ręku. Zdjęcie pochodziło co najmniej sprzed dwudziestu lat. Ojciec miał na nim gęstsze, ciemniejsze włosy, poza tym szczelniej wypełniał sobą togę. Napis był krótki i prosty: SĘDZIA REUBEN ATLEE NIE ŻYJE. MIAŁ 79 LAT. Pod zdjęciem starczyło miejsca na trzy szpalty. W jednej zamieszczono nekrolog w kwiecistej ramce. W drugiej wspomnienia przyjaciół. W trzeciej oddano hołd Sędziemu i jego zdumiewającemu darowi czynienia dobra.

„Ford County Times" też zamieściła jego zdjęcie, choć to musiano zrobić przed kilkoma laty. Sędzia Atlee siedział na nim na tarasie domu, z fajką w ręku. Był dużo starszy niż na zdjęciu z „Clanton Chronicle", lecz miał na ustach rzadki u niego uśmiech. Fajka, rozpinany sweter: wyglądał jak dziadek. Dziennikarz namówił go na wywiad, udając, że chce porozmawiać o wojnie domowej i o Nathanie Bedfordzie Forreście; Sędzia wspominał w nim o książce na temat dokonań generała i mieszkańców hrabstwa Ford, którzy pod nim walczyli.

O swoich synach nie wspominał prawie wcale. Gdyby wspomniał o jednym, musiałby wspomnieć o drugim, a większość mieszkańców Clanton wolała unikać tematu Forresta. Było boleśnie oczywiste, że synowie nie liczyli się w życiu Sędziego.

Ale mogliśmy się liczyć, pomyślał Ray. To ojciec postanowił nie mieć z nimi do czynienia, nie oni z nim. Ten cudowny starzec, który dał tyle innym, nie miał czasu dla własnej rodziny.

Posmutniał, oglądając zdjęcia i czytając wspomnienia, co trochę go sfrustrowało, bo w ten piątek nie zamierzał być smutny. Od odkrycia zwłok ojca przed pięcioma dniami trzymał się całkiem nieźle. W chwilach smutku i przygnębienia zagłębiał się w sobie, odnajdował siłę, by zacisnąć zęby, przeć naprzód i jakoś to wszystko wytrzymać. Niezmiernie pomógł mu w tym upływ czasu i dzieląca go od Clanton odległość, aż tu nagle – nie wiedzieć jak i czemu – naszły go przykre wspomnienia.

Listy odebrał Harry Rex; wyjął je ze skrytki pocztowej, ze skrytki w sądzie i ze skrzynki w domu Pod Klonami. Niektóre zaadresowano do Raya i Forresta, inne do rodziny sędziego. Były wśród nich długie epistoły od adwokatów, którzy przed nim stawali, i których natchnął pasją do zawodu. Były kartki z kondolencjami od ludzi, którzy z tego czy innego powodu poznali go w sądzie, podczas rozwodu, procesu adopcyjnego czy sprawy nieletniego, i którym jego sprawiedliwe orzeczenie odmieniło życie. Były listy od przyjaciół z całego stanu: od urzędujących sędziów, od kolegów z uniwersytetu, od polityków, których Reuben Atlee przez wiele lat wspierał, oraz od przyjaciół, którzy chcieli przekazać rodzinie wyrazy współczucia i ciepłe wspomnienie.

Najwięcej listów nadeszło od tych, którzy korzystali z jego dobrodziejstwa. Były długie, serdeczne i niemal identyczne: sędzia Atlee przysyłał im bez rozgłosu pieniądze, których bardzo potrzebowali, i w wielu przypadkach dramatycznie odmienił komuś życie.

Jak człowiek tak hojny mógł umrzeć, zostawiając w szafie ponad trzy miliony dolarów? Przecież ukrył tam więcej, niż rozdał. Może chorował na Alzheimera albo na jakąś inną, przez nikogo niewykrytą chorobę. Może niedomagał umysłowo? Najłatwiej było powiedzieć, że stary po prostu zwariował, ale ilu wariatów dałoby radę zdobyć tyle pieniędzy?

Przeczytawszy dwadzieścia parę listów i kart, Ray zrobił sobie przerwę. Wyszedł na mały balkon i zaczął obserwować przechodniów na deptaku. Ojciec nigdy tu nie był i chociaż Ray na pewno go zapraszał – przecież musiał go zapraszać – nie mógł przypomnieć sobie kiedy, w którym momencie. Nigdzie razem nie jeździli, chociaż obaj byli wolni i mieli pieniądze. Mogli zrobić razem tyle rzeczy.

Sędzia często napomykał o wyprawie do Gettysburga, do Antietam, do Bull Run, do Chancellorsville i Appomatox, i pewnie by tam pojechali, gdyby Ray wykazał jakieś zainteresowanie. Ale on miał gdzieś dawne wojny i zawsze zmieniał temat.

Zalała go fala poczucia winy i długo nie mógł dojść do siebie. Co za dupek, co za samolubny dupek.

Była też urocza kartka od Claudii. Dziękowała mu, że zechciał z nią porozmawiać i przebaczyć. Kochała Sędziego przez wiele lat i zabierze swój smutek do grobu. Proszę, zadzwoń, błagała, ściskając go i całując. A Harry Rex twierdził, że jej aktualny kochanek codziennie łyka viagrę.

Nostalgiczną podróż do domu gwałtownie przerwała zwykła anonimowa kartka, która zmroziła mu krew w żyłach i przyprawiła o gęsią skórkę na obu nogach.

Jako jedyna tkwiła w różowej kopercie, a na jej awersie widniały słowa: *Z wyrazami współczucia*. Na rewersie zaś przyklejono mały kwadratowy kawałek papieru z napisem: *Wydawanie pieniędzy byłoby błędem. Urząd skarbowy jest blisko, wystarczy zatelefonować*. Nadano ją w Clanton, w środę, a więc w dzień po pogrzebie, i zaadresowano do rodziny sędziego Atlee w domu Pod Klonami.

Ray odłożył ją na bok i przejrzał pozostałe listy. Wszystkie były teraz takie same, poza tym miał już dość czytania. Różowa koperta leżała tam jak nabity rewolwer i czekała, aż do niej powróci.

Powtórzył tę pogróżkę na balkonie, zaciskając ręce na balustradzie i próbując to wszystko przeanalizować. Mamrotał ją na głos w kuchni, robiąc kawę. Kopertę zostawił na stole, żeby zawsze ją widzieć.

Ponownie wyszedł na balkon, żeby jeszcze raz popatrzeć na wzmagający się w południe ruch, a każdy, kto tylko zadarł głowę, żeby na niego spojrzeć, był tym, kto mógł wiedzieć o pieniądzach. Ukryj trzy miliony dolarów, odkryj tylko, że ktoś o nich wie i ponosi cię wyobraźnia.

Pieniądze nie należały do niego i to wystarczyło, żeby ktoś go podchodził, śledził, obserwował, żeby ktoś na niego doniósł, a nawet zrobił mu krzywdę.

A potem Ray się roześmiał. Przecież to czysta paranoja. Nie, nie będę tak żył, pomyślał, i wszedł pod prysznic.

Autor kartki dokładnie wiedział, gdzie Sędzia ukrył pieniądze. Zrób listę, pomyślał Ray, siedząc nago na brzegu łóżka i ociekając wodą. Ten kryminalista, ten, który raz w tygodniu kosił u ojca trawę. Może to jakiś cwaniak, może podstępnie zaprzyjaźnił się z Sędzią, żeby mieć łatwy wstęp do domu. Prosta sprawa: ojciec wymykał się chyłkiem do kasyna, a on spokojnie myszkował.

Ale na pierwszym miejscu listy znalazłaby się Claudia. Było bardzo prawdopodobne, że przyjeżdżała do domu Pod Klonami, ilekroć ojciec ją do siebie wezwał. Sypiać z kobietą przez dwadzieścia lat i nagle rzucić ją, nie mając następczyni? Mało prawdopodobne. Byli ze sobą za bardzo zżyci, ich romans mógł trwać długo po oficjalnym zerwaniu. Nikt nie znał go tak dobrze jak Claudia. Jeśli ktoś wiedział, skąd pochodzą pieniądze, tym kimś na pewno była ona.

Klucz do domu? Mogła go bez trudu zdobyć, zresztą wcale nie musiała. A ta wizyta w dzień pogrzebu? Zamiast z kondolencjami, mogła przyjechać na przeszpiegi i musiał przyznać, że zagrała doskonale. Twarda, przebiegła, bystra, gruboskórna i stara, ale nie za stara. Myślał o niej przez cały kwadrans i nabrał przekonania, że to właśnie ona próbuje wpaść na ślad pieniędzy.

Przyszły mu do głowy dwie inne kandydatury, ale nie mógł wpisać ich na listę. Pierwszym kandydatem był Harry Rex, lecz gdy tylko wymamrotał jego imię, ogarnął go wstyd. Drugim był Forrest, lecz uznał, że jest to pomysł jeszcze bardziej idiotyczny. Brat nie wchodził do domu ojca od dziewięciu lat. Zakładając – czysto teoretycznie – że jakimś cudem dowiedział się o pieniądzach, nigdy by ich tam nie zostawił. Dać mu trzy miliony dolarów w gotówce i natychmiast zrobiłby krzywdę i sobie, i wszystkim dookoła.

W sporządzenie listy włożył dużo wysiłku, lecz rezultaty były bardzo mizerne. Chciał pójść pobiegać, zamiast tego wypchał dwie poszwy starymi ubraniami, pojechał do magazynu Chaneya i wrzucił je do schowka numer 14B. Nie, nikt niczego nie tknął, pudła stały dokładnie tak, jak poustawiał je poprzedniego dnia. Pieniądze wciąż były dobrze ukryte. Gdy grzebał wśród rzeczy, zwlekając z wyjściem do ostatniej chwili, przyszła mu do głowy myśl, że może ktoś go śledzi. Ktoś najwyraźniej wiedział, że Ray zabrał te pieniądze z gabinetu Sędziego. Wiedział i dla trzech milionów dolarów mógł wynająć prywatnych detektywów.

A ci z kolei mogli śledzić go z Clanton do Charlottesville, a potem w drodze z domu do magazynu Chaneya.

Przeklął siebie za tę niefrasobliwość. Myśl, człowieku! To nie jest twój szmal!

Zamknął drzwi najszczelniej, jak tylko potrafił. Jadąc przez miasto na lunch z Carlem, nieustannie zerkał w lusterko, na innych kierowców, ale po pięciu minutach tej paranoi roześmiał się w głos i poprzysiągł sobie, że nie będzie żył jak ścigane zwierzę.

Niech wezmą sobie te przeklęte pieniądze! Jedno zmartwienie mniej. Niech włamią się do magazynu i je wywiozą. Nie będzie to miało wpływu na jego życie. Najmniejszego. Co to, to nie.

Rozdział 18

Bonanzą leciało się do Atlantic City osiemdziesiąt pięć minut, dokładnie trzydzieści pięć minut krócej niż cessną, którą wynajmował Ray. W sobotę wczesnym rankiem on i Fog dokonali starannego przeglądu przedstartowego pod natrętnym wzrokiem Dicka Dockera i Charliego Yatesa, którzy łazili wokół bonanzy z kubkami podłej kawy, jakby zamiast obserwować ich poczynania, zamierzali wsiąść do maszyny i odlecieć. Tego ranka nie mieli lekcji, ale po lotnisku rozeszła się plotka, że Ray kupuje bonanzę i chcieli sprawdzić, czy to prawda. Hangarowe plotki były równie wiarygodne, jak te kawiarniane.

– Do ilu opuścił? – rzucił Docker do Foga Newtona, który kucając pod skrzydłem, sprawdzał, czy do zbiorników nie przedostały się jakieś paprochy i woda.

– Do czterystu dziesięciu – odrzekł z ważną miną Fog, bo to on odpowiadał za lot, a nie oni.

– To i tak za dużo – powiedział Yates.

– Będziesz się z nim targował? – spytał Raya Docker.

– Nie wasza sprawa – rzucił Ray, nie odwracając głowy.

– Jak to nie nasza? Nasza! – odparł Yates i wszyscy się roześmiali.

Mimo ich spontanicznej pomocy, przygotowania przedstartowe przebiegły bez problemu. Fog wsiadł jako pierwszy i przypiął się pasami w fotelu po lewej stronie. Potem wsiadł Ray i gdy tylko zatrzasnął drzwiczki i włożył słuchawki, stwierdził, że jest to maszyna prawdziwie doskonała. Dwustukonny silnik odpalił gładko. Fog powoli sprawdził wszystkie wskaźniki, instrumenty pokładowe i radiostację, a skończywszy, wywołał wieżę. Miał wystartować i przekazać stery Rayowi.

Wiatr był lekki, pułap rozrzuconych chmur wysoki – idealny dzień na lot. Oderwali się od ziemi przy stu trzydziestu na godzinę, schowali podwozie i z prędkością dwustu czterdziestu metrów na minutę wznieśli się na wyznaczony pułap lotu, to znaczy na tysiąc osiemset metrów. Wtedy stery przejął Ray, a Fog zaczął tłumaczyć mu zasady działania autopilota, radaru pogodowego i systemu ostrzegania przed kolizją.

– Niesamowita maszyna. – Powtórzył to co najmniej kilka razy.

Fog latał kiedyś myśliwcami w piechocie morskiej, ale już od dziesięciu lat zmuszony był latać małymi cessnami i uczyć tysiące takich jak Ray. Bonanza to porsche wśród jednosilnikowców, dlatego był zachwycony, że ma rzadką okazję usiąść za jej sterami. Wyznaczoną przez wieżę trasą polecieli najpierw na południe, a potem na wschód, z dala od ruchliwej przestrzeni powietrznej wokół Dulles i Międzynarodowego Lotniska imienia Reagana. Czterdzieści osiem kilometrów dalej, z wysokości prawie dwóch kilometrów dostrzegli kopułę Kapitolu, a wkrótce potem znaleźli się nad Chesapeake, skąd widać było drapacze chmur w odległym Baltimore. Zatoka wyglądała cudownie, lecz znacznie większe zainteresowanie budziło wnętrze kabiny. Ray prowadził sam, bez pomocy autopilota. Utrzymywał kurs i wyznaczoną wysokość, rozmawiał z wieżą w Waszyngtonie i słuchał Foga, który nie przestawał gadać o osiągach i możliwościach bonanzy.

Obaj pragnęli, żeby lot trwał godzinami, lecz zbliżali się już do Atlantic City. Ray zszedł na tysiąc dwieście metrów, potem na dziewięćset, a jeszcze potem zmienił częstotliwość na częstotliwość podejścia. Gdy dostrzegli pas startowy, Fog przejął stery i mięciutko wylądował. Kołując w stronę rampy, minęli dwa rzędy małych cessn i Ray pomyślał, że te dni ma już za sobą. Piloci ciągle szukają lepszego samolotu, a on właśnie znalazł swój.

Ulubionym kasynem Foga było Rio, jedno z kilkunastu kasyn na promenadzie. Umówili się na lunch w restauracji na pierwszym piętrze i szybko się rozstali. Każdy z nich wolał grać sam. Ray przeszedł się wzdłuż rzędu automatów, zerkając na stoły. Była sobota, ruchliwy dzień. Przez chwilę krążył po sali, wreszcie zobaczył stoliki do pokera. W tłumie przy jednym z nich wypatrzył pochłoniętego kartami Foga z ręką na stosiku żetonów.

On miał w kieszeni pięć tysięcy dolarów: pięćdziesiąt studolarowych banknotów, które wyjął na chybił trafił z przywiezionych z Clanton worków. Jego jedynym celem tego dnia było puścić wszystkie pieniądze w kasynach na promenadzie i tym samym sprawdzić, czy nie są podrobione lub znakowane, słowem, czy można je w jakiś sposób wytropić. Po poniedziałkowej wizycie w Tunice był niemal pewny, że są prawdziwe.

Teraz wolałby, żeby były znakowane, bo gdyby były, ci z FBI wpadliby na ich trop i powiedzieliby mu, skąd pochodzą. Przecież nie zrobił nic złego. Winny już nie żył. Dawać tu federalnych!

Znalazł wolne krzesło przy stoliku do blackjacka i wyjął z kieszeni pięć banknotów.

– Zielone – rzucił jak stary hazardzista.

– Pięćset do wymiany – powiedział krupier, ledwie podnosząc wzrok.

– Wymień – odrzekł z tyłu kierownik stołu. Wokoło panował duży ruch. W tle niosło się dzwonienie automatów. Z oddali dochodził ryk mężczyzn wrzeszczących na kości.

Krupier podniósł banknoty i Ray zamarł. Pozostali gracze obserwowali go z chłodnym podziwem. Grali pięcio- i dziesięciodolarowymi żetonami. Amatorzy.

Krupier wetknął banknoty do pudełka – banknoty, rzecz jasna, zupełnie dobre – i podał Rayowi dwadzieścia dwudziestopięciodolarowych żetonów. Ten przegrał połowę z nich w ciągu pierwszego kwadransa i przegrawszy, poszedł na lody. Miał dwieście pięćdziesiąt dolarów mniej i wcale się tym nie martwił.

Przez chwilę obserwował zamieszanie przy stole do gry w kości. Nie mógł sobie wyobrazić, żeby ojciec doszedł do mistrzostwa w tak skomplikowanej grze. Czy w hrabstwie Ford w stanie Missisipi można się było tego nauczyć?

Według cieniutkiego podręcznika hazardzisty, który kupił sobie w księgarni, podstawowym zakładem był tak zwany come-bet, i gdy zdobył się wreszcie na odwagę i przepchnął między dwoma innymi graczami, umieścił pozostałe żetony na linii oznaczającej pas. Wypadła dwunastka, krupier zgarnął forsę i Ray wyszedł z Rio, by zajrzeć do Księżniczki.

Wewnątrz wszystkie kasyna były takie same. Staruszkowie gapiący się tępo w ekrany automatów, które wypluwały na tacę akurat tyle brzęczących monet, żeby nie chcieli wstać i wyjść. Stoliki do blackjacka, przy których roiło się od wyciszonych graczy, żłopiących darmową whisky. Tłum zagorzałych hazardzistów wrzeszczących na śmigające po stole kości. Kilku Azjatów grających w ruletkę. Wydekoltowane kelnerki w głupich kostiumach.

Wybrał stolik do blackjacka i powtórzył wszystko od początku. Kolejne pięć banknotów pomyślnie przeszło inspekcję krupiera. Zagrał o sto dolarów, ale zamiast szybko przegrać, zaczął wygrywać.

Miał w kieszeni zbyt dużo niesprawdzonych banknotów, żeby marnować czas na gromadzenie żetonów, dlatego gdy podwoił to, co miał, wyjął tysiąc dolarów i poprosił o żetony studolarowe. Krupier poinformował o tym kierownika stołu, który posłał Rayowi szczerbaty uśmiech i rzucił:

– Powodzenia. – Godzinę później Ray wstał od stołu z dwudziestoma dwoma żetonami w ręku.

Następne w kolejce było Forum, kasyno dość już stare, przesiąknięte stęchłym zapachem papierosowego dymu, wymieszanego z maskującym zapachem taniego środka dezynfekującego. Tutejsza klientela też była starsza, ponieważ – co szybko zauważył – Forum specjalizowało się w ćwierćdolarowych automatach, a wszystkim tym, którzy przekroczyli sześćdziesiąty piąty rok życia, dyrekcja fundowała darmowe śniadanie, lunch lub kolację, do wyboru, do koloru. Większość kelnerek już dawno skończyła czterdziestkę i porzuciła myśl o pokazywaniu nagich fragmentów ciała. Krążyły po sali w adidasach i w czymś, co przypominało strój do biegania.

Maksymalna stawka przy stoliku do blackjacka wynosiła dziesięć dolarów. Krupier zawahał się, widząc banknoty i podniósł pierwszy z nich do światła, jakby wreszcie wykrył fałszywkę. Kierownik stołu też go obejrzał i Ray zaczął już ćwiczyć kwestię, w której wyjaśniał, że dostał ten banknot w Rio.

– Wymień – powiedział kierownik i czas popłynął dalej.
Ray przegrał w godzinę trzysta dolarów.

Gdy spotkali się na szybką kanapkę, Fog oznajmił, że właśnie rozbija bank. Ray był do tyłu na sto dolarów, ale jak wszyscy hazardziści skłamał, mówiąc, że jest lekko do przodu. Umówili się na piątą.
Ostatnie banknoty jakie mu zostały wymienił na żetony w Kanionie, najnowszym kasynie na promenadzie. Trochę pograł, ale wkrótce karty go znużyły, więc poszedł do sportowego baru, gdzie wypił wodę sodową i obejrzał transmisję jakiegoś meczu bokserskiego z Vegas. Pięć tysięcy dolarów, które przywiózł do Atlantic City, zostało dokładnie przepuszczone przez kasynowy system. Wracał do Charlottesville uboższy o trzy setki, zostawiając za sobą wyraźny ślad. Został sfilmowano i sfotografowany w siedmiu kasynach. Przy wymianie żetonów na gotówkę, w dwóch kasynach musiał wypełnić formularz. W dwóch innych podjął pieniądze z bankomatu, żeby ślad był jeszcze bardziej wyraźny.
Jeśli z banknotami Sędziego było coś nie tak, tamci na pewno się dowiedzą, kim jest i gdzie go szukać.
W drodze na lotnisko Fog milczał. Po południu jego fart najwyraźniej zmienił kurs.
– Przerżnąłem dwie stówy – wyznał w końcu, chociaż sądząc po jego minie, musiał przerżnąć znacznie więcej. – A ty?
– Miałem dobry dzień – odrzekł Ray. – Wygrałem tyle, że lecimy bonanzą za friko.
– Nieźle.
– Myślisz, że będę mógł zapłacić gotówką?
Fog natychmiast ożył.
– Jeszcze jej nie zdelegalizowano – odparł.
– W takim razie zapłacę gotówką.
Gdy przeprowadzali inspekcję samolotu, Fog spytał, czy Ray chce polecieć w lewym fotelu.
– Potraktujemy to jak lekcję – wyjaśnił. Perspektywa transakcji gotówkowej wyraźnie poprawiła mu humor.
Ray pokołował na pas za dwoma samolotami pasażerskimi komunikacji lokalnej i zaczekał, aż wystartują. Pod czujnym okiem Foga rozpędził maszynę do stu dwudziestu kilometrów na godzinę i gładko oderwał ją od ziemi. Zdawało się, że turbośmigłowy silnik jest dwa razy potężniejszy od silnika cessny. Bez większego wysiłku wspięli się na

pułap dwóch tysięcy dwustu pięćdziesięciu metrów i już wkrótce szybowali nad dachem świata.

Gdy weszli do Kokpitu, żeby odnotować lot w dzienniku i zwrócić słuchawki, Dick Docker ucinał sobie drzemkę. Zerwał się na równe nogi i podszedł do kontuaru.

– Nie wiedziałem, że tak szybko wrócicie – wymamrotał sennie, wyciągając papiery z szuflady.

– Rozbiliśmy bank – odrzekł Ray.

Fog zniknął w sali odpraw.

– Kurczę, to ekstra.

Ray przerzucił kartki dziennika.

– Trzy godziny czterdzieści minut w powietrzu, siedem godzin na ziemi.

– Płacisz teraz? – spytał Dick, wypełniając rubryki.

– Tak, i poproszę o zniżkę za opłatę gotówką.

– Nie wiedziałem, że taką mamy.

– Teraz już macie. Dziesięć procent.

– Dobra, możemy na to pójść. Tak, to stara, dobra zniżka za opłatę gotówką. – Przeliczył wszystko od początku. – Tysiąc trzysta dwadzieścia.

Ray odliczył banknoty.

– Nie mam dwudziestek. Masz tu tysiąc trzysta.

Dick poślinił palec.

– Był tu dzisiaj jakiś facet. Chciał się zapisać i pytał o ciebie.

– Ale kto?

– Nigdy dotąd go nie widziałem.

– Dlaczego o mnie pytał?

– To było trochę dziwne. Opowiadam mu o kosztach, i tak dalej, a on nagle, czy masz samolot. Ponoć skądś cię zna.

Ray oparł się o kontuar.

– Powiedział, jak się nazywa?

– Pytałem. Dolph coś tam, niewyraźnie mówił. Zaczął się dziwnie zachowywać i w końcu się pożegnał. Obserwowałem go. Polazł na parking, obszedł twój samochód, jakby chciał się do niego włamać, potem odjechał. Znasz jakiegoś Dolpha?

– A skąd.

– Ja też nie. Nie wiedziałem nawet, że jest takie imię. Dziwny był jakiś.

– Jak wyglądał?

– Pod pięćdziesiątkę, niski, chudy, gęste, szpakowate, zaczesane do góry włosy, ciemne oczy. Taki wiesz, Grek albo właściciel komisu samochodowego. I miał szpiczaste buty.

Ray pokręcił głową. Nie miał pojęcia, kto to jest.

– Czemu go od razu nie zastrzeliłeś? – spytał.

– Myślałem, że to klient.

– Odkąd to jesteś miły dla klientów?

– Kupujesz bonanzę?

– Nie. Tylko o niej marzę.

Wrócił Fog. Pogratulowali sobie wspaniałej wycieczki, obiecali ją kiedyś powtórzyć, i tak dalej, i tak dalej. W drodze do domu Ray obserwował każdy samochód i każdy zakręt.

Ktoś go śledził.

Rozdział 19

Minął tydzień, tydzień bez FBI, bez agentów urzędu skarbowego, którzy zapukaliby do jego drzwi z odznakami i pytaniami na temat lewych pieniędzy z Atlantic City, tydzień bez śladu Dolpha ani kogoś, kto by go śledził, tydzień porannych ośmiokilometrowych przebieżek, po których stawał się na powrót profesorem prawa.

Trzy razy latał bonanzą, za każdym razem z Fogiem w fotelu po prawej stronie, za każdym razem za pieniądze z kasyna. „Forsa z Atlantic City" – mówił z uśmiechem i bynajmniej nie kłamał. Fog bardzo chciał tam wrócić i się odegrać. Ray odgrywać się nie musiał, ale pomysł nie był zły. Mógłby pochwalić się kolejnym dobrym dniem przy zielonym stoliku i płacić za lekcje gotówką.

Pieniądze były teraz w schowku 37F – w schowku 14B, z którego bynajmniej nie zrezygnował, wciąż leżały stare ubrania i stały tanie meble; 37F wynajęła firma NDY Ventures, nazwana tak od trzech instruktorów ze szkoły lotniczej Dockera. Na trzy miesiące, za gotówkę. Jego nazwisko nie pojawiło się w ani jednym dokumencie.

– To poufne – powiedział. – Prosiłbym o dyskrecję.

– Tu wszystko jest poufne – odparła pani Chaney. – Różni do nas przychodzą. – Posłała mu konspiracyjne spojrzenie z cyklu: „Mam gdzieś, co tam ukrywasz, bylebyś mi tylko płacił".

Dźwigał pudło po pudle, późnym wieczorem, pod osłoną ciemności i okiem czuwającego w oddali strażnika. Schowki 37F i 14B były identyczne i gdy bezpiecznie przeniósł sześć pudeł, ponownie poprzysiągł sobie, że nie będzie tam codziennie zaglądał. Do głowy mu nie przyszło, że przenoszenie trzech milionów dolarów może być tak męczące.

Harry Rex nie dzwonił. Przysłał kolejną paczkę z listami i kartkami. Ray musiał je wszystkie przeczytać albo przynajmniej przejrzeć na wypadek, gdyby był wśród nich kolejny list z zakamuflowaną pogróżką. Nie było żadnego.

Potem nadeszła sesja, a gdy minęła, na wydziale zapanowała letnia cisza. Ray pożegnał się ze studentami, ze wszystkimi oprócz Kaley, która po ostatnim egzaminie poinformowała go, że zostaje na lato w Charlottesville. Znowu napierała na randkę. Ot tak, dla zabawy, a nuż się uda.

– Zaczekamy, aż przestaniesz być studentką. – Ray uparcie obstawał przy swoim, choć miał ochotę ulec. Byli w jego gabinecie, a ona nie zamknęła drzwi.

– To już za sześć dni – odrzekła.

– Właśnie.

– W takim razie ustalmy datę.

– Nie, najpierw skończ studia.

Wyszła, posławszy mu to samo długie spojrzenie i ten sam uśmiech, i Ray wiedział już, że może mieć przez nią kłopoty. Patrzył, jak odchodzi korytarzem w bardzo obcisłych dżinsach i nakrył go na tym Carl Mirk.

– Niezła – powiedział.

Ray był trochę zażenowany, mimo to nie odwrócił głowy.

– Próbuje mnie poderwać – odrzekł.

– Nie tylko ciebie. Uważaj.

Stali w drzwiach. Carl podał mu dziwnie wyglądającą kopertę.

– Pomyślałem, że zrobię ci frajdę.

– Co to?

– Zaproszenie na Bal Myszołowa.

– Na co? – Ray wyjął zaproszenie.

– Na pierwszy i pewnie ostatni Bal Myszołowa. Na wielką, uroczystą galę, z której dochód zostanie przeznaczony na ochronę ptaków w Piedmoncie. Spójrz na nazwisko gospodarzy.

Ray zaczął powoli czytać.

– „Vicki i Lew Rodowski serdecznie zapraszają na…"

– Likwidator chroni teraz nasze ptaki. Wzruszające, co?

– Pięć tysięcy od pary!

– To chyba miejscowy rekord. Zaproszenie przyszło do dziekana. On jest na głównej liście, nas tam nie ma. Pięć tysięcy. Nawet jego żona była wstrząśnięta.

– Przecież Suzie jest odporna na wstrząsy.

– Tak myśleliśmy. Spodziewają się dwustu par. Zbiorą milion i pokażą wszystkim, jak się to robi. Przynajmniej taki jest plan. Suzie mówi, że będą mieli szczęście, jeśli przyjdzie sześćdziesiąt osób.

– Suzie nie idzie?

– Nie, i dziekanowi bardzo ulżyło. Pierwszy raz od dziesięciu lat nie będzie ich na uroczystej gali.

– Wynajęli Driftersów? – rzucił Ray, doczytując zaproszenie.

– Tak, za pięćdziesiąt kawałków.

– Co za dureń.

– To jest Charlottesville. Facet ucieka z Wall Street, bierze sobie nową żonę, kupuje wielką farmę i szasta forsą jak błazen, bo chce być małomiasteczkową fiszą.

– Ja nie idę.

– Nie jesteś zaproszony. Możesz to sobie wziąć.

Carl wyszedł, a Ray usiadł w fotelu z zaproszeniem w ręku. Położył nogi na biurku, zamknął oczy i oddał się marzeniom. Kaley w obcisłej sukni, takiej bez pleców, z długimi rozcięciami na udach i głębokim dekoltem w kształcie litery V. Absolutnie zabójcza, trzynaście lat młodsza od Vicki i o wiele od niej sprawniejsza, a z nią on, Ray, też całkiem niezły tancerz: podrygują i podskakują w rytm muzyki Driftersów, a wszyscy patrzą i szepczą: Kto to jest?

W odpowiedzi Vicki musiałaby wyciągnąć na parkiet starego Lew, Lew w szytym na miarę smokingu, który nie ukrywał jego wystającego brzuszka. Lew z krzaczastymi kępkami siwych włosów za uszami. Starego kozła Lew, który próbował kupić sobie szacunek ludzi, chroniąc ptaki w Piedmoncie. Lew o poskręcanych artretyzmem plecach i powolnych stopach, który poruszał się jak wielka śmieciara. Lew dumnego ze zdobycznej żony w sukni za milion dolców, przesadnie odsłaniającej jej cudownie wychudzone kości.

On i Kaley wyglądaliby znacznie lepiej i lepiej by tańczyli, tylko czego by to dowiodło?

Ot, miły obrazek, nic więcej. Teraz miał pieniądze i nie zamierzał marnować ich na takie głupoty.

Podróż do Waszyngtonu trwała jedynie dwie godziny, w tym ponad godzinę jechało się całkiem przyjemnie, bo przez ładną okolicę. Ale jemu zmieniły się gusta. Polecieli z Fogiem bonanzą i trzydzieści osiem minut później byli już na Międzynarodowym Lotnisku Reagana, gdzie mimo wcześniej zarezerwowanego miejsca postojowego pozwolono im dość niechętnie wylądować. Ray wskoczył do taksówki i po kwadransie znalazł się w Departamencie Skarbu przy Pennsylvania Avenue.

Kolega z wydziału miał szwagra, ten zaś chody w departamencie. Wystarczyło kilka telefonów i pan Oliver Talbert powitał pana profesora Atlee w swoim wygodnym gabinecie w BRD, Biurze Rytów i Druków. Profesor prowadził bliżej niesprecyzowane badania i prosił o niecałą godzinę czyjegoś czasu. Talbert nie był wyżej wspomnianym szwagrem, niemniej proszono go, by go zastąpił.

Zaczęli od fałszywek i Talbert przedstawił mu szeroki zarys problemu, zrzucając niemal całą winę na technologię, czyli na drukarki atramentowe i wysokiej klasy komputery. Miał przy sobie próbki najlepszych podróbek i za pomocą szkła powiększającego pokazał mu niektóre błędy: brak szczegółów na czole Bena Franklina, brak cieniutkich linii we wzorze tła, zacieki na numerach seryjnych.

– To bardzo dobra podróbka – powiedział. – Fałszerze są coraz bieglejsi.

– Gdzie ją przechwyciliście? – spytał Ray, chociaż pytanie nie miało żadnego związku z tematem rozmowy.

Talbert spojrzał na metkę na rewersie banknotu.

– W Meksyku – odrzekł i na tym się skończyło.

Żeby wyprzedzić fałszerzy, Departament Skarbu inwestował mnóstwo pieniędzy we własne technologie. W drukarki drukujące banknoty z niemal holograficznymi efektami, w znaki wodne, w zmieniający barwę tusz, w cienkoliniowe wzory, powiększone portrety i w skanery, które w ułamku sekundy potrafiły wykryć każdą fałszywkę. Najskuteczniejszą metodą była metoda jak dotąd niewykorzystana: po prostu zmiana koloru banknotów. Z zielonych na niebieskie, z niebieskich na żółte, a potem na różowe. Zebrać stare, zasypać banki nowymi i fałszerze by za nimi nie nadążyli, przynajmniej zdaniem Talberta.

– Ale Kongres nie chce się na to zgodzić – dodał, kręcąc głową.

Rayowi chodziło głównie o sposoby tropienia pieniędzy i w końcu do tego doszli. Talbert wyjaśnił, że z oczywistych powodów banknoty nie są tak naprawdę znakowane. Gdyby przestępca mógł spojrzeć na banknot i dostrzec znaki, całą operację trafiłby szlag. Znakowanie polegało po prostu na spisywaniu numerów seryjnych, co kiedyś było zajęciem bardzo żmudnym, gdyż robiono to ręcznie. Opowiedział Rayowi historię pewnego uprowadzenia. Pieniądze przywieziono na kilka minut przed umieszczeniem okupu w umówionym miejscu. Dwudziestu czterech agentów FBI harowało w pocie czoła, żeby spisać numery studolarowych banknotów. Każdy numer składał się z jedenastu cyfr.

– Musieli spisać jedenaście milionów dolarów – mówił – i po prostu zabrakło im czasu. Spisali około osiemdziesięciu tysięcy, ale to wystarczyło. Miesiąc później schwytali porywaczy z kilkoma banknotami i było po sprawie.

Dzięki nowym skanerom jest dużo łatwiej. Fotografują dziesięć banknotów naraz, sto w czterdzieści sekund.

– Kiedy macie już numery, jak namierzacie banknoty? – spytał Ray, pracowicie notując w dużym żółtym notatniku prawniczym; czyż Talbert mógł spodziewać się czegoś innego?

Dwoma sposobami. Po pierwsze, jeśli przydybie się kogoś z lewą forsą, dodaje się dwa do dwóch i się faceta aresztuje. Ci z DEA, Agencji do spraw Zwalczania Handlu Narkotykami, i ci z FBI załatwiają tak ulicznych handlarzy. Zaobrączkować takiego, zaproponować mu układ, dać dwadzieścia tysięcy w spisanych banknotach na zakup koki od hurtownika i złapać klienta z rządowym szmalem w kieszeni.

– A jeśli nikogo nie przydybiecie? – Ray pomyślał o ojcu, po prostu nie mógł się powstrzymać.

– To właśnie ten drugi, o wiele trudniejszy sposób. Kiedy Bank Rezerw Federalnych wycofuje banknoty z obiegu, ich próbka jest rutynowo badana. Jeśli skaner znajdzie banknot o spisanych numerach, sprawdza się, z jakiego pochodzi banku. Ale wtedy jest zwykle za późno. Czasami bywa tak, że delikwent posiadający spisane banknoty rozprowadza je przez jakiś czas w jednym miejscu. Dzięki temu schwytaliśmy kilku podejrzanych.

– Trochę jak na loterii – zauważył Ray.

– Owszem – zgodził się z nim Talbert.

– Kilka lat temu czytałem historię o paru myśliwych, którzy polując na kaczki, natknęli się na wrak samolotu, małej awionetki – dodał obojętnie Ray; dobrze tę opowieść przećwiczył. – Na pokładzie znaleźli pieniądze, prawie milion dolarów. Uznali, że pochodzą z narkotyków, więc je zatrzymali. Okazało się, że mieli rację: banknoty były znakowane i wkrótce wypłynęły w ich miasteczku.

– Tak, chyba pamiętam – powiedział Talbert.

Muszę być dobry, pomyślał Ray.

– Moje pytanie brzmi następująco: czy ci myśliwi lub ktoś, kto znajdzie pieniądze, mogliby zawieźć je do FBI, do DEA czy do Departamentu Skarbu, żeby sprawdzić, czy są to pieniądze znakowane, a jeśli tak, skąd pochodzą?

Talbert podrapał się w policzek kościstym palcem, myślał chwilę, wreszcie wzruszył ramionami.

– Nie widzę przeszkód – odrzekł. – Ale problem jest oczywisty. Nikt nie zechce zaryzykować utraty pieniędzy.

– Jestem pewien, że są to przypadki bardzo sporadyczne – powiedział Ray i obaj się roześmiali.

Talbert opowiedział mu o sędzi z Chicago, który brał łapówki od adwokatów – małe kwoty, pięćset, najwyżej tysiąc dolarów od podejścia – za przyspieszenie terminu rozprawy i za przychylne orzeczenia. Brał je przez wiele lat, w końcu FBI dostała cynk. Agenci przyskrzynili kilku adwokatów i nakłonili ich do współpracy. Spisano numery seryjne banknotów i w trakcie dwuletniej operacji trzysta pięćdziesiąt tysięcy dolarów trafiło do lepkich łap sędziego. Gdy przeprowadzono nalot, okazało się, że pieniądze zniknęły. Ktoś go uprzedził. Agenci FBI znaleźli je w końcu w garażu jego brata w Arizonie i wszyscy trafili za kratki.

Ray wił się jak piskorz. Czy był to tylko zwykły przypadek, czy też Talbert próbował mu coś powiedzieć? Ale chociaż opowieść była bardzo aluzyjna, w miarę upływu minut odprężył się i z przyjemnością jej słuchał. Nie, Talbert nic nie wiedział o Reubenie Atlee.

Wracając taksówką na lotnisko, zrobił w notatniku kilka obliczeń. Żeby zgromadzić trzy miliony dolarów, sędzia z Chicago musiałby zgarniać sto siedemdziesiąt pięć tysięcy rocznie przez dwadzieścia sześć lat. I to w Chicago, gdzie były setki sądów i tysiące bogatych adwokatów prowadzących sprawy warte znacznie więcej niż te w Missisipi. Tamtejszy system prawniczy działał na skalę przemysłową, a jeśli działa się na taką skalę, zawsze można coś ukradkiem przepchnąć, w odpowiednim momencie odwrócić głowę, dać komuś w łapę. Natomiast w świecie sędziego Atlee wszystko załatwiała garstka ludzi i gdyby zaproponowano komuś łapówkę, wiedziałoby o tym całe miasto. A trzy miliony dolarów? Z 25. Wydziału Sądu Słuszności hrabstwa Ford nie dało by się tyle podprowadzić choćby tylko dlatego, że tylu pieniędzy tam nie było.

Uznał, że konieczna jest jeszcze jedna wyprawa do Atlantic City. Postanowił wziąć jeszcze więcej gotówki, przepuścić ją przez kasynowy system, spędzić noc w zarezerwowanym na jego nazwisko pokoju, zapłacić za pokój kartą kredytową, podjąć pieniądze z bankomatu, dać się sfilmować i sfotografować, słowem, pozostawić za sobą jak najwyraźniejszy ślad. Musiał się ostatecznie przekonać, czy banknoty z magazynu są spisane.

Fog będzie zachwycony.

Rozdział 20

Kiedy Vicki uciekła do Likwidatora, pewien przyjaciel profesor polecił Rayowi Axela Sullivana, specjalistę od rozwodów. Axel okazał się świetnym adwokatem, ale niewiele mógł zdziałać. Vicki odeszła, nie zamierzała wracać i niczego od Raya nie chciała. Axel wziął na siebie papierkową robotę, polecił mu dobrego psychoanalityka i z godną pochwały sprawnością przeprowadził Raya przez tę ciężką próbę. Uważał, że najlepszym prywatnym detektywem w mieście jest Corey Crawford, ciemnoskóry ekspolicjant, który siedział kiedyś za pobicie.

Jego biuro mieściło się niedaleko miasteczka uniwersyteckiego, nad barem brata. Był to ładny bar, taki z menu i czystymi oknami: w weekendy grał tam jakiś zespół, a klientela była całkiem przyzwoita, nie licząc bukmachera, który obsługiwał chętnych z college'u. Mimo to Ray zaparkował trzy ulice dalej. Nie chciał, żeby go tam widziano. Tabliczka z napisem PRYWATNY DETEKTYW wisiała przy schodach z boku budynku.

Sekretarki nie było, a przynajmniej nie była obecna. Ray przyszedł dziesięć minut przed czasem, ale Crawford już czekał. Pod czterdziestkę, z ogoloną na zero głową, nawet przystojny, powitał go poważnie i bez cienia uśmiechu na ustach. Był wysoki i szczupły i miał na sobie kosztowne, dobrze dopasowane ubranie. Z czarnej skórzanej kabury u pasa sterczał mu wielki pistolet.

– Ktoś mnie śledzi – zaczął Ray.

– Chodzi o rozwód? – Siedzieli naprzeciwko siebie przy stoliku w małym gabinecie z oknami na ulicę.

– Nie.

– Kto mógłby pana śledzić i dlaczego?

Ray przećwiczył w domu opowieść o kłopotach rodzinnych w Missisipi, o zmarłym ojcu, o spadku, który mógł, choć nie musiał otrzymać, i o zazdrosnym rodzeństwie, słowem, dość mętną historyjkę, w którą Crawford chyba nie uwierzył. Zanim jeszcze zaczął zadawać pytania, Ray opowiedział mu jeszcze o Dolphie, tym z lotniska, i dokładnie go opisał.

– To Rusty Wattle – powiedział Crawford.

– Kto?

– Prywatny detektyw z Richmond, niezbyt dobry. Czasem tu pracuje. Z tego, co pan mówi, nie sądzę, żeby pańska rodzina wynajęła kogoś z Charlottesville. To małe miasto.

Nazwisko Rusty'ego Wattle'a zostało skrupulatnie odnotowane i na trwale zarejestrowane w pamięci Raya.

– Czy to możliwe, żeby ci z Missisipi chcieli, żeby pan wiedział, że pana śledzą?

Ray robił wrażenie kompletnie skołowanego, więc Crawford wyjaśnił:

– Czasami wynajmują nas, żeby kogoś zastraszyć. Wygląda na to, że Wattle czy ktokolwiek to był, pojechał na lotnisko tylko po to, żeby pańscy kumple go zapamiętali. Żeby się im pokazać.

– To możliwe.

– Czego pan ode mnie oczekuje?

– Żeby ustalił pan, czy ktoś mnie śledzi. Jeśli okaże się, że tak, kim ten ktoś jest i kto go opłaca.

– Pierwsze dwa zadania są proste. Trzecie może być niewykonalne.

– Zobaczymy.

Crawford otworzył cienką teczkę.

– Biorę sto dolarów za godzinę – powiedział, patrząc mu prosto w oczy i szukając oznak niezdecydowania. – Plus koszty własne. I dwa tysiące zaliczki.

– Wolałbym zapłacić gotówką – odparł Ray, wytrzymując jego spojrzenie. – Oczywiście, jeśli to możliwe.

Pierwszy cień uśmiechu.

– W mojej branży jak najbardziej.

Crawford wypełnił formularz umowy.

– Myśli pan, że założyli mi podsłuch czy coś takiego? – spytał Ray.

– Wszystko sprawdzimy. Niech pan kupi drugą komórkę, cyfrową, i niech pan nie rejestruje jej na swoje nazwisko. Będziemy się kontaktować głównie przez komórkę.

– Cóż za niespodzianka – mruknął Ray, przeglądając i podpisując umowę.

Crawford schował ją do teczki i przysunął bliżej notatnik.

– Przez pierwszy tydzień będziemy koordynowali pańskie ruchy. Każdy będzie zaplanowany. Niech pan robi to co zwykle, tylko proszę nas o wszystkim uprzedzać, żebyśmy zdążyli wysłać ludzi.

Będą tworzyły się za mną korki uliczne, pomyślał Ray.

– Prowadzę dość monotonne życie. Biegam, idę do pracy, czasami latam samolotem, wracam do domu. Mieszkam sam, nie mam rodziny.

– Bywa pan gdzieś?

– Czasami umawiam się na lunch albo na kolację, nigdy na śniadanie.

– Uśniemy przy panu – powiedział Crawford i prawie się uśmiechnął. – Jakieś kobiety?

– Chciałbym. Mam pewną na oku, ale to nic poważnego. Jeśli pan jakąś znajdzie, niech pan poda jej moje namiary.

– Ci z Missisipi czegoś szukają. Czego?

– To stara rodzina z majątkiem przekazywanym z pokolenia na pokolenie. Biżuteria, rzadkie książki, kryształy i srebra. – Zabrzmiało to naturalnie i tym razem Crawford chyba to kupił.

– To już coś. Rozumiem, że jest pan w posiadaniu rodzinnego spadku, tak?

– Tak.

– Przechowuje go pan tutaj?

– Tak, w magazynie Chaneya przy Berkshire Road.

– Ile jest warty?

– Mniej, niż myślą moi krewni.

– A tak w przybliżeniu?

– Najwyżej pół miliona.

– I ma pan do niego prawo?

– Powiedzmy, że tak, w przeciwnym razie byłbym zmuszony opowiedzieć panu historię mojej rodziny, co potrwałoby osiem godzin i przyprawiło nas obu o migrenę.

– Rozumiem.

Crawford skończył pisać długi akapit i widać było, że wie już wystarczająco dużo, żeby przystąpić do działania.

– Kiedy kupi pan telefon?

– Zaraz.

– Świetnie. Kiedy możemy do pana zajrzeć?

– W każdej chwili.

Trzy godziny później Crawford i jego kumpel imieniem Booty skończyli tak zwane odpluskwianie. W telefonach nie było podsłuchu.

W szybach wentylacyjnych nie było miniaturowych kamer. Na ciasnym zagraconym strychu nie znaleźli ani odbiorników, ani ukrytych za pudłami monitorów.

– Jest pan czysty – rzucił Crawford i wyszli.

Ale siedząc na balkonie, Ray czysty się nie czuł. Otwierasz się przed obcymi ludźmi, to nic, że osobiście wybranymi i opłaconymi, i masz wrażenie, że jesteś nagi.

Dzwonił telefon.

Forrest miał trzeźwy głos, silny i czysty. Gdy tylko powiedział: „Sie ma", Ray wsłuchał się w niego, żeby sprawdzić, w jakiej braciszek jest formie. Po latach telefonów o każdej porze dnia i nocy, z których wielu Forrest nawet nie pamiętał, robił to odruchowo. Brat czuł się dobrze, co oznaczało, że jest trzeźwy, że nie chla ani nie ćpa – nie powiedział tylko od kiedy. Ray nie zamierzał go o to pytać.

Zanim zdążył wspomnieć o ojcu, o postępowaniu spadkowym, o domu czy o Harrym Reksie, Forrest wypalił:

– Mam nową chałturę.

– Opowiadaj. – Ray usiadł w fotelu. Brat był wyraźnie podekscytowany, a on miał mnóstwo czasu.

– Słyszałeś kiedyś o benalatofiksie?

– Nie.

– Ja też nie. A o Chudym Benie? To taka ksywka.

– Nie, chyba nie.

– To tabletka odchudzająca produkcji Luray Products z Kalifornii, wielkiej prywatnej firmy, o której nikt przedtem nie słyszał. Od pięciu lat lekarze przepisują Chudego Bena jak wariaci, bo to naprawdę skutkuje. Może nie w przypadku kobiet, które chcą zrzucić dziewięć kilo nadwagi, ale w przypadku bab naprawdę otyłych, takich wiesz, wielorybów, może zdziałać cuda. Jesteś tam?

– Jestem, słucham.

– Kłopot w tym, że po paru latach zażywania tabletki tym biedaczkom zaczynają puszczać zastawki sercowe. Leczą się tysiącami i masowo pozywają tych z Luray, w Kalifornii i na Florydzie. Osiem miesięcy temu do akcji wkroczyła komisja żywnościowo-lekowa i w zeszłym miesiącu wycofano tabletkę ze sprzedaży.

– Dobra, ale co ty masz z tym wspólnego?

– Jestem teraz asystentem medycznym.

– A co taki asystent robi?

– Dzięki, że spytałeś. Na przykład dzisiaj byłem w Dyersburgu w Tennessee i pomagałem tym czarującym wielorybkom wejść na bieżnik. Lekarz opłacany przez prawników, którzy płacą i mnie, bada im wydolność serca i jeśli coś nie gra, zgadnij, co się dzieje.

– Masz nową klientkę.

– Otóż to. Podpisałem umowę na czterdzieści dni.

– Ile żądają? Tak średnio.

– Około dziesięciu tysięcy. Adwokat, dla którego pracuję, prowadzi osiemset spraw, czyli gra o osiem melonów. Bierze połowę i kobity znowu mają do tyłu. Witaj w świecie pozwów zbiorowych.

– A ty? Co z tego masz?

– Pensję i premię za każdą nową klientkę. W kraju może być ich pół miliona, więc zwijamy się jak w ukropie.

– W sumie to pięć miliardów dolarów.

– Tak, a Luray ma osiem miliardów w gotówce. O Chudym Benie gadają wszyscy adwokaci w kraju.

– Nie dostrzegasz w tym żadnych problemów etycznych?

– Etyka już dawno umarła, braciszku. Żyjesz w krainie baśni. Zasady etyczne są dla takich jak ty i dla waszych studentów, którzy nigdy ich potem nie zastosują. Przykro mi, że to właśnie ja muszę otworzyć ci oczy.

– Już to kiedyś słyszałem.

– Tak czy inaczej, znalazłem żyłę złota. Pomyślałem, że zechcesz o tym wiedzieć.

– Tak, to dobra wiadomość.

– Czy ktoś od was łyka Chudego Bena?

– Od nas? Nie wiem.

– Trzymaj rękę na pulsie. Ci adwokaci zmawiają się z kumplami z całego kraju. Podobno na tym polegają skuteczne masówki. Im więcej spraw, tym wyższe odszkodowanie.

– Dobra, popytam.

– Na razie, braciszku.

– Uważaj na siebie, Forrest.

Telefon zadzwonił po raz drugi o wpół do trzeciej nad ranem i jak każdy telefon o tej porze zdawał się dzwonić w nieskończoność, i we śnie, i potem. Ray zdołał w końcu podnieść słuchawkę i zapalić światło.

– Tu Harry Rex. Przepraszam, że tak późno.

– Co się stało? – spytał Ray, dobrze wiedząc, że musiało stać się coś złego.

– Forrest. Rozmawiałem z nim przez godzinę, z nim i z pielęgniarką ze szpitala baptystów w Memphis. Przywieźli go tam ze złamanym nosem.

– Mów.

– Poszedł do baru, upił się i wdał w bójkę, jak zwykle. Wygląda na to, że wybrał złego przeciwnika, no i pozszywali mu gębę. Chcą zatrzymać go na noc. Musiałem pogadać z lekarzami i zagwarantować, że za niego zapłacimy. Poprosiłem, żeby nie podawano mu środków znieczulających ani narkotyków. Nie mają pojęcia, kogo tam mają.

– Znowu cię w to wciągnął. Przepraszam.

– Nie szkodzi, już to przerabiałem. Ale jemu naprawdę odbija. Znowu zaczął o spadku, o tym, że chcesz go wykiwać, i tak dalej. Wiem, że jest zalany, ale on po prostu sfiksował.

– Rozmawiałem z nim pięć godzin temu. Był trzeźwy.

– Pewnie wybierał się do baru. Musieli mu w końcu dać coś na uspokojenie, inaczej nie nastawiliby nosa. Martwię się o te prochy, to wszystko.

– Jeszcze raz cię przepraszam – powtórzył Ray, bo nic innego nie przyszło mu do głowy. Zamilkli i spróbował zebrać myśli. – Kilka godzin temu był trzeźwiutki, zupełnie czysty, a przynajmniej takie robił wrażenie.

– Dzwonił do ciebie?

– Tak, cieszył się, że ma nową fuchę.

– Chudego Bena?

– Właśnie. Myślisz, że on naprawdę pracuje?

– Chyba tak. Adwokaci uganiają się za tymi sprawami. Najważniejsza jest ilość. Wynajmują facetów takich jak on jako naganiaczy.

– Powinni wyrzucić ich z palestry.

– Tak samo jak połowę z nas. Musisz tu przyjechać, Ray. Im szybciej otworzymy postępowanie, tym szybciej Forrest się uspokoi. Te oskarżenia działają mi na nerwy.

– Wyznaczyli już datę?

– Możemy załatwić to w przyszłą środę. Musiałbyś zostać na kilka dni.

– Tak zamierzałem. Dobra, zarezerwuj środę. Przyjadę.

– Za parę dni powiadomię Forresta. Spróbuję złapać go trzeźwego.

– Jeszcze raz cię przepraszam.

Nic dziwnego, że Ray nie mógł potem zasnąć. Czytał biografię, gdy telefon zadzwonił po raz trzeci. Pewnie pomyłka.

– Halo? – zaczął podejrzliwie.

– Dlaczego pan nie śpi? – spytał głęboki głos Coreya Crawforda.

– Bo telefon ciągle dzwoni. Gdzie jesteście?

– Obserwujemy dom. Wszystko w porządku?

– Tak. Jest prawie czwarta rano. Czy wy nigdy nie śpicie?

– Często ucinamy sobie drzemkę. Na pańskim miejscu zgasiłbym światło.

– Dzięki. Czy moje światło obserwuje ktoś jeszcze?

– Jak dotąd nie.

– To dobrze.

– Chciałem tylko sprawdzić, czy wszystko gra.

Ray zgasił światło w pokoju od ulicy, wrócił do sypialni i kontynuował lekturę przy świetle lampki. Wiedząc, że licznik bije, że każda godzina nocnej obserwacji kosztuje go sto dolarów, miał jeszcze większe kłopoty z zaśnięciem.

To mądra inwestycja, nieustannie to sobie powtarzał.

Dokładnie o piątej prześliznął się korytarzem – jakby ktoś mógł go tam zobaczyć – i po ciemku włączył ekspres. Czekając na pierwszą filiżankę kawy, zadzwonił do Crawforda, który – co go zupełnie nie zaskoczyło – miał zaspany głos.

– Robię kawę. Chcecie?

– Kiepski pomysł, ale dzięki.

– Dziś po południu lecę do Atlantic City. Ma pan długopis?

– Już biorę.

– O trzeciej startuję z naszego lotniska białą beech bonanzą numer boczny osiem-jeden-pięć-romeo. Lecę z instruktorem; facet nazywa się Fog Newton. Przenocujemy w kasynie Kanion i wrócimy jutro w południe. Samochód zamknę i jak zwykle zostawię na lotnisku. Coś jeszcze?

– Chce pan, żebyśmy pojechali do Atlantic City?

– Nie, to niekonieczne. Będę miał oczy z tyłu głowy.

– A magazyn?

– Obserwujcie.

– Nie podał pan numeru schowka.

– Czternaście B.

Rozdział 21

Konsorcjum założył jeden z kumpli Dicka Dockera. Jego trzonem byli dwaj specjaliści od optometrii, którzy mieli kliniki w Wirginii Zachodniej. Obydwaj niedawno nauczyli się latać i musieli teraz przemieszczać się tam i z powrotem w dużo szybszym tempie. Kumpel Dockera był doradcą funduszu emerytalnego i potrzebował bonanzy na mniej więcej dwanaście godzin miesięcznie. Czwarty partner wszedł do spółki z doskoku. Każdy miał zdeponować w banku pięćdziesiąt tysięcy dolarów na ćwierć procent i zaciągnąć pożyczkę do ceny kupna, która wynosiła obecnie trzysta dziewięćdziesiąt tysięcy dolarów i nie zamierzała już chyba spaść. Umowę podpisano na sześć lat, a wynajęcie samolotu kosztowało każdego z nich osiemset dziewięćdziesiąt dolarów miesięcznie.

Mniej więcej tyle płacił pilot Ray Atlee za dziesięć godzin lotu cessną.

Do plusów umowy należało zaliczyć odpisy amortyzacyjne oraz możliwość wyczarterowania maszyny, gdy wspólnicy jej nie używali. Do minusów zaś koszty utrzymania, czyli opłaty hangarowe, paliwo, naprawy oraz szereg innych rzeczy, których lista była stanowczo za długa. Do minusów należało również coś, o czym kumpel Dicka Dockera nie wspomniał, a mianowicie wejście do interesu z trzema obcymi, z których dwóch było lekarzami.

Ale Ray miał pięćdziesiąt tysięcy na depozyt, mógł pozwolić sobie na osiemset dziewięćdziesiąt dolarów miesięcznie i rozpaczliwie chciał zostać współwłaścicielem samolotu, którym wylatał już dziewięć godzin, i który w duchu uważał już za swój.

Według raportu załączonego do umowy, bonanzy dobrze trzymały cenę. Na rynku używanych samolotów były bardzo poszukiwanymi, wysoko cenionymi maszynami. Pod względem bezpieczeństwa zajmowały drugie miejsce zaraz za cessnami; różnica w statystykach była praktycznie żadna. Ray nosił ze sobą umowę przez dwa dni: czytał ją w gabinecie, w mieszkaniu i podczas przerwy na lunch. Trzech pozostałych wspólników już ją zaaprobowało. Wystarczyło tylko złożyć cztery podpisy i zostałby współwłaścicielem bonanzy.

Dzień przed wyjazdem do Missisipi przestudiował umowę jeszcze raz, pomyślał, do diabła z tym wszystkim, i ją podpisał.

Jeśli ktoś go w ogóle śledził, znakomicie zacierał za sobą ślady. Po sześciu dniach obserwacji Corey Crawford oświadczył, że jego zdaniem nikt za nim nie chodzi ani nie jeździ. Ray zapłacił mu trzy tysiące osiemset dolarów gotówką i obiecał zadzwonić, jeżeli ponownie nabierze podejrzeń.

Udając, że musi wywieźć kolejną porcję starych rzeczy, codziennie jeździł do magazynu Chaneya, żeby zajrzeć do pieniędzy. Wywoził co tylko mógł znaleźć w domu, całymi pudłami, dlatego schowki 14B i 37F powoli zaczynały przypominać zagracony strych.

Dzień przed wyjazdem wstąpił do biura i spytał panią Chaney, czy zwolnił się już schowek 18R. Tak, przed dwoma dniami.

– Chciałbym go wynająć – oświadczył.

– To już trzeci.

– Potrzebuję więcej miejsca.

– To niech pan wynajmie jeden duży.

– Może później. Na razie wystarczą mi trzy małe.

Dla pani Chaney nie miało to żadnego znaczenia. Wynajął schowek na firmę Newton Aviation i zapłacił za pół roku z góry. Upewniwszy się, że nikt go nie obserwuje, przeniósł pieniądze ze schowka 37F do schowka 18R, gdzie czekały nowe pojemniki. Były zrobione z pokrytego winylem aluminium i wytrzymywały temperaturę stu czterdziestu dziewięciu stopni Celsjusza. Były również wodoszczelne i zamykane na zamek. Żeby pomieścić pieniądze, potrzebował aż pięciu. Na wszelki wypadek przykrył je kilkoma starymi kołdrami ze skrawków, kocami i ubraniami, żeby wszystko wyglądało naturalnie. Nie wiedział, komu chce zaimponować tym bałaganem, ale czuł się lepiej, gdy w schowku panował nieporządek.

Dużo z tego, co ostatnimi dniami robił, robił ze względu na potencjalnych obserwatorów. Chodził na wydział inną trasą. Rano inną biegał. Zaczął bywać w innej kawiarni. I w innej księgarni. I zawsze, ale to zawsze wypatrywał czegoś odbiegającego od normy: jadąc, często zerkał w lusterko, idąc czy biegnąc, szybko zawracał, będąc w sklepie, ukradkiem wyglądał spomiędzy półek. Ktoś na niego polował, wyraźnie to czuł.

Przed wyjazdem na południe postanowił umówić się z Kaley na kolację. Oficjalnie była jeszcze studentką, ale sesja dobiegła już końca, więc co mu szkodziło? Miała zostać w Charlottesville na całe lato, a on postanowił do niej uderzyć. Uderzyć ostrożnie, ponieważ uderzał tak do wszystkich poprzednich kobiet. Ponieważ w tej dostrzegał pewien potencjał.

Ale pierwszy telefon okazał się katastrofą. Słuchawkę podniósł jakiś mężczyzna, młody mężczyzna, pomyślał Ray, i bez względu na to, kim był, nie okazał zadowolenia z tego, że Ray dzwoni. Kaley potraktowała go oschle. Domyślił się, że dzwoni nie w porę i spytał, czy może zadzwonić kiedy indziej. Powiedziała, że nie, że ona zadzwoni do niego.

Odczekał trzy dni, po czym skreślił ją z taką samą łatwością, z jaką skreśla się kolejny dzień w kalendarzu.

Tak więc wyjeżdżał z Charlottesville bez żadnych obciążeń. Wraz z Fogiem poleciał bonanzą do Memphis, gdzie wynajął samochód i pojechał szukać Forresta.

Pierwszą i jak dotąd jedyną wizytę w domu Ellie Crum złożył kiedyś z tego samego powodu. Forrest pękł, zniknął i rodzina była ciekawa, czy już go zabili, czy tylko siedzi w pudle. Sędzia wciąż jeszcze pracował i życie toczyło się normalnie; normalne było również polowanie na Forresta. Oczywiście ojciec był zbyt zajęty, żeby szukać młodszego syna, zresztą dlaczego nie mógł go poszukać Ray?

Ich stary wiktoriański dom stał w śródmieściu Memphis; Ellie odziedziczyła go po ojcu, niegdyś bogaczu. Oprócz domu nie odziedziczyła prawie nic więcej. Forresta przyciągnęły domniemane fundusze powiernicze i rodzinna fortuna, też domniemana, lecz po piętnastu latach porzucił wszelką nadzieję. We wczesnym okresie konkubinatu mieszkał w głównej sypialni. Teraz stacjonował w suterenie. W domu mieszkali też inni, wedle pogłosek, zmagający się z losem artyści, którzy potrzebowali schronienia.

Ray zaparkował na chodniku. Krzewy trzeba by było przyciąć, dach był wiekowy, ale dom starzał się ładnie. Forrest malował go co jesień, zawsze w październiku i zawsze w jaskrawe, oszałamiające wzory, z których powodu on i Ellie kłócili się potem przez rok. W tym roku dom był bladoniebieski, wykończony czerwieniami i różnymi odcieniami pomarańczy. Kiedyś brat pomalował go na ciemnozielononiebieski.

Młoda kobieta o śnieżnobiałej cerze i czarnych włosach powitała go opryskliwym:

– Tak?

Ray patrzył na nią przez siatkowe drzwi. Dom był mroczny jak poprzednim razem i jak poprzednim razem przyprawiał go o dreszcze.

– Ellie jest? – spytał najbardziej opryskliwie, jak tylko potrafił.

– Jest zajęta. A pan kto?

– Ray Atlee, brat Forresta.
– Czyj?
– Forresta, tego z sutereny.
Aha, tego Forresta. Kobieta zniknęła i z głębi domu dobiegły go czyjeś głosy. Miała na sobie białe prześcieradło, przybrudzone wodnistymi zaciekami i plamami od gliny, takie z rozcięciami na głowę i ramiona. Wycierała ręce w brudny ręcznik, wyraźnie zdenerwowana tym, że przerwano jej pracę.
– Witaj, Ray – powiedziała jak stara przyjaciółka i otworzyła drzwi.
– Witaj, Ellie. – Ruszył za nią do salonu.
– Trudy, przynieś nam herbaty, dobrze? – Nie wiedział, kim jest Trudy, w każdym razie nie odpowiedziała. Ściany salonu były ozdobione kolekcją najbardziej obłąkanych garnków i waz, jakie kiedykolwiek widział. Forrest mówił, że Ellie lepi po dziesięć godzin dziennie i nie może się z nimi rozstać.
– Przykro mi z powodu twego ojca – powiedziała. Siedzieli naprzeciwko siebie przy małym szklanym stoliku. Jego blat podpierały trzy nierówne nóżki w kształcie fallusów, każda w innym odcieniu błękitu. Ray bał się go dotknąć.
– Dziękuję – odrzekł sztywno. Ani telefonu, ani kartki, ani listu, ani kwiatka, ani słowa współczucia aż do tego przypadkowego spotkania. W głębi domu niosły się dźwięki opery.
– Pewnie szukasz Forresta – powiedziała.
– Tak.
– Nie widziałam go ostatnio. Jak wiesz, mieszka w suterenie, przychodzi i odchodzi jak stary kocur. Dziś rano wysłałam tam dziewczynę. Jej zdaniem nie ma go już od tygodnia. Łóżka nie słał od pięciu lat.
– To więcej, niż chciałem wiedzieć.
– I nie dzwonił.
Przyszła Trudy z tacą na herbatę, kolejnym koszmarkiem Ellie. Filiżankami były małe różnokształtne kubełki z wielkimi uszkami.
– Śmietanki i cukru? – spytała, wlewając i mieszając.
– Tylko cukru.
Podała mu kubełek. Ujął go obiema rękami. Gdyby go upuścił, kubełek zmiażdżyłby mu stopę.
– Co u niego słychać? – spytał, gdy Trudy wyszła.
– Pije, trzeźwieje. Jak to Forrest.
– Ćpa?
– Zostaw to. Lepiej nie pytaj.

– Masz rację. – Spróbował wypić łyk herbaty. Brzoskwiniowa. Jedna kropla wystarczyła. – Wiesz, że wczoraj wdał się w bójkę? Złamał sobie nos.

– Nie pierwszy raz. Dlaczego mężczyźni muszą ciągle chlać i bić się? – Dobre pytanie, ale Ray nie miał na nie odpowiedzi. Ellie pociągnęła z kubełka i zamknęła oczy, rozkoszując się smakiem herbaty. Przed wieloma laty była ładną, uroczą kobietą. Ale teraz dobijała już pięćdziesiątki i przestało jej zależeć.

– Masz go gdzieś, prawda?

– Oczywiście, że nie.

– Naprawdę?

– Czy to ważne?

– To mój brat. Tylko mnie na nim zależy.

– Początkowo było nam świetnie w łóżku, potem straciliśmy zainteresowanie. Zrobiłam się gruba i za bardzo pochłania mnie praca.

Ray rozejrzał się po pokoju.

– Poza tym seks jest zawsze i wszędzie – dodała Ellie, kiwając głową w stronę drzwi, za którymi zniknęła Trudy. – Forrest jest moim przyjacielem, Ray. I chyba go kocham, przynajmniej do pewnego stopnia. Ale on jest alkoholikiem i wygląda na to, że zawsze nim będzie. Po pewnym czasie ma się takich dość.

– Wiem. Wierz mi, że wiem.

– Poza tym myślę, że to rzadki przypadek. Jest wystarczająco silny, żeby pozbierać się dosłownie w ostatniej chwili.

– Ale za słaby, żeby skończyć z tym raz na zawsze.

– Właśnie. Ja z tym skończyłam, piętnaście lat temu. Alkoholicy są dla siebie twardzi. Dlatego wylądował w suterenie.

I pewnie jest tam dużo szczęśliwszy, pomyślał Ray. Podziękował jej za herbatę i za rozmowę; odprowadziła go do wyjścia. Kiedy odjeżdżał, wciąż stała za siatkowymi drzwiami.

Rozdział 22

Postępowanie w sprawie spadku Reubena Vincenta Atlee otwarto w tej samej sali, w której przez trzydzieści dwa lata prowadził rozprawy. Z wykładanej boazerią ściany za stołem sędziowskim, spomiędzy gwiaździstego sztandaru i flagi stanu Missisipi, spoglądała na nich jego posępna twarz. Był to ten sam portret, który przed trzema tygodniami stał przy jego trumnie w sądowej rotundzie. Teraz wisiał tam gdzie zawsze, w miejscu, gdzie wisieć miał pewnie po wsze czasy.

Człowiekiem, który przerwał jego karierę i wysłał go na wygnanie do domu Pod Klonami, był niejaki Mike Farr z Holly Springs. Ponownie wygrał wybory i według Harry'ego Reksa był znakomitym fachowcem. Przejrzał upoważnienie sądowe, ustanawiające zarządcę majątku zmarłego, i dokładnie przestudiował jednostronicowy testament.

W sali panował spory ruch, bo wszędzie kręcili się urzędnicy i adwokaci, składając dokumenty i rozmawiając z klientami. Był to dzień przeznaczony na sprawy bezsporne i na szybkie wnioski. Ray siedział w pierwszym rzędzie, tymczasem Harry Rex konferował przy stole z sędzią Farrem. Obok Raya siedział Forrest, który – nie licząc powoli blednących sińców pod oczami – wyglądał w miarę normalnie. Uparł się, że nie przyjedzie i przyjechał dopiero wtedy, gdy Harry Rex porządnie go zwymyślał.

W końcu wrócił do Ellie. Wrócił jak zwykle bez słowa, bez wyjaśnienia, gdzie był i co robił. Nikogo to nie interesowało. O nowej pracy już nie wspominał, dlatego Ray uznał, że jego krótka kariera asystenta medycznego prawników od Chudego Bena dobiegła końca.

Co pięć minut w przejściu między stołem i ławkami przykucał ten czy inny adwokat, który wyciągał do niego rękę i zapewniał, że Sędzia był wielkim człowiekiem. Oczywiście Ray miał ich wszystkich znać, ponieważ oni znali jego. Do Forresta nie odezwał się nikt.

Harry Rex dał mu znak i Ray podszedł do stołu. Sędzia Farr powitał go bardzo ciepło. Nachylił się i rzekł:

– Pański ojciec był wspaniałym człowiekiem i wybitnym sędzią.

– Dziękuję – odrzekł Ray. W takim razie dlaczego przed wyborami mówiłeś, że jest za stary i że stracił wyczucie? Od tamtej pory minęło dziewięć lat, a wydawało się, że co najmniej pięćdziesiąt. Wraz z jego śmiercią hrabstwo Ford postarzało się o dziesięciolecia.

– Wykłada pan prawo? – spytał sędzia Farr.

– Tak, na uniwersytecie w Wirginii.

Farr z aprobatą kiwnął głową.

– Czy wszyscy spadkobiercy są obecni?

– Tak, Wysoki Sądzie – odrzekł Ray. – Jest nas tylko dwóch, mój brat Forrest i ja.

– Czy obaj spadkobiercy przeczytali jednostronicowy testament zmarłego Reubena Atlee?

– Tak, Wysoki Sądzie.

– I nie wnosicie panowie sprzeciwu co do rozpoczęcia postępowania spadkowego?

– Nie, Wysoki Sądzie.

– Bardzo dobrze. Zgodnie z zawartą w testamencie wolą, wyznaczam pana zarządcą majątku zmarłego. Zawiadomienie o rozpoczęciu postępowania ukaże się w miejscowej prasie. Rezygnuję z pobierania kaucji na zabezpieczenie zasądzonej kwoty w przypadku nieuwzględnienia odwołania. Spis majątkowy i zestawienia rachunkowe mają być ujawnione i przedłożone zgodnie z obowiązującymi przepisami.

Ojciec wygłaszał tę formułkę setki razy. Ray podniósł wzrok.

– Czy coś jeszcze, panie mecenasie? – spytał Farr.

– Nie, Wysoki Sądzie – odparł Harry Rex.

– Bardzo panu współczuję, panie Atlee.

– Dziękuję, Wysoki Sądzie.

Na lunch zjedli zębacza u Claude'a. Ray był w Clanton ledwie od dwóch dni, mimo to już teraz czuł, że zatykają mu się arterie. Forrest mówił niewiele. Nie pił, nie ćpał, ale miał zanieczyszczony organizm.

Plany Raya były dość mgliste: chciał odwiedzić przyjaciół w Missisipi. Nie musiał się spieszyć. Forrest wyjechał zaraz po lunchu, mówiąc, że wraca do Memphis.

– Będziesz u Ellie? – spytał Ray.

– Może. – Brat nie powiedział nic więcej.

Ray siedział na tarasie, czekając na Claudię. Przyjechała punktualnie o piątej i wyszedł jej na spotkanie. Przystanęła przy samochodzie i spojrzała na tablicę z napisem NA SPRZEDAŻ.

– Musicie sprzedawać? – spytała.

– Albo go sprzedamy, albo oddamy za darmo. Jak się masz?

– Dobrze, dziękuję. – Zdołali objąć się przy zachowaniu minimum kontaktu fizycznego. Była w luźnych spodniach, mokasynach, bluzce w kratkę i w słomkowym kapeluszu, jakby dopiero co wyszła z ogrodu. Usta miała czerwone, rzęsy i brwi nienagannie przyczernione. Ray nie widział jej nigdy bez starannego makijażu.

– Tak się cieszę, że zadzwoniłeś – powiedziała, gdy ruszyli powoli w stronę domu.

– Byliśmy dzisiaj w sądzie, na otwarciu postępowania.

– To przykre. Musiałeś to przeżyć.

– Nie było tak źle. Poznałem sędziego Farra.

– I co o nim myślisz?

– Dość miły, mimo tamtej historii.

Wziął ją pod rękę i wprowadził na schody, chociaż – mimo dwóch paczek papierosów dziennie – mogłaby chodzić po górach.

– Pamiętam, jak przyjechał tu po studiach – powiedziała. – Nie odróżniał powoda od pozwanego. Gdybym tu była, Reuben mógłby z nim wygrać.

– Usiądźmy tutaj – zaproponował Ray, wskazując dwa bujaki.

– Posprzątałeś – odrzekła, podziwiając taras.

– Nie, to Harry Rex. Wynajął malarzy, dekarzy i sprzątaczki. Musieli piaskować meble, ale nareszcie można tam oddychać.

– Mogę zapalić?

– Oczywiście. – Mógł nie odpowiadać. I tak by zapaliła.

– Tak się cieszę, że zadzwoniłeś – powtórzyła i przypaliła papierosa.

– Mam herbatę i kawę.

– Herbatę, jeśli można, z cukrem i cytryną. – Założyła nogę na nogę. Siedziała w bujaku jak królowa, która czeka, aż ją obsłużą. Obcisłe sukienki, długie nogi – Ray pamiętał, jak przed laty siadywała przed stołem sędziowskim, elegancko stenografując, podczas gdy wszyscy obecni na sali adwokaci wlepiali w nią wzrok.

Porozmawiali o pogodzie, jak robią to mieszkańcy Południa, gdy nagle zapada cisza albo gdy nie ma o czym rozmawiać. Claudia paliła i często się uśmiechała, naprawdę szczęśliwa, że o niej pamiętał. Ona do niego lgnęła. On próbował rozwiązać zagadkę.

Rozmawiali o Forreście i Harrym Reksie – były to tematy zawsze aktualne – i pół godziny po jej przyjeździe Ray przeszedł wreszcie do rzeczy.

– Znaleźliśmy pieniądze – powiedział. Słowa zawisły w powietrzu. Claudia przetrawiła je, przeanalizowała i ostrożnie spytała:

– Gdzie?

Celne pytanie. Gdzie, czyli na przykład w banku, co oznaczało, że pochodzenie pieniędzy jest udokumentowane? A może w materacu i bez żadnej dokumentacji?

– W gabinecie, w gotówce. Z jakiegoś powodu je tam zostawił.

– Ile? – spytała, choć niezbyt szybko.

– Sto tysięcy. – Uważnie obserwował jej twarz. Claudia była zaskoczona, lecz nie zaszokowana. Ray parł naprzód według swego scenariusza. – Prowadził bardzo staranną dokumentację, wypisywał czeki, składał depozyty, odnotowywał każdy wydatek, ale te pieniądze wzięły się nie wiadomo skąd.

– Nigdy nie trzymał w domu gotówki – odrzekła powoli Claudia.
– No właśnie. Nie mam pojęcia, skąd mógł ją wytrzasnąć. A ty?
– Ja też nie – odparła bez wahania. – Reuben nie uznawał gotówki.
Kropka. Wszystko załatwiał za pośrednictwem naszego banku. Przez
wiele lat był członkiem zarządu, pamiętasz?
– Tak, bardzo dobrze. Dorabiał na boku?
– Na boku? Jak?
– Ty mi powiedz jak. Znałaś go lepiej niż ktokolwiek inny. I wiedzia-
łaś, czym się zajmował.
– Reuben był całkowicie oddany pracy. Uważał, że bycie sędzią to
wielkie powołanie, dlatego harował do utraty tchu. Nie miał czasu na
nic innego.
– Łącznie z rodziną – mruknął Ray i natychmiast tego pożałował.
– On was kochał, Ray, ale pochodził z innego pokolenia.
– Zostawmy to.
– Zostawmy.
Zrobili sobie krótką przerwę na przegrupowanie sił. Nie chcieli roz-
mawiać o rodzinie. Ich uwagę przykuwały pieniądze. Ulicą przejechał
samochód, który na widok tablicy z napisem NA SPRZEDAŻ nieco zwolnił.
Jedno spojrzenie na dom musiało wystarczyć, bo kierowca natychmiast
odjechał.
– Wiesz, że ojciec uprawiał hazard? – spytał Ray.
– Sędzia? Nie.
– Trudno w to uwierzyć, prawda? Był taki czas, kiedy Harry Rex co
tydzień woził go do kasyna. Podobno stary miał do tego dryg, w przeci-
wieństwie do niego.
– Tu krążą różne plotki, zwłaszcza o prawnikach. Kilku z nich na-
prawdę grywało; mieli z tego powodu kłopoty.
– A o Sędzi nie krążyły?
– Plotki? Nie. Ja w to nie wierzę.
– Claudio, te sto tysięcy nie wzięło się znikąd. Coś mi mówi, że to
brudne pieniądze, w przeciwnym razie ojciec włączyłby je do spadku.
– Gdyby pochodziły z hazardu, uznałby je za brudne, nie uważasz? –
Rzeczywiście znała go lepiej niż ktokolwiek inny.
– Tak, a ty?
– Ja też. To by do niego pasowało.
Ta runda dobiegła końca, nieskrępowani ciszą, zrobili sobie kolej-
ną przerwę, bujając się lekko w chłodnym cieniu na tarasie. Na tarasie
można było długo milczeć. Można było pozbierać myśli albo nie my-
śleć wcale.

Trzymając się nienapisanego scenariusza, Ray zebrał się wreszcie na odwagę i zadał jej najtrudniejsze pytanie dnia.

– Claudio, muszę spytać cię o coś ważnego, dlatego proszę, bądź ze mną szczera.

– Zawsze jestem szczera. To jedna z moich wad.

– Nigdy nie podważałem jego uczciwości...

– I nie powinieneś podważać jej teraz.

– Claudio, pomóż mi, dobrze?

– Mów.

– Nie miał żadnych lewych przychodów? Może brał łapówki? Od adwokatów, od którejś ze stron, no wiesz. Małe, miłe wziątki, jak mówią Anglicy.

– Absolutnie nie.

– Claudio, ja tylko strzelam i mam nadzieję, że wreszcie w coś trafię. Nie znajduje się stu tysięcy dolarów ot tak sobie, na półce i w szeleszczących banknotach. Kiedy umierał, miał w banku sześć tysięcy dolarów. W banku sześć, a domu sto? Po co?

– Reuben był najbardziej etycznym człowiekiem na świecie.

– Wierzę.

– W takim razie przestań mówić o łapówkach.

– Chętnie.

Ona zapaliła kolejnego papierosa, on poszedł po herbatę. Gdy wrócił na taras, pogrążona w myślach Claudia patrzyła w dal. Chwilę się pobujali. W końcu Ray powiedział:

– Moim zdaniem, część tych pieniędzy Sędzia chciałby przeznaczyć dla ciebie.

– Tak myślisz?

– Tak. Jakieś dwadzieścia pięć tysięcy będziemy musieli wydać już teraz, na remont domu. Co byś powiedziała, gdybyśmy podzielili się resztą, ty, ja i Forrest?

– Po dwadzieścia pięć tysięcy?

– Tak. Co o tym sądzisz?

– Nie zgłosisz tego do masy spadkowej? – Znała się na prawie lepiej od Harry'ego Reksa.

– Po co zawracać sobie głowę? To gotówka, nikt o niej nie wie, a jeśli pójdziemy z tym do sądu, połowę zjedzą podatki.

– Ale skąd on te pieniądze miał? Jak to wyjaśnisz? – Jak zawsze myślała z wyprzedzeniem; powiadano, że potrafiła przewidzieć orzeczenie, zanim jeszcze przedstawiciele stron wygłosili wstępne oświadczenie.

I kochała pieniądze. Ubrania, perfumy, najnowsze modele samochodów, a wszystko to z pensji sądowej protokolantki. Emeryturę też miała pewnie niewielką.

– Tego nie da się wyjaśnić – odrzekł Ray.

– Jeśli je wygrał, musiałbyś pozmieniać jego zeznania podatkowe – zauważyła trzeźwo. – I to za wszystkie ubiegłe lata. Co za koszmar.

– Fakt, koszmar.

O koszmarze zapomniano, szybko i bez zbędnych słów. Dwadzieścia pięć tysięcy dolarów Claudii miała skryć wieczna tajemnica.

– Kiedyś mieliśmy taką sprawę – rzekła, spoglądając na trawnik. – W hrabstwie Tippah, trzydzieści lat temu. Człowiek nazwiskiem Childers prowadził złomowisko. Umarł, nie spisawszy testamentu. – Pauza, długie zaciągnięcie się dymem. – Jego dzieci znalazły pieniądze. Childers poukrywał je wszędzie: w biurze, na strychu, w szopie na narzędzia, za domem, nawet w kominku. Przypominało to szukanie wielkanocnych jajek z niespodzianką. Kiedy przeczesali każdy centymetr kwadratowy domu, przeliczyli pieniądze i okazało się, że jest tego prawie dwieście tysięcy dolarów. Dwieście tysięcy ukryte przez człowieka, który nie płacił rachunków telefonicznych i przez dziesięć lat chodził w tym samym kombinezonie. – Kolejna pauza, kolejna smużka dymu z ust. Claudia mogła opowiadać te historie całymi dniami. – Połowa dzieci chciała podzielić się pieniędzmi i dać nogę, połowa chciała powiedzieć o wszystkim adwokatowi i zgłosić je do masy spadkowej. Doszło do przecieku, rodzina się przestraszyła i pieniądze włączono do majątku ojca. Dzieci walczyły o nie jak o życie. Pięć lat później nie było już ani centa: połowę zabrało państwo, połowę adwokaci.

Umilkła. Ray czekał na podsumowanie.

– Jaki stąd wniosek? – spytał.

– Sędzia uważał, że to głupota. Że dzieci powinny były trzymać język za zębami i podzielić się pieniędzmi. W końcu należały do ich ojca.

– Też tak uważam.

– Nie znosił podatków od spadku. Państwo zabiera komuś olbrzymią część majątku tylko dlatego, że ten ktoś umarł: niby dlaczego? Narzekał na to przez wiele lat.

Ray wyjął zza bujaka kopertę i podał ją Claudii.

– Masz. Dwadzieścia pięć tysięcy dolarów w gotówce.

Z niedowierzaniem popatrzyła na kopertę, potem na niego.

– Weź – powiedział, wyciągając rękę. – Nikt się nigdy o tym nie dowie.

Wzięła kopertę i przez chwilę nie mogła mówić. Zwilgotniały jej oczy, co oznaczało, że miotają nią naprawdę silne emocje.

– Dziękuję – szepnęła i jeszcze mocniej zacisnęła palce na kopercie.

Długo po tym, jak odjechała, siedział na tarasie, bujając się w ciemności, zadowolony, że udało mu się wyeliminować podejrzaną. To, że Claudia tak chętnie przyjęła dwadzieścia pięć tysięcy, oznaczało, że nic nie wie o fortunie ojca.

Sęk w tym, że skreśliwszy Claudię z listy podejrzanych, nie miał jej kim zastąpić.

Rozdział 23

Spotkanie zorganizowano za pośrednictwem absolwenta wydziału prawa z Wirginii, obecnie wspólnika wielkiej nowojorskiej firmy, która służyła jako organ doradczy grupy właścicieli Canyon Casinos, sieci kasyn rozrzuconych po całym kraju. Nawiązano kontakty, wymieniono przysługi, lekko i dyplomatycznie przyciśnięto kogo trzeba do muru. Chodziło o delikatną kwestię bezpieczeństwa, dlatego nikt nie chciał przesadzić. Profesor Atlee potrzebował jedynie podstawowych informacji.

Grupa Canyon zaistniała w hrabstwie Tunica już w połowie lat dziewięćdziesiątych; przybyła tam wraz z drugą falą gwałtownej zabudowy brzegów Missisipi i przetrwała pierwszą falę ostrej rywalizacji. Kasyno Kanion miało dziewięć pięter, czterysta pokoi, sale do gry o łącznej powierzchni siedmiu tysięcy dwustu metrów kwadratowych i słynęło z dobrej muzyki rythm and bluesowej. Raya powitał Jason Piccolo, jeden z wiceprezesów firmy, który przyjechał do Tuniki z siedziby głównej w Vegas, oraz Alvin Barker, szef do spraw bezpieczeństwa. Piccolo miał trzydzieści parę lat i ubierał się jak model Armaniego. Barker przekroczył już pięćdziesiątkę i wyglądał jak zmęczony życiem gliniarz w źle dopasowanym garniturze.

Zaproponowali szybki spacer po kasynie, ale Ray odmówił. Zaliczył ostatnio tyle kasyn, że widoków wystarczyło mu do końca życia.

– Interesuje mnie góra – powiedział. – Ta niedostępna dla grających. Dużo tam pomieszczeń?

– Cóż, zobaczmy – odrzekł uprzejmie Piccolo i oddaliwszy się od stołów i automatów, weszli do korytarza za kasami. Schody, kolejny korytarz i zajrzeli do kiszkowatego pokoju, w którym jedną z długich ścian zastąpiono weneckimi lustrami. Za lustrami była wielka niska sala, zastawiona okrągłymi stołami, na których piętrzyły się baterie monitorów. W ich ekrany wpatrywało się kilkudziesięciu mężczyzn i kilkanaście kobiet, a robili to tak intensywnie, jakby bali się coś przeoczyć.

– To nasze oczy i uszy – powiedział Piccolo. – Ci po lewej obserwują stoły do blackjacka. Ci pośrodku ruletkę i stoły do gry w kości. Ci po prawej automaty i stoliki do pokera.

– Konkretnie co obserwują?

– Wszystko. Dosłownie wszystko.

– Na przykład?

– Każdego gracza. Oszustów, kanciarzy, tych, którzy dużo wygrywają, i zawodowców. Ci ludzie mogą obserwować jednocześnie dziesięć par rąk i powiedzieć, który z grających liczy karty. Ten mężczyzna w szarej marynarce obserwuje twarze, wypatruje zawodowych graczy. Zawodowcy są w ciągłym ruchu, dziś tu, jutro już w Vegas, potem na tydzień znikają i nagle wypływają w Atlantic City albo gdzieś na Bahamach. Jeśli oszukują albo liczą karty, zauważy ich, gdy tylko usiądą do stołu. – Mówił Piccolo. Barker milczał i przyglądał się Rayowi, jakby widział w nim potencjalnego szulera.

– Kamery dają duże zbliżenie?

– Na tyle duże, że widać numer seryjny każdego banknotu. W zeszłym miesiącu złapaliśmy oszusta tylko dlatego, że rozpoznaliśmy brylantowy sygnet, który kiedyś nosił.

– Mógłbym tam wejść?

– Przykro mi, ale nie.

– A stoły do gry w kości?

– Podobnie, z tym że tu problem jest większy, ponieważ gra jest szybsza i bardziej skomplikowana.

– Bywają tacy, którzy oszukują zawodowo w kości?

– Owszem, ale znacznie rzadziej. Tych, którzy oszukują w pokera i przy ruletce, też jest niewielu. Oszustwa to w sumie nie problem. Bardziej martwią nas kradzieże i błędy krupierów.

– Błędy? Na przykład jakie?

– Wczoraj gość wygrał w blackjacka czterdzieści dolarów, a krupier zgarnął jego żetony. Gość zaprotestował i wezwał kierownika stołu. Nasi ludzie widzieli, co zaszło, więc natychmiast zainterweniowaliśmy.

– Jak?

– Wysłaliśmy na dół strażnika z poleceniem dla kierownika stołu. Miał wypłacić wygraną, przeprosić gościa i zaproponować mu kolację.

– A co zrobiliście z krupierem?

– Jak dotąd nie było na niego żadnych skarg, ale zawali jeszcze raz i wyleci z pracy.

– I wszystko filmujecie?

– Absolutnie. Każdą parę rąk, każdy rzut kością, każdy automat. W tej chwili pracuje tam dwieście kamer telewizyjnych.

Ray podszedł do lustra, próbując ocenić szczelność systemu bezpieczeństwa i nadzoru. Zdawało się, że grających jest mniej niż tych, którzy ich obserwują.

– Jak taki krupier może oszukiwać? Przy tym wszystkim? – Zatoczył ręką łuk.

– Są sposoby – odrzekł Piccolo, posyłając Barkerowi znaczące spojrzenie. – Wiele sposobów. Łapiemy jednego miesięcznie.

– Ale po co obserwujecie automaty? – Ponieważ obiecano mu tylko jedną wizytę na górze, Ray postanowił zabić trochę czasu, zadając im pytania na chybił trafił.

– Bo obserwujemy wszystko – odparł Piccolo. – I dlatego, że mieliśmy kilka przypadków, gdy główną nagrodę kasowali nieletni. Kasyna odmawiały wypłaty i wygrywały z nimi w sądzie, ponieważ mieliśmy taśmy, na których widać, jak nieletni szybko ustępują miejsca dorosłym. Napije się pan czegoś?

– Chętnie.

– Mamy tu pokoik z lepszym widokiem.

Zaprowadzili go jeszcze wyżej, na mały balkon z widokiem na salę i centrum obserwacyjne. Jak spod ziemi wyrosła przed nimi kelnerka. On zamówił cappuccino. Gospodarze wodę.

– Co sprawia wam najwięcej kłopotów w kwestii bezpieczeństwa? – rzucił, zerkając na listę pytań, którą wyjął z kieszeni.

– Gracze, którzy liczą karty, i krupierzy o lepkich rękach – odrzekł Piccolo. – Żetony są bardzo małe, łatwo je ukryć w rękawie albo w kieszeni. Pięćdziesiąt dolarów dziennie to tysiąc dolarów miesięcznie, wolnych od podatku, rzecz jasna.

– Dużo bywa tu takich, co liczą karty?

– Coraz więcej. Kasyna są teraz w czterdziestu stanach, graczy nieustannie przybywa. Mamy obszerną kartotekę i jeśli dochodzimy do wniosku, że trafił nam się gracz, który liczy karty, po prostu go wypraszamy. Mamy do tego prawo.

– Jaka padła tu największa wygrana?
Piccolo spojrzał na Barkera, a ten spytał:
– Nie licząc automatów?
– Tak.
– Mieliśmy raz faceta, który wygrał sto osiemdziesiąt. W kości.
– Sto osiemdziesiąt tysięcy dolarów?
– Tak.
– A największa przegrana?
Barker wziął wodę od kelnerki i podrapał się po policzku.
– Trzy dni później ten sam facet przegrał dwieście tysięcy.
– Bywają tacy, którzy wygrywają non stop? – spytał Ray, zaglądając do notatek, jakby prowadził poważne badania naukowe.
– To znaczy? – spytał Piccolo.
– Powiedzmy, że ktoś przychodzi tu dwa, trzy razy tygodniowo, gra w karty czy w kości, wygrywa więcej, niż przegrywa i z czasem zbija fortunę. Często się to zdarza?
– Niezwykle rzadko – odrzekł Barker. – Może mu żreć przez tydzień, góra przez dwa. Bierzemy go na muszkę i uważnie obserwujemy. Jeśli nie dostrzeżemy nic podejrzanego, cóż, pozwalamy facetowi zgarniać forsę. Prędzej czy później zaryzykuje o jeden raz za dużo, zrobi coś głupiego, a wówczas odzyskamy wszystkie pieniądze.
– Osiemdziesiąt procent graczy z czasem przegrywa – dodał Piccolo.
Ray zamieszał kawę i ponownie zajrzał do notatek.
– Wchodzi gość, którego nie znacie. Wchodzi, wykłada na stolik tysiąc dolarów i prosi o studolarowe żetony. Co robicie?
Barker uśmiechnął się i wyłamał sobie palce.
– Robi się mały ruch. Najpierw obserwujemy go przez kilka minut, żeby sprawdzić, czy wie, co robi. Potem kierownik stołu pyta go, czy chce, żebyśmy założyli mu kartę. Jeśli tak, podaje nam nazwisko. Jeśli nie, proponujemy mu kolację. Kelnerka podsuwa mu drinka i jeśli facet nie pije, to kolejny znak, że może być poważnym graczem.
– Zawodowcy nie piją w trakcie gry – wtrącił Piccolo. – Mogą zamówić coś dla niepoznaki, ale tylko udają, że piją.
– Co to jest karta?
– Większość stałych graczy życzy sobie czegoś ekstra – wyjaśnił Piccolo. – Darmowej kolacji, biletów na występ, zniżki na pokój, słowem czegoś, co jesteśmy w stanie im zaproponować. Mają karty członkowskie, stąd wiemy, jak często grają. Gracz z naszej hipotetycznej sytuacji takiej karty nie ma, dlatego mu ją proponujemy.
– A on mówi nie.

– Nie ma sprawy. Obcy przychodzą tu i wychodzą cały czas.

– Mimo to próbujemy ich namówić – przyznał Barker.

Ray namazał coś na złożonej kartce papieru.

– Czy kasyna wymieniają się informacjami?

Gospodarze byli wyraźnie zakłopotani. Pierwszy raz od początku rozmowy.

– To znaczy? – spytał Piccolo z uśmiechem, który Ray natychmiast odwzajemnił. Ponieważ Barker też się uśmiechnął, uśmiechali się przez chwilę bez słowa, wreszcie Ray powiedział:

– Dobrze, powróćmy do naszego hipotetycznego gracza. Załóżmy, że jednego wieczoru gra w Monte Carlo, drugiego w Grocie Skarbów, trzeciego w Aladynie, i tak dalej. Zalicza wszystkie kasyna, wygrywa znacznie więcej, niż przegrywa, i tak przez rok. Dużo byście o nim wiedzieli?

Piccolo dał znak Barkerowi, który ściskał sobie usta palcami.

– Dużo – wyznał niechętnie.

– Na przykład co? – drążył Ray.

– Śmiało – rzucił Piccolo do Barkera i ten, chcąc nie chcąc, powiedział:

– Znalibyśmy jego nazwisko, adres, numer telefonu, numer rejestracyjny samochodu, numer konta bankowego, wiedzielibyśmy, gdzie pracuje. Wiedzielibyśmy, gdzie co wieczór bywa, kiedy przychodzi, kiedy wychodzi, ile wygrywa, ile przegrywa, ile pije, czy zjadł kolację, czy dał napiwek kelnerce, a jeśli dał, to ile, i jaki napiwek zostawił krupierowi.

– Zakładacie im coś w rodzaju akt?

Barker zerknął na swego szefa, a ten, nie mówiąc ani słowa, powoli, powolutku skinął głową. Nie chcieli mówić: Ray znalazł się o włos od zakazanej strefy. Z drugiej strony, wiedział już niemal wszystko to, co chciał wiedzieć. Zeszli na dół, ale zamiast na stoły, patrzył teraz na kamery wewnętrznego systemu bezpieczeństwa. Piccolo wskazał mu swoich ludzi. Stali za stolikiem do blackjacka, przy którym siedział mężczyzna, a raczej nastolatek ze stosem studolarowych żetonów pod ręką.

– Facet jest z Reno – szepnął Piccolo. – Przyjechał w zeszłym tygodniu i skrócił nas na trzydzieści tysięcy. Jest bardzo, bardzo dobry.

– I nie liczy kart – dodał konspiracyjnym szeptem Barker.

– Niektórzy mają do tego talent, tak jak do golfa czy do operacji na otwartym sercu – powiedział Piccolo.

– Gra we wszystkich kasynach? – spytał Ray.

– Jeszcze nie, ale już na niego czekają. – Nastolatek z Reno bardzo ich niepokoił.

Wycieczkę zakończyli w holu, przy wodzie sodowej. Wszystkie pytania, które Ray im dotąd zadawał, miały doprowadzić do wielkiego finału.

– Chciałbym prosić was o przysługę.

– Jasne, nie ma sprawy.

– Kilka tygodni temu zmarł mój ojciec i mam powody podejrzewać, że ukradkiem tu bywał, że grał w kości i wygrywał więcej, niż przegrywał. Czy można to sprawdzić?

– Jak się nazywał? – spytał Barker.

– Reuben Atlee z Clanton.

Wyjmując z kieszeni telefon, Barker pokręcił głową.

– Dużo wygrał? – spytał Piccolo.

– Nie wiemy. Przez te wszystkie lata może nawet milion.

Barker wciąż kręcił głową.

– Wykluczone. Gdyby ktoś wygrał lub przegrał tyle pieniędzy, na pewno byśmy go znali. – Przytknął telefon do ucha i kazał komuś sprawdzić Reubena Atlee.

– Podejrzewacie, że wygrał milion dolarów? – spytał Piccolo.

– Wygrał i przegrał – odrzekł Ray. – Ale to tylko domysły.

Barker trzasnął klapką telefonu.

– Ani śladu, nigdzie. Nie mógł tyle wygrać.

– A jeśli ani razu tu nie był? – drążył Ray, dobrze znając odpowiedź.

– Wszystko jedno – odrzekli tamci chórem.

Rozdział 24

Był jedynym porannym biegaczem w Clanton, dlatego przypatrywały mu się ciekawie panie z ogródkowych grządek, zamiatające taras pokojówki i sezonowy robotnik, który przestał kosić trawę, gdy Ray przebiegał koło rodzinnej kwatery na cmentarzu. Ziemia na mogile Sędziego zdążyła już trochę osiąść, ale on ani nie przystanął, ani nawet nie zwolnił kroku. Grabarze, którzy wykopali grób ojca, kopali już kolejny. W Clanton codziennie ktoś umierał, codziennie się ktoś rodził. Prawie nic się tu nie zmieniało.

Nie minęła jeszcze ósma, ale słońce grzało już jak piec, a powietrze było ciężkie. Wilgotność mu nie przeszkadzała, bo przywykł do niej w dzieciństwie, lecz tęsknić za nią, nie tęsknił.

Cienistymi ulicami wrócił do domu. Na podjeździe stal dżip Forresta, a sam Forrest półleżał na huśtanej ławce.

– Co tak wcześnie? – wysapał Ray.

– Daleko byłeś? Jesteś spocony.

– Jak przebiegniesz w upale osiem kilometrów, też się spocisz. Dobrze wyglądasz.

I rzeczywiście tak wyglądał. Miał jasne, niepodpuchnięte oczy, był czysty, ogolony, wbił się w białe czyściutkie spodnie.

– Przestałem pić.

– To cudownie. – Ray usiadł w bujaku, wciąż ociekając potem i ciężko dysząc. Nie spytał go, od kiedy jest trzeźwy. Nie pił pewnie od dwudziestu czterech godzin, nie dłużej.

Forrest wstał z ławki i przysunął sobie bujak.

– Potrzebuję pomocy, bracie. – Usiadł na samym brzeżku.

No i się zaczyna, pomyślał Ray.

– Wal.

– Potrzebuję pomocy – powtórzył nieprzytomnie Forrest, pocierając ręką o rękę, jakby bolało go każde wypowiedziane słowo.

Ray widział to wiele razy i stracił cierpliwość.

– Mów. O co chodzi? – Przede wszystkim o pieniądze. A dalej? Było szereg możliwości.

– Chcę wyjechać. Niedaleko, to godzina drogi stąd. Las, odludzie. Małe jeziorko pośrodku, wygodne pokoje... – Wyjął z kieszeni zmiętą wizytówkę i podał ją Rayowi.

Alcorn Village. Ośrodek Odwykowy dla Alkoholików i Narkomanów. Kościół Metodystów.

– Kto to jest Oscar Meave? – spytał Ray, patrząc na wizytówkę.

– Poznałem go kilka lat temu. Bardzo mi wtedy pomógł, a teraz jest tam.

– To zwykły detoks.

– Detoks, odwyk, ośrodek rehabilitacyjny dla narkomanów i alkoholików, szpital, sanatorium, prewentorium, ranczo, wieś, areszt, więzienie, szpital dla umysłowo chorych, nazywaj to, jak chcesz. Wszystko mi jedno. Ja potrzebuję pomocy, Ray. – Ukrył twarz w dłoniach i się rozpłakał.

– Dobrze, już dobrze. Podasz mi jakieś szczegóły?

Forrest otarł oczy, wytarł nos i głośno wciągnął powietrze.

– Zadzwoń do niego i spytaj, czy mają miejsce – odrzekł drżącym głosem.
– Jak długo chcesz tam zostać?
– Ze cztery tygodnie, ale Oscar wszystko ci powie.
– Ile to kosztuje?
– Około trzystu dolarów dziennie. Myślałem, czy nie pożyczyć pieniędzy pod zastaw mojego udziału w spadku, nie pójść do Harry'ego Reksa, żeby spytał sędziego, czy nie dałoby się załatwić tego już teraz. – Z kącików oczu spływały mu łzy.
Ray już je u niego widywał. Słyszał też prośby, błagania i obietnice, ale chociaż postanowił, że zawsze będzie twardy i cyniczny, tym razem zmiękł.
– Coś załatwimy – odrzekł. – Zaraz do niego zadzwonię.
– Proszę cię, chcę tam pojechać choćby dzisiaj.
– Dzisiaj?
– Tak, bo… bo nie mogę wrócić do Memphis. – Spuścił głowę i przeczesał rękami swoje długie włosy.
– Ktoś cię szuka?
– Tak. Tacy jedni.
– Policja?
– Nie. Ci faceci są o wiele gorsi.
– Wiedzą, że tu jesteś? – Ray rozejrzał się wokoło i oczyma wyobraźni ujrzał w chaszczach bandę uzbrojonych po zęby handlarzy narkotykami.
– Nie, skąd.
Ray wstał i wszedł do domu.
Jak większość ludzi, Oscar Meave dobrze Forresta pamiętał. Namówił go kiedyś do uczestnictwa w federalnym programie rehabilitacyjnym w Memphis i chociaż było mu niezmiernie przykro, że Forrest potrzebuje pomocy, ogromnie się ucieszył, że może porozmawiać z jego bratem. Ray zrobił wszystko, żeby podkreślić nagłość sytuacji; nie dysponował żadnymi szczegółami i było mało prawdopodobne, żeby brat raczył go oświecić, mimo to dzielnie próbował. Przed trzema tygodniami zmarł nasz ojciec: zaczął się nawet usprawiedliwiać.
– Niech go pan przywiezie – zdecydował Meave. – Miejsce się znajdzie.
Wyjechali pół godziny później, wynajętym samochodem Raya. Dżip zaparkowali za domem, tak na wszelki wypadek.
– Jesteś pewien, że ci faceci nie będą tu węszyć?
– Nie wiedzą, skąd pochodzę – odrzekł Forrest. Głowę oparł o zagłówek, oczy przesłonił fikuśnymi okularami.

– Kim oni właściwie są?

– To kilku czarusiów z południowych przedmieść Memphis. Na pewno by ci się spodobali.

– Wisisz im pieniądze?

– Tak.

– Ile?

– Cztery tysiące.

– Na co je wydałeś?

Forrest delikatnie poklepał się po nosie. Sfrustrowany i rozgniewany Ray pokręcił głową i zacisnął zęby, z trudem powstrzymując się od gorzkich wymówek. Odczekaj trochę, pomyślał. Ochrzanisz go parę kilometrów dalej. Byli już za miastem i po obu stronach drogi rozciągały się pola.

Forrest zaczął chrapać.

Tak oto rodziła się kolejna opowieść o przygodach brata: to już trzeci raz wsadzał go do samochodu i wiózł na odtrucie. Od ostatniego razu upłynęło już prawie dziesięć lat: Sędzia wciąż urzędował, z Claudią u boku, rzecz jasna, a Forrest ćpał więcej niż wszyscy narkomani w stanie razem wzięci. Życie toczyło się normalnie, jak zwykle. Ci z agencji zarzucili na niego szeroką sieć, ale dzikim fartem brat zdołał się z niej wyśliznąć. Podejrzewali, że handluje i rzeczywiście handlował, więc gdyby go schwytali, poszedłby siedzieć. Ray zawiózł go do stanowego szpitala na wybrzeżu, a Sędzia pociągnął za sznurki, żeby go przyjęto. Forrest przespał w szpitalu cały miesiąc, a potem sobie poszedł.

Pierwszą podróż do ośrodka rehabilitacyjnego odbyli, gdy Ray studiował w Tulane. Forrest połknął jakieś świństwo i przedawkował. Zrobili mu płukanie żołądka i niewiele brakowało, żeby uznali go za zmarłego. Potem Sędzia wysłał ich do ośrodka pod Knoxville, takiego z zamkniętymi bramami i drutem kolczastym na płocie. Brat wytrzymał tam tydzień i zwiał.

Dwa razy siedział w więzieniu, raz jako młodociany, raz jako dorosły, choć miał dopiero dziewiętnaście lat. Pierwszy raz aresztowano go tuż przed piątkowym meczem w ogólniaku, gdy całe Clanton czekało na pierwszy gwizdek. Miał szesnaście lat, był najlepszym rozgrywającym i obrońcą konferencji juniorów, był kamikadze, który uwielbiał tłuc leżących przeciwników i torować sobie drogę hełmem jak piką. Agenci zwinęli go w szatni i wyprowadzili w kajdankach. Zastępował go niesprawdzony smarkacz: rywale zrobili Clanton jatkę i miasto nigdy tego Forrestowi nie wybaczyło.

Ray siedział na ławce obok ojca i jak wszyscy inni z niecierpliwością czekał na pierwszy wykop.

– Gdzie jest Forrest? – pytali sąsiedzi podczas przedmeczu.

Gdy sędzia rzucał monetą, Forrest był już w miejskim areszcie, gdzie sfotografowano go i pobrano mu odciski palców. W jego samochodzie policja znalazła prawie cztery gramy marihuany.

Spędził dwa lata w zakładzie karnym dla młodocianych i wyszedł w swoje osiemnaste urodziny.

Jakim cudem szesnastoletni chłopak, syn powszechnie szanowanego sędziego, został handlarzem narkotykami w małym południowym miasteczku, gdzie nigdy przedtem nikt narkotykami nie handlował? Ray i jego ojciec zadawali sobie to pytanie tysiąc razy. Tylko Forrest znał na nie odpowiedź i już dawno temu postanowił zatrzymać ją dla siebie. Ray cieszył się, że brat jest skryty.

Po miłej drzemce ocknął się i oznajmił, że musi się czegoś napić.

– Nie – zaprotestował Ray.

– Czegoś bez alkoholu, przysięgam.

Zajrzeli do przydrożnego sklepu i kupili colę. Na śniadanie Forrest zjadł torebkę solonych fistaszków.

– W niektórych ośrodkach całkiem nieźle karmią – powiedział, gdy ponownie ruszyli. Forrest przewodnik po ośrodkach odwykowych. Podręczny Michelin dla alkoholików i narkomanów. – Zwykle zrzucam parę kilo – dodał, chrupiąc orzeszki.

– Są tam jakieś siłownie albo sale gimnastyczne? – spytał Ray, podtrzymując rozmowę. Dodatkowe atrakcje dla gości ośrodków rehabilitacyjnych wcale go nie interesowały.

– W niektórych są – odrzekł z zadowoloną miną Forrest. – Ellie wysłała mnie kiedyś na Florydę. Plaża, piasek, woda i mnóstwo bogatych smutnych ludzi. Trzy dni prania mózgu, a potem zaczęli nas katować. Piesze wycieczki, rowery, spacerki z obciążeniem, a jeśli ktoś chciał, to nawet sztangi. Opaliłem się jak młody bóg i zrzuciłem prawie siedem kilo. Nie piłem i nie ćpałem przez osiem miesięcy.

Jedyną miarą jego małego, smutnego życia były okresy trzeźwości.

– Ellie cię tam wysłała?

– Tak, lata temu. Miała raz trochę forsy. Niewiele, ale miała. Byłem na dnie i odbiłem się, kiedy jeszcze jej na mnie zależało. Ale miło tam było, poza tym kilka asystentek pochodziło z Florydy. Miały długie nogi i chodziły w krótkich spódniczkach.

– Będę musiał tam zajrzeć.

– Pocałuj mnie w dupę.

– Żartowałem.

– Na zachodnim wybrzeżu jest takie miejsce, gdzie jeżdżą wszystkie gwiazdy. Nazywa się Hacienda. Prawdziwy Ritz. Pluszowe meble, łaźnia, sekretarki, kucharze, którzy potrafią przyrządzić ekstra żarcie po tysiąc kalorii dziennie. Tego mi trzeba, brachu. Sześciu miesięcy w Haciendzie.

– Dlaczego akurat sześciu?

– Bo tylu mi trzeba. Próbowałem dwóch, jednego, trzech tygodni, dwóch tygodni, ale to za mało. Muszę mieć pół roku. Pół roku kompletnego zamknięcia, prania mózgu i terapii. Do tego własna masażystka.

– Ile to kosztuje?

Forrest zagwizdał i przewrócił oczami.

– Strzelaj. Nie mam pojęcia. Żeby się tam dostać, trzeba mieć milion dolców i listy polecające od dwóch osób. Wyobrażasz sobie taki list? Do Szanownych Pań Kierowniczek i Panów Kierowników Haciendy: Serdecznie polecam mojego przyjaciela Doofusa Smitha jako pacjenta Waszego cudownego ośrodka. Doofus pija wódkę na śniadanie, niucha kokę na lunch, szprycuje się heroiną na podwieczorek, tak że w porze kolacji jest już zwykle w stanie śpiączki. Jest niemal całkowicie odmóżdżony, ma pokiereszowane żyły i przeżartą wątrobę. To pacjent w sam raz dla Was, a jego stary jest właścicielem stanu Idaho.

– Bywają tacy, którzy siedzą w ośrodku pół roku?

– Ty chyba zielony jesteś, co?

– Chyba tak.

– Kokainiści potrzebują roku. Heroiniści jeszcze więcej.

A ty czym się aktualnie trujesz? – Ray nie wiedział, czy chce go o to zapytać, czy nie.

– Roku?

– Tak, pełnej izolacji. A potem wszystko zależy od klienta. Znam takich, którzy siedzieli trzy lata, bez grama koki, kraku czy czegokolwiek. Kiedy wyszli, najpierw zadzwonili do dealera, dopiero potem do żony czy kochanki.

– No i? Co się z takimi dzieje?

– Nic miłego. – Forrest wrzucił do ust ostatnie fistaszki i klasnął w dłonie, rozsiewając wokoło sól.

Drogi do Alcorn Village nie wskazywały żadne drogowskazy. Jechali, trzymając się wskazówek Oscara i gdy byli już pewni, że zabłądzili wśród wzgórz, w oddali ujrzeli bramę. Za wysadzanym drzewami podjazdem rozciągał się ośrodek. Spokój, kompletne odludzie – Forrest przyznał Oscarowi dziesięć punków za pierwsze wrażenie.

Meave powitał ich w holu budynku administracyjnego i zaprowadził do biura przyjęć, gdzie osobiście wypełnił kilka formularzy. Był terapeutą, administratorem, psychologiem i byłym narkomanem, który przed wieloma laty wyszedł na prostą, i wyszedłszy, zrobił doktorat. Był w dżinsach, podkoszulku i w adidasach, miał małą bródkę, dwa kolczyki w uszach, zmarszczki na czole i złamany ząb, pamiątkę z dawnego burzliwego życia. Ale głos miał miękki i przyjacielski. Emanowała z niego nieustępliwość i współczucie człowieka, który był kiedyś na miejscu Forresta.

Kosztowało to trzysta dwadzieścia pięć dolarów dziennie, a Oscar zalecał minimum miesięczny pobyt.

– A potem zobaczymy – dodał. – Muszę zadać mu kilka przykrych pytań na temat tego, co dotąd robił.

– Nie chcę przy tym być – powiedział Ray.

– I nie będziesz – odparł Forrest. Był zrezygnowany, bo czekała go bolesna chłosta.

– Połowę opłaty bierzemy z góry – kontynuował Oscar. – Drugą po zakończeniu leczenia.

Ray drgnął, próbując przypomnieć sobie stan swego konta. Pieniędzy miał w bród, ale nie mógł ich teraz ruszać.

– Zapłacę ze spadku ojca – powiedział Forrest. – Za kilka dni.

Oscar pokręcił głową.

– Nie robimy żadnych wyjątków. Połowa teraz.

– Nie ma sprawy – wtrącił Ray. – Wypiszę czek.

– Zapłacę ze spadku – powtórzył Forrest. – Nic nie będziesz wypisywał.

– Odbiorę sobie potem, jakoś to załatwimy. – Ray nie wiedział, jak to załatwią, ale postanowił zwalić sprawę na barki Harry'ego Reksa. Podpisał formularz jako poręczyciel. Forrest podpisał się na dole, pod listą obowiązujących w ośrodku zakazów i nakazów.

– Obowiązuje dwudziestoośmiodniowy zakaz opuszczania ośrodka – powiedział Oscar. – Jeśli go naruszysz, przepadną wszystkie pieniądze i już nigdy nie będziesz mógł tu wrócić. Jasne?

– Jasne – odrzekł Forrest. Ile razy już przez to przechodził?

– Jesteś tu, bo chcesz tu być, tak?

– Tak.

– I nikt cię do niczego nie zmusza.

– Nie, nikt.

Rozpoczęła się chłosta i Ray postanowił wyjść. Podziękował Oscarowi, uścisnął brata i odjechał jeszcze szybciej, niż przyjechał.

Rozdział 25

Był już pewien, że ojciec zgromadził pieniądze po roku 1991, a więc po przegranych wyborach. Przedtem była przy nim Claudia, a Claudia nic o nich nie wiedziała. Nie pochodziły z łapówek, nie pochodziły z hazardu.

Nie pochodziły też ze zmyślnych, tajnych inwestycji, ponieważ Ray nie znalazł ani jednego dokumentu, który wskazywałby na to, że Sędzia kupował lub sprzedawał akcje. Wynajęty przez Harry'ego Reksa księgowy, który miał uporządkować wyciągi i sporządzić końcowe zeznanie podatkowe, też nic nie znalazł. Powiedział, że miał łatwą pracę, ponieważ ojciec załatwiał wszystko za pośrednictwem miejscowego banku.

Ty wiesz swoje, ja swoje, pomyślał Ray.

W domu walało się prawie czterdzieści pudeł starych, bezużytecznych akt. Sprzątaczki zebrały je i poustawiały w gabinecie i jadalni. Trwało to kilka godzin, ale wreszcie znalazł to, czego szukał. Dwa pudła zawierały notatki i materiały dotyczące spraw, które ojciec prowadził już na emeryturze, a więc po roku 1991; nazywał je aktami procesowymi.

W trakcie procesu nieustannie notował. Daty, godziny, związane ze sprawą fakty, wszystko to, co miało mu pomóc w wydaniu końcowego orzeczenia. Często notował nawet pytania do świadków. I często wykorzystywał notatki do korygowania wystąpień adwokatów. Wielokrotnie mawiał – tylko w gabinecie, rzecz jasna – że notowanie nie pozwala mu zasnąć. Bywało, że podczas długiego procesu zużywał dwadzieścia notatników.

Ponieważ zanim został sędzią, był adwokatem, nabrał nawyku kompletowania i przechowywania wszystkich dokumentów, nawyku, którego nie wyzbył się do końca życia. Akta procesowe składały się z notatek, kopii akt adwokackich, kopii odpowiednich paragrafów, przepisów prawnych, a nawet wystąpień przedstawicieli stron, których do oficjalnych akt sądowych nie załączano. W miarę upływu lat dokumenty stawały się coraz bardziej bezużyteczne, wreszcie trafiały do kartonowych pudeł.

Według zeznań podatkowych, co roku zarabiał kilka tysięcy dolarów, orzekając w sprawach, w których nikt inny orzekać nie chciał. Na wiejskich obszarach stanu Missisipi dość powszechne były spory zbyt zażarte dla demokratycznie wybranych miejscowych sędziów. Jedna ze stron zwracała się do sędziego z wnioskiem o rezygnację z przewodniczenia rozprawie, a on stosownie go rozpatrywał, jednocześnie oświadczając, że bez względu na fakty, na powoda i pozwanego, jest w stanie zachować całkowitą bezstronność i wydać sprawiedliwy wyrok. Zaraz potem niechętnie ustępował i przekazywał pałeczkę staremu kumplowi z innej części stanu. Sędzia specjalny przyjeżdżał na rozprawę, nie znając ani faktów, ani stron i nie musząc już zabiegać o ponowny wybór na stanowisko.

W niektórych okręgach sędziów specjalnych wykorzystywano do rozładowywania przeciążonej wokandy. Czasami zastępowali chorego kolegę. Niemal wszyscy byli już na emeryturze. Stan płacił im pięćdziesiąt dolarów za godzinę i zwracał koszty własne.

W ciągu pierwszego roku po klęsce wyborczej Reuben Atlee nie zarobił nic. W 1993 roku zainkasował pięć tysięcy osiemset dolarów. W 1996 zarobił najwięcej: zgłosił do opodatkowania szesnaście tysięcy dolarów. W roku minionym, czyli w 1999, wypłacono mu osiem tysięcy siedemset sześćdziesiąt dolarów, ale w 1999 przez większość czasu chorował.

Jako sędzia specjalny, przez siedem lat zarobił w sumie pięćdziesiąt sześć tysięcy pięćset dziewięćdziesiąt dolarów i co roku zgłaszał wszystkie dochody w zeznaniu podatkowym.

Ray chciał się dowiedzieć, jakiego rodzaju sprawy prowadził w ciągu ostatnich lat. O jednej z nich wspominał Harry Rex: chodziło o sensacyjny rozwód urzędującego gubernatora. Akta procesowe miały siedem i pół centymetra grubości i zawierały między innymi wycinki prasowe z jego zdjęciami oraz ze zdjęciami jego przyszłej-byłej żony oraz kobiety uważanej za aktualną kochankę. Proces trwał dwa tygodnie i z notatek wynikało, że bardzo się Sędziemu podobał.

Był też proces o nielegalny zabór ziemi pod Hattiesburgiem, który trwał dwa tygodnie, irytując wszystkie zainteresowane strony. Miasto rozrastało się na zachód, wypatrując najlepszych terenów pod zabudowę przemysłową. Posypały się pozwy i dwa lata później sędzia Atlee zwołał zwaśnionych na proces. Wśród dokumentów były również artykuły prasowe, lecz po godzinnej lekturze cały ten bałagan koszmarnie

Raya znużył. Nie wyobrażał sobie, jak można było babrać się w tym przez ponad miesiąc.

Sędzia się babrał, ale przynajmniej coś zarobił.

W roku 1995 spędził osiem dni w Kosciusko, miasteczku leżącym dwie godziny jazdy od Clanton, lecz z akt wynikało, że nie prowadził wówczas żadnych ważnych rozpraw.

W 1994 doszło do potwornego zderzenia cysterny benzynowej z samochodem osobowym w hrabstwie Tishomingo. Pięcioro uwięzionych w samochodzie nastolatków spłonęło żywcem. Ponieważ byli nieletni, sprawę przekazano do sądu słuszności. Urzędujący sędzia był krewnym jednej z ofiar. Drugi sędzia umierał na raka mózgu. Wezwano zatem Reubena Atlee i po trwającej dwa dni rozprawie strony zgodziły się na odszkodowanie w wysokości siedmiu milionów czterystu tysięcy dolarów. Jedna trzecia tej kwoty poszła na honoraria adwokackie, resztą podzieliły się rodziny nastolatków.

Ray położył akta na sofę, tuż obok akt sprawy o zabór ziemi. Siedział w gabinecie, na świeżo wypolerowanej podłodze, pod czujnym wzrokiem generała Forresta. Niby wiedział, co robi – choć nie do końca – lecz nie miał żadnego konkretnego planu działania. Przejrzeć akta, wybrać te, które dotyczą spraw o duże pieniądze, i sprawdzić, dokąd go to zaprowadzi. Do tego się to sprowadzało.

Trzy miliony dolarów, które znalazł w stojącej niecałe trzy metry dalej szafce, musiały skądś pochodzić.

Zadzwoniła komórka. Firma ochroniarska z Charlottesville przekazywała mu automatycznie wygenerowaną wiadomość, że do jego mieszkania właśnie się ktoś włamuje. Zerwał się na równe nogi i gadał do siebie, czekając, aż nagranie dobiegnie końca. To samo nagranie odbierała jednocześnie policja i Corey Crawford. Kilka sekund później zadzwonił Crawford.

– Już tam pędzę – wysapał, jakby dzwonił w biegu. Było w pół do dziesiątej czasu środkowoamerykańskiego. W pół do jedenastej w Charlottesville.

Ray krążył po domu bezradny i zdenerwowany. Minął kwadrans, zanim Crawford zadzwonił ponownie.

– Już jestem – powiedział. – Policja też. Ktoś wyważył drzwi, te na dole i te do mieszkania. To uruchomiło alarm. Nie mieli za dużo czasu. Co sprawdzamy?

– Nie ma tam nic szczególnie wartościowego – odrzekł Ray, zastanawiając się, czego złodziej mógł szukać. Nie trzymał w domu ani biżuterii, ani dzieł sztuki, ani myśliwskich strzelb, ani sreber.

– Telewizor, stereo, kuchenka mikrofalowa... Wszystko jest – meldował Crawford. – Porozrzucali książki i czasopisma, wywrócili stolik przy telefonie w kuchni, ale widać, że się spieszyli. To co? Czego szukamy?

– Nie mam pojęcia – odrzekł Ray. W tle słyszał popiskiwanie policyjnej radiostacji.

– Ile sypialni? – spytał Crawford, wchodząc w głąb mieszkania.

– Dwie. Gabinet jest po prawej.

– Pootwierane szafy. Szukali czegoś. Domyśla się pan czegoś?

– Nie.

– Do drugiego pokoju chyba nie wchodzili. – Crawford zamienił kilka słów z policjantami. – Chwila – rzucił do słuchawki. Ray stał nieruchomo w progu, patrząc przez siatkowe drzwi i zastanawiając się nad najszybszym sposobem powrotu do domu.

Policjanci i Crawford doszli do wniosku, że była to próba szybkiego włamania, dokonana przez dobrego fachowca, którego spłoszył alarm. Facet wyważył drzwi, prawie ich nie uszkadzając, zdał sobie sprawę, że uruchomił alarm, przebiegł przez mieszkanie, szukając czegoś konkretnego, a gdy tego nie znalazł, porozrzucał rzeczy – ot tak, żeby było śmieszniej – i uciekł. On albo oni: mogło być ich kilku.

– Musi pan przyjechać, zgłosić włamanie i powiedzieć im, co zginęło – mówił Crawford.

– Będę jutro – odparł Ray. – Mógłby pan zabezpieczyć drzwi?

– Coś wymyślimy.

– Niech pan do mnie zadzwoni, kiedy wyjdą.

Siedział na schodach i wsłuchiwał się w granie świerszczy, zamiast z rewolwerem Sędziego w ręku siedzieć po ciemku w magazynie Chaneya i strzelać do każdego, kto się tylko zbliży. Piętnaście godzin samochodem. Trzy i pół godziny prywatnym samolotem. Zadzwonił do Foga Newtona, ale Fog nie podnosił słuchawki.

Ponownie zapiszczała komórka.

– Jestem jeszcze w mieszkaniu. – Crawford.

– Myślę, że to nie jest przypadkowe włamanie – powiedział Ray.

– Wspominał pan o jakichś precjozach, o rodzinnym spadku.

– Tak, trzymam to u Chaneya. Moglibyście się tam dzisiaj pokręcić?

– Magazyn jest zabezpieczony. Strażnicy, kamery, całkiem niezły sprzęt. – Crawford miał zmęczony głos i było jasne, że perspektywa całonocnej drzemki w samochodzie niezbyt mu odpowiada.

– Pojedzie pan?

– Nie wpuszczą mnie. Trzeba być klientem.

– To obserwujcie bramę.

Crawford mruknął coś pod nosem i wziął głęboki oddech.

– No dobra, pojadę. Może niech pan przekręci do Chaneya, żeby się tam nie pospali.

– Dzięki. Odezwę się jutro, jak tylko przyjadę.

Zadzwonił do Chaneya, ale tam też nikt nie podniósł słuchawki. Odczekał pięć minut, zadzwonił jeszcze raz i zaczął liczyć sygnały. Po czternastym usłyszał czyjś głos:

– Ochrona, Murray.

Ray bardzo uprzejmie wyjaśnił mu w czym rzecz. Otóż wynajmował w magazynie trzy schowki i trochę się niepokoił, ponieważ właśnie zdemolowano mu mieszkanie, dlatego miał do pana Murraya wielką prośbę o zwrócenie szczególnej uwagi na numery 14B, 37F i 18R. Czy dałoby się to załatwić?

– Nie ma sprawy – wymamrotał ochroniarz; zabrzmiało to tak, jakby ziewał do słuchawki.

Ray wyznał, że jest po prostu przewrażliwiony.

– Nie ma sprawy – powtórzył Murray.

Napięcie ustąpiło dopiero po godzinie i po dwóch drinkach. Ciągle siedział w Clanton. W pewnej chwili miał ochotę wskoczyć do wynajętego samochodu i pognać przez noc do Wirginii, ale szybko otrzeźwiał. Wolał się wyspać, a rano wytrzasnąć skądś samolot. Jednak zasnąć nie mógł, dlatego ponownie sięgnął po akta.

Sędzia powiedział kiedyś, że nie zna się na prawie strefowym, ponieważ w Missisipi – tym bardziej w sześciu hrabstwach dwudziestego piątego okręgu – nikt nigdy nie wytyczał żadnych stref. Niemniej ktoś zdołał nakłonić go do poprowadzenia zażartego procesu w Columbus. Według notatek rozprawa trwała sześć dni, a gdy dobiegła końca, anonimowy rozmówca telefoniczny groził ojcu śmiercią.

Pogróżki nie należały do rzadkości, dlatego przez wiele lat Sędzia nosił w teczce rewolwer. Krążyły pogłoski, że Claudia też. Popularny pogląd głosił, że lepiej jest oberwać kulkę od niego niż od niej.

Przy aktach sprawy z Columbus Ray omal nie zasnął. Ale właśnie wtedy znalazł wyrwę, czarną dziurę, której tak długo szukał, i momentalnie zapomniał o śnie.

Według zeznania podatkowego w styczniu 1999 roku wypłacono ojcu osiem tysięcy sto dziesięć dolarów za przeprowadzenie rozprawy w dwudziestym siódmym okręgu. Okręg dwudziesty siódmy obejmował dwa hrabstwa na wybrzeżu Zatoki Meksykańskiej, a więc część stanu, za którą Sędzia nie przepadał. To, że pojechał tam dobrowolnie na wiele dni, Ray uznał za bardzo dziwne.

Jeszcze dziwniejszy był brak akt procesowych. Przeszukał dwa pudła, nie znalazł w nich nic, co miałoby związek ze sprawą na wybrzeżu, i z trudem powstrzymując ciekawość, przekopał pozostałe trzydzieści osiem kartonów. Zapomniał o włamaniu, o magazynie, o tym, że Murray może właśnie spać albo już nie żyć, prawie zapomniał o pieniądzach.

Brakowało akt.

Rozdział 26

Samolot US Air odlatywał z Memphis o wpół do siódmej rano, co oznaczało, że musiał wyjechać z Clanton najpóźniej o piątej, a to zaś, że spał jedynie trzy godziny, czyli tyle, ile zwykle sypiał w domu Pod Klonami. Pierwszą część podróży przedrzemał, drzemał również na lotnisku w Pittsburghu, a potem w małym samolocie pasażerskim do Charlottesville. Obejrzał mieszkanie, padł na sofę i zasnął.

Pieniędzy nie tknięto. Do trzech małych schowków nie próbował wejść nikt nieupoważniony. Na terenie magazynu Chaneya nie działo się nic niezwykłego. Ray zamknął się w schowku 18R, otworzył pięć ognioodpornych i wodoodpornych pojemników i przeliczył pięćdziesiąt trzy torebki.

Siedząc na betonowej podłodze z rozłożonymi wokoło trzema milionami dolarów, musiał w końcu przyznać, jak ważne stały się dla niego te pieniądze. Horror poprzedniej nocy uświadomił mu, że mógł je stracić. Teraz bał się je zostawić.

Od trzech tygodni coraz bardziej interesowały go ceny różnych rzeczy, to, co można kupić za pieniądze, sposoby ich pomnażania, te zrównoważone i te agresywne. Czasami wyobrażał sobie, że jest bogaty, i choć zaraz te myśli porzucał, zawsze tam były, zawsze czyhały tuż pod powierzchnią i coraz częściej go nachodziły. Powoli znajdował odpowiedzi na najważniejsze pytania. Nie, pieniądze nie były fałszywe ani znakowane. Nie, nie pochodziły z wygranych w kasynie ani z łapówek od adwokatów czy stron procesowych z dwudziestego piątego okręgu.

I nie, nie powinien dzielić się nimi z Forrestem, gdyż szybko by go zabiły. Z kilku powodów nie powinien też zgłaszać ich do masy spadkowej.

Jedną po drugiej, wyeliminował wszystkie opcje. Niewykluczone, że będzie musiał zatrzymać dla siebie całą kwotę.

Ktoś załomotał do metalowych drzwi i Ray omal nie krzyknął ze strachu. Zerwał się na równe nogi i wrzasnął:

– Kto tam?

– Ochrona. – Czyjś głos, głos jakby znajomy.

Ray przestąpił nad pieniędzmi i uchylił drzwi na nie więcej jak dziesięć centymetrów. Uśmiechał się do niego Murray.

– Wszystko w porządku? – Zadał to pytanie tak, jakby był dozorcą, a nie uzbrojonym strażnikiem.

– Tak, dziękuję – odparł z zamarłym sercem Ray.

– Jeśli będzie pan czegoś potrzebował, niech pan da znać.

– Dziękuję za wczorajszą noc.

– Za to mi płacą.

Ray powkładał pieniądze do pojemników, zamknął drzwi i jadąc przez miasto, nieustannie zerkał w lusterko.

Właściciel mieszkania podesłał mu Meksykanów do naprawy zniszczonych drzwi. Walili młotkiem i piłowali przez całe popołudnie, a gdy skończyli, chętnie wypili zimne piwo. Oni pili i gawędzili, a Ray próbował wypchnąć ich z mieszkania. Na kuchennym stole czekała sterta korespondencji, a ponieważ przez cały dzień nie zwracał na nią uwagi, usiadł, żeby się w końcu tym zająć. Musiał zapłacić rachunki. Katalogi i reklamówki. Trzy listy z kondolencjami.

List z urzędu skarbowego, zaadresowany do pana Raya Atlee, wykonawcy testamentu Reubena Atlee, i nadany w Atlancie przed dwoma dniami. Przed otwarciem uważnie obejrzał kopertę. Pojedyncza kartka papieru z nagłówkiem wydziału śledztw i dochodzeń policji skarbowej w Atlancie. List brzmiał następująco:

Szanowny Panie!

Prawo wymaga, żeby jako wykonawca testamentu ojca zgłosił Pan do masy spadkowej wszystkie odziedziczone aktywa, celem ich oszacowania i opodatkowania. Ukrywanie aktywów może zostać uznane za oszustwo podatkowe. Bezprawne ich naruszanie jest pogwałceniem prawa stanu Missisipi oraz prawa federalnego.

Martin Gage
śledczy

W pierwszym odruchu Ray chciał zatelefonować do Harry'ego Reksa i sprawdzić, jakiego rodzaju zawiadomienie wysłano do urzędu skarbowego. Jako wykonawca testamentu miał rok od daty śmierci ojca na sporządzenie końcowego zeznania podatkowego, a według księgowego, sąd chętnie ten termin przedłużał.

List nadano dzień po tym, gdy wraz z Harrym Reksem stawili się w sądzie, żeby otworzyć postępowanie spadkowe. Dlaczego tym z urzędu tak bardzo się spieszyło? Ba! Skąd wiedzieli o śmierci Reubena Atlee?

Zamiast zadzwonić do Harry'ego Reksa, zadzwonił pod numer z nagłówka. Automatyczna sekretarka powitała go w królestwie urzędu skarbowego w Atlancie, ale niestety, prosiła go o telefon w innym terminie, ponieważ w soboty nie pracowali. Wszedł do Internetu i w książce telefonicznej Atlanty znalazł trzech Martinów Gage'ów. Pierwszy, do którego zadzwonił, dokądś wyjechał, ale jego żona powiedziała, że mąż na pewno nie pracuje w urzędzie skarbowym, i dzięki Bogu. Pod drugim numerem nikt nie odpowiadał. Pod trzecim znalazł Martina Gage'a, który akurat jadł kolację.

– Czy pracuje pan w urzędzie skarbowym? – spytał Ray, przedstawiwszy się jako profesor prawa i serdecznie go przeprosiwszy za to, że przeszkadza.

– Tak, owszem.

– W wydziale śledztw i dochodzeń?

– Tak jest, już czternasty rok.

Ray powiedział mu, o co chodzi i przeczytał list.

– Ja tego nie napisałem – odrzekł Gage.

– W takim razie kto? – warknął Ray i natychmiast tego pożałował.

– A skąd mogę wiedzieć? Może mi go pan przefaksować?

Ray zerknął na faks i błyskawicznie się zreflektował.

– Oczywiście, sęk w tym, że jest w biurze. Zrobię to w poniedziałek.

– To niech pan go zeskanuje i wyśle mailem.

– Skaner mi wysiadł. Nie, przefaksuję go panu w poniedziałek.

– Dobra, ale ktoś pana nabiera, panie kolego. To nie mój list.

Ray zapragnął nagle wyrwać się z objęć urzędu skarbowego, ale Gage zdążył się już wciągnąć.

– Powiem panu coś jeszcze – mówił. – Podszywanie się pod agenta policji skarbowej jest przestępstwem federalnym, które zaciekle ścigamy. Domyśla się pan, kto to może być?

– Nie mam pojęcia.

– Pewnie wziął moje nazwisko z Internetu; to najgorsza rzecz, jaką kiedykolwiek zrobiliśmy. Wolny dostęp do informacji i całe to gówno.

– Pewnie tak.
– Kiedy otworzył pan postępowanie spadkowe?
– Trzy dni temu.
– Trzy dni temu! Na złożenie zeznania ma pan cały rok!
– Wiem.
– Co jest w spadku?
– Nic. Stary dom.
– Ktoś zrobił panu głupi kawał. Niech pan przefaksuje list, oddzwonię.
– Dzięki.

Ray odłożył telefon na stolik do kawy i zadał sobie pytanie, po co właściwie zadzwonił do urzędu skarbowego.

Żeby sprawdzić, czy wysłali do niego ten list.

Nie, nie zamierzał niczego faksować. Za miesiąc Gage o wszystkim zapomni. A za rok nie będzie pamiętał o liście, nawet jeśli ktoś mu o nim przypomni.

Ale w sumie nie było to najmądrzejsze posunięcie.

Forrest zdążył już przywyknąć do obowiązującego w Alcorn Village reżimu. Mógł dzwonić dwa razy dziennie, ale wszystkie rozmowy były nagrywane.

– Nie chcą, żebyśmy dzwonili do dealerów – wyjaśnił.

– Bardzo śmieszne – odrzekł Ray. Rozmawiał z Forrestem trzeźwym, Forrestem o miłym głosie i czystym umyśle.

– Dlaczego siedzisz w Wirginii?

– Bo tu mieszkam.

– Miałeś odwiedzać przyjaciół z Missisipi, starych kumpli ze studiów.

– Niedługo wracam. Jak tam jedzenie?

– Jak w domu starców. Trzy razy dziennie galaretki, ale zawsze w innym kolorze. Obrzydlistwo. Trzy stówy dziennie to rozbój na równej drodze.

– Są ładne dziewczyny?

– Jedna, ale ma czternaście lat i jest córką sędziego, dasz wiarę? Reszta to bardzo smutni ludzie. Raz dziennie mamy terapię grupową: siedzimy sobie i wygarniamy tym, którzy wciągnęli nas w narkotyki. Powoli, krok po kroku rozwiązujemy nasze problemy. Pomagamy sobie wzajemnie. Kurczę, znam się na tym lepiej niż terapeuci. To mój ósmy odwyk, brachu. Nie do wiary, co?

– Chyba nawet dziewiąty.
– Dzięki, że mi pomogłeś. Wiesz, co jest najgorsze?
– No?
– To, że najszczęśliwszy jestem wtedy, kiedy nie biorę. Bo wtedy czuję, że jestem git, że mogę wszystko, że jest wspaniale. A potem wychodzę na ulicę jak reszta tych mętów i znowu mi odbija. Nienawidzę siebie za to. Nie wiem, dlaczego to robię.
– Dobrze gadasz, bracie.
– Podoba mi się tu, tylko jedzenie jest do bani.
– To dobrze, jestem z ciebie dumny.
– Wpadniesz?
– Jasne. Daj mi parę dni.

Zadzwonił do Harry'ego Reksa, którego zastał w kancelarii, gdzie zwykle spędzał weekendy. Zaliczył cztery żony, miał więc dobre powody, żeby rzadko bywać w domu.

– Przypominasz sobie sprawę, którą Sędzia prowadził na wybrzeżu na początku zeszłego roku?

Harry Rex coś jadł i mlaskał do słuchawki.

– Na wybrzeżu? On nie znosił wybrzeża. Mówił, że pełno tam byczych karków, no wiesz, tych z mafii.

– Ale właśnie tam zapłacono mu za proces, w styczniu zeszłego roku.

– W zeszłym roku chorował – odrzekł Harry Rex i przełknął coś płynnego.

– Raka wykryto u niego w lipcu.

– Nie pamiętam żadnej sprawy na wybrzeżu. – Harry Rex wgryzł się w coś twardego. – Jestem zaskoczony.

– Ja też.

– Po co przeglądasz te papiery?

– Porównuję zestawienia dochodów z aktami procesowymi.

– Ale po co?

– Bo jestem wykonawcą testamentu.

– Wybacz. Kiedy przyjeżdżasz?

– Za dwa dni.

– Hej, słuchaj, wpadłem dzisiaj na Claudię. Nie widziałem jej od miesięcy, a ona zajeżdża rano na skwer, parkuje przed kawiarnią nowiutkiego czarnego cadillaca – tak wiesz, żeby wszyscy widzieli – i do południa paraduje po mieście. Co za numerantka.

Ray nie mógł powstrzymać się od uśmiechu. Claudia, która pędzi do salonu samochodowego z kieszeniami wypchanymi pieniędzmi. Sędzia byłby z niej dumny.

Spał źle, a raczej niespokojnie drzemał na sofie. Ściany trzeszczały głośniej niż zwykle, szyby wentylacyjne głośniej szumiały. Wszystko się poruszało, potem nieruchomiało. Od włamania minęła ledwie noc, a całe mieszkanie czekało już na kolejne.

Rozdział 27

Próbując zachowywać się normalnie, zaliczył długą przebieżkę swoją ulubioną trasą, Main Street do miasteczka uniwersyteckiego, potem do Wzgórza Obserwacyjnego i z powrotem, w sumie prawie dziesięć kilometrów. Zjadł lunch z Carlem Mirkiem w Bizou, popularnym bistrze trzy ulice od domu, a potem wypił kawę w kawiarnianym ogródku. O trzeciej miał lot szkoleniowy z Fogiem, ale przyszła poczta i cała normalność momentalnie wyfrunęła oknem.

List był zaadresowany ręcznie, bez adresu zwrotnego, i nadano go w Charlottesville poprzedniego dnia. Nawet laska dynamitu nie wyglądałaby bardziej podejrzanie. W kopercie tkwiła potrójnie złożona kartka papieru i gdy ją rozłożył, wysiadły mu wszystkie systemy. Przez chwilę nie mógł ani myśleć, ani oddychać, stracił słuch i zmysł dotyku.

Było to kolorowe zdjęcie schowka numer 14B w magazynie Chaneya, zeskanowane i wydrukowane na drukarce komputerowej. I ani słowa, żadnych ostrzeżeń czy pogróżek. Nie były potrzebne.

Odzyskawszy oddech, zaczął się pocić, a odrętwienie ustąpiło miejsca ostremu bólowi, który przeszył mu brzuch niczym ostry nóż. Zakręciło mu się w głowie, więc zamknął oczy, a gdy je otworzył i ponownie spojrzał na zdjęcie, zdjęcie mocno drżało.

Pierwszą myślą, która przyszła mu do głowy, pierwszą, którą mógł sobie potem przypomnieć, było to, że nie ma w mieszkaniu niczego takiego, bez czego nie mógłby się obejść. Mógł wyjść tak, jak stał. Mimo to zabrał podręczną torbę.

Trzy godziny później zatankował w Roanoke, a trzy godziny jazdy dalej skręcił na ruchliwy parking na wschód od Knoxville. Siedział w samochodzie i długo obserwował przyjeżdżające i odjeżdżające ciężarówki oraz ludzi wchodzących i wychodzących z zatłoczonej restauracji. Przy oknie był stolik i gdy się tylko zwolnił, Ray zamknął drzwiczki na klucz i wszedł do środka. Usiadł i z odległości piętnastu metrów strzegł swego audi wyładowanego trzema milionami dolarów w gotówce.

Po zapachu domyślił się, że specjalnością restauracji jest tłuszcz. Zamówił hamburgera, wziął serwetkę i zaczął wypisywać na niej dostępne opcje.

Najbezpieczniejszym miejscem dla pieniędzy był bank, wielka skrytka za grubymi ścianami, taka z kamerami i całą resztą. Mógłby podzielić pieniądze i rozwieźć je do kilku banków między Charlottesville i Clanton, pozostawiając za sobą skomplikowany ślad. Przenosiłby je dyskretnie, w dyplomatce. W skrytce nic by im już nie groziło.

Ale ślad byłby aż zbyt wyraźny. Formularze, dowód tożsamości, adres domowy, numery telefonów – „przedstawiam panu naszego nowego wiceprezesa" – mnóstwo obcych, kamery, rejestr pobrań, zwrotów i Bóg wie czego jeszcze: nigdy dotąd nie wynajmował bankowej skrytki.

Po drodze minął wiele magazynów. Były dosłownie wszędzie i z jakiegoś powodu budowano je tuż przy głównych drogach. Może by tak wybrać któryś na chybił trafił, zajechać i zapłacić gotówką, żeby nie wypełniać sterty dokumentów? Mógłby zatrzymać się na parę dni w Podunktown, kupić kilka ognioodpornych pojemników, przełożyć do nich pieniądze i ukradkiem zwiać. Błyskotliwy pomysł, bo jego prześladowca zupełnie by się tego nie spodziewał.

Błyskotliwy i zarazem głupi, ponieważ musiałby rozstać się z pieniędzmi.

Równie dobrze mógłby zawieźć je do domu Pod Klonami i ukryć w piwnicy. Harry Rex szepnąłby słówko szeryfowi i cała policja wypatrywałaby obcych, podejrzanych typów kręcących się po mieście. Gdyby ktoś go śledził, natychmiast by go przyuważyli i jeszcze przed świtem dowiedziałby się wszystkiego od Dell, tej z kawiarni. W Clanton wystarczyło kichnąć i już po chwili kichało wraz z tobą co najmniej troje ludzi.

Kierowcy ciężarówek wchodzili falami, głośno rozmawiając, żeby jak najszybciej nadrobić setki kilometrów milczenia i odosobnienia. Dżinsy, spiczaste buty: wszyscy wyglądali podobnie. Tuż obok przeszła para adidasów i Ray zamarł. Adidasy i brązowe spodnie zamiast dżinsów. Mężczyzna był sam i usiadł przy kontuarze. W lustrze odbijała się jego twarz, twarz, którą skądś znał. Szeroko rozstawione oczy, wąski podbródek, długi, płaski nos, płowe włosy, mniej więcej trzydzieści pięć lat. Tak, widział go w Charlottesville, lecz nie potrafił powiedzieć konkretnie gdzie.

A może wszyscy byli teraz podejrzani?

Gdy uciekasz z forsą jak morderca z trupem w bagażniku, wszystkie twarze wyglądają znajomo i złowieszczo.

Podano mu hamburgera, gorącego i obsypanego frytkami, ale stracił apetyt. Wziął trzecią serwetkę. Dwie pierwsze zaprowadziły go donikąd.

Miał ograniczony wybór, przynajmniej w tej chwili. Ponieważ nie chciał tracić z oczu pieniędzy, postanowił jechać całą noc, przystając jedynie na kawę, może na krótką drzemkę, i przybyć do Clanton wczesnym rankiem. Na swoim terenie na pewno coś wymyśli.

Ukrycie pieniędzy w piwnicy było złym pomysłem. Wystarczyło krótkie spięcie, uderzenie pioruna, tląca się zapałka i dom poszedłby z dymem. Drewno było suche jak pieprz.

Mężczyzna przy kontuarze jeszcze na niego nie spojrzał, ale im dłużej Ray mu się przyglądał, tym większego nabierał przekonania, że to pomyłka. Facet miał pospolitą twarz, twarz, jaką widuje się codziennie i rzadko zapamiętuje. Jadł czekoladowe ciastko i pił kawę. O jedenastej w nocy. Dziwne.

Wjechał do Clanton o siódmej rano. Miał zaczerwienione oczy, był brudny i tak wyczerpany, że chciał tylko wziąć prysznic, położyć się i przez dwa dni nie wstawać. Nocą, gdy nie obserwował w lusterku każdej pary reflektorów i nie klepał się po twarzy, żeby nie zasnąć, marzył o samotności w domu Pod Klonami. Wielki pusty dom, a w nim tylko on. Żadnych telefonów, żadnych natrętów.

Ale dekarze mieli inne plany. Gdy przyjechał, ciężko pracowali, a na trawniku i podjeździe stały ich ciężarówki, leżały drabiny i narzędzia. Harry'ego Reksa znalazł w kawiarni. Adwokat jadł jajka w koszulkach i czytał dwie gazety naraz.

– Co ty tu robisz? – spytał, ledwie podnosząc wzrok. Nie skończył jeszcze jeść ani czytać i widok Raya nie wprawił go w zbytni zachwyt.

– Może jestem głodny.

– Koszmarnie wyglądasz.

– Dzięki. Nie mogłem spać tam, więc przyjechałem tutaj.

– Zaczynasz pękać.

– Fakt.

Harry Rex opuścił w końcu gazetę i dźgnął widelcem jajko oblane czymś w rodzaju gorącego sosu.

– Jechałeś całą noc?

– To tylko piętnaście godzin.

Kelnerka przyniosła kawę.

– Tym dekarzom długo zejdzie?

– Są tam?

– Są. Co najmniej dwunastu. Chciałem wreszcie zasnąć i spać przez dwa dni.

– To chłopaki Atkinsa. Szybcy są, chyba że zaczną pić i okładać się po mordzie. W zeszłym roku jeden z nich spadł z drabiny i skręcił sobie kark. Załatwiłem mu odszkodowanie, trzydzieści tysięcy z robotniczego funduszu kompensacyjnego.

– To dlaczego ich wziąłeś?

– Bo są tani, a pan nie masz za dużo pieniędzy, szanowny panie wykonawco. Prześpij się w mojej kancelarii. Mam metę na drugim piętrze.

– Taką z łóżkiem?

Harry Rex rozejrzał się ukradkiem, jakby podsłuchiwali ich plotkarze z całego Clanton.

– Pamiętasz Rosettę Rhines?

– Nie.

– Była moją piątą sekretarką i trzecią żoną. Tam się między nami zaczęło.

– Prześcieradła są czyste?

– Jakie prześcieradła? Jak nie chcesz, to nie. Jest bardzo cicho i spokojnie, tylko podłoga się trzęsie. Dlatego wpadliśmy.

– Przepraszam, że zapytałem. – Ray wypił duży łyk kawy. Był głodny, ale nie miał ochoty na obżarstwo. Wolałby miseczkę płatków z chudym mlekiem i owocami, coś lekkiego i rozsądnego, ale by go tu wyśmiali.

– Jesz? – mruknął Harry Rex.

– Nie. Musimy oddać coś na przechowanie. Wszystkie te pudła i meble. Znasz jakieś miejsce?

– My?

– Dobra, ja.

– To same śmieci. – Harry Rex odgryzł kawał grzanki z kiełbasą, cheddarem i czymś, co wyglądało jak musztarda. – Spal to.

– Nie mogę, przynajmniej nie teraz.

– W takim razie zrób to, co robią wszyscy dobrzy wykonawcy testamentu. Przechowaj to gdzieś, po dwóch latach oddaj Armii Zbawienia i spal to, czego nie zechcą.

– Jest tu jakiś magazyn? Tak czy nie?

– Nie chodziłeś do szkoły z tym szurniętym Cantrellem?

– Było ich dwóch.

– Nie, trzech. Jednego przejechał greyhound koło Tobytown. – Długi łyk kawy, potem pół jajka.

– Magazyn, Harry Rex, magazyn.

– Drażliwi jesteśmy, co?

– Nie, niewyspani.

– Proponowałem ci moje gniazdko.

– Nie, dzięki. Spróbuję szczęścia z dekarzami.

– Cantrellowie mają wujka, Virgila. Prowadziłem drugą sprawę rozwodową jego pierwszej żony. Na starym dworcu kolejowym otworzył magazyn.

– Nic więcej tu nie ma?

– Nie. Lundy Staggs prowadzi miniprzechowalnię na zachodnim skraju miasta, ale wszystkie schowki są już zapchane. Ja bym tam nie jechał.

– Jak się ten magazyn nazywa? – spytał Ray. Wizyta w kawiarni już go znużyła.

– Magazyn. – Harry Rex odgryzł kolejny kawałek grzanki.

– To tam przy torach?

– Tak. – Harry Rex wziął butelkę tabasco i polał sosem to, co pozostało ze stosu jajek. – Zwykle jest sporo miejsca, mają nawet pomieszczenia z ognioodpornymi ścianami. Tylko nie wchodź do piwnicy.

Ray zawahał się, wiedząc, że powinien zignorować przynętę. Zerknął na parkujące przed sądem audi i w końcu spytał:

– Czemu?

– Bo Virgil trzyma tam swego syna.

– Syna?

– Tak, on też zwariował. Nie mogli go wsadzić do Whifield, nie stać ich na prywatny dom opieki, więc Virgil zamknął go po prostu w piwnicy.

– Ty poważnie?

– Jak najbardziej. Mówiłem mu, że to wbrew prawu. Chłopak ma tam wszystko: sypialnię, łazienkę, telewizor. O wiele taniej niż w prywatnym wariatkowie.

– Jak mu na imię? – drążył Ray.

– Mały Virgil.

– Mały Virgil?

– Mały Virgil.

– Ile ma lat?

– Nie wiem. Czterdzieści pięć, może pięćdziesiąt.

Ku jego wielkiej uldze, gdy wszedł do biura magazynu, nie było tam żadnego Virgila. Krępa kobieta w kombinezonie poinformowała go, że pan Cantrell załatwia sprawy i wróci za dwie godziny. Ray spytał o wolne schowki i zaproponowała, że oprowadzi go po magazynie. Przed wieloma laty odwiedził ich daleki kuzyn z Teksasu. Matka wykąpała Raya i wyszorowała go niemal do krwi. Podekscytowani pojechali na dworzec powitać kuzyna. Forrest był wtedy niemowlakiem, więc zostawili go w domu z nianią. Ray doskonale pamiętał, jak czekali na peronie, pamiętał gwizd lokomotywy, pamiętał, jak nadjeżdżała, jeszcze dzisiaj czuł podniecenie czekającego wraz z nimi tłumu. Dworzec był wtedy miejscem ruchliwym. Gdy poszedł do ogólniaka, okna i drzwi zabito deskami i zaczęli się tam zbierać chuligani. Zanim miasto postanowiło go wyremontować – zupełnie bez sensu, zresztą – z budynku pozostały jedynie ruiny.

Teraz była tam plątanina pomieszczeń, rozrzuconych na parterze i na piętrze i zawalonych pod sufit bezwartościowymi gratami. Wszędzie leżały sterty belek i ściennych okładzin, co świadczyło o niekończących się naprawach. Podłogę wyściełała warstwa trocin. Szybki spacer przekonał Raya, że budynek jest jeszcze bardziej łatwopalny niż dom Pod Klonami.

– Jest jeszcze piwnica – powiedziała kobieta.

– Nie, dziękuję.

Wyszedł i w tym samym momencie ulicą przemknął nowiutki czarny cadillac, błyszcząc w słońcu nieskazitelnie czystą karoserią. Za kierownicą siedziała Claudia w ciemnych okularach à la Jackie O.

Stojąc w porannym upale i patrząc za pędzącym ulicą cadillakiem, Ray poczuł, że wali się na niego całe Clanton. Claudia, Virgilowie, Harry Rex ze swoimi żonami i sekretarkami i synowie Atkinsa, którzy naprawiali dach, pijąc i okładając się po mordzie.

Czy wszyscy tu zwariowali, czy tylko ja?

Wsiadł do samochodu i odjechał, wyrzucając spod kół fontanny żwiru. Dotarł do rozstaju dróg na skraju miasta. Na północ od tego miejsca był Forrest. Na południe zatoka. Wiedział, że odwiedzając brata, życia sobie nie uprości, ale mu to obiecał.

Rozdział 28

Dwa dni później przyjechał na wybrzeże. Mieszkało tam wielu przyjaciół ze studiów, których chciał odwiedzić, i poważnie się zastanawiał, czy nie spędzić trochę czasu na starych terenach łowieckich. Zatęsknił za ostrygami po'boy u Franky'ego i Johnny'ego na grobli, za słodkimi bułeczkami od Maspero przy Decator w Dzielnicy, za piwem Dixie w Chart Roomie przy Bourbon Street, za cykorią i bagietkami w Café du Monde, za wszystkim tym, co zostawił tam przed dwudziestu laty.

Ale przestępczość w Nowym Orleanie kwitła i jego elegancki, sportowy samochodzik mógłby stać się czyimś łupem. Złodziej, który by go ukradł i otworzył bagażnik, miałby tęgi fart. Nie, żaden złodziej mu nie groził, nie grozili mu również ci z drogówki, ponieważ nigdy nie przekraczał dozwolonej prędkości. Był kierowcą doskonałym: przestrzegał wszystkich przepisów i uważał na każdy napotkany samochód.

Na drodze numer 90 spowolnił go ruch i przez godzinę wlókł się na wschód przez Long Beach, Gulfport i Biloxi. Tuż przy plaży, wzdłuż rzędu nowych, lśniących tuż nad wodą kasyn, hoteli i restauracji. Hazard dotarł na wybrzeże równie szybko jak na tereny rolnicze w Tunice.

Przeciął zatokę Biloxi i wjechał do hrabstwa Jackson. Pod Pascagoula zobaczył migający neon – ZJEDZ, ILE MOŻESZ – który za czternaście dolarów bez jednego centa zapraszał do szwedzkiego stołu à la Cajun. Speluna, bo speluna, ale miała dobrze oświetlony parking. Przyjrzał się jej i stwierdził, że siedząc przy stoliku w oknie, będzie mógł mieć oko na samochód. Nieustanne obserwowanie samochodu wchodziło mu w krew.

Na wybrzeżu były trzy hrabstwa. Na wschodzie graniczące z Alabamą hrabstwo Jackson, pośrodku hrabstwo Harrison, na zachodzie zaś graniczące z Luizjaną hrabstwo Hancock. Hrabstwo Jackson prosperowało dzięki miejscowemu politykowi, który mając chody w Waszyngtonie, zasypywał miejscowe stocznie lukratywnymi zamówieniami rządowymi. Hrabstwo Harrison płaciło rachunki pieniędzmi z hazardu, za które budowano również szkoły i gmachy publiczne. Ale sędzia Atlee pojechał do najmniej rozwiniętego i najsłabiej zaludnionego hrabstwa Hancock, gdzie w roku 1999 odbył się proces, o którym nikt w Clanton nie wiedział.

Po niespiesznej kolacji – potrawka z langusty w sosie krewetkowym z surowymi ostrygami – ponownie wyruszył na zachód. Biloxi, Gulfport – to, czego szukał, znalazł dopiero w Pass Christian: nowy parterowy motel z drzwiami wychodzącymi na parking. Okolica sprawiała wrażenie bezpiecznej, a parking był na wpół pusty. Zapłacił sześćdziesiąt dolarów gotówką i ustawił samochód jak najbliżej drzwi. Usłyszy jeden podejrzany odgłos i w mgnieniu oka wyskoczy na dwór z rewolwerem Sędziego w ręku. Tym razem broń była nabita. W razie konieczności zawsze mógł przespać się w audi.

Hrabstwo Hancock zostało tak nazwane na cześć Johna Hancocka, tego od zamaszystego podpisu na Deklaracji Niepodległości. Gmach sądu, wzniesiony w centrum Bay St Louis w 1911, został niemal doszczętnie zmieciony przez huragan Camille w sierpniu 1969. Oko cyklonu upatrzyło sobie Pass Christian i Bay St Louis, dlatego nie ocalał tam praktycznie żaden budynek. Zginęło ponad stu ludzi, wielu nigdy nie odnaleziono.

Ray przystanął przed historyczną tablicą na trawniku przed sądem, a potem jeszcze raz zerknął na swoje małe audi. Chociaż archiwa sądowe były publicznie dostępne, ogarniało go jednak coraz większe zdenerwowanie. Archiwiści z Clanton strzegli dokumentów jak oka w głowie i zawsze sprawdzali, kto do nich przychodzi. W dodatku nie bardzo wiedział, czego szuka ani od czego ma zacząć. Jednak najbardziej bał się tego, co może tam znaleźć.

Wszedł do sekretariatu Sądu Słuszności i kręcił się tam na tyle długo, żeby przykuć uwagę młodej ładnej dziewczyny z ołówkiem we włosach.

– Mogę w czymś pomóc? – spytała.

Miał w ręku adwokacki notatnik, jakby predestynowało go to do zajrzenia za wszystkie drzwi.

– Trzymacie tu akta wszystkich spraw? – spytał, mocno przeciągając sylaby.

Chyba przesadził, bo dziewczyna zmarszczyła brwi i spojrzała na niego tak, jakby źle się zachował.

– Tak, protokoły ze wszystkich posiedzeń – odrzekła powoli, uznawszy, że nie jest zbyt rozgarnięty. – No i akta.

Ray gorączkowo notował.

– Są jeszcze protokoły z rozpraw – dodała po chwili – ale tu ich nie mamy.

– Czy mógłbym przejrzeć te z posiedzeń? – spytał, chwyciwszy się pierwszej rzeczy, którą wymieniła.

– Oczywiście. Z jakiego okresu?

– Ze stycznia ubiegłego roku.

Zrobiła dwa kroki w prawo i zaczęła stukać na klawiaturze komputera. Ray rozejrzał się po sali. Biurka, sekretarki. Jedne coś pisały, inne układały akta, jeszcze inne rozmawiały przez telefon. Kiedy był w sekretariacie Sądu Słuszności w Clanton, widział tam tylko jeden komputer. Hrabstwo Hancock wyprzedzało ich o dziesięć lat.

Dwóch siedzących w kącie adwokatów piło kawę z papierowych kubków i rozmawiało szeptem o ważnych sprawach. Leżały przed nimi księgi wieczyste sprzed dwustu lat. Obydwaj mieli okulary na czubku nosa, obydwaj byli w wytartych szpiczastych butach i krawatach o grubym węźle. Za stówę od zlecenia sprawdzali tytuły własności ziemskiej, wypełniając jeden z kilkunastu nużących obowiązków, jakie wypełniać musiały legiony małomiasteczkowych prawników. Jeden z nich zauważył Raya i przyjrzał mu się podejrzliwie.

To mógłbym być ja, pomyślał Ray.

Dziewczyna pochyliła się i wyjęła wielki segregator, wypełniony komputerowymi wydrukami. Przerzuciła kilka kartek, położyła segregator na biurku i odwróciła go w jego stronę.

– Proszę – powiedziała, wskazując palcem. – Styczeń dziewięćdziesiąt dziewięć. Rozprawy z dwóch tygodni. Tu jest spis; ma kilka stron. Ta kolumna to postanowienia końcowe. Jak pan widzi, większość procesów trwała aż do marca.

Ray patrzył i słuchał.

– Chodzi panu o jakiś konkretny? – spytała.

– Pamięta pani proces, który prowadził sędzia Atlee z hrabstwa Ford? – spytał obojętnie Ray. – Był chyba sędzią specjalnym.

Łypnęła na niego spode łba, jakby poprosił o akta jej sprawy rozwodowej.

– Pan jest dziennikarzem? – spytała i niewiele brakowało, żeby Ray zrobił krok w stronę drzwi.

– Nie, a muszę? – Dwóch kancelistów przestało robić to, co robili, i przyjrzało mu się ze zmarszczonym czołem.

– Nie – odparła z wymuszonym uśmiechem dziewczyna – ale to bardzo obszerna sprawa. Proszę, jest tutaj. – W spisie figurowała jedynie krótka nazwa: Gibson kontra Miyer-Brack.

Ray kiwnął głową, jakby właśnie o to mu chodziło.

– Są i akta? – spytał.

– Są, bardzo grube.

Zaprowadziła go do pomieszczenia zastawionego czarnymi metalowymi szafkami, w których przechowywano tysiące teczek. Dobrze wiedziała, dokąd iść.

– Niech pan podpisze. – Podała mu deskę z klipsem. – Wystarczy imię, nazwisko i data. Resztę proszę zostawić mnie.

– Co to była za sprawa? – spytał, wypełniając rubryczki.

– O nieumyślne spowodowanie śmierci. – Otworzyła długą szufladę i pokazała palcem. – Odtąd dotąd. Tu są wystąpienia stron, tu dokumenty z ujawnienia, tu protokoły z rozpraw. Może pan skorzystać z tamtego stolika, ale nie wolno wynosić tego na zewnątrz. Polecenie sędziego.

– Którego?

– Sędziego Atlee.

– On już nie żyje.

– Może to i lepiej – rzuciła, odchodząc, dziewczyna.

Powietrze wyszło z pokoju wraz z nią i chwilę trwało, zanim Ray odzyskał zdolność myślenia. Szuflada miała metr dwadzieścia długości, ale co tam. Mógł tu siedzieć całe lato.

Clete Gibson zmarł w 1997 roku w wieku sześćdziesięciu jeden lat na niewydolność nerek. Według zarzutów oskarżenia – które Wysoki Sąd, czyli sędzia specjalny Reuben Atlee, uznał za słuszne – przyczyną ich niewydolności było lekarstwo o nazwie Ryax, wyprodukowane przez firmę Miyer-Brack.

Clete Gibson brał ryax przez osiem lat, walcząc z nadmiarem cholesterolu we krwi. Lekarstwo przepisał mu jego lekarz, a sprzedał farmaceuta, dlatego wdowa i dzieci pozwały również ich. Po pięciu latach przyjmowania ryaksu Gibson zaczął mieć kłopoty z nerkami i trafił pod opiekę kilku lekarzy; w owym czasie nie wiedziano, że zażywanie tego względnie nowego lekarstwa może wywoływać groźne skutki uboczne. Gdy nerki przestały funkcjonować, poznał adwokata Pattona Frencha. Było to tuż przed jego śmiercią.

Patton French był wspólnikiem kancelarii prawniczej French & French w Biloxi; w jej firmowym nagłówku figurowało jeszcze sześć innych nazwisk. Poza producentem leku, lekarzem i farmaceutą, lista pozwanych obejmowała również miejscowego dystrybutora ryaksu i hurtownię z Nowego Orleanu. Każdy z pozwanych zwrócił się o pomoc do wielkich kancelarii, w tym do tych najbardziej uznanych, a więc z Nowego Jorku. Proces był zacięty, skomplikowany, chwilami nawet zażarty – mecenas Patton French i jego mała kancelaria prawnicza z Biloxi stoczyła imponującą bitwę ze słynnymi gigantami.

Według dokumentów z ujawnienia, w 1998 roku Miyer-Brack, prywatna szwajcarska firma farmaceutyczna z filiami w sześćdziesięciu krajach świata, osiągnęła dochód w wysokości sześciuset trzydziestu pięciu milionów dolarów przy obrocie sięgającym dziewięciu miliardów stu milionów dolarów. Odczytywanie tylko tego jednego dokumentu trwało godzinę.

Z jakiegoś powodu Patton French postanowił wnieść pozew nie do sądu okręgowego, gdzie większość spraw rozstrzygała ława przysięgłych, tylko do sądu słuszności. Zgodnie z ustawą sędziowie przysięgli zasiadali w sądzie słuszności tylko podczas procesów o spadek; praktykując u ojca, Ray był świadkiem kilku takich jakże żenujących widowisk. Sąd słuszności miał prawo rozstrzygać tę sprawę z dwóch powodów. Po pierwsze, Gibson nie żył, a podział jego spadku należał do sądu słuszności. Po drugie, miał niepełnoletnie dziecko. Sprawy niepełnoletnich były domeną sądu słuszności.

Gibson miał również troje dzieci dorosłych, dlatego pozew mógł być wniesiony albo do sądu okręgowego, albo do sądu słuszności; była to jedna ze stu niedoskonałości obowiązującego w Missisipi prawa. Ray poprosił kiedyś ojca, żeby wyjaśnił mu tę zagadkę, lecz jego odpowiedź była jak zwykle prosta: „Mamy najlepszy system sądowniczy w kraju". Wierzyli w to wszyscy starzy sędziowie.

Tego rodzaju wybór przysługiwał adwokatom tylko w niektórych stanach; bywało, że musieli się porządnie naskakać, i to po całym kraju. Ale kiedy mieszkająca w wiejskiej części Missisipi wdowa wniosła pozew przeciwko szwajcarskiemu gigantowi, który wytwarzał wiadome lekarstwo w Urugwaju; kiedy wniosła go w dodatku do sądu słuszności w hrabstwie Hancock, natychmiast podniesiono czerwoną flagę. Od rozstrzygania tak poważnych sporów były sądy federalne, dlatego Miyer-Brack i falanga jej prawników delikatnie próbowała zdjąć sprawę z wokandy. Ale sędzia Atlee nie ustąpił, podobnie jak sędzia federalny. Żeby uniemożliwić przeniesienie procesu do sądu federalnego, wniesiono kilka pozwów miejscowych.

Sprawę powierzono Reubenowi Atlee, który próbując doprowadzić do rozpoczęcia procesu, powoli tracił cierpliwość do obrońców firmy. Ray uśmiechał się, czytając jego rozporządzenia. Bardzo dosadne i brutalnie konkretne, miały podpalić stos, na którym wokół pozwanych uwijały się hordy prawników. W sali rozpraw Sędziego procesy przyspieszone nie były konieczne.

Stało się oczywiste, że ryax jest produktem złym. Patton French powołał dwóch ekspertów, którzy jednoznacznie to wykazali, podczas gdy eksperci strony przeciwnej robili jedynie za tubę propagandową

Miyer-Bracka. Ryax obniżał zawartość cholesterolu we krwi do zdumiewającego poziomu. Został pospiesznie zatwierdzony, rzucony na rynek i stał się niezwykle popularnym lekarstwem. Po latach wyszło na jaw, że zniszczył dziesiątki tysięcy nerek i Patton French przyparł Miyer-Bracka do muru.

Proces trwał osiem dni. Mimo sprzeciwu pozwanych, rozprawy rozpoczynały się punktualnie o ósmej piętnaście rano i – co powodowało dalsze sprzeciwy, które Sędzia konsekwentnie oddalał – często kończyły się o ósmej wieczorem. Ray wielokrotnie to widywał. Reuben Atlee zawsze uważał, że nie ma to jak ciężka praca, a ponieważ nie musiał rozpieszczać przysięgłych, był brutalny.

Orzeczenie wydał już dwa dni po przesłuchaniu ostatniego świadka, co dla szybkości, z jaką działał system sądowniczy, było szokującym ciosem. Najwyraźniej pozostał w Bay St Louis i podyktował czterostronicowe uzasadnienie protokolantce. To też Raya nie zaskoczyło. Nie znosząc żadnych opóźnień, Sędzia zawsze podejmował decyzje niezwykle szybko.

Poza tym miał swoje notatki. Przez osiem dni nieustannego pisania musiał zapełnić co najmniej osiem notatników. Ilość szczegółów, którą zawarł w uzasadnieniu, zaimponowałaby każdemu ekspertowi.

Rodzinie Clete'a Gibsona przyznał odszkodowanie w wysokości miliona stu tysięcy dolarów; według powołanego ekonomisty, taką wartość miało jego życie. I żeby ukarać Miyer-Bracka za sprzedaż tak złego produktu, przyznał jej również dziesięć milionów dolarów zadośćuczynienia. Opinia uzasadniająca była zjadliwym oskarżeniem korporacyjnego niedbalstwa i chciwości oraz wyrazem głębokiego zaniepokojenia praktykami szwajcarskiego giganta.

Ray nigdy dotąd nie słyszał, żeby Sędzia przyznał komuś odszkodowanie za straty moralne.

Obie strony pospiesznie złożyły szereg poprocesowych wniosków, które Reuben Atlee odrzucił kilkoma szorstkimi akapitami. Przedstawiciele Miyer-Bracka chcieli, żeby wycofał zadośćuczynienie. Oskarżenie żądało jego zwiększenia. I jedni, i drudzy dostali porządny ochrzan na piśmie.

Co dziwne, nie było odwołania. Ray dawał głowę, że będzie. Dwa razy przejrzał dokumenty poprocesowe, a potem jeszcze raz przekopał całą szufladę. Możliwe, że złożono je później; postanowił spytać o to dziewczynę z sekretariatu.

Wybuchł ostry spór o honorarium. Gibsonowie podpisali z Pattonem Frenchem umowę, według której przysługiwało mu pięćdziesiąt procent tego, co zdoła uzyskać. Reuben Atlee uważał – jak zawsze – że to za dużo. W sądzie słuszności o wysokości honorarium decydował wyłącznie sędzia. Jego stawką maksymalną było trzydzieści trzy procent. Mecenas French szybko to sobie przeliczył i stoczył ciężki bój o z takim trudem zarobione pieniądze. Wysoki Sąd się nie ugiął.

Proces Gibsona ukazywał jego najświetniejsze oblicze i Ray był zarówno dumny, jak i wzruszony. Trudno było uwierzyć, że wszystko to miało miejsce ledwie przed półtora rokiem, kiedy ojciec chorował na cukrzycę, na serce i pewnie już na raka, chociaż tę ostatnią chorobę wykryto u niego dopiero pół roku później.

Podziwiał tego starego wojownika.

Nie licząc pani, która jadła melona przy biurku i grzebała w Internecie, wszystkie urzędniczki wyszły już na lunch. Ray też wyszedł, żeby poszukać biblioteki.

Rozdział 29

Z baru z hamburgerami w Biloxi sprawdził pocztę głosową w Charlottesville i odsłuchał trzy wiadomości. Dzwoniła Kaley, żeby umówić się na kolację. Szybko ją skreślił, raz na zawsze. Fog Newton donosił, że w przyszłym tygodniu bonanza będzie wolna, i że muszą polatać. Dzwonił też Martin Gage z urzędu skarbowego w Atlancie, który wciąż czekał na faks z fałszywym listem. Czekaj sobie, czekaj, pomyślał Ray.

Jadł sałatkę z pudełka przy jaskrawopomarańczowym stoliku po drugiej stronie biegnącej wzdłuż wybrzeża szosy. Nie pamiętał, kiedy ostatni raz jadł samotnie w barze szybkiej obsługi, a tego dnia robił to wyłącznie dlatego, że widział stamtąd swój samochód. Poza tym pełno tam było młodych matek z dziećmi, wśród których przestępczość prawie nie istniała. W końcu zrezygnował z sałatki i zadzwonił do Foga.

Miejska biblioteka w Biloxi mieściła się przy Lameuse Street. Odszukał ją na mapie, którą kupił w całodobowym sklepie ogólnospożywczym, i zaparkował w rzędzie samochodów naprzeciwko głównego wejścia. Jak miał to już we krwi, zanim wszedł do gmachu, dokładnie obejrzał samochód i zlustrował najbliższą okolicę.

Komputery były na parterze, w przeszklonym pomieszczeniu, które, ku jego rozczarowaniu, nie miało okien wychodzących na parking.

Największą gazetą na wybrzeżu była „Sun Herald" i dzięki Internetowi mógł przejrzeć jej roczniki aż do roku 1994. Odszukał numer z dwudziestego czwartego stycznia 1999, a więc z dnia, w którym Sędzia wydał orzeczenie w procesie Gibsona. Bez zaskoczenia stwierdził, że na pierwszej stronie działu miejskiego zamieszczono artykuł na temat ponad jedenastomilionowego odszkodowania, przyznanego w Bay St Louis. Nie było zaskakujące i to, że mecenas Patton French miał bardzo dużo do powiedzenia. Sędzia Atlee odmówił wszelkich komentarzy. Wstrząśnięci obrońcy zapowiadali apelację.

Zamieszczono tam również zdjęcie Frencha, pięćdziesięciopięciolatka o okrągłej twarzy i falistych siwiejących włosach. Z lektury wynikało, że to on zadzwonił do redakcji z wiadomością o orzeczeniu, i że pogawędka z dziennikarzem jest dla niego prawdziwą przyjemnością. Proces był „wyczerpujący". Postępowanie strony pozwanej cechowała „niedbałość i chciwość". Orzeczenie sędziego jest „odważne i sprawiedliwe". Jakakolwiek apelacja byłaby jedynie „kolejną próbą opóźnienia działania wymiaru sprawiedliwości".

Chwalił się, że wygrał wiele procesów, ale podczas tego uzyskał największe zadośćuczynienie. Spytany o gwałtowny wzrost liczby wysokich odszkodowań, odrzucił sugestię, że orzeczenie Sędziego jest skandaliczne. „Dwa lata temu ława przysięgłych w hrabstwie Hinds przyznała powodowi pięćset milionów dolarów" – argumentował. W innych częściach stanu światli i mądrzy przysięgli uszczuplili zachłanne firmy na dziesięć milionów tu, dwadzieścia milionów tam. Oświadczył, że „odszkodowanie przyznane w tym procesie jest pod każdym względem usprawiedliwione".

Przyznał, że specjalizuje się w zadośćuczynieniach za szkody wyrządzone przez leki. Samych tylko spraw przeciwko Miyer-Brackowi miał już aż czterysta, a ich liczba codziennie rosła.

Ray przeszukał archiwa pod kątem słowa „ryax". Dwudziestego dziewiątego stycznia, a więc pięć dni po opublikowaniu wywiadu z Frenchem, w „Sun Herald" ukazało się wielkie, całostronicowe ogłoszenie, w którego nagłówku widniało złowieszcze pytanie: CZY BRALEŚ RYAX? Pod spodem zamieszczono dwa akapity pełne ostrzeżeń przed niebezpieczeństwami związanymi z zażywaniem leku i akapit ze szczegółami ostatniego zwycięstwa Pattona Frencha, wybitnego adwokata, specjalisty od ryaksu oraz innych wadliwych produktów farmaceutycznych. Zawiadamiano również, że w jednym z hoteli w Gulfport wykwalifikowani eksperci medyczni przeprowadzą badania lekarskie. Badania potrwają dziesięć dni i są darmowe. Na tych, którzy się na nie zgłoszą, nie ciążą żadne zobowiązania, a przynajmniej o żadnych tam nie wspomniano. Na dole strony tłustymi literami zamieszczono informację, że za ogłoszenie zapłaciła kancelaria adwokacka French & French. Były tam również adresy oraz numery telefonów ich kancelarii w Gulfport, Biloxi i w Pascagoula.

Niemal identyczne ogłoszenie ukazało się pierwszego marca 1999 roku. Od poprzedniego różniło się jedynie datą i miejscem przeprowadzenia badań. Kolejne zamieszczono w niedzielnym wydaniu „Sun Herald" drugiego maja 1999.

Ray surfował niemal przez godzinę i znalazł podobne ogłoszenia niemal w całym stanie: w „Clarion-Ledger" w Jackson, w nowoorleańskim „Times-Picayune", w „Hattiesburg American", „Mobile Register" i w „Commercial Appeal" w Memphis a także w „Advocate" w Baton Rouge. Patton French prowadził zmasowany, frontalny atak na ryax i na Miyer-Bracka.

Nabrawszy przekonania, że ogłoszenia mogły ukazać się we wszystkich pięćdziesięciu stanach, znużony ryaksem Ray wystukał na klawiaturze Patton French i wyszukiwarka zaprowadziła go na stronę firmy. Strona była imponującym przykładem propagandy sukcesu.

Kancelaria zatrudniała czternastu prawników, miała filie w sześciu miastach i z każdą godziną się rozrastała. Całostronicowa biografia Pattona Frencha była tak pochlebna, że wprawiłaby w zażenowanie każdego subtelniejszego internautę. Ojciec mecenasa Frencha, French starszy, wyglądał na osiemdziesiąt lat i miał „status seniora", cokolwiek to oznaczało.

Siłą firmy była zażartość i bezgraniczne oddanie, z jakim reprezentowała ludzi pokrzywdzonych przez zażywanie szkodliwych leków i złych lekarzy. Mecenas French błyskotliwie wynegocjował największe w historii odszkodowanie od Miyer-Bracka: dziewięćset milionów dolarów zadośćuczynienia dla siedmiu tysięcy dwustu klientów. Aktualnie procesował się z Shyne Medical, producentem minitrinu, szeroko stosowanego i obrzydliwie dochodowego lekarstwa na nadciśnienie, które Federalna Komisja do spraw Leków wycofała ze sprzedaży, gdy okazało się, że może wywoływać impotencję. French & French miała prawie dwa tysiące klientów, którzy zażywali minitrion, i co tydzień ich przybywało.

Patton French skasował też Clark Pharmaceuticals, i to aż na osiem milionów dolarów; takie odszkodowanie przyznała jego klientom ława przysięgłych w Nowym Orleanie. Chodziło o kobril, lek antydepresyjny, którego zażywanie mogło spowodować utratę słuchu. Pierwsza grupa spraw – było ich dopiero tysiąc czterysta – kosztowała firmę pięćdziesiąt dwa miliony.

O pozostałych wspólnikach kancelarii prawie nie wspominano, dlatego internauta odnosił nieodparte wrażenie, że jest to spektakl jednego aktora, że pozostali są jedynie statystami, którzy siedzą za kulisami, zmagając się z naporem tysięcy czekających na ulicy klientów. Była tam również strona poświęcona publicznym wystąpieniom mecenasa Frencha, taka z rozległym kalendarzem rozpraw, oraz dwie strony z terminami badań lekarskich dla tych, którzy zażywali jeden z ni mniej, ni więcej jak ośmiu leków, łącznie z Chudym Benem, tabletkami, o których wspominał Forrest.

Żeby lepiej służyć klientom, kancelaria nabyła gulfstreama IV, co udokumentowała dużym kolorowym zdjęciem z jakiegoś lotniska. Na zdjęciu – jakżeby inaczej – widniał również mecenas Patton French w skrojonym na miarę, ciemnym garniturze: stał przy nosie maszyny z dzikim uśmiechem na ustach, gotów wskoczyć na pokład i odlecieć, by walczyć gdzieś o sprawiedliwość. Ray wiedział, że samolot tego typu kosztuje około trzydziestu milionów dolarów, że koszty jego utrzymania i pensje dla pilotów wprawiłyby w przerażenie każdego księgowego.

Patton French był facetem o bezwstydnie rozbuchanym ego.

Samolot za trzydzieści milionów. Tego było już za wiele i Ray wyszedł z biblioteki. Oparłszy się o samochód, zadzwonił do kancelarii Frencha i z trudem przebił się przez tłum automatycznych sekretarek, które odsyłały go to w jedno, to w drugie miejsce: klient, adwokat, sędzia, ktoś inny, informacje o badaniach lekarskich, praktykanci, pierwsze cztery litery nazwiska twego prawnika. Trzy żywe sekretarki, pilnie pracujące dla pana mecenasa, przekazywały go sobie z rąk do rąk, aż wreszcie trafił do osoby odpowiedzialnej za harmonogram przyjęć.

Wyczerpany powiedział:

– Chciałbym się widzieć z mecenasem Frenchem.

– Pan mecenas wyjechał – odrzekła osoba zaskakująco miłym tonem głosu.

No jasne.

– Dobrze, niech pani posłucha – odparł arogancko Ray. – Dzwonię pierwszy i ostatni raz. Nazywam się Ray Atlee. Jestem synem sędziego Reubena Atlee. Jestem w Biloxi i chciałbym spotkać się z panem Frenchem.

Podał jej numer komórki i odjechał. Wstąpił do Akropolu, krzykliwego kasyna w stylu Las Vegas, niby greckiego, ale wulgarnie brzydkiego, czym nikt się bynajmniej nie przejmował. Na parkingu panował spory ruch, a wszędzie czuwali ochroniarze, choć było wątpliwe, czy rzeczywiście czegoś pilnowali. Wszedł do baru z widokiem na salę gier i właśnie popijał wodę sodową, gdy zadzwoniła komórka.

– Pan Atlee?

– Tak, słucham – odrzekł Ray, przyciskając telefon do ucha.

– Patton French. Bardzo się cieszę, że pan zadzwonił. Przepraszam, że mnie nie było.

– Cóż, ma pan dużo zajęć.

– To prawda. Jest pan na wybrzeżu?

– W tej chwili siedzę w Akropolu. Cudowny lokal.

– Ja wracam do domu. Byłem w Naples. Reprezentowałem klienta w rozmowach z grubymi rybami z Florydy.

No i się zaczyna, pomyślał Ray.

– Bardzo mi przykro z powodu pańskiego ojca. – Sygnał zanikł i w telefonie zatrzeszczało. Pewnie dzwonił z wysokości dwunastu kilometrów.

– Dziękuję.

– Byłem na pogrzebie. Widziałem pana, ale nie miałem okazji porozmawiać. Uroczy był z niego człowiek.

– Dziękuję – powtórzył Ray.

– Jak się miewa Forrest?

– Skąd pan go zna?

– Znam. Ja wiem wszystko, Ray. Moje przygotowania przedprocesowe są bardzo staranne. Informacje liczy się u nas na tony. Dlatego wygrywamy. Więc co u niego? Ciągle ćpa?

– O ile wiem, to nie, przynajmniej ostatnio – odrzekł Ray, zirytowany, że French rozprawia o jego prywatnych sprawach tak, jakby rozprawiał o pogodzie. Cóż, Internet nie kłamał: facet nie miał za grosz taktu.

– Dobra, niech pan posłucha. Jutro będę w domu. Płynę jachtem, więc trochę to potrwa. Moglibyśmy umówić się na lunch albo na kolację?

Jacht, mecenasie? W Internecie jachtu nie było. Pewnie jakieś przeoczenie. Ray wolałby godzinne spotkanie przy kawie, w przeciwieństwie do dwugodzinnego lunchu czy jeszcze dłuższej kolacji, ale cóż, był jego gościem.

– Oczywiście, jestem otwarty na propozycje.

– Jeśli nie ma pan nic przeciwko temu, proszę zarezerwować sobie czas i na lunch, i na kolację. Napotkaliśmy silne wiatry i nie wiem, kiedy rzucimy kotwicę. Czy któraś z moich dziewcząt może do pana przekręcić?

173

– Oczywiście.
– Będziemy rozmawiali o procesie Gibsona?
– Tak, chyba że ma pan coś jeszcze.
– Nie, wszystko zaczęło się od Gibsona.

Wróciwszy do Easy Sleep Inn, jednym okiem oglądał mecz baseballowy na ekranie wyciszonego telewizora, drugim zaś czytał, czekając na zachód słońca. Potrzebował snu, ale nie miał ochoty kłaść się przed zapadnięciem zmroku. Za drugą próbą udało mu się złapać Forresta i właśnie rozmawiali o rozkoszach odwyku, gdy zadzwoniła komórka.

– Zadzwonię później – rzucił Ray i odłożył słuchawkę.

W mieszkaniu znowu był jakiś intruz. Włamanie w toku, informował mechaniczny głos z firmy ochroniarskiej. Gdy nagranie dobiegło końca, Ray otworzył drzwi i spojrzał na audi parkujące niecałe trzy metry dalej. Przyciskał telefon do ucha i czekał.

Firma powiadomiła również Coreya Crawforda, który zadzwonił piętnaście minut później z tym samym meldunkiem, co przedtem. Wyważone łomem drzwi na dole, wyważone drzwi do mieszkania, przewrócony stół, pozapalane światła, na pierwszy rzut oka niczego nie brakuje. Ten sam policjant, identyczny protokół.

– Tam nie ma nic wartościowego – powiedział Ray.
– To dlaczego ciągle się tu włamują? – spytał Corey.
– Nie wiem.

Crawford zadzwonił do właściciela domu, który obiecał załatwić cieślę do naprawy drzwi. Po wyjściu policjanta został w mieszkaniu i ponownie przekręcił do Raya.

– To nie przypadek – rzucił.
– Czemu?
– Oni nie chcą niczego ukraść. Chcą pana zastraszyć, i tyle. Co tu jest grane?
– Nie wiem.
– Myślę, że pan wie.
– Przysięgam.
– Pan coś ukrywa.

Żebyś wiedział, pomyślał Ray, żebyś wiedział.

– Corey – odparł – niech pan się uspokoi. To przypadkowe włamanie, robota tych pacanów z różowymi włosami i szpikulcami w gębie. Ćpunów, którzy szukają paru dolców na prochy.

- Znam ten teren. To nie oni.
- Zawodowiec wróciłby tam, wiedząc o alarmie? Niemożliwe. To dwie różne osoby.
- Nie zgadzam się.

Zgodzili się, że się ze sobą nie zgadzają, chociaż obaj znali prawdę. Ray przewracał się po ciemku przez dwie godziny, nie mogąc zmrużyć oka. Koło jedenastej pojechał na przejażdżkę i ponownie trafił do Akropolu, gdzie do drugiej nad ranem grał w ruletkę i pił podłe wino.

Poprosił o pokój z widokiem na parking, zamiast z widokiem na morze, i z okna na drugim piętrze pilnował samochodu, dopóki nie zasnął.

Rozdział 30

Spał do chwili, kiedy sprzątaczka miała już dość czekania. Doba hotelowa kończyła się w południe, bez żadnych wyjątków, więc gdy o jedenastej czterdzieści pięć ktoś załomotał do drzwi, krzyknął: „zaraz" i wskoczył pod prysznic.

Samochód wyglądał normalnie; na bagażniku nie było ani śladów włamania, ani wgnieceń, ani żadnych rys. Otworzył klapę i zerknął na trzy plastikowe torby wypchane pieniędzmi. Wszystko było dobrze, dopóki nie usiadł za kierownicą i nie zobaczył koperty wetkniętej za wycieraczkę. Zamarł, gapiąc się na nią i gotów był przysiąc, że ona gapi się na niego z odległości siedemdziesięciu pięciu centymetrów. Zwykła, biała koperta bez żadnego nadruku, przynajmniej nie od tej strony.

Nie wróżyła nic dobrego. Nie była to reklamówka pizzerii ani ulotka promująca jakiegoś błazna ubiegającego się o ważny urząd. Nie był to również mandat za przekroczony czas parkowania, ponieważ przed Akropolem parkowało się za darmo.

Była to koperta z czymś w środku.

Powoli wysiadł i rozejrzał się, żeby sprawdzić, czy nikt go nie widzi. Podniósł wycieraczkę, wziął kopertę i obejrzał ją, jakby była przełomowym dowodem w sprawie o morderstwo. Zaraz potem wsiadł, ponieważ doszedł do wniosku, że ktoś może go jednak obserwować.

W kopercie tkwił złożony na troje komputerowy wydruk z kolorowym zdjęciem schowka 37F w magazynie Chaneya w Charlottesville w Wirginii, od którego dzieliło go tysiąc czterysta osiemdziesiąt osiem kilometrów, czyli piętnaście godzin jazdy samochodem. Ten sam aparat, ta sama drukarka i bez wątpienia ten sam fotograf, który – też bez wątpienia – doskonale wiedział, że schowek 37F nie jest jego ostatnim schowkiem. Chociaż był zbyt odrętwiały, żeby się poruszyć, odjechał w pośpiechu. Przez jakiś czas pędził szosą numer 90, nieustannie zerkając w lusterko, potem gwałtownie skręcił w lewo, w biegnącą na północ ulicę, żeby niecałe dwa kilometry dalej nagle skręcić na parking przed samoobsługową pralnią. Nikt za nim nie jechał. Przez godzinę obserwował każdy samochód i nie zauważył niczego podejrzanego. Pocieszał go rewolwer leżący na siedzeniu obok, nabity i gotowy do działania. Jeszcze bardziej pocieszająca była myśl o pieniądzach spoczywających zaledwie kilkadziesiąt centymetrów za jego plecami. Miał wszystko, czego potrzebował.

Sekretarka Pattona Frencha zadzwoniła kwadrans po jedenastej. Lunch nie wchodził w rachubę – sprzysięgło się przeciwko temu kilka niezmiernie ważnych spraw – ale pan mecenas z przyjemnością zapraszał go na wczesną kolację. Spytała, czy Ray zechciałby wstąpić do kancelarii, najlepiej o szesnastej, i tam zdecydują co dalej.

Kancelaria, której podretuszowane zdjęcie zamieszczono w Internecie, mieściła się w dostojnym georgiańskim gmachu z widokiem na zatokę, stojącym na podłużnej działce, ocienionej wiekowymi dębami i oplątwą. Sąsiednie gmachy były równie stare i miały podobną architekturę.

Dziedziniec na tyłach kancelarii przerobiono na parking otoczony murami i upstrzony lustrującymi teren kamerami. Ochroniarz ubrany jak tajny agent otworzył i zamknął za nim metalową bramę. Gdy Ray zaparkował w zarezerwowanym dla niego miejscu, inny ochroniarz zaprowadził go do tylnych drzwi, gdzie układano terakotę i sadzono jakieś krzewy. Na zapleczu trwał pospieszny remont.

– Za trzy dni przyjeżdża gubernator – szepnął ochroniarz.

– O rany – odrzekł Ray.

Gabinet Frencha mieścił się na pierwszym piętrze, lecz jego tam nie było.

– Wciąż jest na jachcie, na zatoce – wyjaśniła młoda, atrakcyjna brunetka w kosztownej, obcisłej sukience. Mimo to wprowadziła go do gabinetu i poprosiła, żeby zechciał zaczekać w którymś z foteli przy oknie.

Wszystkie ściany były wyłożone jasnym dębem, a wokoło stało tyle skórzanych sof, foteli i otoman, że można by nimi umeblować domek myśliwski. Biurko było wielkie jak basen pływacki i zastawione modelami wspaniałych jachtów.

– Mecenas lubi łodzie, hę? – rzucił Ray, rozglądając się wokoło; miał być pod wrażeniem.

– Tak, bardzo. – Sekretarka pstryknęła pilotem. Otworzyła się szafa, z szafy wysunął się duży płaski ekran. – Ma spotkanie, ale zaraz skończy. Czy podać panu coś do picia?

– Czarną kawę, dziękuję.

W prawym górnym rogu ekranu dostrzegł obiektyw maleńkiej kamery i zrozumiał, że French chce z nim rozmawiać przez satelitę. Czekanie zaczynało go powoli irytować. W normalnych okolicznościach kipiałby już gniewem, ale teraz pochłaniał go rozgrywający się w gabinecie spektakl. A on w tym spektaklu grał. Uspokój się i odpręż, powtarzał sobie w duchu. Masz mnóstwo czasu.

Sekretarka przyniosła kawę, którą podała – jakżeby inaczej – w filiżance z chińskiej porcelany z monogramem F&F.

– Mogę tam wyjść? – spytał.

– Naturalnie. – Uśmiechnęła się i wróciła za swoje biurko.

Za drzwiami był długi balkon. Ray stanął przy barierce i, powoli pijąc kawę, podziwiał widok. Szeroki trawnik od frontu kończył się tuż przy szosie, a za szosą rozciągała się plaża i morze. Żadnych kasyn, ledwie kilka domów. Na tarasie poniżej rozgadani malarze przesuwali drabiny. Wszystko wyglądało – i było – jak nowe. Mecenas French właśnie wygrał na loterii.

– Panie profesorze. – Sekretarka. Ray wszedł do środka. Na ekranie widniała twarz Pattona Frencha. Lekko zmierzwione włosy, okulary na czubku nosa, zmarszczone czoło.

– Jest pan – warknął. – Przepraszam za spóźnienie. Niech pan usiądzie tam, żebym mógł pana widzieć.

Sekretarka wskazała fotel i Ray usiadł.

– Ja się miewamy?

– Dobrze. A pan?

– Świetnie. Przepraszam za to zamieszanie. To moja wina, ale przez całe popołudnie siedziałem na tej przeklętej telekonferencji i nie mogłem się wyrwać nawet na chwilę. Tak sobie myślę, że o wiele spokojniej byłoby tutaj, na jachcie. Co pan na to? Mój kucharz jest sto razy lepszy od każdego, którego znajdzie pan na lądzie. Pół godziny i będzie pan już na miejscu. Wypijemy drinka, tylko we dwóch, a potem spokojnie zjemy kolację i pogadamy o pańskim ojcu. Obiecuję, że nie będzie pan żałował.

Kiedy się w końcu zamknął, Ray spytał:

– Czy mój samochód będzie tu bezpieczny?

– No jasne. Przecież stoi na moim terenie. Jak pan chce, posadzę na nim ochroniarza.

– Dobra. Mam do pana przypłynąć?

– Nie, Dickie pana przywiezie.

Okazało się, że Dickie to ten sam krępy młodzieniec, który powitał go na parkingu. Teraz zaprowadził go do bardzo długiego lśniącego mercedesa. Prul nim przez miasto jak błyskawica, tak że szybko dotarli do Point Cadet Marina, nabrzeża, gdzie cumowały setki małych łodzi. Wśród małych były i większe, i tak się przypadkiem złożyło, że jedna z tych większych należała do Pattona Frencha. Nazywała się „Sprawiedliwość".

– Gładko jest, dopłyniemy za dwadzieścia pięć minut – powiedział Dickie, gdy weszli na pokład. Silniki już pracowały. Steward o ochrypłym głosie spytał Raya, czy podać coś do picia.

– Colę bez cukru – poprosił Ray.

Odbili, przepłynęli między rzędami łodzi, wreszcie minęli koniec mola. Ray wszedł na górny pokład i długo patrzył na znikający w oddali brzeg.

Osiemnaście kilometrów od Biloxi stał na kotwicy „Król Delikt", czterdziestodwumetrowej długości jacht z pięcioosobową załogą i kajutami dla kilkunastu przyjaciół właściciela. W tej chwili jego jedynym pasażerem był Patton French, który już na nich czekał.

– Bardzo mi miło, Ray – powiedział, ściskając mu najpierw rękę, a potem ramię.

– Mnie również. – Ray nie drgnął z miejsca; nie lubił zbyt bliskiego kontaktu fizycznego. French był kilka centymetrów wyższy od niego, miał ładnie opaloną twarz i przenikliwe niebieskie oczy, które mrużył, prawie nie mrugając.

– Tak się cieszę, że pan przyjechał – mówił, nie puszczając jego ręki. Wylewniej nie witaliby się nawet członkowie studenckiego bractwa.

– Zostań tu – warknął do Dickiego. – Chodźmy, Ray. – Krótkimi schodami weszli na główny pokład, gdzie czekał steward w białej marynarce, z wykrochmaloną ściereczką, równiutko przewieszoną przez rękę; na ściereczce widniało oczywiście F&F. – Czego się pan napije?

Podejrzewając, że French nie ma czasu na zabawy z niskoprocentowymi trunkami, Ray spytał:
– A co się tu pija?
– Zmrożoną wódkę z limonką.
– Dobra, spróbuję.
– To nowa norweska wódka. Jest świetna, będzie panu smakowała. – French znał się na wódkach.

Był w czarnej, lnianej, zapiętej na ostatni guzik koszuli i brązowych, lnianych spodniach, idealnie wyprasowanych i dopasowanych. Miał lekki brzuszek, szerokie bary i przedramiona dwa razy grubsze od normalnych. Musiał lubić swoje włosy, bo ciągle przeczesywał je palcami.

– Podoba się panu? – spytał, zataczając ręką szeroki łuk od dziobu po rufę. – Dwa lata temu zbudował go saudyjski książę, jeden z tych pomniejszych. Co za dupek. Kominek kazał tu wstawić, dasz pan wiarę? Ta krypa kosztowała go coś około dwudziestu melonów i już po roku wymienił ją na sześćdziesięciometrową.

– Niesamowite – odrzekł Ray, udając, że jest zadziwiony. Świat jachtingu nigdy go za bardzo nie interesował i podejrzewał, że po tej przygodzie przestanie go interesować zupełnie.

– Włoska robota. – French poklepał reling zrobiony z jakiegoś koszmarnie drogiego drewna.

– Dlaczego nie wpływa pan do portu? – spytał Ray.

– Jestem królem otwartych mórz, cha, cha. Pewnie nic pan z tego nie rozumie. Proszę. – French wskazał mu długi leżak. Gdy usiedli, kiwnął głową w stronę brzegu. – Nie widać stąd miasta, to odległość w sam raz dla mnie. W ciągu jednego dnia odwalam tu więcej roboty niż przez tydzień w kancelarii. Poza tym jestem w trakcie przeprowadzki. Rozwód. Muszę się ukrywać.

– Przykro mi.

– To największy jacht w Biloxi, łatwo wpada w oko. Moja aktualna połowica myśli, że go sprzedałem i gdybym rzucił kotwicę za blisko brzegu, jej oślizgły adwokacina mógłby go sfotografować. Osiemnaście kilometrów to w sam raz.

Wódkę podano w wysokich szklaneczkach z wygrawerowanymi literami F&F. Ray wypił mały łyk i ciecz przepaliła mu wnętrzności, zatrzymując się dopiero w palcach u stóp. French wypił duży łyk i głośno mlasnął językiem.

– No i? – spytał z dumą.

– Świetna – orzekł Ray. Nie pamiętał, kiedy ostatni raz pił wódkę.

– Dickie przywiózł świeżego miecznika na kolację. Może być?
– Pysznie.
– No i ostrygi. Teraz są dobre.
– Kończyłem prawo w Tulane. Jadłem je przez trzy lata.
– Wiem. – French wyjął z kieszeni mały nadajnik i wydał dyspozycje kucharzowi. Zerknął na zegarek i postanowił, że zjedzą za dwie godziny.
– Studiował pan z Hasselem Mangrumem.
– Tak, był rok wyżej.
– Mamy tego samego trenera. Facet nieźle sobie radzi. Jako jeden z pierwszych załapał się na azbestowców.
– Nie widziałem go od dwudziestu lat.
– Niewiele pan stracił. To palant. Na studiach też był pewnie palantem.
– Owszem. Skąd pan wie, że z nim studiowałem?
– Badania, Ray, rozległe badania. – French wypił trzeci łyk wódki. Trzeci łyk wódki sparaliżował Rayowi mózg.
– Wydaliśmy na nie kupę forsy. Sędzia Atlee, wasza rodzina, pochodzenie, orzeczenia, finanse, co tylko mogliśmy znaleźć. Nie, nie, nie było w tym nic nielegalnego, absolutnie. Ot, stara, dobra robota detektywistyczna. Wiedzieliśmy o pana rozwodzie i o tym, jak mu tam... Likwidatorze?
Ray chciał powiedzieć coś niepochlebnego na temat Lew Rodowskiego, chciał zganić Frencha za to, że grzebał w jego przeszłości, ale wódka zablokowała przepływ sygnałów z mózgu do języka. Dlatego tylko skinął głową.
– Wiedzieliśmy też, ile pan zarabia jako profesor prawa. W Wirginii są to publicznie dostępne dane.
– Tak.
– Całkiem niezła pensyjka, Ray, no ale i uniwersytet niezły.
– To prawda.
– No, a grzebanie w przeszłości pańskiego brata było dla nas prawdziwą przygodą.
– Wierzę. Dla jego rodziny też.
– Przeczytaliśmy wszystkie orzeczenia, które pański ojciec wydał w sprawach o zadośćuczynienie i nieumyślne spowodowanie śmierci. Nie było ich wiele, ale bardzo nam pomogły. Odszkodowania przyznawał bardzo wstrzemięźliwie, ale faworyzował też maluczkich, wie pan, ludzi pracy. Wiedzieliśmy, że będzie przestrzegał prawa, ale wiedzieliśmy też, że starzy sędziowie często prawo naginają, tak żeby pasowało

do ich konceptu sprawiedliwości społecznej. Brudną robotę odwalili za mnie asystenci, ale osobiście przestudiowałem jego najważniejsze orzeczenia. Bez wahania podpisałbym się pod każdym z nich. Był bardzo błyskotliwy i zawsze sprawiedliwy.

– To pan go wtedy wybrał?

– Tak. Kiedy zdecydowaliśmy, że wniesiemy sprawę do sądu słuszności i będziemy ją rozstrzygać bez ławy przysięgłych, postanowiliśmy również, że rozprawom nie będzie przewodniczył miejscowy sędzia. Mamy trzech. Jeden jest spokrewniony z Gibsonami. Drugi zajmuje się tylko rozwodami. Trzeci ma osiemdziesiąt cztery lata, jest zdziecinniały i od trzech lat nie wychodzi z domu. Dlatego rozejrzeliśmy się i wyszukaliśmy trzech potencjalnych zastępców. Na szczęście nasi ojcowie znali się od blisko sześćdziesięciu lat. Obaj chodzili do Sewanee, razem kończyli prawo. Nie byli bliskimi przyjaciółmi, ale utrzymywali ze sobą kontakt.

– Pański ojciec jeszcze pracuje?

– Nie, przeszedł na emeryturę. Mieszka na Florydzie i codziennie gra w golfa. Jestem jedynym właścicielem firmy. Ale tak, pojechał do Clanton, usiadł z Sędzią na tarasie i pogadał z nim o wojnie domowej; o Nathanie Bedfordzie Forreście też. Potem pojechali razem do Shiloh i łazili tam przez dwa dni. Gniazdo szerszeni, krwawy staw. Stojąc w miejscu, gdzie zginął generał Johnston, Sędzia wzruszył się do łez.

– Byłem tam chyba z dziesięć razy – wtrącił z uśmiechem Ray.

– Ludzi takich jak on się nie namawia. Ludzi takich jak on się przekonuje.

– Raz wsadził za to adwokata – powiedział Ray. – Facet przyszedł do niego przed rozpoczęciem procesu i próbował coś namotać. Sędzia skazał go na pół dnia aresztu.

– Ten Chadwick z Oksfordu, tak? – rzucił French i Ray zaniemówił.

– Tak czy inaczej, musieliśmy wykazać, że proces Gibsona jest niezwykle ważny. Wiedzieliśmy, że nie zechce przyjechać na wybrzeże, ale wiedzieliśmy też, że przyjechałby, gdyby uwierzył w słuszność sprawy.

– Nie znosił wybrzeża.

– Oj tak, mieliśmy twardy orzech do zgryzienia. Ale cóż, był człowiekiem z zasadami. Po dwóch dniach wspomnień z wojny domowej niechętnie zgodził się wziąć sprawę.

– Myślałem, że to Sąd Najwyższy wyznacza sędziów specjalnych – powiedział Ray. Czwarty łyk spłynął do żołądka, nie paląc wnętrzności i wódka jakby nabrała smaku.

French wzruszył ramionami.

– Oczywiście, ale są sposoby. Mamy przyjaciół.

W jego świecie wszystko było do kupienia.

Steward przyniósł kolejne drinki. Nie skończyli jeszcze poprzednich, mimo to zostawił je i wyszedł. French był człowiekiem zbyt ruchliwym, żeby długo usiedzieć w miejscu.

– Oprowadzę pana po jachcie – rzucił i bez wysiłku wstał z głębokiego leżaka. Ray wstawał powoli, ostrożnie balansując szklanką.

Rozdział 31

Kolację podano w kapitańskim kambuzie, wykładanej mahoniem jadalni o ścianach ozdobionych modelami starożytnych kliperów, pancerników, mapami Nowego Świata i Dalekiego Wschodu, a nawet antycznymi muszkietami, które miały stworzyć wrażenie, że „Król Delikt" żegluje po morzach już od stuleci. Jadalnia mieściła się na głównym pokładzie, tuż za mostkiem, na drugim końcu wąskiego korytarza prowadzącego do kuchni, w której uwijał się wietnamski kucharz. Najważniejsi goście jadali na pokładzie, przy owalnym marmurowym stole na dwanaście osób, który ważył co najmniej tonę, i na którego widok Ray zadał sobie pytanie, jakim cudem jacht unosi się jeszcze na wodzie.

Tego dnia kapitański stół, stojący pod kołyszącym się w rytm fal żyrandolem, nakryto tylko na dwie osoby. Ray siedział na jednym końcu, French na drugim. Pierwszym winem wieczoru był biały burgund, który po dwóch zimnych i palących wódkach smakował jak zwykła woda. Smakował tak Rayowi, ale na pewno nie jego rozmówcy. Mecenas French wypił trzy wódki – osuszył szklaneczki do samego dna – i lekko zgrubiał mu język. Mimo to wyczuwał w winie aromat każdego owocu, czuł nawet zapach dębiny, i jak na porządnego snoba przystało, musiał o tym opowiedzieć Rayowi.

– Za ryax – powiedział, podnosząc kieliszek w spóźnionym toaście. Ray trącił się z nim, lecz nie powiedział ani słowa. Wiedział, że tego wieczoru będzie głównie milczał. Milczał i słuchał. Natomiast French upije się i wszystko wyśpiewa.

– Ryax mnie uratował. – Mecenas zakręcił kieliszkiem, podziwiając burgunda.

– W jaki sposób?
– W każdy. Uratował moją duszę. Wielbię pieniądze, a dzięki ryaksowi stałem się bogaty. – Mały łyczek, obowiązkowe mlaśnięcie językiem i przewrócenie oczami. – Dwadzieścia lat temu nie załapałem się na tych od azbestu. Stocznie w Pascagoula używały go od lat i tysiące ludzi zachorowało. A ja to wszystko przegapiłem. Byłem za bardzo zajęty pozywaniem lekarzy i towarzystw ubezpieczeniowych. Zarabiałem całkiem nieźle, ale nie widziałem przyszłości w pozwach zbiorowych. Gotowy na ostrygi?
– Tak.
French wcisnął guzik i do jadalni wszedł steward z dwiema tacami surowych ostryg w połówkach muszli. Ray wziął sos i szykując się na ucztę, dodał do niego chrzanu. Patton kręcił kieliszkiem i opowiadał.
– Potem były papierosy – rzucił ze smutkiem. – Weszło w nie wielu adwokatów, stąd, z wybrzeża. Myślałem, że zwariowali, wszyscy tak myśleli, a oni nic, tylko pozywali producentów niemal ze wszystkich stanów. Była okazja, mogłem się do nich przyłączyć, ale miałem pietra. Aż wstyd przyznać, ale tak, cholernie się bałem.
– Czego chcieli? – Ray włożył sobie do ust pierwszą ostrygę i słonego krakersa.
– Miliona dolarów na sfinansowanie procesu. A ja ten milion miałem.
– A roszczenia? – spytał Ray, żując.
– Na ponad trzysta miliardów. Największy prawno-finansowy przekręt w historii. Spółki tytoniowe przekupywały każdego adwokata, który dał się przekupić. Jedna wielka łapówa, a ja ją przegapiłem. – Omal się nie rozpłakał – miał ku temu znakomity powód – ale pociągnął długi łyk wina i szybko doszedł do siebie.
– Dobre ostrygi – powiedział z pełnymi ustami Ray.
– Dwadzieścia cztery godziny temu były cztery i pół metra pod wodą. – Mecenas dolał sobie wina i pochylił się nad talerzem.
– Jaki miałby pan z tego zysk?
– Z tego miliona? Dwieście.
– Dwieście milionów dolarów?
– Tak. Byłem chory przez rok. Mnóstwo tu było chorych. Wiedzieliśmy co i jak i stchórzyliśmy.
– A potem przyszedł ryax.
– Tak.
– Jak się pan o nim dowiedział? – spytał Ray, wiedząc, że odpowiedź będzie obszerna i że przez ten czas zdąży spokojnie zjeść.

– Byłem na sympozjum w St Louis. Missouri to ładny stan, i w ogóle, ale jeśli chodzi o masówki, tamtejsi prawnicy byli kilometry za nami. No bo my mieliśmy już azbestowców, mieliśmy chłopaków od tytoniu, którzy szastali forsą, pokazując wszystkim, jak się to załatwia. Poszedłem na kielicha z pewnym starym adwokatem z małego miasteczka w Górach Ozark. Jego syn wykłada na medycynie, na uniwersytecie w Columbii, i ten syn prowadził badania nad ryaksem. Wyniki badań były potworne. To przeklęte lekarstwo dosłownie zżera nerki, a ponieważ było nowe, nikt nie zdążył zaskarżyć producenta. Znalazłem eksperta w Chicago, a on, za pośrednictwem lekarza z Nowego Orleanu, znalazł Clete'a Gibsona. Zaczęliśmy prowadzić masowe badania, no i ruszyło jak lawina. Potrzebowaliśmy tylko orzeczenia, hojnego orzeczenia.

– Dlaczego nie chciał pan procesu z ławą przysięgłych?

– Uwielbiam przysięgłych. Uwielbiam nimi manipulować, uwielbiam ich wybierać, przekonywać, a nawet przekupywać, ale są nieobliczalni. Chciałem iść na pewniaka, chciałem gwarancji. I szybkiego procesu. Pogłoski o ryaksie rozszerzały się lotem błyskawicy. Wyobraża pan sobie tych wygłodniałych adwokatów, którzy słyszą plotki, że oto kolejny dobry lek okazał się lekiem złym? Spisywaliśmy pozwy tuzinami. Wiedzieliśmy, że ten, kto jako pierwszy uzyska wysokie odszkodowanie, zostanie królem, zwłaszcza jeśli orzeczenie zostanie wydane tu, w Biloxi. Miyer-Brack to szwajcarska firma...

– Czytałem akta.

– Wszystkie?

– Tak, wczoraj, w Hancock.

– Ci Europejczycy. System pozwów zbiorowych ich przeraża.

– To chyba dobrze.

– Pewnie. Inaczej byliby nieuczciwi. Ale tak naprawdę przerażać ich powinno to, że ich cholerny lek może okazać się szkodliwy, że może zrobić komuś krzywdę. Sęk w tym, że kiedy stawką w grze są miliardy, nikt się tym nie przejmuje. Ich uczciwości pilnują ludzie tacy jak ja.

– Wiedzieli, że ryax jest szkodliwy?

French włożył sobie do ust ostrygę, głośno ją przełknął, zapił potężnym łykiem burgunda i w końcu odrzekł:

– Początkowo nie. Obniżał poziom cholesterolu tak skutecznie, że Miyer-Brack i ci z Federalnej Komisji do spraw Leków błyskawicznie dopuścili go do sprzedaży. Był to kolejny cudowny lek i przez kilka lat nie wywoływał żadnych skutków ubocznych. I nagle bum! Nefrony... Wie pan, jak działają nerki?

– Dla potrzeb dyskusji powiedzmy, że nie wiem.

– Każda nerka składa się z miliona maleńkich jednostek filtrujących zwanych nefronami, a ryax zawierał środek syntetyczny, który je dosłownie rozpuszczał. Nie wszyscy umierają, jak nasz biedny Gibson, stopień uszkodzenia tkanki też jest różny. Ale w każdym przypadku są to uszkodzenia trwałe. Nerka to zadziwiający organ i często regeneruje się sama, ale nie po pięciu latach zażywania ryaksu.

– Kiedy ci z Miyer-Bracka stwierdzili, że mają problem?

– Trudno powiedzieć, ale pokazaliśmy Sędziemu kilka wewnętrznych dokumentów, raportów laboratoryjnych, w których ich specjaliści doradzają szefom firmy ostrożność i zalecają dalsze badania. Ryax był na rynku już od czterech lat i naukowcy coraz bardziej się niepokoili. Potem ludzie zaczęli chorować, a nawet umierać, i było już za późno. Patrząc na to z mojego punktu widzenia, uznałem, że musimy znaleźć klienta doskonałego, co też zrobiliśmy, doskonałe forum, które znaleźliśmy, i że musimy to załatwić bardzo szybko, zanim nie uprzedzi nas inny adwokat. I właśnie wtedy na scenę wydarzeń wkroczył pański ojciec.

Steward zabrał puste muszle i postawił na stole sałatkę z krabów. Mecenas French osobiście wybrał wino z pokładowej piwnicy.

– Co się wydarzyło po procesie? – spytał Ray.

– Sam nie napisałbym lepszego scenariusza. Ci z Miyer-Bracka załamali się, dosłownie pękli. Te aroganckie dupki płakały rzewnymi łzami. Szastali pieniędzmi, miliardami dolarów w gotówce, byli gotowi zapłacić każdemu adwokatowi od ryaksu. Przed procesem miałem czterysta pozwów i nikt mnie nie znał. Po procesie miałem pięć tysięcy pozwów i jedenastomilionowe orzeczenie na koncie. Dzwoniły do mnie setki prawników. Przez miesiąc latałem learjetem po całym kraju, podpisując z adwokatami umowy o wspólnej reprezentacji w sądzie. Facet z Kentucky miał sto pozwów. Facet z St Paul osiemdziesiąt. I tak dalej, i tak dalej. Cztery miesiące po procesie polecieliśmy do Nowego Jorku na wielką konferencję ugodową. W ciągu niecałych trzech godzin wymieniliśmy sześć tysięcy pozwów na siedemset milionów dolarów. Miesiąc później kolejne tysiąc dwieście pozwów na dwieście milionów dolarów.

– Ile pan z tego miał? – spytał Ray. Gdyby zadał to pytanie komuś innemu, poczytano by to za brak taktu, ale French nie mógł się wprost doczekać, żeby odpowiedzieć.

– Pięćdziesiąt procent i zwrot kosztów. Resztę zabiera klient. Niestety, to główny mankament pozwów zbiorowych: połowę trzeba oddać klientowi. Tak czy inaczej, umowami zajmowali się inni, a ja zgarnąłem trzysta milionów z małą górką. Masówki są piękne, Ray. Zebrać ciężarówkę pozwów, wyrwać od firmy wagon szmalu i zgarnąć połowę. Przestali jeść. W powietrzu fruwało za dużo pieniędzy.

– Trzysta milionów? – powtórzył z niedowierzaniem Ray.

French przepłukał gardło winem.

– Czyż to nie słodkie? Forsa spływa tak szybko, że nie nadążam jej wydawać.

– Ale widać, że pan próbuje.

– To wierzchołek góry lodowej. Słyszał pan o minitrinie?

– Zajrzałem do Internetu, widziałem stronę pańskiej firmy.

– Naprawdę? No i co?

– Nieźle. Dwa tysiące spraw.

– Teraz już trzy. Minitrin leczy nadciśnienie, ale przy okazji powoduje impotencję. Produkuje go Shyne Medical. Zaproponowali pięćdziesiąt tysięcy od pozwu, ale powiedziałem nie. Mam też tysiąc czterysta pozwów przeciwko producentom kobrilu, leku antydepresyjnego, który, naszym zdaniem, powoduje utratę słuchu. Słyszał pan o Chudym Benie?

– Tak.

– Trzy tysiące pozwów. I tysiąc pięćset pozwów...

– Czytałem listę. Strona jest chyba uaktualniona.

– Oczywiście. Jestem królem masówek, Ray. Wszyscy do mnie dzwonią. Zatrudniam trzynastu adwokatów, a potrzebuję czterdziestu.

Steward zabrał talerze. Postawił przed nimi miecznika i przyniósł kolejną butelkę wina, chociaż wypili dopiero połowę tej, która stała na stole. French odprawił rytuał degustacji, po czym niechętnie skinął głową. Ray uznał, że wino nie różni się smakiem od dwóch poprzednich.

– A wszystko to zawdzięczam pańskiemu ojcu.

– Tak?

– Tak. Miał odwagę zrobić właściwy ruch, zatrzymać sprawę w Hancock i nie pozwolić, żeby ci z Miyer-Bracka uciekli do sądu federalnego. Rozumiał wagę problemu i nie bał się ich ukarać. Najważniejszy jest czas, Ray, zgranie w czasie. Niecałe pół roku po tym, jak wydał orzeczenie, miałem na koncie trzysta milionów dolarów.

– I wszystko zatrzymał pan dla siebie?

French miał widelec przy ustach. Zawahał się, spróbował ryby i przez chwilę bez słowa ją żuł.

– Nie rozumiem.

– Chyba pan rozumie. Czy dał pan jakieś pieniądze mojemu ojcu?

– Tak.

– Ile?
– Jeden procent.
– Trzy miliony dolarów?
– I trochę drobnych. Ta ryba jest świetna, prawda?
– Tak. Dlaczego?
French odłożył sztućce i palcami obu rąk przeczesał swoje loki. Potem wytarł palce w serwetkę i ponownie zakręcił kieliszkiem.
– Ma pan pewnie mnóstwo pytań. Dlaczego, kiedy, jak, kto.
– Dobrze pan opowiada, chętnie posłucham.
French zakręcił kieliszkiem jeszcze raz i z ukontentowaniem wypił łyk wina.
– To nie tak, jak pan myśli, chociaż dla tego orzeczenia przekupiłbym i jego, i każdego innego sędziego. Robiłem to nieraz i z rozkoszą zrobię ponownie. Ot, koszty własne. Ale szczerze mówiąc, byłem tak zastraszony jego reputacją, że bałem się mu cokolwiek zaproponować. Wsadziłby mnie do więzienia.
– I to na resztę życia.
– Tak, wiem, mój ojciec mi to wyperswadował. Dlatego postawiliśmy na uczciwość. Proces przypominał bitwę, ale prawda była po mojej stronie. Wygrałem, potem wygrałem jeszcze więcej, teraz zgarniam krocie. Pod koniec lata zeszłego roku, gdy przesłano mi pieniądze, postanowiłem dać mu prezent. Dbam o tych, którzy mi pomagają. Nowy samochód tu, nowe mieszkanie tam, worek pieniędzy za przysługę. Gram twardo i zawsze pamiętam o przyjaciołach.
– On nie był pańskim przyjacielem.
– Fakt, nie byliśmy kumplami ani kamratami z bractwa, ale w moim świecie nie miałem lepszego przyjaciela niż on. Wszystko zaczęło się od niego. Wie pan, ile zarobię w ciągu najbliższych pięciu lat?
– Niech mnie pan zaszokuje.
– Pół miliarda. A zawdzięczam to jemu.
– Nigdy nie będzie miał pan dość?
– Mieszka tu taki jeden, adwokat od papierosów. Zarobił miliard. Chcę go dogonić.
Ray musiał się napić. Popatrzył na wino, jakby wiedział, na co patrzy, i wypił do dna. French wgryzł się w rybę.
– Myślę, że pan nie kłamie.
– Bo nie kłamię – odparł French. – Oszukuję, przekupuję, ale nie kłamię. Jakieś pół roku temu, kiedy robiłem zakupy, wie pan, samoloty, łodzie, domy nad morzem i w górach, pomieszczenia na nowe biura, dowiedziałem się, że wykryto u niego raka i że sprawa jest poważna.

Chciałem coś dla niego zrobić. Wiedziałem, że nie ma pieniędzy, że lubi je rozdawać...

– I wysłał mu pan trzy miliony dolarów gotówką?

– Tak.

– Tak po prostu?

– Tak po prostu. Zadzwoniłem i powiedziałem, żeby spodziewał się przesyłki. A właściwie czterech przesyłek, czterech dużych kartonowych pudeł. Mój człowiek zawiózł je tam i zostawił na tarasie. Sędziego nie było w domu.

– Trzy miliony w nieoznakowanych banknotach?

– A po co miałbym je znakować? Myśli pan, że chciałem dać się złapać?

– Co powiedział?

– Nic. Nie odezwał się do mnie słowem i wcale nie byłem tego słowa ciekaw.

– Więc co zrobił?

– Mnie pan pyta? Jest pan jego synem, znał go pan lepiej niż ja. No więc?

Ray odsunął talerz, wziął kieliszek, założył nogę na nogę i spróbował się odprężyć.

– Znalazł pieniądze na tarasie i kiedy dotarło do niego, skąd pochodzą, posłał panu solidną wiązankę.

– Boże, mam nadzieję.

– Przeniósł pudła do holu, gdzie stały już dziesiątki innych. Zamierzał odwieźć je do Biloxi, ale minęło parę dni, a one wciąż stały. Był chory, osłabiony, kiepsko prowadził. Wiedział, że umiera i jestem przekonany, że ta świadomość odmieniła jego pogląd na wiele spraw. Po kilku dniach postanowił ukryć pieniądze, chociaż cały czas chciał je tu przywieźć i przy okazji złoić panu to skorumpowane dupsko. Mijały tygodnie, a on był coraz słabszy.

– Kto je znalazł?

– Ja.

– Gdzie teraz są?

– W bagażniku mojego samochodu, w pańskiej kancelarii.

French śmiał się długo i głośno.

– Wróciły tam, gdzie się wszystko zaczęło – wykrztusił, z trudem chwytając oddech.

– Przemierzyły kawał drogi. Znalazłem je w gabinecie zaraz po tym, gdy odkryłem jego zwłoki. Ktoś próbował włamać się do domu, więc zawiozłem je do Wirginii. Teraz są tutaj, ale cały czas ktoś mnie śledzi.

Śmiech natychmiast ustał. French wytarł usta serwetką.
– Ile pan znalazł?
– Trzy miliony sto osiemnaście tysięcy.
– A żeby go! Nie wydał ani centa.
– I nie wspomniał o nich w testamencie. Po prostu powkładał je do pudełek po kopertach i zamknął w szafce pod półkami na książki.
– Kto próbował się do pana włamać?
– Miałem nadzieję, że może pan będzie wiedział.
– I chyba wiem.
– Proszę mi powiedzieć.
– To długa historia.

Rozdział 32

Przeszli na górny pokład, skąd roztaczał się widok na migoczące w oddali światełka Biloxi. French zaprosił go tam na słodową whisky i na kolejną opowieść. Ray nie pijał whisky, a już na pewno nie wiedział nic na temat tych słodowych, mimo to przyjął zaproszenie, wiedząc, że mecenas urżnie się jeszcze bardziej. Prawda lała się teraz strumieniami, a on chciał ją poznać.

Wybrali lagavulin ze względu na jej dymny aromat, cokolwiek to oznaczało. Były jeszcze cztery inne – stały tam niczym dumne strażniczki w starych galowych mundurach, ale Ray uznał, że ma już dość. Postanowił sączyć maleńkimi łykami, udawać, że pije i – kiedy tylko będzie mógł – wylewać whisky za burtę. Ku jego uldze steward nalewał na samo dno, do niskich grubych szklaneczek, tak ciężkich, że można by nimi bez problemu kruszyć mury.

Dochodziła dziesiąta, ale zdawało się, że jest dużo później. Nad zatoką zapadła ciemność, a w pobliżu nie było widać żadnych innych łodzi. Z południa wiał łagodny wiatr i „Król Delikt" leciutko się kołysał.

– Kto wie o pieniądzach? – spytał French, mlasnąwszy językiem.
– Ja, pan i ten, kto je tam zawiózł.
– I właśnie o niego chodzi.
– Kto to jest?
– Gordie Priest. Pracował dla mnie przez osiem lat, najpierw jako goniec, potem jako naganiacz, wreszcie jako inkasent. Jego rodzina mieszka

tu od wieków i od zawsze żyją na granicy prawa. Jego ojciec i wujowie organizowali grę w numerki, byli alfonsami, pędzili krzakówkę, prowadzili nielegalne nocne kluby. Byli częścią czegoś, co nazywano kiedyś mafią z wybrzeża, bandą oprychów, którzy gardzili uczciwą pracą. Dwadzieścia lat temu jeszcze się tu liczyli, dzisiaj to już tylko historia. Większość z nich siedzi w więzieniu. Ojca Gordiego, człowieka, którego bardzo dobrze znałem, zastrzelono przed barem pod Mobile. Żałośni ludzie. Moja rodzina zna ich od lat.

Sugerował, że Frenchowie byli niewiele lepsi, ale nie mógł tego powiedzieć. Tworzyli fasadę, prawny fronton i uśmiechali się do kamer, ubijając po cichu lewe interesy.

– Gordie poszedł siedzieć, kiedy miał dwadzieścia lat, za uczestnictwo w szajce złodziei samochodów, którzy działali na terenie kilkunastu stanów. Kiedy wyszedł, dałem mu pracę i z czasem został jednym z najlepszych naganiaczy na wybrzeżu. Specjalizował się w sprawach morskich. Znał facetów z platform wiertniczych, więc kiedy ktoś tam zginął albo się poharatał, miałem nowego klienta. Był u mnie na niezłym procencie. O naganiaczy trzeba dbać. Pewnego roku zapłaciłem mu prawie osiemdziesiąt tysięcy gotówką. Oczywiście natychmiast wszystko przepuścił. Kasyna, kobiety, i tak dalej. Uwielbiał jeździć do Vegas, chlać przez tydzień i szastać forsą jak wielki gość. Zachowywał się jak idiota, ale nie był głupi. Miewał wzloty i upadki, ale zawsze z tego wychodził. Kiedy był spłukany, brał się w garść i zarabiał trochę grosza. Kiedy tylko zarobił, od razu wszystko przepuszczał.

– A pointa?

– Chwila. – French dwa razy odkaszlnął i Ray szybko wylał whisky za burtę.

– Po procesie Gibsona pieniądze zaczęły spływać jak lawina. Musiałem odwdzięczyć się za przysługi. Trzeba było rozwieźć masę forsy. Dla adwokatów, którzy podsyłali mi nowe sprawy. Dla lekarzy, którzy przebadali tysiące klientów. Nie, nie, prawie wszystko było legalne, ale wielu z nich wolało uniknąć papierkowej roboty. Popełniłem błąd, wysyłając z pieniędzmi Gordiego. Myślałem, że mogę mu zaufać. Myślałem, że jest lojalny. Myliłem się.

French dopił whisky i miał ochotę spróbować kolejnej. Ray odmówił, udając, że nie skończył jeszcze tej.

– I co? – spytał. – Zawiózł pieniądze do Clanton i zostawił je na tarasie?

– Tak, a trzy miesiące później ukradł mi milion dolarów w gotówce i zniknął. Ma dwóch braci i w ciągu ostatnich dziesięciu lat któryś z tej trójki zawsze siedział w więzieniu. Ale teraz jest inaczej. Teraz są na zwolnieniu warunkowym i próbują wymusić ode mnie duże pieniądze. Wymuszenie to poważne przestępstwo, ale nie mogę pójść z tym do FBI.

– Dlaczego pan myśli, że to on chce odbić te trzy miliony?

– Podsłuch. Wiadomość sprzed kilku miesięcy. Szuka go kilku bardzo zasadniczych i niebezpiecznych ludzi.

– Co zrobią, jak go znajdą?

– Och, wyznaczono za niego nagrodę.

– Coś jakby... kontrakt?

– Tak.

Ray sięgnął po whisky.

Spał na jachcie, w wielkiej kajucie gdzieś pod wodą, i kiedy wyszedł na pokład, słońce stało już wysoko, a powietrze było przesycone lepką, gorącą wilgocią. Kapitan powitał go i wskazał korytarz, na którego końcu wrzeszczał do telefonu French.

Jak spod ziemi wyrósł przed Rayem wierny steward z kawą. Śniadanie podano pokład wyżej, dokładnie tam, gdzie pili słodową whisky i gdzie teraz rozwieszono cieniste zadaszenie.

– Uwielbiam jadać na dworze – oznajmił French. – Spał pan dziesięć godzin.

– Naprawdę? – Ray spojrzał na zegarek, którego nie zdążył jeszcze przestawić na miejscowy czas. Siedział na jachcie kotwiczącym w Zatoce Meksykańskiej, milion kilometrów od domu, niepewny ani dnia, ani godziny i obarczony świadomością, że ściga go banda paskudnych typów.

Na stole leżało kilka gatunków pieczywa i płatków.

– Tin Lu może przyrządzić, co pan zechce – powiedział French. – Bekon, jajka, kaszę.

– Nie, nie, zjem to, dziękuję.

Mecenas był rześki, jak zwykle nadpobudliwy i już od rana zmagał się z kolejnym żmudnym dniem pracy, a robił to z energią, którą mogła mu zapewnić jedynie perspektywa półmiliardowych dochodów. Miał na sobie białą lnianą koszulę – zapiętą na ostatni guzik, jak wczoraj czarna – szorty i mokasyny.

– Minitrin – powiedział z czystymi, roztańczonymi oczami, wsypując do wielkiej miski wielką porcję płatków; każde naczynie było ozdobione obowiązkowym monogramem F&F. – Właśnie podłapałem kolejne trzysta pozwów.

Ray miał dość masówek.

– Świetnie, ale bardziej interesuje mnie Gordie Priest.

– Znajdziemy go. Już tam dzwonię.

– Myślę, że jest w mieście. – Ray sięgnął do tylnej kieszeni spodni i wyjął złożoną kartkę, zdjęcie schowka 37F, które znalazł poprzedniego dnia za wycieraczką audi.

French spojrzał na nie i przestał jeść.

– To w Wirginii? – spytał.

– Tak, drugi z trzech schowków, które wynajmowałem. Jeśli znaleźli dwa pierwsze, na pewno wiedzą o trzecim. No i wiedzą, gdzie byłem wczoraj rano.

– Ale najwyraźniej nie wiedzą, gdzie są pieniądze. W przeciwnym razie po prostu wyjęliby je z bagażnika, kiedy pan spał. Albo przechwyciliby pana gdzieś między Biloxi i Clanton i wpakowaliby panu kulę w ucho.

– Nie wiadomo.

– Wiadomo, wiadomo. Niech pan myśli jak bandzior. Jak gangster.

– Może pan tak potrafi, ale dla niektórych to dość trudne.

– Gdyby Gordie i jego bracia wiedzieli, że wozi pan pieniądze w bagażniku, już dawno by je zabrali. To proste. – Odłożył zdjęcie i zaatakował płatki.

– Nic nie jest proste – odparł Ray.

– Co pan chce zrobić? Oddać pieniądze mnie?

– Tak.

– Niech pan nie będzie głupi. To trzy miliony dolców wolnych od podatku.

– I kompletnie bezużytecznych, jeśli wpakują mi kulę w ucho. Mam niezłą pensję.

– Pieniądze są bezpieczne. Niech pan je zatrzyma i da mi trochę czasu. Znajdziemy ich i zneutralizujemy.

Ray znieruchomiał. Myśl o neutralizacji odebrała mu resztkę apetytu.

– Jedz, człowieku! – warknął French.

– Odechciało mi się. Brudne pieniądze, bandyci, którzy włamują się do mojego mieszkania i ścigają mnie po całym południowym wschodzie, podsłuchy, kontrakty. Co ja tu, u diabła, robię?

French ani na chwilę nie przestał jeść. Wnętrzności miał z mosiądzu.

– Niech pan zachowa spokój – powiedział. – A pieniądze będą pańskie.

– Nie chcę ich.

– Oczywiście, że pan chce.

– Nie.

– To niech pan da je Forrestowi.

– Doszłoby do katastrofy.

– To oddaj je pan tym od dobroczynności. Wspomóż pan uniwersytet. Zrób pan coś, co sprawi panu przyjemność.

– A może po prostu dam je Gordiemu, żeby mnie nie zastrzelił?

French odłożył łyżkę i rozejrzał się, jakby ktoś mógł ich podsłuchać.

– No dobra – powiedział o oktawę ciszej. – Namierzyliśmy go. Wczoraj wieczorem. Jest w Pascagoula. Depczemy mu po piętach. Dopadniemy go w ciągu dwudziestu czterech godzin.

– Dopadniecie i zneutralizujecie?

– Tak, skasujemy go.

– Skasujecie?

– Gordie przejdzie do historii, wystarczy? Pańskie pieniądze będą bezpieczne. Niech pan jeszcze trochę wytrzyma.

– Chciałbym już wrócić na brzeg.

French wytarł mleko z dolnej wargi, wziął swoje radio i kazał Dickiemu przygotować łódź. Kilka minut później mogli już odpływać.

– Niech pan je obejrzy – powiedział, wręczając Rayowi żółtą kopertę formatu A4.

– Co to?

– Zdjęcia Priestów. Na wypadek, gdyby się pan na nich natknął.

Otworzył ją dopiero w Hattiesburgu, sto czterdzieści cztery kilometry na północ od wybrzeża. Zatankował, kupił hermetycznie opakowaną kanapkę i natychmiast odjechał, żeby jak najszybciej dotrzeć do Clanton, gdzie Harry Rex znał szeryfa i wszystkich zastępców.

Gordie miał szyderczy i wyjątkowo złowieszczy uśmiech; uchwycił go policyjny fotograf w 1991 roku. Jego bracia, Slatt i Alvin, nie byli piękniejsi. Ray nie mógł odróżnić, który jest najstarszy, a który najmłodszy; nie, żeby miało to jakieś znaczenie. Po prostu nie byli do siebie podobni. Przyszywani bracia. Ta sama matka, różni ojcowie.

Mogli sobie wziąć po milionie, miał to gdzieś. Tylko dajcie mi święty spokój.

Rozdział 33

Wzgórza zaczęły się między Jackson i Memphis i miał wrażenie, że wybrzeże pozostało daleko na południu, co najmniej kilka stref czasowych za nim. Często zastanawiał się, jak to możliwe, żeby tak mały stan był tak bardzo zróżnicowany: Delta, nadrzeczny rejon bawełnianego i ryżowego bogactwa i wprawiającego w zdumienie ubóstwa. Rojące się od imigrantów wybrzeże, luz i niefrasobliwość Nowego Orleanu. No i wzgórza, gdzie w większości hrabstw po dziś dzień nie sprzedawano alkoholu i gdzie większość ludzi po dziś dzień chodziła w niedzielę do kościoła. Ludzie ze wzgórz nigdy nie zrozumieliby wybrzeża i nie zostaliby zaakceptowani w Delcie. Ray był szczęśliwy, że mieszkał w Wirginii.

Wmawiał sobie, że Patton French to tylko sen. Postać z komiksu, z innego świata. Nadęty dupek, którego żera własne ego. Kłamca, łapówkarz i bezwstydny oszust.

Potem zerkał na fotel obok i widział złowieszczą twarz Gordiego Priesta. Jedno zerknięcie i wszelkie wątpliwości znikały: ten drab i jego bracia zrobiliby wszystko, żeby zdobyć pieniądze, które woził ze sobą po całym kraju.

Godzina drogi od Clanton, ponownie w zasięgu przekaźnika, i zadzwoniła komórka. Dzwonił wyraźnie podenerwowany Fog Newton.

– Gdzie cię, do diabła, nosiło? – warknął.

– Nie uwierzysz.

– Dzwonię od samego rana.

– Co się stało?

– Mieliśmy tu małe zamieszanie. Wczoraj wieczorem, po ostatnich lotach ktoś przekradł się na rampę i podłożył bombę zapalającą pod lewe skrzydło bonanzy. No i bum! Dozorca z głównego terminalu zauważył ogień i zawiadomił straż.

Ray zjechał na pobocze międzystanówki 55 i mruknął coś do telefonu. Fog mówił dalej:

– Poważne uszkodzenia. Nie ma wątpliwości, że to podpalenie. Jesteś tam?

– Tak. Słucham. Co poszło?

– Lewe skrzydło, silnik, większa część kadłuba. Ci z ubezpieczeń powiedzą pewnie, że maszyna nadaje się tylko do kasacji. Jest tu policja, spec od podpaleń. I facet z firmy ubezpieczeniowej. Gdyby zbiorniki były pełne, doszłoby do potężnej eksplozji.

– Tamci już wiedzą?

– Właściciele? Tak. Wszyscy byli w mieście, zajmują pierwsze miejsce na liście podejrzanych. Miałeś szczęście, że wyjechałeś. Kiedy wracasz?

– Niedługo.

Zjechał z autostrady, skręcił na wysypany żwirem parking dla ciężarówek i długo siedział w upale, spoglądając na zdjęcie Gordiego. Priestowie działali szybko: poprzedniego dnia rano Biloxi, wieczorem Charlottesville. Gdzie są teraz?

Wszedł do środka i wypił kawę, przysłuchując się rozmowom kierowców. Żeby zapomnieć o Priestach, zadzwonił do Alcorn Village. Forrest był w pokoju, gdzie, jak sam powiedział, sypiał snem sprawiedliwego. To zdumiewające, mówił, że tak długo tu sypia. Wciąż narzekał na jedzenie, ale było chyba trochę lepsze. Albo było, albo polubił kolorowe galaretki. Jak małe dziecko w Disney Worldzie, spytał, do kiedy może tam zostać. Ray odrzekł, że nie jest pewien. Kiedyś zdawało się, że pieniędzy nigdy nie zabraknie, teraz mógł je stracić.

– Nie wypuszczaj mnie stąd – błagał Forrest. – Chcę tu zostać do końca życia.

Synowie Atkinsa skończyli dach bez żadnego wypadku. Kiedy przyjechał do domu Pod Klonami, nikogo już tam nie było. Zadzwonił do Harry'ego Reksa i zaproponował:

– Napijmy się piwa na tarasie.

Harry Rex nigdy by takiego zaproszenia nie odrzucił.

Tuż przed domem, zaraz za chodnikiem, był kawałek równego, gęsto porośniętego trawnika i po długim namyśle uznał, że jest to dobre miejsce na umycie samochodu. Ustawił audi maską do ulicy i tyłem do domu, krok od schodów na taras. W piwnicy znalazł stare metalowe wiadro, a w szopie przeciekający wąż. Zdjął koszulę i buty i przez dwie godziny chlapał się wodą, skrobiąc samochód w gorącym popołudniowym słońcu. Potem przez godzinę woskował go i polerował. O piątej otworzył zimne piwo i usiadł na schodach, żeby podziwiać swoje dzieło.

Zadzwonił pod prywatny numer Pattona Frencha, ale słynny adwokat był oczywiście zajęty. Ray chciał podziękować mu za gościnność, ale tak naprawdę ciekawiło go, czy ludzie mecenasa poczynili jakieś postępy w neutralizowaniu gangu Gordiego Priesta. Nie, nie spytałby go o to bezpośrednio, prosto z mostu, ale zadufany w sobie French z radością przekazałby mu nowinę sam.

Pewnie zdążył już o nim zapomnieć. Miał to gdzieś, czy Gordie wpakuje kulę w łeb jemu czy komuś innemu. Musiał zarobić pół miliarda na masówkach i tylko to go pochłaniało. Oskarżyć takiego faceta o łapówkarstwo i zlecenie zabójstwa, a wynajmie pięćdziesięciu adwokatów, którzy przekupią każdego urzędnika, sędziego, prokuratora i przysięgłego. Zadzwonił do Coreya Crawforda i dowiedział się, że właściciel po raz drugi naprawił drzwi. Policja obiecała mieć mieszkanie na oku. Przez kilka dni, do jego powrotu.

Furgonetka wjechała na podjazd tuż przed szóstą. Wyskoczył z niej roześmiany facet z cienką kopertą, na którą – już po jego odjeździe – Ray patrzył długo i w skupieniu. Zlecenie nadania wypisano na formularzu wydziału prawa Uniwersytetu Wirginii i ręcznie zaadresowano do pana Raya Atlee, zamieszkałego w domu Pod Klonami przy Czwartej ulicy numer 816 w Clanton, Missisipi. Data nadania: drugi czerwca, a więc poprzedniego dnia. Podejrzana przesyłka. Dosłownie wszystko było w niej podejrzane.

Nikt z wydziału nie znał jego dawnego adresu. Nie mieli do niego nic pilnego na tyle, żeby zawiadamiać go o tym ekspresem. Nigdy dotąd nie otrzymał w wakacje ekspresowej przesyłki. I nie przychodził mu do głowy ani jeden powód, dla którego wydział miałby coś do niego wysyłać. Otworzył kolejne piwo, wrócił na schodki, chwycił tę przeklętą kopertę i omal nie rozdarł jej na pół.

W środku była druga koperta, taka zwykła, biała, dwadzieścia dwa na trzydzieści sześć centymetrów, a na niej ręcznie napisane słowo: *Ray*. W środku tkwiło kolejne kolorowe zdjęcie z magazynu Chaneya, tym razem schowka 18R. Na spodzie kartki, obłąkaną mieszaniną niepasujących do siebie czcionek, napisano: *Samolot ci niepotrzebny. Przestań wydawać pieniądze.*

Ci faceci byli bardzo, ale to bardzo dobrzy. Wystarczająco trudne było już samo wytropienie i sfotografowanie trzech schowków. Spalenie bonanzy, odważne, aczkolwiek głupie, też nie należało do łatwych zadań. Ale najbardziej – choć może to dziwne – zaimponowało mu to, że potrafili gwizdnąć formularz z wydziału prawa.

Długo nie mógł otrząsnąć się z szoku, a gdy się wreszcie otrząsnął, zdał sobie sprawę z czegoś, co powinno było natychmiast do niego dotrzeć. Skoro wytropili schowek 18R, wiedzieli, że pieniędzy tam nie ma. Że nie ma ich ani u Chaneya, ani w mieszkaniu. Jechali za nim z Wirginii do Clanton i gdyby ukrył je gdzieś na trasie, też by o tym wiedzieli. Kiedy był na wybrzeżu, prawdopodobnie znowu przeszukali dom Pod Klonami.

Sieć zaciskała się z godziny na godzinę. Tamci kojarzyli wszystkie ślady, połączyli wszystkie kropki. Ray musiał te pieniądze ze sobą wozić i nie miał już dokąd uciec.

Pobierał dobrą pensję, ze wszystkimi możliwymi dodatkami. Nie prowadził wystawnego życia i siedząc na schodkach, wciąż bez koszuli i na bosaka, sącząc piwo w ten długi, gorący i wilgotny czerwcowy wieczór, doszedł do wniosku, że woli żyć tak jak dotąd. Że przemoc jest dobra dla takich jak Gordie Priest i wynajęci przez Frencha zabójcy. Że to nie jego żywioł.

Zresztą pieniądze i tak były brudne.

– Czemu zaparkowałeś od frontu? – mruknął Harry Rex, człapiąc na taras.

– Umyłem go tam i zostawiłem – odrzekł Ray. Zdążył wziąć prysznic i przebrać się w szorty i podkoszulek.

– Słoma ci z butów wystaje. Niektórym wystaje do końca życia. Daj piwo.

Harry Rex spędził w sądzie cały dzień, prowadząc paskudną sprawę rozwodową i dyskutując o kwestiach tak ważkich jak to, który ze współmałżonków palił więcej marihuany przed dziesięcioma laty i który częściej zdradzał. Chodziło o opiekę nad czworgiem dzieci, a nie nadawali się do tego ani mąż, ani żona.

– Jestem na to za stary – wymamrotał, bardzo zmęczony. Przy drugim piwie omal nie usnął.

Był miejscowym królem rozwodów, i to już od dwudziestu pięciu lat. Skłóceni małżonkowie pędzili do niego na wyścigi, żeby nie dać się wyprzedzić przeciwnikowi. Pewien farmer z Karraway wynajął go na stałe, żeby nie musieć nikogo szukać w razie kolejnego rozwodu. Był bardzo błyskotliwy, lecz potrafił też być wstrętny i złośliwy. W zażartych bojach rozwodowych bardzo się to liczyło.

Ale tego rodzaju praca zbierała swoje żniwo. Jak większość małomiasteczkowych adwokatów, Harry Rex śnił o wielkiej wygranej. O wielkim procesie o odszkodowanie, o czterdziestoprocentowym honorarium, o pieniądzach, z których mógłby żyć na emeryturze.

Poprzedniego wieczoru Ray pił drogie wina na jachcie za dwadzieścia milionów dolarów, na łodzi zbudowanej przez saudyjskiego księcia i należącej do członka palestry stanu Missisipi, który knuł miliardowe spiski przeciwko międzynarodowym gigantom. Teraz pił tanie piwo na przerdzewiałej huśtawce z członkiem palestry stanu Missisipi, który całymi dniami użerał się ze sprawami o alimenty i prawo do opieki nad dziećmi.

– Ten od nieruchomości przywiózł tu rano klienta – powiedział Harry Rex. – Zadzwonił w porze lunchu i mnie obudził.

– Znalazł kogoś?

– Pamiętasz braci Kapshaw spod Rail Springs?

– Nie.

– Dobre chłopaki. Dziesięć, może dwanaście lat temu zaczęli robić krzesła w starej stodole. Od krzesełka do krzesełka i sprzedali firmę wielkiej spółce meblowej z siecią sklepów w obu Karolinach. Każdy zgarnął po melonie, a teraz Junkie i jego żona szukają domu.

– Junkie Kapshaw?

– Tak, ale to straszny sknerus i czterystu tysięcy nie zapłaci.

– Ja mu się nie dziwię.

– Jego żonie odbiło i chce kupić stary dom. Pośrednik twierdzi, że złożą ofertę, ale na pewno niską. – Harry Rex ziewnął.

Pogadali chwilę o Forreście, a potem zamilkli.

– Chyba już pójdę. – Po trzech piwach Harry Rex zaczął zbierać się do wyjścia. – Kiedy wracasz do Wirginii? – Z trudem wstał i rozprostował kości.

– Pewnie jutro.

– Zadzwoń. – Harry Rex znowu ziewnął i zszedł schodkami na podjazd.

Światła samochodu zniknęły na ulicy i Ray został nagle zupełnie sam. Pierwszym odgłosem, który usłyszał, był szelest krzaków na końcu działki. Szeleścił pewnie stary pies albo skradający się kot, ale bez względu na to, jak niegroźny był to przeciwnik, zapędził przerażonego Raya z powrotem do domu.

Rozdział 34

Atak rozpoczął się o drugiej, najgłębszą, najciemniejszą nocą, gdy sen jest najtwardszy, a reakcje najwolniejsze. Ray był martwy dla świata, chociaż jego znużonemu umysłowi świat ten bardzo ciążył. Leżał na materacu w holu, z rewolwerem u boku i trzema torbami pieniędzy obok prowizorycznego łóżka.

Najpierw przez okno wpadła cegła, z hukiem, od którego zatrząsł się stary dom, i z impetem, który zasypał szkłem blat stołu w jadalni i świeżo wypolerowaną podłogę. Był to rzut silny i dobrze mierzony, wykonany przez kogoś, kto nie lubił się z nikim patyczkować i prawdopodobnie robił to nie pierwszy raz. Niczym ranny kot-dachowiec, Ray wstał, orząc paznokciami ścianę i omal się nie postrzelił, macając wokoło w poszukiwaniu rewolweru. Pochylony przemknął przez hol, zapalił światło i zobaczył cegłę, która spoczywała złowieszczo koło szafki z porcelaną.

Chwycił kołdrę, tę ze skrawków, odgarnął szkło i kawałki drewna i ostrożnie ją podniósł. Była czerwona, nowiutka, taka z ostrymi krawędziami. Dwiema grubymi gumowymi taśmami przymocowano do niej kartkę. Zdjął je, patrząc na resztki okna. Ręce trzęsły mu się tak bardzo, że nie mógł nic odczytać. Głośno przełknął ślinę. Spróbował wziąć oddech, spróbował się skupić.

Na kartce napisano: *Połóż pieniądze tam, gdzie je znalazłeś i natychmiast wyjdź z domu.*

Krwawiła mu ręka; skaleczył się odłamkiem szkła. Z tej ręki strzelał, to znaczy, miał zamiar z niej strzelać, i przerażony zastanawiał się przez chwilę, jak się teraz obroni. Przykucnął w mroku jadalni, każąc sobie oddychać i trzeźwo myśleć.

Nagle zadzwonił telefon i Ray podskoczył tak mocno, że omal nie roztrzaskał sobie głowy o ścianę. Po drugim dzwonku przebiegł szybko do kuchni i w słabym świetle lampki nad kuchenką wymacał słuchawkę telefonu.

– Halo! – warknął.

– Połóż pieniądze na miejsce i wyjdź. – Czyjś spokojny, lecz dobitny głos. Głos zupełnie obcy, w którym jak przez skłębioną mgłę wychwycił leciutki akcent mieszkańców wybrzeża. – I to natychmiast! Zanim stanie ci się krzywda.

Chciał krzyknąć: Nie!, Przestańcie!, Kim jesteście? – lecz niezdecydowany zawahał się i tamten przerwał połączenie. Ray usiadł na podłodze plecami do lodówki i dokonał szybkiego przeglądu dostępnych, aczkolwiek bardzo nielicznych opcji.

Mógłby zadzwonić na policję – ukryć pieniądze, wepchnąć torby pod łóżko, przesunąć materac, schować kartkę i zostawić na wierzchu cegłę, stwarzając pozory, że to napad młodocianych wandali, którzy chcą – ot, tak sobie – zdewastować dom. Policjant obszedłby dom z latarką, posiedziałby z nim przez parę godzin, ale kiedyś by wyszedł.

Priestowie nie zamierzali odejść. Przylgnęli do niego jak klej. Niewykluczone, że na chwilę przywarowali, ale odejść, na pewno nie odeszli.

I byli o wiele sprawniejsi niż nocny stróż prawa z Clanton. O wiele lepiej umotywowani.

Mógłby też zadzwonić do Harry'ego Reksa – obudzić go, powiedzieć, że to pilne, ściągnąć go tu i wyrzucić z siebie całą prawdę. Bardzo chciał z kimś porozmawiać. Ileż to razy pragnął mu wszystko wyznać. Mogliby podzielić się pieniędzmi, włączyć je do masy spadkowej albo wyjechać do Tuniki i przez rok grać w kasynie.

Tylko po co narażać i jego? Za trzy miliony tamci wymordowaliby pół Clanton.

Miał rewolwer. Przecież mógł się bronić. Mógł ich odeprzeć. Weszliby, a on zapaliłby światło. Wystrzały zaalarmowałyby sąsiadów, zbiegłoby się całe miasto.

Ale wystarczyłaby jedna kula, jedna ostra, dobrze wymierzona kulka, której na pewno nawet by nie zobaczył, i której uderzenie odczuwałby jedynie przez ułamek sekundy. Poza tym tamci mieli nad nim przewagę liczebną i na pewno umieli strzelać o wiele lepiej niż profesor Ray Atlee. Ray już dawno doszedł do wniosku, że nie chce umierać. Za dobrze mu się żyło.

W chwili, gdy częstość akcji serca osiągnęła już maksimum i puls zaczął powoli spadać, ponownie rozległ się huk i przez okno nad kuchennym zlewem wpadła druga cegła. Ray podskoczył, krzyknął, upuścił rewolwer, kopnął go i popędził do holu. Na czworakach zaciągnął worki do gabinetu Sędziego. Jednym szarpnięciem odsunął sofę od półki i zaczął wrzucać pliki banknotów do szafek, w których to cholerstwo znalazł. Był zlany potem, klął, spodziewając się kolejnej cegły, a może pierwszego wystrzału. Gdy wepchnął wszystko na miejsce, podniósł rewolwer i otworzył frontowe drzwi. Popędził do samochodu, odpalił silnik i uciekł, ryjąc kołami bruzdy w trawniku.

Był cały i zdrowy, a w tej chwili nic więcej się nie liczyło.

Na północ od Clanton, na dawnym brzegu jeziora Chatoula, teren się obniżał i na odcinku ponad dwóch kilometrów droga była prosta i równa. Na obszarze tym, zwanym po prostu Równiną, od wielu lat urządzano nielegalne nocne wyścigi samochodowe. Było to również królestwo pijaków, zbirów i wszelkiej maści rozrabiaków. Nie licząc nocnej przygody z Priestami, Ray otarł się o śmierć tylko raz, jeszcze w ogólniaku, gdy siedząc na tylnym siedzeniu zapchanego kumplami pontiaca firebirda, z pijanym Bobbym Lee Westem za kierownicą, ścigali się z camaro, którego prowadził jeszcze bardziej pijany Doug Terring. Pędzili przez Równinę z prędkością stu sześćdziesięciu kilometrów na godzinę i wtedy udało mu się wyjść z tego cało, ale rok później Bobby Lee zginął, gdy jego wóz wypadł z drogi i uderzył w drzewo.

Wjechawszy na Równinę, wcisnął pedał gazu i audi dostało skrzydeł. Było wpół do trzeciej nad ranem i wszyscy na pewno spali. Elmer Conway spałby również, gdyby opity krwią komar nie ugryzł go w czoło. Elmer obudził się, zobaczył światła szybko nadjeżdżającego samochodu i włączył radar. Potrzebował aż sześciu kilometrów, żeby dopędzić tę śmieszną zagraniczną zabawkę, dlatego zdążył się porządnie wkurzyć, zanim ją w końcu zatrzymał.

Ray popełnił błąd, otwierając drzwiczki i wysiadając, czym wkurzył go jeszcze bardziej, gdyż nie o to mu chodziło.

– Stój, dupku! – wrzasnął zza służbowego rewolweru, z którego – Ray szybko zdał sobie z tego sprawę – celował mu prosto w głowę.

– Spokojnie, spokojnie – powiedział, wyrzucając ręce do góry w geście bezwarunkowej kapitulacji.

– Odejdź od samochodu – warknął Elmer i wymierzył dokładnie w środek jego czoła.

– Spokojnie, już odchodzę, nie ma sprawy. – Ray odsunął się na bok.

– Jak się nazywasz?

– Ray Atlee, jestem synem Sędziego. Czy mógłby pan to schować?

Elmer opuścił broń kilka centymetrów niżej, tak że gdyby wypaliła, pocisk przeszyłby Rayowi brzuch, a nie głowę.

– Ma pan tablice z Wirginii – zauważył.

– Bo tam mieszkam.

– I tam pan jedzie?

– Tak.

– Czemu tak szybko?

– Nie wiem. Po prostu…

– Jechał pan sto sześćdziesiąt.

– Bardzo przepraszam.

– Przepraszam? To jest wykroczenie, nieostrożna jazda. – Elmer podszedł krok bliżej. Ray zapomniał o skaleczonej dłoni i nie zdawał sobie sprawy, że ma skaleczone kolano. Elmer wyjął latarkę i oświetlił go z odległości trzech metrów. – Skąd ta krew?

Dobre pytanie, ale stojąc na środku ciemnej drogi z wymierzoną w twarz latarką, Ray nie mógł wymyślić na nie stosownej odpowiedzi. Gdyby wyznał całą prawdę, trwałoby to godzinę, a Elmer i tak by mu nie uwierzył. Kłamstwo tylko pogorszyłoby sprawę.

– Nie wiem – wymamrotał.

– Co jest w samochodzie?

– Nic.

– Jasne.

Elmer zakuł go i posadził na tylnym siedzeniu radiowozu, brązowej impali z zakurzonymi błotnikami, z kołami bez kołpaków i z kilkoma antenami na tylnym zderzaku. Potem obszedł audi, zajrzał do środka, przyklęknął na fotelu kierowcy i nie odwracając głowy, spytał:

– Po co panu rewolwer?

Tuż przed zatrzymaniem Ray próbował wepchnąć broń pod fotel pasażera. Najwyraźniej nieskutecznie.

– Do obrony własnej.

– Ma pan pozwolenie?

– Nie.

Elmer wywołał dyspozytora i złożył mu obszerny meldunek. Zakończył słowami: „Zgarniam go", jakby właśnie zaobrączkował jednego z dziesięciu najgroźniejszych bandytów w kraju.

– A co z moim wozem? – spytał Ray, gdy zawrócili.

– Zaholujemy.

Elmer włączył koguta i już po chwili wskazówka prędkościomierza pokazywała sto trzydzieści kilometrów na godzinę.

– Mogę zadzwonić do mojego adwokata?

– Nie.

– Bez przesady, to tylko wykroczenie. Przyjedzie do aresztu, wpłaci kaucję i za godzinę już mnie tu nie będzie.

– Kto jest pańskim adwokatem?

– Harry Rex Vonner.

Elmer chrząknął i zgrubiała mu szyja.

– Ten sukinsyn wycyckał mnie na rozwodzie.

Ray odchylił do tyłu głowę i zamknął oczy.

Gdy Elmer prowadził go chodnikiem do drzwi, Ray przypomniał sobie, że był w tym areszcie dwa razy. Za każdym razem przynosił dokumenty opieszałym ojcom, którzy od lat nie płacili alimentów, i których Sędzia postanowił wreszcie zamknąć. Haney Moak, lekko opóźniony w rozwoju strażnik, wciąż tam pracował i siedział teraz za ladą, czytając czasopisma detektywistyczne. Był również dyspozytorem cmentarnej szychty i wiedział już o występku Raya.

– Syn naszego Sędziego, hę? – rzucił z cierpkim uśmiechem. Miał przekrzywioną na bok głowę i zeza, dlatego trudno było utrzymać z nim kontakt wzrokowy.

– Tak – odrzekł grzecznie Ray, próbując zdobyć przyjaciół.
– Dobry był z niego człowiek. – Haney wyszedł zza lady i zdjął mu kajdanki.

Ray roztarł nadgarstki i spojrzał na Conwaya, który już wypełniał formularze i zachowywał się bardzo oficjalnie.
– Nieostrożna jazda i brak pozwolenia na broń.
– Chyba go nie zamkniesz? – warknął Haney, jakby przejął od niego sprawę.
– Zaraz zobaczysz – odwarknął Elmer i sytuacja natychmiast się zaogniła.
– Mogę zadzwonić do mecenasa Vonnera? – poprosił Ray.

Ruchem głowy Haney wskazał automat na ścianie. Miał to gdzieś. Cały czas łypał spode łba na Elmera. Było widać, że od dawna za sobą nie przepadają.
– Mam pełny areszt – rzucił.
– Zawsze tak mówisz.

Ray szybko wybrał domowy numer Harry'ego Reksa. Właśnie minęła trzecia rano i wiedział, że go tym nie ucieszy. Po trzecim sygnale słuchawkę podniosła aktualna pani Vonner. Ray przeprosił, że dzwoni o tak późnej porze i spytał o Harry'ego Reksa.
– Nie ma go.

Przecież nie wyjechał, pomyślał Ray. Sześć godzin temu pił ze mną piwo.
– Czy wolno spytać, gdzie jest?

Haney i Elmer prawie na siebie wrzeszczeli.
– U Raya Atlee – odrzekła niespiesznie pani Vonner.
– Nie, wyjechał trzy godziny temu. Byłem z nim.
– Nie, nie, przed chwilą dzwonili. Dom się pali.

Z Haneyem na tylnym siedzeniu, z migającymi światłami i wyjącą syreną błyskawicznie objechali skwer. Gdy od domu dzieliły ich dwie ulice, zobaczyli ogień.
– Boże, miej litość – wymamrotał Haney.

Niewiele wydarzeń ekscytowało mieszkańców Clanton tak bardzo jak dobry pożar. Na miejscu były już wszystkie wozy strażackie, to znaczy wszystkie dwa. Po trawniku kręciły się dziesiątki rozwrzeszczanych ochotników. Po drugiej stronie ulicy gromadzili się sąsiedzi.

Płomienie strzelały już przez dach. Przestępując nad wężem sikawki i wchodząc na trawnik, Ray poczuł wyraźny zapach benzyny.

Rozdział 35

Okazało się, że gniazdko Harry'ego Reksa nie jest takie złe. Był to długi, wąski pokój pełen kurzu i pajęczyn, który oświetlała zwisająca z sufitu żarówka. Jedyne okno wychodziło na skwer i ostatni raz malowano je chyba w minionym stuleciu. Na łóżku, żelaznym antyku, nie było ani prześcieradła, ani koców, dlatego leżąc na gołym materacu, Ray próbował nie myśleć o Harrym Reksie i jego niegodnych wyczynach. Zamiast o nim, myślał o starym domu Pod Klonami, o tym, jak chwalebnie przeszedł do historii. Gdy zawalił się dach, na jezdni stało już pół Clanton. On siedział samotnie na niskiej gałęzi jaworu po drugiej stronie ulicy i ukryty przed wzrokiem sąsiadów, na próżno próbował przywołać miłe wspomnienia z cudownego dzieciństwa, którego po prostu nie miał. Gdy płomienie strzelały już ze wszystkich okien, nie myślał o pieniądzach, o biurku Sędziego ani o stole matki, tylko o starym generale Forreście, spoglądającym groźnie ze ściany.

Trzy godziny snu i o ósmej się obudził. W gnieździe rozpusty szybko rosła temperatura i już słyszał zbliżające się kroki.

Harry Rex gwałtownie otworzył drzwi i zapalił światło.

– Wstawaj, przestępco – warknął. – Czekają na ciebie w areszcie.

Ray spuścił nogi na podłogę.

– Dobra, uciekłem, to nie podlega dyskusji. – Zgubił Elmera i Haneya w tłumie i po prostu odszedł z Harrym Reksem.

– Pozwoliłeś im przeszukać samochód?

– Tak.

– Dureń. Co z ciebie za prawnik? – Wziął spod ściany rozkładane krzesło i usiadł przy łóżku.

– Nie miałem nic do ukrycia.

– Jesteś głupi. Przeszukali samochód i niczego nie znaleźli.

– No pewnie.

– Ani ubrań, ani torby podróżnej, ani bagażu, ani szczoteczki do zębów, niczego, co wskazywałoby, że, zgodnie z twoją wersją zdarzeń, wyjeżdżasz i wracasz do Wirginii.

– Harry Rex, ja tego domu nie podpaliłem.

– Ale jesteś znakomitym podejrzanym. Uciekasz w środku nocy bez ubrania, bez niczego, pędzisz jak wariat. Stara Larrimore, ta z końca ulicy, widzi, jak śmigasz tym śmiesznym samochodzikiem, a zaraz potem nadjeżdżają wozy straży pożarnej. Prujesz sto sześćdziesiąt na godzinę, wyrywasz, jakby cię diabeł gonił i łapie cię na radar najgłupszy zastępca szeryfa w stanie. Broń się.

– Niczego nie podpaliłem.
– Dlaczego wyjechałeś o wpół do trzeciej nad ranem?
– Ktoś wrzucił cegłę przez okno w jadalni. Przestraszyłem się.
– Miałeś broń.
– Nie chciałem z niej korzystać. Wolałem uciec, niż kogoś zastrzelić.
– Za długo mieszkałeś na Północy.
– Nie mieszkam na Północy.
– Gdzie się tak poharatałeś?
– Cegła zbiła okno i kiedy ją podnosiłem, skaleczyłem się szkłem.
– Dlaczego nie zadzwoniłeś na policję?
– Spanikowałem. Chciałem wrócić do domu i wyjechałem.
– Ty wyjeżdżasz, a dziesięć minut później ktoś polewa wszystko benzyną i rzuca zapałkę.
– Nie wiem, co ten ktoś zrobił.
– Ja bym cię skazał.
– Nie, jesteś moim adwokatem.
– Nie, jestem adwokatem prowadzącym postępowania spadkowe, którego, nawiasem mówiąc, nie ma już co przeprowadzać, bo cała masa spadkowa właśnie spłonęła.
– Dom był ubezpieczony.
– Tak, ale nie dostaniesz odszkodowania.
– Dlaczego?
– Bo jeśli złożysz wniosek, zaczną cię podejrzewać o podpalenie i rozpoczną śledztwo. Mówisz, że to nie ty i ja ci wierzę. Ale wątpię, czy uwierzy ci ktoś jeszcze. Jeśli zażądasz odszkodowania, ci chłopcy nie dadzą ci żyć.
– Ja niczego nie podpaliłem.
– Świetnie, w takim razie kto?
– Ten, kto rzucił cegłą.
– A kimże on mógł być?
– Nie mam zielonego pojęcia. Może facetem, który przegrał sprawę rozwodową.
– Cudownie. I czekał dziewięć lat, żeby zemścić się na sędzi, który, notabene, już nie żyje. Zanim powiesz to przysięgłym, wyjdę z sali.
– Nie wiem, Harry Rex. Przysięgam, że tego nie zrobiłem. I zapomnijmy o odszkodowaniu.
– To nie takie proste. Tylko połowa domu była twoja. Druga należała do Forresta. Może złożyć wniosek.
    Ray głęboko odetchnął i podrapał się w porośnięty szczeciną policzek.

– Pomóż mi, dobrze?
– Na dole czeka szeryf i śledczy. Zadadzą ci kilka pytań. Odpowiadaj powoli, mów prawdę, bla-bla-bla, bla-bla-bla. Będę przy tobie.
– Szeryf jest tutaj?
– W mojej sali konferencyjnej. Zaprosiłem go, żebyśmy mogli szybko to skończyć. Moim zdaniem powinieneś stąd wyjechać.
– Próbowałem.
– Zarzut nieostrożnej jazdy i nielegalnego posiadania broni da się odłożyć. Daj mi trochę czasu na rozpracowanie wokandy. Masz teraz większe problemy na głowie.
– Harry Rex, ja tego domu nie podpaliłem.
– Jasne, że nie.
Rozchwierutanymi schodami zeszli na pierwsze piętro.
– Kto tu jest szeryfem? – rzucił przez ramię Ray.
– Facet nazwiskiem Sawyer.
– Miły?
– Co za różnica.
– Przyjaźnisz się z nim?
– Rozwodziłem jego syna.
Cudowny bałagan w sali konferencyjnej – grube księgi prawnicze walające się na półkach, kredensach i długim stole – miał stwarzać wrażenie, że Harry Rex spędza długie godziny na żmudnych studiach.
Sawyer wcale nie był miły, podobnie jak jego pomagier, mały, nerwowy Włoch nazwiskiem Sandroni. W północno-wschodniej części Missisipi Włochów było mało i w trakcie sztywnego powitania Ray wychwycił w jego głosie akcent mieszkańców Delty. Obaj potraktowali spotkanie bardzo oficjalnie: Sandroni uważnie notował, Sawyer sączył gorącą kawę z papierowego kubka i obserwował każdy ruch Raya.
Straż zawiadomiła pani Larrimore. Zadzwoniła o drugiej trzydzieści cztery, mniej więcej dziesięć minut po tym, gdy widziała samochód Raya pędzący Czwartą ulicą. O drugiej trzydzieści sześć Elmer Conway zawiadomił dyspozytora, że ściga idiotę, który pędzi przez Równinę z prędkością stu sześćdziesięciu kilometrów na godzinę. Ponieważ wiedziano już, że Ray jechał bardzo szybko, Sandroni poświęcił dużo czasu na dokładne ustalenie jego trasy, zmian prędkości, rozstawienia świateł ulicznych, słowem wszystkiego, co mogłoby go ewentualnie spowolnić.
Gdy już to zrobił, Sawyer porozumiał się przez radio ze swoim zastępcą, który siedział na pogorzelisku domu Pod Klonami, i kazał mu

przejechać przez miasto – dokładnie tą samą trasą, dokładnie z taką samą prędkością – i zatrzymać się dopiero na Równinie, w miejscu, gdzie czekał na niego Elmer.

Dwanaście minut później zastępca zameldował, że jest już na miejscu.

A więc niecałe dwanaście minut, skonstatował Sandroni i rozpoczął podsumowanie.

– Ktoś – oczywiście zakładamy, że tego kogoś nie było w tym czasie w domu, prawda, panie profesorze? – wszedł do środka z zapasem benzyny, rozlał ją – musiało być jej naprawdę dużo, ponieważ kapitan straży powiedział, że na miejscu żadnego pożaru nie czuł tak silnego zapachu benzyny – potem rzucił zapałkę, a może nawet dwie zapałki, gdyż wedle zeznań tego samego kapitana, pożar miał co najmniej kilka ognisk, i rzuciwszy owe zapałki, nasz tajemniczy podpalacz uciekł pod osłoną nocy. Czy tak, panie profesorze?

– Nie wiem, co zrobił podpalacz – odparł Ray.

– Ale godziny się zgadzają?

– Skoro tak pan mówi.

– Tak mówię.

– Proszę dalej – warknął Harry Rex z drugiego końca stołu.

Motyw. Dom, łącznie z zawartością, był ubezpieczony na trzysta osiemdziesiąt tysięcy dolarów. Według pośrednika handlu nieruchomościami, z którym już się skonsultowali, jedyna oferta kupna opiewała na sto siedemdziesiąt pięć tysięcy.

– Spora różnica, prawda, panie profesorze? – spytał Sandroni.

– Owszem.

– Zawiadomił pan towarzystwo ubezpieczeniowe?

– Nie, postanowiłem zaczekać, aż otworzą biuro – odciął się Ray. – Może pan nie uwierzy, ale niektórzy w sobotę nie pracują.

– Panowie, co wam jest? – pospieszył mu z pomocą Harry Rex. – Straż pożarna jeszcze nie odjechała. Na złożenie wniosku mamy pół roku.

Sandroniemu poczerwieniały policzki, ale tylko zacisnął zęby. Zajrzał do notatek i rzucił:

– Porozmawiajmy o innych podejrzanych.

Rayowi nie spodobało się słowo „innych". Opowiedział im historię, a przynajmniej większość historii o cegle. Opowiedział też o telefonie od mężczyzny, który kazał mu natychmiast wyjść z domu.

– Możecie to sprawdzić – dodał wyzywająco. Na dokładkę dorzucił opowieść o wcześniejszej przygodzie z obłąkańcem, który grzechotał oknami w dniu śmierci Sędziego.

- To wystarczy – orzekł Harry Rex po półgodzinnym przesłuchaniu.
- Innymi słowy, mój klient nie odpowie już na żadne pytanie.
- Kiedy pan wyjeżdża? – spytał Sawyer.
- Próbuję wyjechać od sześciu godzin – odrzekł Ray.
- Wkrótce – wtrącił Harry Rex.
- Możemy mieć do pana parę pytań.
- Przyjadę, kiedy tylko będę potrzebny.

Harry Rex sprowadził ich na dół, wypchnął za drzwi, wrócił do sali konferencyjnej i powiedział:
- Wiesz, co myślę? Że zakłamany z ciebie sukinsyn.

Rozdział 36

Stary wóz strażacki, ten sam, za którym jako znudzone nastolatki ganiali letnimi wieczorami, wreszcie odjechał. Samotny ochotnik w brudnym podkoszulku zwijał węże. Ulica była zalana błotem.

Do południa dom Pod Klonami opustoszał. Komin na wschodniej ścianie wciąż stał, podobnie jak kawałek osmalonej ściany tuż obok niego. Cała reszta zamieniła się w stertę gruzu. Obeszli pogorzelisko i przystanęli na podwórzu, gdzie rząd starych orzeszników strzegł granicy działki. Usiedli w cieniu, na ogrodowych krzesłach, które Ray pomalował kiedyś na czerwono. Jedli tamale.

- Nie spaliłem tego domu – powiedział w końcu Ray.
- A wiesz, kto go spalił? – spytał Harry Rex.
- Mam podejrzanego.
- No to mów, do cholery!
- Nazywa się Gordie Priest.
- Ach, Gordie Priest!
- To długa historia.

Zaczął od tego, jak znalazł martwego Sędziego na sofie i od przypadkowego odkrycia pieniędzy; czy aby na pewno przypadkowego? Przedstawił mu wszystkie fakty i szczegóły, jakie tylko mógł sobie przypomnieć, wszystkie wątpliwości, jakie dręczyły go od wielu tygodni. Przestali jeść. Patrzyli na dymiące pogorzelisko, zbyt zafascynowani, żeby je widzieć. Harry Rex był oszołomiony. Rayowi nareszcie ulżyło. Opowiedział mu o swoich podróżach. Z Clanton do Charlottesville i z powrotem. Z kasyn w Tunice do Atlantic City i z powrotem do Tuniki. Potem na wybrzeże, do Pattona Frencha i jego zmagań o miliard, którego zdobycie miał zawdzięczać sędziemu Atlee, pokornemu słudze prawa.

Niczego nie zatajając, opowiedział mu o wszystkim, o czym tylko zdołał sobie przypomnieć. O włamaniu do mieszkania w Charlottesville, które, jak sądził, było próbą zastraszenia. O nierozważnej dzierżawie bonanzy. On mówił, Harry Rex milczał.

Kiedy skończył, był zlany potem i już nie chciało mu się jeść. Harry Rex miał milion pytań, ale zaczął od najbardziej aktualnego:

— Po co miałby podpalać dom?

— Nie wiem. Żeby zatrzeć ślady.

— Ten facet nie zostawia za sobą śladów.

— Może chciał mnie jeszcze raz zastraszyć, tak na koniec.

Rozważali to przez chwilę. Harry Rex skończył jeść.

— Powinieneś był mi powiedzieć.

— Chciałem zatrzymać forsę, jasne? Miałem trzy miliony dolców w moich małych, lepkich rączkach. To cudowne uczucie. Lepsze niż seks, lepsze niż wszystko inne. Trzy miliony dolarów, Harry Rex, moje trzy miliony. Byłem bogaty. Byłem chciwy. Byłem zepsuty. Nie chciałem, żebyś ty, Forrest, urząd skarbowy czy ktokolwiek inny dowiedział się, że mam aż tyle.

— Co chciałeś z nimi zrobić?

— Zdeponować je w banku, w kilkunastu bankach, po dziewięć tysięcy w każdym, bez świstków, które mogłyby zainteresować tych z urzędu. Zdeponować je, odczekać półtora roku, wynająć doradcę finansowego i zainwestować. Mam czterdzieści trzy lata. Za dwa lata pieniądze byłyby czyste i zaczęłyby na mnie pracować. Co pięć lat przybywałoby ich drugie tyle. W wieku pięćdziesięciu lat miałbym sześć milionów. Pięć lat później dwanaście. W wieku sześćdziesięciu lat zgromadziłbym na koncie dwadzieścia cztery miliony dolarów. Wszystko sobie zaplanowałem, Harry Rex, widziałem przyszłość.

— Nie zadręczaj się. To, co zrobiłeś, było normalne.

— Dla mnie nie.

— Marny z ciebie oszust.

— Parszywie się czułem, zaczynałem się zmieniać. Widziałem siebie w samolocie, w lepszym sportowym samochodzie, w ładniejszym mieszkaniu. W Charlottesville jest wiele miejsc, gdzie można puścić pieniądze i chciałem zrobić furorę. Wiejskie kluby, polowanie na lisa...

— Na lisa?

– Tak.
– W tych śmiesznych pumpach i kapelusiku?
– Tak, na spienionym wierzchowcu, który frunie nad płotami za zgrają psów ścigających czternastokilogramowego lisa, którego jeździec nie widzi i nigdy nie zobaczy.
– Po cholerę ci to?
– A innym?
– Ja tam wolę polować na ptaki.
– Tak czy inaczej, dźwigałem duży ciężar, i to dosłownie. Woziłem te worki przez kilka tygodni.
– Mogłeś zostawić je u mnie.
Ray dojadł tamale i zapił colą.
– Myślisz, że jestem głupi?
– Nie, że masz szczęście. Ten facet się nie patyczkuje.
– Ilekroć zamykałem oczy, widziałem kulę lecącą prosto w moje czoło.
– Posłuchaj, nie zrobiłeś nic złego. Sędzia nie chciał, żeby pieniądze włączono do spadku. Wziąłeś je, bo chciałeś je ustrzec i ochronić jego dobre imię. Ścigał cię wariat, który pragnął ich bardziej niż ty. Patrząc wstecz, miałeś szczęście, że nic ci się nie stało. Daj sobie spokój.
– Dzięki. – Ray pochylił się do przodu, obserwując odchodzącego ochotnika. – Co będzie z tym podpaleniem?
– Coś wymyślimy. Złożę wniosek i towarzystwo ubezpieczeniowe przeprowadzi śledztwo. Będą podejrzewali podpalenie i zrobi się paskudnie. Odczekamy kilka miesięcy. Jeśli nie zapłacą, pozwiemy ich. Tu, w naszym hrabstwie. Nie zaryzykują procesu z ławą przysięgłych. Nie w sądzie Reubena Atlee, nie o odszkodowanie za jego własny dom. Moim zdaniem zaproponują ugodę. Będziemy musieli pójść na kompromis, ale na pewno wyjdziemy na swoje.
Ray wstał.
– Chcę wrócić do domu.
Obeszli dom. Było gorąco i cuchnęło dymem.
– Mam dość – powiedział i ruszył w stronę ulicy.

Przez Równinę jechał jak wzorowy kierowca, z prędkością dziewięćdziesięciu kilometrów na godzinę. Tym razem nie spotkał Elmera. Audi miało pusty bagażnik i zdawało się, że jest lżejsze. Życie zdjęło mu z barków wiele ciężarów. Tęsknił za normalnością swego domu.
I bał się spotkania z Forrestem. Właśnie stracili cały majątek, a sprawę podpalenia trudno będzie wyjaśnić. Może powinien odczekać. Reha-

bilitacja przebiegała gładko, a z doświadczenia wiedział, że najmniejsza komplikacja może brata wykoleić. Tak, odczeka miesiąc. Potem drugi.

Forrest i tak nie pojedzie do Clanton i niewykluczone, że żyjąc w swoim mrocznym świecie, nigdy nie dowie się o pożarze. Najlepiej by było, gdyby to Harry Rex przekazał mu nowinę.

Gdy poprosił o widzenie z bratem, recepcjonistka posłała mu dziwne spojrzenie. Długo czytał czasopisma w ciemnym holu poczekalni. Gdy wszedł tam zasępiony Oscar Meave, od razu domyślił się, co się stało.

– Zniknął wczoraj wieczorem – zaczął Meave, przysiadłszy na niskim stoliku przed Rayem. – Dzwoniłem do pana przez całe rano.

– Zgubiłem komórkę – odrzekł Ray. Uciekając przed cegłami, zostawił w domu kilka rzeczy, ale nie mógł uwierzyć, że była wśród nich także komórka.

– Zapisał się na spacer. Osiem kilometrów po wzgórzach, chodził tam codziennie. Trasa biegnie za ogrodzeniem, ale Forrest nie należał do pacjentów wysokiego ryzyka. A przynajmniej tak uważaliśmy. Nie mogę w to uwierzyć.

Ray mógł. Jego brat uciekał z ośrodków odwykowych od prawie dwudziestu lat.

– To nie jest ośrodek zamknięty – ciągnął Meave. – Pacjenci muszą chcieć tu przebywać, inaczej to nie ma sensu.

– Rozumiem – odrzekł cicho Ray.

– Tak dobrze mu szło. – Oscar sprawiał wrażenie bardziej poruszonego niż on. – Był czysty, był z siebie dumny. Zaopiekował się dwoma nastolatkami, którzy pierwszy raz odbywają rehabilitację. Co rano z nimi pracował. Po prostu tego nie rozumiem.

– Przecież pan też kiedyś brał.

Meave potrząsnął głową.

– Wiem, wiem. Narkoman przestanie ćpać dopiero wtedy, kiedy sam zechce, nie wcześniej.

– Spotkał pan takiego, który nie przestał?

– Nie mogę o tym mówić.

– Rozumiem, ale tak między nami. Obaj wiemy, że są tacy, którzy nigdy nie przestaną.

Oscar niechętnie wzruszył ramionami.

– I Forrest do nich należy – kontynuował Ray. – Żyjemy z tym od dwudziestu lat.

– Traktuję to jak osobistą porażkę.

– Niepotrzebnie.

Wyszli na dwór i porozmawiali przez chwilę na werandzie. Meave nie przestawał go przepraszać. Dla Raya nie było w tym niczego nieoczekiwanego.

Jadąc krętą drogą w kierunku szosy, uznał, że to jednak dziwne, iż brat uciekł z ośrodka położonego trzynaście kilometrów od najbliższego miasta. Z drugiej strony Forrest uciekał już z bardziej odludnych miejsc. Pewnie wrócił do Memphis, do sutereny w domu Ellie, na ulicę, gdzie czekali na niego handlarze. Następny telefon mógł być ostatnim, ale Ray spodziewał się tego od lat. Chociaż brat był ciężko chory, cechowała go zdumiewająca zdolność przetrwania.

Jechał przez Tennessee. Za siedem godzin miał przekroczyć granice Wirginii. Patrząc w czyste, bezwietrzne niebo, pomyślał, jak miło byłoby wzbić się teraz na wysokość tysiąca pięciuset metrów swoją ulubioną wynajętą cessną.

Rozdział 37

Drzwi były nowe, niepomalowane i o wiele cięższe od tych starych. Podziękował w duchu właścicielowi za to, że poniósł dodatkowe koszty, chociaż wiedział, że więcej włamań nie będzie. Pościg i po pościgu. Koniec z oglądaniem się przez ramię. Koniec z ukradkowymi wyprawami do magazynu Chaneya, koniec z zabawą w ciuciubabkę. Koniec przyciszonych rozmów z Coreyem Crawfordem. Nie musiał już martwić się o brudne pieniądze, nie musiał już o nich marzyć, ani nigdzie ich wozić. Spadł mu z ramion ciężar tak wielki, że częściej się teraz uśmiechał i szybciej chodził.

Życie znowu będzie normalne. Długie przebieżki w upale. Długie samotne loty nad Piedmontem. Zaczęło mu nawet brakować badań nad monopolami, pracy nad książką, którą obiecał ukończyć do świąt Bożego Narodzenia, tych najbliższych lub następnych. Złagodził też stanowisko w sprawie Kaley i gotów był podjąć ostatnią próbę zaproszenia jej na kolację. Nic mu już nie groziło, gdyż skończyła studia, poza tym wyglądała zbyt apetycznie, żeby tak po prostu spisać ją na straty.

W mieszkaniu nic się nie zmieniło, ponieważ nikt w nim nie mieszkał. Nie licząc drzwi, nie dostrzegł żadnych śladów włamania. Teraz już wiedział, że nie był to złodziej, tylko prześladowca, ktoś, kto chciał go zastraszyć. Gordie albo któryś z jego braci. Nie miał pojęcia, który co robił i nic go to nie obchodziło.

Dochodziła jedenasta. Zaparzył mocną kawę i zaczął przeglądać pocztę. Żadnych anonimów. Tylko rachunki i nachalne reklamówki. I dwa faksy. Jeden od byłego studenta. Drugi od Pattona Frencha. Próbował złapać Raya telefonicznie, ale nie mógł; coś z komórką. Wiadomość napisano odręcznie, na papeterii „Króla Deliktu", i wysłano najpewniej z szarych wód zatoki, gdzie French ukrywał swój jacht przed wzrokiem adwokata żony.

Dobre nowiny! Zaraz po wyjeździe Raya jego ludzie namierzyli Gordiego Priesta i jego braci. Czy Ray mógłby do niego zadzwonić? Asystentka pomoże mu go znaleźć.

Ślęczał przy telefonie przez ponad dwie godziny, zanim French oddzwonił z hotelu w Fort Worth, gdzie miał spotkanie z adwokatami od ryaksu i kobrilu.

– Podłapię tu co najmniej tysiąc pozwów – wypalił, nie mogąc się powstrzymać.

– Cudownie – odrzekł Ray; postanowił nie słuchać jego przechwałek o masówkach i miliardowych ugodach.

– Czy pański telefon jest bezpieczny? – spytał French.

– Tak.

– Dobra, to niech pan mnie teraz posłucha. Znaleźliśmy go zaraz po pańskim wyjeździe. Leżał zalany ze swoją starą dziewczyną. Jednego z braci też znaleźliśmy, drugi jest gdzieś na Florydzie. Pańskie pieniądze są bezpieczne.

– Dokładnie kiedy go znaleźliście? – Ray pochylił się nad kuchennym stołem, na którym rozłożył duży kalendarz. Najważniejszy był czas, daty. Czekając na telefon, robił notatki na marginesach.

French myślał przez chwilę.

– Zaraz... Jaki dziś dzień?

– Poniedziałek. Szóstego czerwca.

– Poniedziałek. Kiedy pan wyjechał?

– W piątek o dziesiątej rano.

– W takim razie w piątek, tuż po lunchu.

– Jest pan pewien?

– Oczywiście, że jestem pewien. Dlaczego pan pyta?

– I kiedy go znaleźliście, nie mógł już stamtąd w żaden sposób wyjechać, tak?

– Niech pan mi zaufa, Ray. On już nigdy nigdzie nie wyjedzie. Zostanie tu, że tak powiem, na zawsze.

213

– Niech pan oszczędzi mi szczegółów. – Ray usiadł i wbił wzrok w kalendarz.
– Co się stało? – spytał French. – Coś nie gra?
– Można tak powiedzieć.
– To znaczy?
– Ktoś spalił dom.
– Dom Sędziego?
– Tak.
– Kiedy?
– W sobotę nad ranem.
French przetrawił to i odrzekł:
– To na pewno nie oni, Ray. Mogę za to ręczyć.
Zapadło milczenie.
– Gdzie są pieniądze? – spytał French.
– Nie wiem – wymamrotał Ray.
Ośmiokilometrowa przebieżka nie zmniejszyła napięcia. Ale, jak zawsze podczas biegu, był przynajmniej w stanie planować, układać myśli. Słupek rtęci wskazywał prawie trzydzieści pięć stopni w cieniu, więc wrócił do domu zlany potem.

Wyznawszy przyjacielowi całą prawdę, cieszył się, że ma teraz kogoś, z kim może podzielić się najświeższymi wiadomościami. Zadzwonił do Clanton, ale w kancelarii powiedziano mu, że Harry Rex ma sprawę w Tupelo i wróci późno. Zadzwonił do Ellie, ale w jej domu w Memphis nikt nie raczył podnieść słuchawki. Zadzwonił do Oscara Meave'a w Alcorn Village i nie spodziewając się nowych wieści o miejscu pobytu brata, żadnych nie usłyszał.

No i miał swoje normalne życie.

Po wielogodzinnych nerwowych negocjacjach w korytarzach sądu hrabstwa Lee, po wielu zażartych dyskusjach na tematy takie jak, kto dostanie motorówkę, a kto domek nad jeziorem i jak wysokie odszkodowanie zapłaci żonie mąż, ugodę rozwodową zawarto godzinę po lunchu. Klientem Harry'ego Reksa był mąż, krewki kowboj, który zaliczył już dwie żony i uważał, że zna się na prawie lepiej niż adwokaci. Żona numer trzy, podstarzała lalunia pod trzydziestkę, przyłapała go ze swoją najlepszą przyjaciółką. Była to typowa, brudna sprawa i Harry'emu Reksowi zrobiło się niedobrze, gdy szedł do sędziego, żeby przedstawić mu z trudem wywalczoną umowę majątkową.

Sędzia był weteranem, który rozwiódł tysiące małżeństw.

– Przykro mi z powodu śmierci sędziego Atlee – powiedział cicho i zaczął przeglądać papiery. Harry Rex tylko skinął głową. Był zmęczony, spragniony i zastanawiał się, czy nie wrócić do Clanton bocznymi drogami, z butelką zimnego piwa w ręku. Jego ulubiony sklep z piwem w tych okolicach znajdował się na granicy hrabstw.

– Pracowaliśmy razem przez dwadzieścia dwa lata – mówił sędzia.

– Wspaniały człowiek – odrzekł Harry Rex.

– Prowadzi pan postępowanie spadkowe?

– Tak.

– Proszę pozdrowić ode mnie sędziego Farra.

– Oczywiście.

Dokumenty zostały podpisane, małżeństwo litościwie rozwiązane i wojujące strony rozjechały się do domów. Harry Rex był w połowie drogi do samochodu, gdy dopędził go jakiś prawnik. Przedstawił się jako Jacob Spain, adwokat, jeden z tysiąca w Tupelo. Był w sali i słyszał, jak sędzia wspomina o Reubenie Atlee.

– On ma syna Forresta, prawda? – spytał.

– Miał dwóch synów, Forresta i Raya. – Harry Rex wziął oddech, szykując się na krótki postój.

– W ogólniaku graliśmy mecz. Złamał mi obojczyk.

– Cały Forrest.

– Grałem w New Albany. On był w juniorach, ja w seniorach. Widział pan, jak on gra?

– Tak, wiele razy.

– Pamięta pan mecz z New Albany? Miał wtedy cztery czy pięć przyłożeń.

– Tak, pamiętam. – Harry Rex przestąpił z nogi na nogę. Jak długo to potrwa?

– Grałem wtedy w obronie, a on był rozgrywającym. Tuż przed końcem pierwszej połowy przechwyciłem jego podanie, wypadłem za linię, a on przygrzał mi, kiedy leżałem na ziemi.

– To był jeden z jego ulubionych numerów. – Wal ich mocno, wal ich śmiało, zwłaszcza obrońców, którzy mieli niefart przechwycić któreś z jego podań: tak brzmiało jego credo.

– A już tydzień później go aresztowano – mówił Spain. – Szkoda. Tak czy inaczej widziałem go kilka tygodni temu. Tutaj, w Tupelo, razem z sędzią Atlee.

Harry Rex przestał przestępować z nogi na nogę. I zapomniał o zimnym piwie, przynajmniej chwilowo.

– Kiedy? – spytał.

– Tuż przed śmiercią sędziego. To była dziwna scena.

Stanęli w cieniu pod drzewem.

– Mów pan, słucham. – Harry Rex poluźnił krawat. Zdjął już wygniecioną granatową marynarkę.

– Matka mojej żony miała raka i leczyła się w klinice Tafta. Któregoś poniedziałku zawiozłem ją na chemioterapię.

– Sędzia też tam się leczył – wtrącił Harry Rex. – Widziałem rachunki.

– Tak, i właśnie tam go widziałem. Odprowadziłem teściową na zabieg, a ponieważ trzeba było trochę zaczekać, wróciłem do samochodu, żeby załatwić kilka telefonów. Kiedy tam siedziałem, zobaczyłem długiego czarnego lincolna z kierowcą, którego w pierwszej chwili nie poznałem. Zaparkowali dwa samochody dalej i wysiedli. Kierowca wyglądał znajomo: wielki, dobrze zbudowany facet, długie włosy, zawadiacki chód. I nagle mnie olśniło. To był Forrest, poznałem go po tym, jak chodził, jak się poruszał. Był w ciemnych okularach i nasuniętej na czoło czapce baseballowej. Weszli do środka, ale on zaraz wyszedł.

– Jaka to była czapka?

– Niebieska, trochę wypłowiała. Chyba Cubsów.

– Tak, miał taką.

– Zachowywał się bardzo nerwowo, jakby nie chciał, żeby ktoś go zobaczył. Zniknął za drzewami, tak że widziałem tylko jego sylwetkę. On się po prostu ukrywał. Początkowo myślałem, że poszedł za potrzebą, ale nie, on się tam ukrywał. Godzinę później wszedłem do kliniki, odebrałem teściową i odjechałem. A on wciąż stał za drzewami.

Harry Rex wyjął terminarzyk.

– Jaki to był dzień?

Jak na zapracowanego adwokata przystało, Spain wyjął z kieszeni swój i porównali daty swoich ostatnich poczynań.

– Poniedziałek, pierwszego maja – zdecydował Spain.

– Sześć dni przed śmiercią Sędziego – skonstatował Harry Rex.

– W poniedziałek pierwszego, na pewno. To była dziwna scena, dlatego tak dobrze ją zapamiętałem.

– Cóż, Forrest to dziwny człowiek.

– Ale chyba nie ucieka przed prawem ani nic takiego, prawda?

– Przynajmniej nie w tej chwili – odrzekł Harry Rex i obydwaj zdołali się nerwowo roześmiać.

Spain zaczął się nagle spieszyć.

– Kiedy go pan spotka, proszę mu powiedzieć, że wciąż jestem na niego wściekły. Za ten obojczyk.

– Nie omieszkam – odparł Harry Rex.

Rozdział 38

Państwo Vonnerowie wyjechali z Clanton pewnego pochmurnego czerwcowego poranka, nową terenówką z napędem na cztery koła, która paliła dwadzieścia trzy i pół litra na setkę i była wyładowana bagażem, z którym mogliby się wybrać na miesięczny pobyt w Europie. Jednak celem ich wyprawy był Dystrykt Columbii, ponieważ pani Vonner miała tam siostrę, której Harry Rex jeszcze nie znał. Pierwszą noc spędzili w Gatlinburgu, drugą w White Sulphur Springs w Wirginii Zachodniej. Do Charlottesville przybyli około południa. Najpierw odbyli obowiązkową pielgrzymkę do Monticello, gdzie mieszkał kiedyś Jefferson, potem zwiedzili uniwersytet i zjedli niezwykłą kolację w studenckiej knajpce o nazwie Biała Plama, której specjalnością było smażone jajko na hamburgerze. Harry Rex przepadał za taką kuchnią.

Nazajutrz rano, gdy żona jeszcze spała, on wybrał się na spacer śródmiejskim deptakiem. Znalazł adres i musiał tylko zaczekać.

Kilka minut po ósmej Ray zawiązał na podwójną pętelkę sznurowadła swoich kosztownych sportowych butów, przeciągnął się i zszedł na dół, żeby jak co dzień zaliczyć ośmiokilometrową przebieżkę. Było ciepło. Nadchodził lipiec, mieli już lato.

Skręcił za róg i usłyszał znajomy głos:

– Sie masz.

Na ławce siedział Harry Rex z kubkiem kawy w ręku, a obok niego leżała nieprzeczytana gazeta. Ray zamarł i chwilę trwało, zanim zdołał się pozbierać. Coś tu nie pasowało.

Odzyskawszy zdolność ruchu, podszedł bliżej i spytał:

– Co ty tu robisz?

– Ładny strój – powiedział Harry Rex, spoglądając na jego szorty, stary podkoszulek, czerwoną czapeczkę i najmodniejsze okulary do biegania. – Jedziemy z żoną do Dystryktu. Ma tam siostrę i jest święcie przekonana, że chcę ją poznać. Siadaj.

– Dlaczego nie zadzwoniłeś?

– Nie chciałem zawracać ci głowy.

– Powinieneś był zadzwonić. Zjedlibyśmy kolację, oprowadziłbym was.

– Innym razem. Siadaj.

Przeczuwając kłopoty, Ray usiadł.

– Niesamowite – mruknął.

– Zamknij się i słuchaj.

Ray zdjął okulary.
– Złe nowiny? – spytał.
– Powiedzmy, że ciekawe. – Streścił mu opowieść Jacoba Spaina o Forreście ukrywającym się za drzewami w klinice onkologicznej sześć dni przed śmiercią Sędziego. Ray słuchał z niedowierzaniem, coraz bardziej osuwając się na ławce. W końcu pochylił się, oparł łokcie na kolanach i zwiesił głowę.
– Według danych ze szpitala – mówił Harry Rex – tego dnia, czyli pierwszego maja, dostał morfinę. Nie wiadomo, czy była to pierwsza dawka czy któraś z rzędu, bo nie odnotowali tego w karcie. Wygląda na to, że Forrest zawiózł ojca po zapas prochów.
Harry Rex zamilkł, ponieważ tuż obok przechodziła młoda piękna kobieta, rozkosznie zarzucając biodrami opiętymi obcisłą spódniczką. Wypił łyk kawy i kontynuował:
– Od początku podejrzewałem, że z testamentem, który znalazłeś w gabinecie, jest coś nie tak. Sędzia męczył mnie nim, to znaczy tym poprzednim, przez pół roku. Nie przypuszczam, żeby tuż przed śmiercią napisał nowy. Długo przyglądałem się podpisowi i jako dyletant śmiem twierdzić, że jest sfałszowany.
Ray odchrząknął.
– Skoro Forrest zawiózł go do Tupelo, można założyć, że był w domu.
– I że dokładnie go przeszukał.
Harry Rex wynajął detektywa z Memphis, ale ten nie znalazł ani Forresta, ani nawet najmniejszego śladu, który mógłby do niego doprowadzić. Sięgnął po gazetę i wyjął z niej kopertę.
– Przyszedł trzy dni temu – powiedział.
Ray wyjął z koperty złożoną kartkę papieru. Był to list od Oscara Meave'a z Alcorn Village.

Szanowny Panie!
Nie mogę skontaktować się z Rayem Atlee. Wiem, gdzie jest Forrest, jeśli tak się zdarzyło, że Pańska rodzina jeszcze tego nie wie. Gdyby zechciał Pan porozmawiać, proszę zadzwonić. Sprawa jest całkowicie poufna.

Z najlepszymi życzeniami
Oscar Meave

– Natychmiast zadzwoniłem – powiedział Harry Rex, zerkając na kolejną młodą kobietę. – Jego były pacjent jest teraz terapeutą w ośrodku rehabilitacyjnym na zachodzie Stanów. Trzy tygodnie temu przyjęli tam

Forresta. Bardzo nalegał, żeby nikomu nie zdradzano miejsca jego pobytu. Nikomu, nawet rodzinie. Widać, czasami się to zdarza i ci z kliniki mają dylemat. Z jednej strony muszą uszanować żądania pacjenta, ale z drugiej wsparcie rodziny jest w leczeniu niezbędne. No więc tylko między sobą szepczą. Meave postanowił przekazać tę informację tobie.

– Gdzie na zachodzie?

– W Montanie. Nazywa się to Ranczo Porannej Gwiazdy. Meave mówi, że to miejsce w sam raz dla niego: bardzo ładny, położony na odludziu ośrodek dla najcięższych przypadków. Forrest ma tam spędzić cały rok.

Ray wyprostował się i potarł czoło, jakby w końcu ugodziła go kula.

– No i oczywiście słono się za ten pobyt płaci – dodał Harry Rex.

– Jasne – mruknął Ray.

Potem rozmawiali już niewiele i nie o Forreście. W końcu Harry Rex oświadczył, że musi iść. Przekazał wiadomość i nie miał nic więcej do powiedzenia, przynajmniej na razie. Żona nie mogła się już doczekać spotkania z siostrą. Może następnym razem będą mogli zostać dłużej, zjeść razem kolację, i tak dalej. Poklepał Raya po ramieniu i odszedł.

– Do zobaczenia w Clanton – rzucił na pożegnanie.

Zbyt osłabiony, zbyt nakręcony, żeby biegać, i zagubiony w świecie chimerycznych szarad, Ray długo siedział na ławce pośrodku deptaka, tuż pod oknami swego mieszkania. Ruch powoli gęstniał, ponieważ handlowcy, bankierzy i prawnicy spieszyli już do pracy, lecz on ich nie widział.

Carl Mirk wykładał co semestr dwa działy prawa ubezpieczeniowego i był członkiem wirgińskiej palestry, podobnie jak Ray. Omówili sprawę przy lunchu i doszli do wniosku, że chodzi o rutynowe przesłuchanie, a więc o coś, czym nie warto się w ogóle przejmować. Mirk miał udawać jego adwokata.

Inspektor z towarzystwa ubezpieczeniowego nazywał się Ratterfield. Zaprosili go do sali konferencyjnej na wydziale. Ratterfield wszedł i zdjął marynarkę, jakby mieli tam spędzić kilka godzin. Ray miał na sobie dżinsy i koszulkę polo. Mirk był ubrany na sportowo.

– Zwykle to nagrywam. – Ratterfield przeszedł od razu do rzeczy: wyjął magnetofon i postawił go na stole przed Rayem. – Ma pan coś przeciwko temu?

– Chyba nie – odrzekł Ray.

Ratterfield wcisnął guzik, zajrzał do notatek i dla potrzeb nagrania, rozpoczął od wstępu. Był niezależnym inspektorem wynajętym przez lotnicze towarzystwo ubezpieczeniowe do zbadania zasadności wniosku złożonego przez Raya Atlee oraz pozostałych właścicieli beech bonanzy, rok produkcji 1994, domagających się wypłaty odszkodowania za uszkodzenia, których wyżej wymieniony samolot doznał drugiego czerwca bieżącego roku. Według stanowego eksperta do spraw podpaleń maszynę podpalono.

Najpierw spytał Raya o przebieg jego kariery lotniczej. Ray miał przy sobie dziennik i Ratterfield przejrzał go, nie znajdując niczego ciekawego.

– Brak lotów na instrumenty – zauważył w pewnej chwili.

– Dopiero mnie to czeka – odparł Ray.

– Czternaście godzin w bonanzie?

– Tak.

Potem przeszli do sprawy konsorcjum i umowy, która powołała je do życia. Ratterfield przesłuchał już pozostałych właścicieli, a ci przedstawili mu niezbędne dokumenty. Ray przejrzał je i oznajmił, że wszystko się zgadza.

Nagle zmieniając temat, Ratterfield spytał:

– Gdzie pan był drugiego czerwca?

– W Biloxi w Missisipi – odrzekł Ray, przekonany, że inspektor nie ma pojęcia, gdzie to jest.

– Jak długo pan tam był?

– Kilka dni.

– Mogę spytać, co pan tam robił?

– Oczywiście – odrzekł Ray i streścił mu przebieg swoich ostatnich wypraw do domu. Oficjalnym powodem wyjazdu na wybrzeże była chęć odwiedzenia starych przyjaciół ze studiów.

– I naturalnie ktoś może potwierdzić, że drugiego czerwca był pan w Missisipi, czy tak?

– Tak, kilka osób. Poza tym mam rachunki z hotelu.

To go chyba przekonało.

– Pozostali właściciele byli w tym czasie w domu. – Przerzucił kilka zadrukowanych kartek. – Wszyscy mają alibi. Jeśli zakładamy, że doszło do podpalenia, najpierw musimy ustalić motyw. Ma pan jakieś sugestie?

– Nie mam pojęcia, kto to zrobił – odrzekł Ray szybko i z przekonaniem.

– A motyw?

– Dopiero co ten samolot kupiliśmy. Po co mielibyśmy go niszczyć?

– Choćby tylko po to, żeby otrzymać premię ubezpieczeniową. Czasami się to zdarza. Któryś ze wspólników mógł nagle stwierdzić, że nie stać go na dzierżawę. To spora kwota: prawie dwieście tysięcy dolarów w ciągu sześciu lat, prawie dziewięćset dolarów miesięcznie na głowę.

– Wiedzieliśmy o tym dwa tygodnie przed podpisaniem umowy – odparł Ray.

Pokrążyli trochę wokół delikatnej kwestii finansów osobistych, wokół pensji, wydatków oraz zobowiązań. Przekonawszy się, że Ray był w stanie pokryć koszty wynajmu bonanzy, Ratterfield znowu zmienił temat.

– Ten pożar w Missisipi – rzucił, przeglądając jakiś raport. – Proszę mi o tym opowiedzieć.

– Co chce pan usłyszeć?

– Czy toczy się przeciwko panu śledztwo w sprawie o podpalenie?

– Nie.

– Na pewno?

– Na pewno. Jeśli pan chce, może pan zadzwonić do mojego adwokata.

– Już dzwoniłem. W ciągu ostatnich sześciu tygodni dwa razy włamywano się do pańskiego mieszkania, prawda?

– Nic nie zginęło. To były tylko włamania.

– Ma pan bardzo ekscytujące lato.

– Czy to jest pytanie?

– Wygląda na to, że ktoś się na pana uwziął.

– To też jest pytanie?

Było to ich pierwsze i jak dotąd jedyne starcie, dlatego obydwaj wzięli głębszy oddech.

– A w przeszłości? Czy kiedykolwiek toczyło się przeciwko panu śledztwo w sprawie podpalenia?

– Nie – odrzekł z uśmiechem Ray.

Ratterfield przerzucił kolejną kartkę, ale ponieważ ta była już pusta, szybko stracił zainteresowanie i zamknął akta.

– Nasi prawnicy będą z panem w kontakcie – powiedział, wyłączając magnetofon.

– Nie mogę się już doczekać.

Ratterfield wziął marynarkę i teczkę i ruszył do drzwi.

– Ty coś ukrywasz – powiedział Carl po jego wyjściu.

– Może – odrzekł Ray. – Ale nie ma to nic wspólnego z tymi podpaleniami. Ani z tym, ani z tamtym.
– Właśnie to chciałem usłyszeć.

Rozdział 39

Przez prawie cały tydzień nad Wirginią ścierały się ze sobą silne fronty atmosferyczne, dlatego pułap chmur był niski, a wiatry zbyt niebezpieczne dla małych samolotów. Wreszcie, gdy według długoterminowej prognozy pogody niemal w całym kraju – oprócz południowego Teksasu – miało być sucho i bezwietrznie, Ray wsiadł do cessny, żeby rozpocząć swój najdłuższy jak dotąd lot. Unikając ruchliwej przestrzeni powietrznej i wypatrując łatwych do rozpoznania punktów orientacyjnych, przeciął dolinę Shenandoah, przeleciał nad Wirginią Zachodnią i wylądował na tysiącdwustumetrowym pasie startowym pod Lexington w Kentucky, żeby zatankować. Musiał tankować średnio co trzy i pół godziny, gdyż po tym czasie zbiorniki paliwa były zwykle w trzech czwartych puste. Ponownie wylądował w Terre Haute, na wysokości Hannibal przeleciał nad rzeką Missisipi i zatrzymał się na noc w motelu w Kirksville.

Był to jego pierwszy motel od czasów odysei z pieniędzmi i to właśnie z powodu pieniędzy ponownie znalazł się w motelu. Na dokładkę w motelu w Missouri i gdy bezmyślnie przełączał kanały w wyciszonym telewizorze, przypomniała mu się opowieść Pattona Frencha o tym, jak będąc na konferencji w St Louis, po raz pierwszy usłyszał o ryaksie. Pewien stary adwokat z miasteczka w górach Ozarks miał syna, który wykładał na uniwersytecie w Columbii i odkrył, że lek jest szkodliwy. I to z winy Pattona Frencha, przez jego skorumpowanie i nienasyconą chciwość, Ray siedział teraz w kolejnym motelu, w mieście, gdzie nikogo nie znał.

Nad stanem Utah tworzył się front atmosferyczny. Ray wystartował tuż po wschodzie słońca i wzniósł się na wysokość tysiąca pięciuset metrów. Wyregulował przyrządy i otworzył duży kubek gorącej czarnej kawy. Ponieważ leciał teraz na północ zamiast na zachód, wkrótce znalazł się nad kukurydzianymi polami Iowa.

Radiostacja milczała, półtora kilometra nad ziemią powietrze było chłodne i spokojne, dlatego próbował skupić się na tym, co go czekało.

Jednakże dużo łatwiej było próżnować, cieszyć się samotnością, widokami, kawą czy choćby tylko świadomością, że pozostawił na dole cały ziemski świat. Poza tym z przyjemnością odsunął od siebie myśli o Forreście.

Po kolejnym międzylądowaniu w Sioux Falls ponownie skręcił na zachód, wzdłuż międzystanówki numer 90 przeleciał nad całą południową Dakotą, a potem okrążył Mount Rushmore, nad którą loty były zabronione. Wylądował w Rapid City, wynajął samochód i pojechał na długą przejażdżkę do parku narodowego Badlands.

Ranczo Porannej Gwiazdy leżało gdzieś wśród wzgórz na południe od Kalispell, chociaż jego strona internetowa celowo mówiła o tym bardzo enigmatycznie. Oscar Meave próbował, lecz nie udało mu się zdobyć dokładnych namiarów. Pod koniec trzeciego dnia podróży Ray wylądował po zmroku w Kalispell. Wynajął samochód, zjadł kolację, poszukał motelu i spędził kilka godzin nad mapami, lotniczymi i drogowymi.

Zajęło mu to cały dzień. Latał na małej wysokości wokół Kalispell, Woods Bay, Pllson, Bigfork i Elmo, sześciokrotnie przelatywał nad jeziorem Flathead i już miał zakończyć wojnę powietrzną i wysłać do boju oddziały naziemne, gdy w pobliżu miasteczka Somers na północnym brzegu jeziora dostrzegł coś w rodzaju ośrodka wypoczynkowego. Zszedł na czterysta pięćdziesiąt metrów i krążył nad nim dopóty, dopóki nie dostrzegł długiego, zielonego ogrodzenia, niemal całkowicie ukrytego w lesie i praktycznie niewidocznego z powietrza. Dostrzegł również małe budynki, najpewniej mieszkalne, większy budynek administracyjny, basen kąpielowy, korty tenisowe, stajnię oraz pasące się w pobliżu konie. Krążył tak długo, że kilka osób za ogrodzeniem przestało robić to, co robiło, zadarło głowę i spojrzało w niebo, przesłaniając ręką oczy.

Znalezienie ośrodka na ziemi też nie było łatwe, ale już nazajutrz w południe stał przed nieoznakowaną bramą, łypiąc gniewnie na uzbrojonego wartownika, który łypał gniewnie na niego. Zadawszy mu kilka oschłych pytań, wartownik w końcu przyznał, że tak, to ten ośrodek.

– Ale odwiedziny są zabronione – dodał z wyższością.

Ray zmyślił bajeczkę o poważnej sytuacji rodzinnej, podkreślił jej nagłość i konieczność widzenia się z bratem. Procedura jest taka, wyjaśnił niechętnie wartownik, że zostawia się swoje nazwisko i numer telefonu, chociaż istniała bardzo nikła szansa, że ktoś się z nim skontaktuje. Nazajutrz, gdy łowił pstrągi w rzece Flathead, odezwała się jego komórka. Nieprzyjazny głos należący do niejakiej Allison z Porannej Gwiazdy spytał o Raya Atlee.

Ciekawe kogo się baba spodziewała?

Przyznał, że owszem, nosi takie nazwisko, a wówczas ona spytała, czego szukał w ośrodku.

– Jest u państwa mój brat – odrzekł najuprzejmiej, jak tylko umiał. – Nazywa się Forrest Atlee i chciałbym się z nim zobaczyć.

– Skąd pewność, że on tu jest?

– Bo jest. Pani wie, że jest, ja wiem, że jest, więc czy moglibyśmy przestać bawić się w podchody?

– Sprawdzę, ale niczego nie obiecuję. – Odłożyła słuchawkę, zanim zdążył cokolwiek dodać. Kolejny wrogi głos należał do Darrela, zarządcy czegoś tam. Telefon zadzwonił pod wieczór, gdy Ray wędrował po wzgórzach Swan Range w pobliżu Rezerwatu Głodnego Konia. Darrel był równie opryskliwy jak Allison.

– Tylko pół godziny – rzucił. – Trzydzieści minut. Jutro o dziesiątej rano.

Łatwiej można by wejść do więzienia o zaostrzonym rygorze. Wartownik przy bramie obszukał go i zajrzał do samochodu.

– Niech pan jedzie za nim – rozkazał. Na wąskiej drodze czekał kolejny wartownik w wózku golfowym, który zaprowadził Raya na mały parking przed budynkiem administracji. Tam czekała na niego Allison, na szczęście nie uzbrojona. Była wysoka, bardzo męska i gdy uścisnęła mu rękę, Ray stwierdził, że nigdy dotąd nie spotkał kogoś, kto tak bardzo górowałby nad nim fizycznie. Szybkim krokiem wprowadziła go do środka, gdzie zamontowane na widoku kamery śledziły każdy ich ruch. W pokoju bez okien przekazała go groźnie powarkującemu urzędnikowi niewiadomego pokroju, który, z delikatnością bagażowego, obmacał każdą wypukłość i każde zagłębienie jego ciała z wyjątkiem krocza, choć przez jedną upiorną chwilę Ray myślał, że dźgnie go i tam.

– Ja tylko odwiedzam brata – zaprotestował i niewiele brakowało, żeby tamten chlasnął go na odlew w twarz.

Gdy został dokładnie obszukany i obmacany, ponownie przejęła go Allison, która krótkim korytarzem zaprowadziła go do nagiego kwadratowego pokoju; Ray uznał, że brakuje tam tylko miękko wykładanych ścian. W jedynych drzwiach było jedyne w pomieszczeniu okno i wskazując je, Allison ostrzegła:

– Będziemy obserwowali.

– Co będziecie obserwowali? – spytał Ray.

Przeszyła go wzrokiem, jakby chciała mu przyłożyć.

Pośrodku pokoju stał stół i dwa krzesła.

– Niech pan usiądzie – warknęła. Ray usiadł na wskazanym krześle tyłem do drzwi i przez dziesięć minut gapił się w ścianę.

W końcu drzwi się otworzyły i wszedł Forrest. Na nogach nie miał łańcuchów, na rękach kajdanek, nie popychał go żaden krzepki strażnik. Bez słowa usiadł naprzeciwko Raya i splótł ręce na stole, jakby nadeszła pora medytacji. Długie włosy zniknęły. Był ostrzyżony na trzymilimetrowej długości jeża, a za uszami do gołej skóry. Był też starannie ogolony i dziesięć kilo chudszy. Miał na sobie obszerną ciemnozieloną koszulę z małym kołnierzem i dwiema dużymi kieszeniami, podobną do tych, jakie noszą żołnierze. Na jej widok Ray rzucił:

– To obóz dla rekrutów.

– Jest ciężko – odrzekł Forrest bardzo cicho i powoli.

– Robią ci pranie mózgu?

– Dokładnie.

Ray przyjechał, żeby spytać go o pieniądze i postanowił nie owijać niczego w bawełnę.

– I co ci dają za te siedemset dolarów dziennie?

– Nowe życie.

Celna odpowiedź. Ray skinął głową. Forrest patrzył na niego nieruchomymi oczami. Beznamiętnie, niemal ze smutkiem, jak na obcego.

– Chcesz tu zostać cały rok?

– Co najmniej.

– To ćwierć miliona dolarów.

Forrest leciutko wzruszył ramionami, jakby pieniądze nie stanowiły problemu, jakby mógł tam siedzieć trzy albo nawet pięć lat.

– Bierzesz środki uspokajające? – spytał Ray, chcąc go sprowokować.

– Nie.

– Zachowujesz się tak, jakbyś brał.

– Nie biorę. Tu nie dają żadnych prochów. Ciekawe czemu, co? – Jego głos nabrał zjadliwości.

Ray wiedział, że zegar tyka. Że dokładnie za trzydzieści minut przyjdzie Allison, przerwie im rozmowę i wyprosi go z ośrodka, że już nie będzie mógł tu wrócić. Miał bardzo mało czasu, dlatego musiał postawić na wydajność. Do rzeczy, powtarzał sobie w duchu, przejdź do rzeczy. Wybadaj go.

– Wziąłem testament ojca – powiedział. – I list, w którym wzywał nas do domu, ten z siódmego maja. Porównałem podpisy. Myślę, że są sfałszowane.

– Coś ty.

– Nie wiem, kto je sfałszował, ale podejrzewam, że ty.

– Pozwij mnie.

– Nie zaprzeczasz?

– Co to za różnica?

Ray powtórzył te słowa, półgłosem i z odrazą, jakby to, że je powtarza, wprawiło go w gniew. Zapadło milczenie. Zegar wciąż tykał.

– Dostałem ten list w czwartek. Wysłano go z Clanton w poniedziałek, a tego samego dnia zawiozłeś Sędziego do Tupelo po morfinę. Pytanie: jak udało ci się napisać list na jego starym underwoodzie?

– Nie muszę odpowiadać na twoje pytania.

– Musisz. To ty to wszystko uknułeś. Mógłbyś przynajmniej powiedzieć jak. Wygrałeś. Ojciec nie żyje. Domu już nie ma. Masz pieniądze. Zamiast ciebie, podejrzewają mnie, a ja zaraz stąd wyjdę. Powiedz, jak to zrobiłeś.

– On już brał morfinę.

– Dobra, więc zawiozłeś go do kliniki po nowy zapas. Nie o to pytałem.

– Ale to ważne.

– Dlaczego?

– Bo był nawalony. – Jego otępiała twarz na chwilę ożyła. Zabrał ręce ze stołu i uciekł wzrokiem w bok.

– Bardzo cierpiał, tak? – rzucił Ray, próbując go wzruszyć.

– Tak – odparł Forrest bez cienia emocji.

– A ty napompowałeś go morfiną, żeby mieć dom tylko dla siebie?

– Coś w tym rodzaju.

– Kiedy pojechałeś tam pierwszy raz?

– Nie mam pamięci do dat. Nigdy nie miałem.

– Nie udawaj głupka. Ojciec umarł w niedzielę.

– Przyjechałem w sobotę.

– Osiem dni przed jego śmiercią?

– Chyba tak.

– Po co przyjechałeś?

Forrest skrzyżował ręce na piersi, spuścił głowę i oczy. I zniżył głos.

– Zadzwonił do mnie. Poprosił, żebym przyjechał. Pojechałem następnego dnia. Nie mogłem uwierzyć, jak bardzo się zestarzał, jaki jest schorowany i samotny. – Wziął głęboki oddech i spojrzał na brata. – Straszliwie cierpiał. Mimo środków przeciwbólowych był w bardzo złym stanie. Siedzieliśmy na tarasie i rozmawialiśmy o wojnie, o tym, że gdyby Jackson nie zginął pod Chancellorsville, jej losy potoczyłyby się inaczej, o starych bitwach, do których zawsze wracał. Ojciec ciągle się wiercił, bardzo go bolało. Czasami brakowało mu tchu. Ale chciał porozmawiać. Nie pogodziliśmy się, nawet nie próbowaliśmy. Nie odczuwaliśmy takiej potrzeby. Wystarczyło mu to, że tam byłem. Spałem na sofie w gabinecie i w nocy usłyszałem jego krzyk. Leżał na podłodze, z kolanami pod brodą, i drżał z bólu. Położyłem go, podałem mu morfinę i w końcu się uspokoił. Była trzecia rano. Nie mogłem zmrużyć oka. I zacząłem myszkować po domu.

Opowieść się urwała, ale zegar wciąż tykał.

– I wtedy znalazłeś pieniądze? – spytał Ray.

– Jakie pieniądze?

– Te, którymi płacisz siedemset dolarów dziennie za pobyt w tym ośrodku.

– Ach, te...

– Tak, te.

– Tak, wtedy je znalazłem, w tym samym miejscu gdzie ty. Dwadzieścia siedem pudełek. W pierwszym było sto tysięcy, więc szybko to sobie przeliczyłem. Nie wiedziałem, co robić. Siedziałem tam do rana, gapiąc się na pudełka, niewinnie poustawiane w szafce. Myślałem, że ojciec wstanie, wejdzie tam i złapie mnie na gorącym uczynku. Chciałem tego, bo wtedy musiałby się wytłumaczyć. – Forrest położył ręce na stole i ponownie spojrzał na Raya. – O wschodzie słońca miałem już plan. Postanowiłem, że pieniędzmi zajmiesz się ty. Pierworodny syn, syn pupilek, starszy braciszek, złoty chłopiec, wzorowy student, profesor prawa, wykonawca testamentu, ktoś, komu ojciec najbardziej ufał. Pomyślałem, będę go obserwował, zobaczę, co zrobi z pieniędzmi. Będę go pilnował, żeby czegoś nie zepsuł. Zamknąłem szafkę, przysunąłem sofę i próbowałem zachowywać się tak, jakbym niczego nie znalazł. Niewiele brakowało i spytałbym o nie ojca, ale uznałem, że gdyby chciał mi coś powiedzieć, to by powiedział.

– Kiedy napisałeś list?

– Tego samego dnia. Stary zasnął w hamaku pod drzewami za domem. Czuł się o wiele lepiej, ale był już morfinistą. Ostatni tydzień pamiętał jak przez mgłę.

– W poniedziałek zawiozłeś go do kliniki?

– Tak. Jeździł tam sam, ale ponieważ byłem na miejscu, poprosił, żebym go zawiózł.

– Ukryłeś się za drzewami, żeby nikt cię nie zobaczył.

– Dobry jesteś. Co jeszcze wiesz?

– Nic. Mam same pytania. W dniu, kiedy dostałem list, zadzwoniłeś do mnie i powiedziałeś, że ojciec ciebie też wzywa. Spytałeś, czy do niego zadzwonię. Powiedziałem, że nie. Co by było, gdybym zadzwonił?

– Nie dodzwoniłbyś się.

– Dlaczego?

– Kabel telefoniczny biegnie przez piwnicę. Był poluzowany.

Ray kiwnął głową. Kolejna tajemnica rozwiązana.

– Poza tym ojciec rzadko kiedy podnosił słuchawkę – dodał Forrest.

– Kiedy napisałeś testament?

– Dzień przed jego śmiercią. Znalazłem stary, ale mi się nie podobał. Pomyślałem, że będzie lepiej, jeśli podzielimy się po połowie. Po połowie: co za idiotyzm. Byłem głupi. Nie rozumiałem, jak w takich sytuacjach działa prawo. Myślałem, że skoro jesteśmy jedynymi spadkobiercami, powinniśmy podzielić wszystko na dwie równe części. Nie wiedziałem, że prawnicy kształcą się po to, żeby zgarniać dla siebie, co się da, że okradają własnych braci, ukrywają majątek, którego przysięgali strzec, że te przysięgi łamią. Nikt mi o tym nie powiedział. Chciałem rozegrać to uczciwie. Co za głupota.

– Kiedy umarł?

– Dwie godziny przed twoim przyjazdem.

– Zabiłeś go?

Forrest tylko prychnął i szyderczo wykrzywił usta.

– Zabiłeś go? – powtórzył Ray.

– Nie, rak go zabił.

– Wyjaśnijmy coś sobie. – Ray pochylił się do przodu niczym śledczy przed zadaniem decydującego ciosu. – Siedzisz tam osiem dni, a ojciec jest cały czas naćpany morfiną. I nagle, na dwie godziny przed moim przyjazdem, umiera. Wybrał bardzo dogodny moment.

– Tak było.

– Kłamiesz.

– Dobra, pomogłem mu wziąć morfinę. Lepiej się teraz czujesz? Płakał z bólu. Nie mógł chodzić, nie mógł jeść, pić, spać, sikać, załatwiać się, nie mógł nawet siedzieć w fotelu. Nie było cię tam, więc nie wiesz. Ja byłem. Ubrałem go na twój przyjazd. Ogoliłem. Pomogłem mu położyć się na sofie. Był zbyt osłabiony, żeby wcisnąć guzik na zasobniku z morfiną. Nacisnąłem go za niego. Zasnął. Wyszedłem z domu. Przyjechałeś, znalazłeś go, znalazłeś pieniądze i zacząłeś łgać.

– Wiesz, od kogo je dostał?

– Nie. Pewnie od kogoś z wybrzeża. Mam to gdzieś.

– Kto spalił samolot?

– To przestępstwo, więc nic o tym nie wiem.

– Ten sam człowiek, który mnie śledził?

– Tak. Było ich dwóch. Faceci, których znam z więzienia, starzy kumple. Są bardzo dobrzy, a ty byłeś frajerem. Podłożyli pluskwę pod zderzak twego pięknego samochodziku. Śledzili cię namiernikiem GPS. Każdy twój krok. Kaszka z mleczkiem.

– Dlaczego spaliłeś dom?

– To przestępstwo. Nie miałem z tym nic wspólnego.

– Żeby zgarnąć odszkodowanie? A może nie chciałeś, żebym cokolwiek dostał?

Forrest kręcił głową, wszystkiemu zaprzeczając. Zza drzwi wychynęła końska twarz Allison.

– Wszystko w porządku?

Tak, jasne, jest ekstra.

– Siedem minut – powiedziała i zniknęła. Siedzieli tam całą wieczność, gapiąc się tępo w podłogę. Z zewnątrz nie dochodził żaden odgłos.

– Chciałem tylko połowę – powiedział w końcu Forrest.

– Weź ją teraz.

– Teraz już za późno. Teraz już wiem, co mam zrobić z pieniędzmi. Ty mi pokazałeś.

– Bałem się ci je dać, Forrest.

– Dlaczego?

– Bałem się, że cię zabiją.

– No i popatrz tylko. – Forrest zatoczył ręką łuk, pokazując mu pokój, ośrodek i całą Montanę. – Oto, co z nimi robię. Jakoś mnie nie zabiły. Nie taki ze mnie wariat, jak myśleliście.

– Myliłem się.

– Och, naprawdę? Mówisz tak, bo dałeś się wykiwać? Bo nie jestem aż takim idiotą? Czy dlatego, że chcesz połowę szmalu?

– Ze wszystkich tych powodów naraz.

– Boję się nimi dzielić, Ray, tak samo jak ty się bałeś. Boję się, że pieniądze uderzą ci do głowy. Że przepuścisz je na samoloty i kasyna. Że do reszty zgłupiejesz. Muszę cię chronić, braciszku.

Ray zachował zimną krew. Walki na pięści by z nim nie wygrał, a nawet gdyby wygrał, co by przez to osiągnął? Owszem, bardzo by chciał grzmotnąć go w pysk, ale po co zawracać sobie głowę? A gdyby go zastrzelił, nie znalazłby pieniędzy.

– Jakie masz plany? – spytał z największą obojętnością, na jaką było go stać.

– Och, nie wiem. Bardzo mgliste. Kiedy jesteś na odwyku, dużo marzysz, a kiedy cię wypuszczają, dochodzisz do wniosku, że marzenia były głupie. Ale do Memphis już nie wrócę. Za dużo tam starych kumpli. Do Clanton też nie. Znajdę sobie nowy dom. A ty? Wielką szansę szlag trafił, co?

– Żyłem normalnie przedtem, będę żył i teraz.

– Fakt. Zarabiasz sto sześćdziesiąt tysięcy rocznie, sprawdzałem w Internecie, i wątpię, czy ciężko pracujesz. Nie masz rodziny, nie masz większych wydatków, na wszystko cię stać. Jesteś ustawiony. Chciwość to dziwna bestia, co, Ray? Znalazłeś trzy miliony dolarów i postanowiłeś zatrzymać wszystko dla siebie. Ani centa dla swego porąbanego braciszka. Ani złamanego centa. Wziąłeś pieniądze i próbowałeś zwiać.

– Nie wiedziałem, co z nimi zrobić. Tak samo jak ty.

– Ale je wziąłeś, wszystkie. I okłamałeś mnie.

– Nieprawda. Ja je tylko przechowywałem.

– I wydawałeś, na samoloty, na kasyna…

– Nie! Nie jestem hazardzistą, a samoloty wynajmuję od trzech lat. Przechowywałem te pieniądze, próbowałem coś wymyślić. Cholera, przecież od tamtego czasu minęło tylko pięć tygodni.

Podniósł głos, słowa odbiły się echem od ścian. Ponownie zajrzała do nich Allison, gotowa przerwać rozmowę, żeby nikt nie stresował jej pacjenta.

– Nie zwalaj wszystkiego na mnie. Nie wiedzieliśmy, co zrobić z pieniędzmi, ani ty, ani ja. Gdy je tylko znalazłem, ktoś, albo ty, albo twoi kumple, zaczął mnie straszyć. Dziwisz się, że zwiałem?

– Okłamałeś mnie.

– A ty mnie. Nie rozmawiałeś z ojcem. Od dziewięciu lat twoja noga tam nie postała. To wszystko kłamstwa, Forrest. Część mistyfikacji. Dlaczego to zrobiłeś? Dlaczego nie powiedziałeś mi o pieniądzach?

– A dlaczego ty nie powiedziałeś mnie?

– A może chciałem? Nie wiem, co sobie zaplanowałem. Trudno jest trzeźwo myśleć, kiedy znajdujesz martwego ojca, zaraz potem trzy miliony dolarów w gotówce, a jeszcze potem zdajesz sobie sprawę, że o tych pieniądzach wie ktoś jeszcze i że ten ktoś z przyjemnością cię dla nich zabije. Takie rzeczy nie zdarzają się codziennie, dlatego wybacz, jeśli brakowało mi trochę doświadczenia.

Zapadła cisza. Forrest postukiwał palcem o palec i patrzył w sufit. Ray powiedział wszystko, co chciał powiedzieć. Allison zagrzechotała klamką, lecz nie weszła.

Forrest pochylił się do przodu.

– Te dwa pożary, domu i samolotu. Macie nowych podejrzanych?

Ray pokręcił głową.

– Nikomu nic nie powiem.

I znowu cisza. Czas płynął. Forrest powoli wstał i spojrzał na brata.

– Daj mi rok. Pogadamy, kiedy stąd wyjdę.

Otworzyły się drzwi i przechodząc obok Raya, Forrest musnął ręką jego ramię. Nie, nie poklepał go, nic z tych rzeczy, a już na pewno nie zrobił tego czule, niemniej leciutko go dotknął.

– Do zobaczenia za rok, bracie – powiedział i wyszedł.

Mc certy
617 773 07 11

36 Adaм

dex

WYDAWNICTWO AMBER Sp. z o.o.
00-108 Warszawa, ul. Zielna 39, tel. 620 40 13, 620 81 62
Warszawa 2002. Wydanie I
Druk: FINIDR, s.r.o., Český Těšin